Nés à Minuit

C.C. Hunter

Nés à Minuit

Tome 1

Attirances

Traduit de l'anglais (États-Unis)
par Marianne Roumy

Michel LAFON

À PARAÎTRE

Nés à minuit, tome 2 : Éveil

Titre original
Shadow Falls, Born at Midnight

Première publication par St. Martin's Press.

7-13, boulevard Paul-Émile-Victor – Île de la Jatte
92521 Neuilly-sur-Seine Cedex
www.michel-lafon.com

Pour Lily Dale Makepeace
Le simple fait de regarder ton sourire me rappelle
que la magie est toujours vivante dans ce grand vieux monde.

chapitre 1

– Ce n'est pas drôle ! hurla son père.

En effet, ce n'est pas drôle, se dit Kylie Galen en cherchant quelque chose à boire dans le réfrigérateur. En réalité, ça ne la faisait tellement pas rire qu'elle aurait bien voulu se faufiler dans le frigo, entre la moutarde et les hot dogs rassis, et fermer la porte pour ne plus entendre les voix furieuses venant du séjour.

Encore une fois, ses parents remettaient ça.

Mais bon, il n'y en a plus pour longtemps, pensa-t-elle alors que le froid s'échappait du frigo.

Aujourd'hui, c'était le grand jour.

La gorge de Kylie se serra. Elle ravala une grosse boule d'émotion et refusa de pleurer.

Ce serait forcément le jour le plus pourri de sa vie. Comme tous les jours depuis un certain temps, remarquez. Être la proie d'un admirateur obsessionnel, se faire plaquer par Trey, puis ses parents qui lui annonçaient leur divorce. Ouais, « pourrie », voilà qui résumait bien la situation. Pas étonnant que ses terreurs nocturnes aient effectué un retour en force.

– Qu'as-tu fait de mes caleçons ?

Les grommellements de son père envahirent la cuisine, se frayèrent un chemin par la porte du frigo avant de se réverbérer sur les hot dogs moisis.

Ses caleçons ? Kylie plaqua une canette de soda light sur son front.

– Que veux-tu que je fasse de tes caleçons ? s'enquit sa mère de son ton hyper nonchalant ; glacial, même.

Par la fenêtre, Kylie regarda le jardin, où elle avait vu sa mère un peu plus tôt. Un caleçon blanc pendouillait du barbecue fumant.

Super. Sa mère avait fait griller les caleçons de son père. Très bien. Kylie n'avalerait plus rien qui viendrait du barbecue.

Elle ravala ses larmes, rangea le soda light dans le frigo, le ferma et passa la porte. Peut-être que s'ils la voyaient, ils cesseraient de se comporter en adolescents et lui rendraient sa place d'enfant.

Son père, planté au milieu de la pièce, tenait un caleçon serré en boule dans son poing. Sa mère, assise sur le canapé, sirotait calmement un thé.

– Tu as besoin de te faire soigner ! lui hurla-t-il.

Deux points pour papa, pensa la jeune fille. Sa mère avait besoin d'aide, c'était clair. Alors pourquoi était-ce à Kylie de s'allonger sur le divan d'une psy deux fois par semaine ?

Pourquoi son père – celui que Kylie menait par le bout du nez, au dire de tous – allait-il déménager aujourd'hui et l'abandonner ?

Elle ne lui reprochait pas de vouloir quitter sa mère, alias la Reine des glaces. Mais pourquoi ne l'emmenait-il pas ? Une grosse boule se forma de nouveau dans sa gorge.

Son père tourna sur lui-même ; il la vit puis retourna d'un pas vif dans la chambre, sûrement pour finir de ranger ses affaires – moins ses sous-vêtements, qui, en ce moment même, envoyaient des signaux de fumée depuis le barbecue dans le jardin.

Kylie ne bougea pas et regarda fixement sa mère : celle-ci, toujours assise sur le canapé, continuait à consulter ses dossiers professionnels, comme si c'était un jour comme les autres.

Les photos de Kylie et de son père, encadrées au-dessus du canapé, attirèrent l'attention de l'adolescente. Des larmes lui picotèrent les yeux. Les clichés avaient été pris lors de leurs escapades annuelles père-fille.

– Fais quelque chose ! la supplia Kylie.

– Quoi donc ? rétorqua sa mère.

– Fais-le changer d'avis. Dis-lui que tu regrettes d'avoir brûlé ses caleçons. (*Que tu regrettes d'avoir de l'eau glacée qui coule dans les veines.*) Dis-lui n'importe quoi, mais ne le laisse pas partir !

– Tu ne comprends pas.

Et, sans trahir la moindre émotion, sa mère se replongea dans ses papiers.

Puis son père, valise à la main, traversa le séjour en trombe. Kylie passa la porte derrière lui et sortit dans la chaleur étouffante de Houston.

– Emmène-moi ! l'implora-t-elle.

Elle se moquait bien qu'il la voie pleurer. Peut-être les larmes serviraient-elles même à quelque chose. À une époque, pleurer avait été la meilleure technique pour obtenir de lui tout ce qu'elle voulait.

– Je ne mange pas beaucoup, renifla-t-elle, tentant l'humour.

Il secoua la tête, mais, contrairement à sa mère, au moins ses yeux étaient remplis d'émotion.

– Tu ne comprends pas.

Tu ne comprends pas.

– Pourquoi vous me répétez tout le temps la même chose ? J'ai seize ans. Si je ne comprends pas, alors expliquez-moi. Crachez le morceau et finissons-en une fois pour toutes !

Il regarda fixement ses pieds, comme s'il passait un examen et qu'il avait noté les réponses sur ses orteils. Dans un soupir, il leva les yeux.

– Ta mère a besoin de toi.

– Besoin de moi ? Tu plaisantes ou quoi ? Elle se moque bien de moi, oui !

Et toi aussi. Cette prise de conscience l'estomaqua. Il se fichait éperdument d'elle.

Elle essuya une larme sur sa joue, et ce fut alors qu'elle le vit de nouveau. Pas son père, mais le mec en treillis, son admirateur obsessionnel. Planté de l'autre côté de la rue, il portait les mêmes fringues militaires que la dernière fois. Il semblait tout droit sorti de ces films sur la guerre du Golfe dont raffolait sa mère. Sauf que, au lieu de tirer sur tout ce qui bouge, il restait figé sur place et regardait fixement Kylie avec des yeux tristes et vraiment flippants.

Elle avait remarqué qu'il la suivait partout depuis quelques semaines. Il ne lui avait jamais adressé la parole, et elle non plus. Mais le jour où elle l'avait montré à sa mère et que celle-ci ne l'avait pas vu, le monde de la jeune fille s'était écroulé. Sa mère se figurait qu'elle inventait tout cela pour attirer l'attention ou, pis, que Kylie était folle. Les terreurs nocturnes qui l'avaient tourmentée enfant étaient revenues, plus terribles que jamais. Sa mère prétendait que la psy pourrait l'aider à travailler dessus, mais comment faire alors qu'elle n'en gardait aucun souvenir ? Elle savait juste qu'elles étaient épouvantables. Suffisamment pour qu'elle se réveille en hurlant.

Kylie avait envie de hurler, justement. De hurler à son père de se retourner et de regarder le trottoir d'en face, histoire de lui prouver qu'elle n'avait pas perdu la tête. Au moins, peut-être que si lui voyait son admirateur, ses parents mettraient un terme à ses séances chez la psy. Ce n'était pas juste.

Mais la vie n'était pas juste, comme sa mère aimait à le lui rappeler régulièrement.

Quoi qu'il en soit, lorsque Kylie fit volte-face, il était parti. Pas le mec en treillis. Non, son père. Elle jeta un coup d'œil dans l'allée et le vit balancer sa valise dans le coffre de son coupé Mustang rouge. Sa mère n'avait jamais aimé cette voiture, mais son père l'adorait.

Kylie courut jusqu'à la Mustang.

– Je vais demander à mamie de parler à maman. Elle réglera…

À peine ces mots sortirent-ils de sa bouche qu'elle se rappela l'autre grand événement tragique de sa vie.

Elle ne pouvait plus compter sur sa grand-mère pour résoudre ses problèmes. Parce que sa grand-mère était morte. Partie. L'image de Nana allongée, froide, dans le cercueil, envahit sa tête et une nouvelle boule se fraya un chemin dans sa gorge.

L'inquiétude gagna le visage de son père, la même que celle qui avait envoyé Kylie dans le cabinet de la psy trois semaines auparavant.

– Je vais bien. J'avais oublié, c'est tout.

Parce que s'en souvenir faisait trop mal. Elle sentit une larme solitaire couler le long de sa joue.

Son père vint la serrer dans ses bras. L'étreinte dura plus longtemps que ses câlins habituels, mais s'acheva beaucoup trop vite. Comment pouvait-elle le laisser partir ? Comment pouvait-il l'abandonner ?

Ses bras retombèrent et il s'éloigna d'elle.

– Tu n'as qu'à m'appeler, ma bichette, et je viendrai.

Elle essuya ses larmes : elle ne supportait pas de montrer sa faiblesse. Elle contempla le coupé rouge de son père qui rapetissait en descendant la rue en trombe. Désirant se retrouver seule, elle décida de regagner sa chambre. Puis elle se souvint et regarda de l'autre côté de la rue, histoire de vérifier si le mec en treillis s'était éclipsé, comme d'habitude.

Pas du tout. Il était encore là, il la fixait, la harcelait. Lui fichait une trouille bleue et la mettait dans une rage folle. C'était à cause de lui qu'elle devait voir une psy.

Puis Mme Baker, la voisine plus toute jeune, sortit chercher son courrier. Elle sourit à Kylie, mais pas une seule fois la vieille bibliothécaire ne jeta un coup d'œil sur Treillis qui avait élu domicile sur sa pelouse et se tenait à moins d'un mètre d'elle.

Étrange.

Tellement étrange qu'un frisson parcourut la colonne vertébrale de l'adolescente, le même que celui qui l'avait secouée aux funérailles de Nana.

Que se passait-il donc ?

chapitre 2

Une heure plus tard, Kylie dévala l'escalier, sac au dos et sac à main à l'épaule.

Sa mère la rejoignit dans l'entrée.

– Tu vas bien ?

Comment pourrais-je aller bien ?

– Je survivrai, répondit-elle.

Kylie eut alors une vision du rouge à lèvres pourpre choisi par l'entreprise de pompes funèbres. *Pourquoi m'as-tu laissé ça ?* Elle pouvait presque entendre Nana le lui demander.

Angoissée par cette pensée, la jeune fille reposa les yeux sur sa mère.

Celle-ci fixait son sac à dos, et une ride d'inquiétude apparut entre ses sourcils.

– Où vas-tu ? s'enquit-elle.

– Tu as dit que je pourrais passer la nuit chez Sara. Tu étais peut-être trop occupée à faire griller les caleçons de papa pour t'en souvenir.

Sa mère ignora sa réflexion.

– Que comptez-vous faire ce soir, toutes les deux ?

– Mark Jameson organise une soirée pour fêter la fin de l'année scolaire.

Mais Kylie n'avait pas forcément envie de faire la fête. Grâce à Trey qui la plaquait et à ses parents qui divorçaient, l'été de l'adolescente, dans son intégralité, était voué au désastre.

– Ses parents seront là ? demanda sa mère en arquant un sourcil brun.

Kylie tressaillit intérieurement, mais physiquement elle resta de marbre.

– Ils le sont toujours, non ?

D'accord, elle mentait. D'habitude, elle n'allait pas aux soirées de Mark Jameson, pour cette raison-là, justement, mais regardez où cela l'avait menée d'être sage ? Elle méritait de s'éclater un peu, non ?

De plus, sa mère n'avait-elle pas elle-même menti lorsque son père lui avait demandé ce qu'elle avait fait de ses caleçons ?

– Et si tu faisais un autre rêve ?

Elle lui toucha le bras.

Un effleurement bref. Voilà tout ce que l'adolescente recevait d'elle ces jours-ci. Pas de gros câlins, comme avec son père, ni de virées mère-fille. Juste une réserve et de timides frôlements. Même à la mort de Nana, la mère de sa mère, celle-ci n'avait pas serré Kylie dans ses bras, alors qu'elle en aurait vraiment eu besoin à ce moment-là. Son père, lui, l'avait étreinte et l'avait laissée salir son costume avec son mascara. Et voilà que son père et toutes ses vestes s'étaient volatilisés.

Avalant de l'oxygène, Kylie s'agrippa à son sac à main.

– J'ai averti Sara que je risquais de me réveiller en hurlant au meurtre sanguinolent. Elle m'a dit qu'elle m'enfoncerait une croix en bois dans le cœur et me borderait.

– Tu devrais peut-être cacher les crucifix avant d'aller te coucher, ironisa sa mère en ébauchant un sourire.

– C'est clair.

L'espace d'une brève seconde, Kylie s'inquiéta de la laisser seule le jour du départ de son père. Mais elle se porterait très bien. Rien ne perturbait jamais la Reine des glaces.

Avant de partir, Kylie regarda par la fenêtre pour s'assurer qu'un type en treillis ne lui sauterait pas dessus.

Estimant qu'il n'y avait pas de fanatique dans le jardin, la jeune fille sortit en courant, dans l'espoir que la fête de ce soir l'aiderait à oublier que sa vie était archinulle.

– Tiens. Tu n'es pas obligée de la boire. Tiens-la juste.

Sara Jetton fourra une bière dans les mains de Kylie puis détala.

Au coude à coude avec une bonne trentaine d'adolescents agglutinés dans le salon de Mark Jameson et qui parlaient tous en même temps, Kylie se cramponna à la bouteille glacée. Elle passa la pièce en revue et reconnut la majorité de son lycée. On sonna de nouveau. À l'évidence, c'était la soirée où il fallait être vu. Et, si l'on en croyait tous les jeunes de son lycée, c'était le cas. Jameson, un terminale dont les faits et gestes ne tourmentaient pas plus que ça ses parents, organisait les teufs les plus démentes de la ville.

Dix minutes plus tard, même si Sara était toujours aux abonnées absentes, la fête battait son plein. Dommage que Kylie n'ait pas envie de s'éclater avec eux. Elle regarda la bouteille dans sa main d'un air maussade.

Quelqu'un lui rentra dedans. Sa bière se renversa sur sa poitrine et dégoulina dans le col en V de son chemisier blanc.

– Oh, je suis désolé ! fit le responsable de la collision.

Kylie leva les yeux sur le doux regard noisette de John et ébaucha un sourire. L'idée d'être sympa avec un mec mignon qui la suivait partout au lycée lui donna un peu plus envie de sourire. Mais que John soit ami avec Trey gâcha vite son plaisir.

– C'est pas grave, dit-elle.

– Je vais t'en chercher une autre.

Comme s'il avait peur, il s'enfuit à toutes jambes.

– Pas besoin, vraiment ! lui cria Kylie, mais entre la musique et le bourdonnement des voix, il ne l'entendit pas.

La sonnette retentit de nouveau. Des adolescents se poussèrent et elle put apercevoir la porte. Plus précisément, voir Trey passer le seuil. À ses côtés – ou plutôt, collée à lui – se dandinait sa pétasse de nouvelle petite copine.

Super.

Kylie fit volte-face. Comme elle aurait voulu se téléporter à Tahiti ou, encore mieux, rentrer chez elle – surtout si son père y était !

Par une fenêtre au fond, elle remarqua Sara dans le jardin et fila la rejoindre.

Celle-ci leva les yeux. Elle avait dû lire la panique sur le visage de son amie, car elle se rua vers elle.

– Qu'est-ce qui s'est passé ?

– Trey et sa gourdasse sont arrivés.

Sara se renfrogna.

– Écoute, tu es canon. Va flirter et fais-lui regretter.

– Je ne veux pas rester ici à le regarder tripoter l'autre.

– Parce qu'ils se tripotent déjà ?

– Non, pas encore, mais donne une bière à Trey, et il ne pourra plus contrôler ses mains baladeuses. Je suis bien placée pour le savoir.

– Détends-toi. Gary a apporté des margaritas. Prends-en une et tout ira bien.

Kylie se mordit la lèvre pour ne pas hurler qu'elle n'irait jamais bien. Sa vie arborait l'inscription « poisse » en caractères gras.

– Hé, nous savons toutes les deux que tout ce que tu as à faire pour récupérer Trey, c'est lui sauter dessus et l'amener à l'étage. Il est encore fou de toi. Tout à l'heure, au lycée, avant de partir, il est venu m'interroger à ton sujet.

– Tu savais qu'il serait là ?

Le sentiment de trahison se mit à effilocher le peu de santé mentale qui restait à Kylie.

– Je n'en étais pas sûre à cent pour cent. Mais détends-toi.

Me détendre ? Kylie regarda fixement sa meilleure amie et se rendit compte qu'elles s'étaient vraiment éloignées ces six derniers mois. Pas uniquement à cause du besoin viscéral de Sara de faire la fête, ni parce qu'elle avait perdu sa virginité. Bon, d'accord, ces deux éléments y étaient peut-être pour quelque chose, mais il n'y avait pas que ça.

Il y avait aussi le fait que Kylie avait le pressentiment que sa copine mourait d'envie qu'elle rejoigne les rangs des « non-vierges-qui-aiment-faire-la-fête ». Kylie y pouvait-elle quelque chose si elle trouvait que la bière avait un goût de pipi de chien ? Ou si faire l'amour ne lui disait trop rien ?

D'accord, elle mentait : ça lui disait bien. Quand Trey et elle s'étaient caressés, elle avait été très, très tentée, mais elle s'était rappelé que Sara et elle avaient toujours déclaré que leur première fois devait être géniale.

Puis elle se souvint que Sara avait cédé aux « besoins » de Brad, l'homme de sa vie – et pourtant, deux semaines après, son grand amour l'avait plaquée. Qu'y avait-il de si génial là-dedans ?

Depuis, elle était sortie avec quatre autres types et avait couché avec deux d'entre eux. Et elle avait cessé de prétendre que le sexe, c'était génial.

– Écoute, je sais que tu te fais du souci pour tes parents,

dit-elle. Mais c'est pour ça qu'il faut que tu te lâches, que tu te détendes. Je vais te chercher une margarita, tu vas adorer.

Elle fila jusqu'à la table près d'un groupe. Kylie voulut la suivre, mais son regard se heurta à Treillis, toujours aussi flippant et bizarre, debout à côté des buveurs de cocktails.

Elle se retourna d'un coup, prête à détaler, mais elle rentra en plein dans le torse d'un type et de la bière dégoulina encore entre ses seins.

– Super. Ma poitrine va sentir la brasserie.

– Le rêve de tous les mecs ! fit une voix mâle et rauque. Mais je suis désolé.

Elle reconnut la voix de Trey, avant ses épaules larges et son odeur virile unique. Se préparant à la douleur qu'elle éprouverait en le revoyant, elle leva les yeux.

– C'est pas grave, John m'a déjà fait le coup.

Elle s'efforça de ne pas regarder les cheveux blond roux du garçon qui tombaient sur son front, ses yeux verts qui semblaient vouloir l'attirer plus près, ou encore sa bouche qui lui demandait qu'elle vienne y coller ses lèvres.

– Alors c'est vrai.

Il se renfrogna.

– Quoi ? s'enquit-elle.

– Que John et toi, vous avez couché ensemble.

Kylie envisagea de mentir. L'idée qu'il en souffre la séduisait. Elle lui plut tellement qu'elle lui rappela les jeux stupides auxquels ses parents s'adonnaient ces derniers temps. Oh non, elle ne s'abaisserait pas au niveau des « adultes ».

– Je n'ai couché avec personne.

Elle tourna les talons.

Il la rattrapa. Son contact, sa main chaude sur son coude, envoya des ondes de douleur jusque dans son cœur. Et, si près d'elle, son odeur masculine emplit ses poumons. Comme elle aimait ce parfum !

– Je suis au courant, pour ta grand-mère, dit-il. Et Sara m'a raconté que tes parents divorçaient. Je suis vraiment désolé, Kylie.

Les sanglots menaçaient de s'immiscer dans sa gorge. Kylie était à deux doigts de sombrer sur son torse chaud et de le supplier de la retenir. Rien n'était plus beau que sentir les bras du garçon autour d'elle, mais elle vit cette fille, le *sex-toy* de Trey, s'approcher, deux bières à la main. Dans moins de cinq minutes, il ferait une tentative. Et, à en juger par le décolleté et la jupe trop courte qu'elle portait, il ne devrait pas se donner trop de mal.

– Merci, marmonna Kylie, avant de rejoindre Sara.

Heureusement, Treillis avait décidé que les margaritas n'étaient finalement pas son truc et il était parti.

– Tiens, dit Sara en prenant la bière dans les mains de sa copine et en la remplaçant par une margarita.

Le verre couvert de givre était anormalement froid. Kylie murmura :

– Tu as vu ce mec bizarre qui était là il y a une minute ? Avec des fringues d'armée cool ?

Les sourcils de Sara exécutèrent leur petit frétillement fou.

– Combien de verres as-tu déjà bus ?

Son rire résonna dans l'air nocturne.

Kylie serra le gobelet glacé plus fort en se demandant si elle n'était pas en train de perdre la tête. Ajouter de l'alcool à cette situation ne lui semblait pas une bonne idée.

Une heure plus tard, lorsque trois policiers de Houston débarquèrent dans le jardin et les firent tous s'aligner contre le portail, Kylie tenait toujours la margarita intacte à la main.

– Allez les jeunes, dit l'un des flics. Plus vite nous vous embarquerons au poste, plus vite vos parents viendront vous chercher.

Ce fut alors que Kylie eut la certitude que sa vie était assurément vouée à l'échec.

*

* *

– Où est papa ? demanda Kylie à sa mère quand celle-ci entra au poste de police. C'est lui que j'ai demandé.

« Tu n'as qu'à m'appeler, ma bichette, et je viendrai. » N'était-ce pas ce qu'il lui avait dit ? Alors pourquoi n'était-il pas venu chercher sa bichette ?

Les yeux verts de sa mère se plissèrent.

– Il m'a téléphoné.

– Je voulais voir papa, insista la jeune fille.

Non, j'ai besoin de lui, pensa-t-elle, et sa vue se brouilla de larmes. Elle avait besoin d'un câlin, de quelqu'un qui comprendrait.

– On n'a pas toujours ce qu'on veut, surtout quand… Oh, Kylie, comment as-tu pu faire ça ?

L'adolescente s'essuya le visage.

– Je n'ai rien fait. Ils ne te l'ont pas dit ? J'ai marché en ligne droite, je me suis touché le nez et j'ai même récité l'alphabet à l'envers. Je n'ai rien fait.

– Ils ont trouvé de la drogue, rétorqua sa mère d'un ton sec.

– Je n'en ai pas pris.

– Mais sais-tu ce qu'ils n'ont pas vu, jeune fille ? Des parents. Tu m'as menti.

– Peut-être que je te ressemble trop, répliqua Kylie, qui ne se remettait pas de l'absence de son père.

Lui aurait compris qu'elle était bouleversée. Pourquoi ne s'était-il pas déplacé ?

– Qu'est-ce que ça veut dire, Kylie ?

– Tu as raconté à papa que tu ne savais pas ce qui était arrivé à ses caleçons. Mais tu les avais fait griller sur le barbecue.

La culpabilité emplit les yeux de sa mère, qui secoua la tête.

– Le Dr Day a raison.

– Qu'est-ce que ma psy a à voir avec les événements de la soirée ? demanda Kylie. Ne me dis pas que tu l'as appelée ! Écoute, maman, si tu oses la faire venir ici devant tous mes amis…

– Non, elle n'est pas là. Mais ce n'est pas uniquement cette soirée, le problème. Je ne peux pas y arriver toute seule.

– Arriver à quoi ? s'enquit la jeune fille, qui eut un mauvais pressentiment.

– Je t'inscris en colonie de vacances.

– Non, je ne veux pas aller en colo

Kylie serra son sac à main contre sa poitrine. Sa mère lui fit signe de sortir du poste.

– On s'en moque, de ce que tu veux. Ce qui compte, c'est ce qu'il te faut. C'est une colonie pour jeunes à problèmes.

– Problèmes ? Tu es malade ou quoi ? Je n'en ai aucun ! insista Kylie.

En tout cas, aucun qu'une colo puisse régler. Elle se doutait bien que partir en camp de vacances ne ferait pas revenir son père à la maison, ni disparaître Treillis, et ne lui permettrait pas non plus de reconquérir Trey.

– Aucun ? Vraiment ? Alors, dis-moi ce que je fais au poste, à minuit, en train de récupérer ma fille de seize ans ? Tu iras en colo. Je t'inscrirai demain. Ce n'est pas négociable.

Je n'irai pas, ne cessait de se répéter Kylie quand elles sortirent du commissariat.

Sa mère avait peut-être pété un câble, mais pas son père. Jamais il n'accepterait qu'elle l'envoie dans un camp peuplé de délinquants juvéniles. Jamais de la vie.

Si ?

chapitre 3

Trois jours plus tard, Kylie, valise à la main, était sur le parking où plusieurs bus de la colonie venaient chercher les délinquants juvéniles. Elle ne parvenait pas à croire qu'elle était là.

Sa mère l'avait vraiment fait.

Et son père l'avait laissée faire.

Kylie, qui, dans sa vie, n'avait jamais bu plus de deux gorgées de bière, n'avait fumé qu'une seule cigarette et aucun pétard, allait se retrouver dans une colo pour jeunes à problèmes.

Sa mère lui toucha le bras.

– Je crois qu'on t'appelle.

Si elle avait voulu se débarrasser plus vite d'elle, elle ne s'y serait pas prise autrement. Kylie s'éloigna d'elle, tellement en colère, tellement blessée qu'elle ne savait plus comment se comporter. Elle avait supplié, imploré, encore pleuré, mais rien n'avait fonctionné. Elle allait partir en colo. Cela l'insupportait, mais elle ne pouvait rien y faire.

Sans dire un seul mot à sa mère, et en se jurant de ne pas pleurer devant tout le monde, Kylie se raidit et se dirigea vers le bus derrière la femme qui tenait la pancarte SHADOW FALLS.

Dans quel trou à rats l'envoyait-on ?

Quand elle monta dans le bus, les huit ou neuf adolescents déjà présents levèrent la tête et la regardèrent. Elle sentit un étrange frémissement dans sa poitrine et éprouva de nouveau ces frissons bizarres. Jamais, depuis seize ans qu'elle était sur terre, elle n'avait autant voulu prendre ses jambes à son cou.

Elle se forçait à ne pas s'enfuir lorsqu'elle croisa le regard de... *Oh, mon Dieu !*

Une fille avait les cheveux teints en trois couleurs différentes : rose, vert citron et noir de jais. Une autre ne portait que du noir : rouge à lèvres noir, ombre à paupières noire, pantalon noir et un pull noir à manches longues. Le look gothique n'était-il pas démodé ? Où cette ado glanait-elle ses conseils mode ? N'avait-elle pas lu que les couleurs étaient tendance ? Que le bleu était le nouveau noir ?

Et puis il y avait le garçon installé à l'avant du bus. Ses sourcils étaient tous les deux percés, entre autres. Kylie regarda par la vitre si elle voyait sa mère. Bien sûr, si celle-ci jetait un œil à ces jeunes, elle comprendrait que sa fille n'avait rien à faire ici avec eux.

– Assieds-toi, lui intima-t-on avant de se planter derrière elle.

Kylie se retourna sur la conductrice du bus. Si elle ne l'avait pas remarquée plus tôt, elle se rendit compte aussitôt qu'elle était un peu flippante. Ses cheveux gris teints en pourpre étaient ramassés en chignon sur sa tête, comme un casque de football américain. Mais Kylie ne pouvait pas lui en vouloir de crêper sa chevelure de quelques centimètres : cette femme était petite. Comme un lutin. Elle jeta un coup d'œil à ses pieds : elle s'attendait à moitié à voir une paire de bottes vertes pointues. Pas de chaussures vertes.

Puis son regard se posa sur l'avant du bus. Comment arriverait-elle à le conduire ?

– Allez ! dit la conductrice. Je dois vous emmener là-bas pour le déjeuner, alors en route !

Comme tout le monde, à part Kylie, s'était installé, celle-ci supposa que la femme s'adressait plus particulièrement à elle. Elle avança d'un pas dans le véhicule, avec le sentiment que plus jamais sa vie ne serait pareille.

– Tu peux t'asseoir à côté de moi, lança quelqu'un.

Le garçon avait des cheveux blonds bouclés, plus clairs même que ceux de Kylie, mais les yeux qui la scrutaient étaient si sombres qu'ils paraissaient noirs. Il tapota la place vide à côté de lui. Kylie tâcha de ne pas regarder, mais quelque chose détonnait dans le mélange clair-foncé. Puis il remua les sourcils comme si le fait qu'elle s'installe à côté de lui signifiait qu'elle accepterait de sortir avec lui – quelque chose comme ça.

– C'est bon, répondit-elle.

Elle avança de quelques pas en traînant sa valise derrière elle. Son bagage se coinça dans la rangée de sièges et elle se retourna pour la dégager.

Elle recroisa le regard du blond puis retint son souffle : le garçon avait désormais des yeux… verts. D'un vert très, très clair. Comment était-ce possible ?

Elle déglutit et regarda ses mains. Elle se dit qu'il tenait peut-être un étui à lentilles et qu'il venait de les changer. Pas d'étui.

Il agita de nouveau les sourcils, et quand elle s'aperçut qu'elle continuait à le fixer, elle libéra sa valise d'un coup sec.

Sentant un frisson la parcourir, elle se dirigea vers la rangée de sièges qu'elle avait choisie. Avant de s'installer, elle remarqua un autre garçon au fond. Assis tout seul, il avait une raie sur le côté, des cheveux châtain clair qui tombaient juste au-dessus de ses sourcils bruns et de ses yeux – verts et normaux, que son tee-shirt bleu cendré mettait encore plus en valeur.

Il la gratifia d'un signe de tête. Rien de trop louche, ouf ! Il y avait au moins une personne normalement constituée dans ce bus, à part elle.

En s'installant, elle jeta un autre coup d'œil au blond. Mais il ne la regardait pas et, par conséquent, elle ne put pas voir si ses yeux étaient toujours bizarres. Ce fut alors qu'elle remarqua que la fille à la chevelure tricolore tenait quelque chose dans les mains.

Kylie en eut de nouveau le souffle coupé : la fille tenait un crapaud. Pas une grenouille – ça, encore, elle aurait pu comprendre –, non, un crapaud. Énorme, qui puait. Quel genre de nana se teignait donc les cheveux en trois couleurs et emportait un batracien en colonie de vacances ? Si ça se trouve, il s'agissait d'une de ces bestioles droguées, celles qu'on lèche pour se défoncer. Elle en avait entendu parler à la télé, dans une émission d'investigation idiote, mais elle avait toujours cru qu'ils avaient tout inventé. Elle ignorait ce qui était pire : lécher un crapaud pour se shooter ou en trimballer un pour se la jouer bizarre.

Elle posa sa valise à côté d'elle en espérant que personne n'éprouverait l'envie de s'installer là, puis soupira profondément et jeta un œil par la vitre. Le bus avançait, mais elle ne voyait pas comment la conductrice arrivait à toucher les pédales.

– Tu sais comment ils nous appellent ? fit une voix qui provenait du siège de miss Crapaud.

Kylie ne pensait pas qu'elle s'adressait à elle mais tourna tout de même la tête. Comme la fille la regardait directement, elle comprit qu'elle avait dû se tromper.

– Qui ça ? dit Kylie, qui s'efforça de ne pas avoir l'air trop gentille ni trop vache.

La dernière chose qu'elle souhaitait, c'était mettre ces dégénérés en pétard.

– Ceux qui vont dans les autres colos. Il doit y en avoir six dans un rayon de cinq kilomètres à Fallen.

Des deux mains, elle remonta ses cheveux multicolores et les tint ainsi pendant quelques secondes.

Kylie constata alors que la fille avait perdu sa bestiole. Et elle ne voyait pas de cage, ni rien où elle aurait pu la planquer.

Super. Voilà que le gros crapaud shooté d'une dégénérée allait bondir sur ses genoux à son insu ! Ces petites bêtes ne l'angoissaient pas, non, simplement, elle ne voulait pas qu'il grimpe sur elle.

– Ils nous surnomment les « zo-z'os ».

– Pourquoi ?

Kylie remonta ses pieds sur le siège pour que le crapaud ne leur saute pas dessus.

– On appelait la colo « Bones Creek ». La colo des os, répondit-elle. À cause des os de dinosaures qu'on y a trouvés.

– Ah ! intervint le blond, ils nous traitent aussi de « pré-co's ».

Quelques rires fusèrent des autres places.

– Qu'y a-t-il de si drôle ? demanda la fille en noir d'un ton tellement sérieux que Kylie frissonna.

– Tu ne sais pas ce que ça signifie, être précoce ? s'enquit Blondinet. Si tu viens t'asseoir à côté de moi, je te montrerai.

Quand il se retourna, Kylie regarda de nouveau ses yeux. Zut alors. Ils étaient or. D'un or félin saisissant. *Des lentilles*, se dit-elle. Il devait en porter des bizarres qui produisaient ce genre d'effet.

Gothique se leva comme pour rejoindre le blond.

– Non, dit miss Crapaud sans son animal, et elle se leva. Elle alla murmurer quelque chose à l'oreille de Gothique.

– Dégoûtant ! s'exclama celle-ci en se rasseyant lourdement à sa place.

Puis elle regarda le blond et agita un doigt verni de noir à son intention.

– Tu n'as pas intérêt à me prendre la tête ! Je dévore des choses bien plus grosses que toi au plus profond de la nuit !

– Quelqu'un a parlé du plus profond de la nuit ? fit une voix à l'arrière du bus.

Kylie se retourna pour savior qui avait pris la parole.

Une autre fille, qu'elle n'avait pas vue, surgit inopinément de son siège. Les cheveux noir de jais, elle arborait des lunettes de soleil presque de la même couleur que sa chevelure. Ce qui la rendait physiquement si anormale, c'était son teint. Terreux.

– Savez-vous pourquoi on a rebaptisé la colo Shadow Falls ? demanda miss Crapaud.

– Non, répondit quelqu'un à l'avant du bus.

– Parce que, d'après la légende amérindienne, à la nuit tombante, si l'on se tient sous les cascades, sur les terres, on peut voir les ombres des anges de la mort danser.

Des anges de la mort qui dansent ? Ces gens avaient un problème ou quoi ?

Kylie se retourna. Vivait-elle une espèce de cauchemar ? Peut-être une de ses terreurs nocturnes ? Elle s'enfonça encore plus dans son siège rembourré et tâcha de se concentrer pour se réveiller, comme le Dr Day le lui avait enseigné.

Concentre-toi, concentre-toi. Elle respira profondément – inspira par le nez, expira par la bouche – tout en entonnant en silence : *Ce n'est qu'un rêve, ce n'est pas réel, ce n'est pas réel.*

Soit elle ne dormait pas, soit sa concentration s'était trompée de bus, et quel dommage qu'elle ne l'ait pas suivie ! Comme elle ne voulait toujours pas en croire ses yeux, elle passa les autres en revue : Blondinet la fixait, ses yeux redevenus noirs.

À vous donner la chair de poule. Était-elle la seule ici à trouver cela vraiment anormal ?

Elle se rencogna de nouveau dans son siège et regarda le garçon qu'elle avait estimé le plus normal. Ses yeux vert doux, qui lui rappelaient ceux de Trey, croisèrent les siens, et il haussa les épaules. Elle ne savait pas au juste ce que ce geste signifiait, mais tout ce qui se passait dans le bus ne semblait pas l'angoisser du tout. Et ça, en un sens, le rendait aussi bizarre que les autres.

Kylie se retourna d'un coup, sortit son téléphone de son sac et écrivit un texto à Sara : « Au secours ! Coincée dans un bus avec des dégénérés ! De gros dégénérés irrécupérables ! ».

Elle reçut un texto de Sara presque instantanément.

« Non, toi, viens à mon secours ! Je crois que je suis enceinte. »

chapitre 4

Oh, merde ! Kylie regarda fixement le message en pensant qu'il allait disparaître ou qu'elle verrait s'afficher un « je plaisantais ! » comme par magie en bas de l'écran. Pas du tout. Rien ne disparut, rien n'apparut. Ce n'était pas une blague.

Mais, bon, Sara ne pouvait pas être enceinte. Cela n'arrivait pas à des adolescentes comme elles. Des filles intelligentes, qui… oh zut ! Que croyait-elle ? Cela arrivait à tout le monde, à toutes celles qui avaient des rapports non protégés. Ou avec un préservatif défectueux.

Comment avait-elle pu oublier ce film qu'ils leur avaient passé au lycée ? Ou les brochures que sa mère avait rapportées à la maison et laissées sans cérémonie sur son oreiller, comme un en-cas du soir ?

Parfait pour casser l'ambiance. Elle venait de rentrer chez elle après un rendez-vous hyper chaud avec Trey et voulait rester sur le petit nuage où l'avaient envoyée les baisers ardents et les caresses osées du garçon, mais voilà que l'attendaient sur son oreiller les statistiques des grossesses non désirées et des MST tout aussi peu voulues. Et sa mère savait parfaitement qu'elle ne s'endormait jamais sans avoir lu. Pas de doux rêves cette nuit-là.

Elle leva les yeux pour voir miss Crapaud assise sur le siège côté couloir de l'autre côté de sa rangée, les jambes remontées contre la poitrine et le menton calé sur les genoux.

– Euhhh… Ouais, enfin, non. Je veux dire…

Ce qu'elle entendait par là, c'est que cela ne la regardait absolument pas, mais parler avec une telle franchise ou être aussi malpolie n'avait jamais été aisé pour Kylie – sauf si l'on appuyait sur les mauvais boutons… que sa mère semblait si bien connaître. Sara qualifiait la réticence de Kylie à exprimer ce qu'elle pensait de « maladie des trop gentils ». Sa mère aurait appelé cela « être bien élevée », mais comme elle avait le don de titiller sans cesse sa fille, elle estimait que celle-ci n'avait aucune éducation.

Kylie referma son téléphone au cas où miss Crapaud aurait eu dix dixièmes à chaque œil. Mais, bon, celui dont elle devrait le craindre, c'était sûrement le blond, avec son… Elle posa les yeux sur son siège et le vit la mater avec… des yeux bleus. Au moins une chose était claire : plus bizarre, y avait pas !

– Ce n'est rien, vraiment, dit-elle en se forçant à regarder de nouveau miss Crapaud et en ignorant sa chevelure multicolore.

Le bus s'arrêta brusquement et la valise de Kylie tomba. Consciente que le blond continuait à la fixer, et de peur qu'il ne prenne la place vide pour une invitation à s'installer à son côté, elle s'y assit.

– Moi, c'est Miranda, lança la fille au crapaud, et elle sourit.

Kylie se rendit compte qu'à part ses cheveux et sa bestiole elle avait l'air tout à fait normale.

Elle se présenta à son tour, en jetant un coup d'œil rapide par terre pour vérifier que le crapaud n'avait pas décidé de lui rendre visite.

– C'est la première fois que tu vas à Shadow Falls ? s'enquit Miranda.

Kylie opina.

– Et toi ? demanda-t-elle par pure politesse.

Puis elle regarda son téléphone, toujours collé à son ventre. Elle devait répondre à Sara que… quoi, déjà ? Que conseilleriez-vous à votre meilleure amie qui venait de vous apprendre qu'elle était peut-être… ?

– La deuxième. Mais je ne sais pas pourquoi ils tiennent à ce que je revienne, ça ne m'a pas franchement aidée, la première fois.

Kylie cessa de taper mentalement son texto et croisa le regard noisette de la fille – des yeux qui n'avaient pas changé une seule fois de couleur. La curiosité la fit bégayer.

– C'est comment ? La colo ? Dis-moi que ce n'est pas trop nul.

– Ce n'est pas horrible.

Elle relâcha ses cheveux qui tombèrent en cascades de noir, vert citron et rose autour de sa tête. Puis elle jeta un œil au fond du bus, où l'adolescente toute pâle se penchait, comme si elle écoutait.

– À condition que la vue du sang ne te dérange pas, murmura-t-elle.

Kylie gloussa, espérant plus que tout que Miranda rie elle aussi. Mais non. Cette dernière ne sourit même pas.

– Tu plaisantes, hein ?

Son cœur fit la roue dans sa poitrine.

– Non, dit-elle d'un ton parfaitement sérieux. Mais j'exagère sûrement.

Un raclement de gorge bruyant retentit dans le bus. Kylie lança un regard en direction de la conductrice, qui fixait le grand rétroviseur. Curieusement, elle avait l'impression qu'elle les observait, Miranda et elle.

– Arrête tout de suite ! siffla Miranda à voix basse en se bouchant les oreilles. Je ne t'ai pas invitée !

– Arrête quoi ? s'enquit Kylie.

Mais le comportement étrange de la fille l'avait fait s'éloigner encore plus d'elle. Invitée où ?

Miranda ne répondit pas. Elle regarda l'avant du bus d'un air maussade, puis se rassit d'un bond.

Kylie comprit alors qu'elle s'était trompée en pensant que ça ne pouvait pas devenir plus bizarre.

Bien sûr que si, et c'était justement ce qui se passait.

« Ce n'est pas horrible. À condition que la vue du sang ne te dérange pas. »

Les paroles de Miranda résonnèrent comme une musique stressante dans sa tête. D'accord, la fille avait avoué exagérer un peu, mais perdre même un peu de sang était trop pour Kylie. *Dans quel genre de trou à rats ma mère m'a-t-elle envoyée ?* se demanda-t-elle pour ce qui devait être la centième fois depuis qu'elle était montée dans le bus.

C'est alors que son téléphone vibra : elle avait un message. Encore Sara. « S'il te plaît, ne me dis pas que tu me l'avais dit. »

Kylie laissa ses propres problèmes de côté pour penser à son amie. Ces derniers mois avaient beau avoir été durs, elles étaient les meilleures amies du monde depuis la cinquième. Sara avait besoin d'elle.

Elle se mit à taper. « Oh non, je ne 10rai jamé ça. Tu va bi1 ???? Té parents savE ? Tu C qui é le père ? » Elle effaça cette question. Bien sûr que Sara le savait. Ce devait être l'un des trois, hein ? Sauf si elle n'avait pas été franche sur ce qu'elle avait fait avec ses deux derniers mecs.

Kylie était de tout cœur avec sa meilleure amie. Même si l'on pensait aux circonstances terribles du divorce de ses parents, à la mort de Nana et au fait qu'on l'ait envoyée dans cette foutue colo sanguinolente de Shadow Falls, avec des jeunes bizarres, ce que Sara vivait était pire.

Dans deux mois, que les choses aillent mal ou non, Kylie rentrerait chez elle ; d'ici là, avec un peu de chance, elle se serait remise du choc d'avoir perdu son père et Nana. Et peut-être qu'après l'été Treillis ne s'intéresserait plus à elle et disparaîtrait à tout jamais. Mais, dans deux mois, Sara aurait un ventre de la taille d'un ballon de basket.

Pour l'heure, Kylie se demandait si son amie retournerait même au lycée. La honte ! Si l'ombre à paupières bleue était à la mode, Sara en porterait avant la fin de la semaine. Elle avait manqué presque huit jours de cours quand elle avait eu un gros bouton sur le bout du nez. Non pas que Kylie aimât aller au lycée avec de l'acné, mais cela arrivait à tout le monde d'en avoir de temps en temps, non ?

Mais pas d'attendre un bébé.

Elle imaginait sans mal ce que son amie vivait.

Elle relut son texto, ajouta un petit cœur et appuya sur « envoyer ». En attendant sa réponse, elle se rendit compte qu'elle n'avait jamais été plus heureuse qu'en ce moment de ne pas avoir cédé à Trey.

– Dix minutes de pause-pipi, annonça la conductrice.

Kylie leva les yeux de son téléphone pour les poser sur la supérette. Elle n'avait pas envie d'aller aux toilettes, mais comme elle ne savait pas combien de temps le voyage allait encore durer, elle fit tomber son portable dans son sac et suivit les autres dans l'allée pour sortir du bus.

Elle avait fait deux pas lorsque quelqu'un lui prit le bras. Une main très froide. Elle sursauta et fit volte-face.

La fille pâle la fixait. Ou du moins, c'est ce qu'elle supposa. Avec ses lunettes de soleil presque noires, Kylie ne pouvait en être sûre.

– Tu es toute chaude, observa-t-elle, comme étonnée.

Kylie récupéra son bras.

– Et toi, tu es glacée.

– Neuf minutes, annonça la conductrice d'un ton ferme avant de faire avancer Kylie.

Celle-ci se retourna et sortit du bus, mais elle sentit le regard de Blafarde percer un trou dans son dos. Des dégénérés. Elle se retrouvait coincée avec des dégénérés tout l'été. Des dégénérés frigorifiés. Elle toucha son bras et put jurer percevoir le froid.

Cinq minutes plus tard, elle sortit des toilettes et vit deux jeunes à la caisse de la supérette. Gothique lui jeta un coup d'œil. Puis le garçon aux innombrables piercings passa devant Kylie sans dire un mot. Elle décida d'acheter des chewing-gums, chercha son parfum préféré, fruits rouges, et rejoignit la file d'attente. Lorsqu'elle sentit quelqu'un se poster derrière elle, elle se retourna pour voir s'il s'agissait encore de Blafarde. Pas du tout : c'était le type du fond du bus, celui aux doux yeux vert et aux cheveux châtains. Celui qui lui faisait penser à Trey.

Leurs regards se croisèrent.

Et s'éternisèrent.

Elle chercha pourquoi il lui rappelait Trey. Leurs yeux étaient identiques, mais ça ne s'arrêtait pas là. Peut-être était-ce la façon dont son tee-shirt moulait ses épaules, et l'espèce de distance qu'il dégageait. Trey n'avait pas été des plus abordables. Si on ne les avait pas collés en binôme en cours de bio, elle se demandait s'ils seraient jamais sortis ensemble.

Ce garçon avait lui aussi quelque chose d'inabordable. D'autant plus qu'il ne parlait pas. Elle commença à se retourner lorsqu'il arqua les sourcils en guise de vague salut. Prenant exemple sur lui, elle les leva à son tour, puis fit volte-face.

Elle vit ensuite Miranda et Blafarde discuter à côté de la porte ; toutes les deux l'observaient.

Alors, comme ça, elles se liguaient contre elle, maintenant ?

– Super… marmonna-t-elle.

– Elles sont curieuses, voilà tout, murmura la voix grave tellement près de son oreille qu'elle sentit la chaleur de son haleine dans son cou.

Elle jeta un coup d'œil derrière elle. De si près, elle pouvait vraiment voir ses yeux et s'aperçut qu'elle s'était trompée. Ce n'étaient pas ceux de Trey. Les iris du garçon étaient mouchetés d'or.

– À quel propos ? demanda-t-elle en tâchant de ne pas le fixer.

– De toi. Elles sont curieuses à propos de toi. Peut-être que si tu t'ouvrais un peu…

– M'ouvrir ?

D'accord, cela l'embêtait. Elle voulait bien lui accorder le bénéfice du doute d'être le « normal », mais pas s'il la faisait passer pour la grincheuse de service.

– Les seuls qui ont daigné m'adresser la parole, c'étaient le mec blond et Miranda, et pourtant je leur ai parlé à tous.

Il arqua l'autre sourcil. Et pour une raison ou une autre, cela incita à Kylie à lui demander :

– C'est nerveux ou quoi ?

Puis elle se mordit la langue. Peut-être était-elle en train de vaincre la « maladie des trop gentils ». Sara serait fière. Sa mère, moins.

Sa mère.

À cet instant, son image, debout sur le parking, envahit sa tête.

– Tu ne sais pas, pas vrai ? dit le garçon, et quand il écarquilla les yeux, ses mouchetures or semblèrent étinceler.

– Je ne sais pas quoi ? s'enquit-elle, mais son esprit restait bloqué sur sa mère : elle ne l'avait même pas serrée dans ses bras pour lui dire au revoir.

Pourquoi lui avait-elle fait cela ? Pourquoi ses parents avaient-ils décidé de se séparer ? Pourquoi tout cela avait-il dû arriver ? Le nœud familier du sanglot se forma dans sa gorge.

Il regarda en direction de la porte, et, lorsque Kylie suivit ses yeux, Miranda et Blafarde n'avaient pas bougé. Tous les trois avaient-ils déjà fréquenté cette colo, étaient-ils devenus potes et faisait-elle office de « nouvelle » ? La nouvelle qu'ils avaient décidé d'embêter ?

La fille à la caisse prit la parole.

– Hé, tu vas me les payer, ces chewing-gums ?

Kylie posa les yeux sur la caissière. Elle mit quelques dollars sur le comptoir et partit en oubliant sa monnaie. Elle effleura Miranda et l'autre en passant, la tête haute et sans ciller. Elle n'osa pas, de crainte que le battement de ses cils ne fasse couler des larmes.

Mais ce n'était pas leur attitude prétentieuse qui lui donnait envie de pleurer. Non, c'étaient sa mère, son père, Nana, Trey, Treillis et, maintenant, l'inquiétude que lui inspirait Sara. Kylie se moquait bien que ces cas sociaux l'aiment ou non.

chapitre 5

Une heure plus tard, le bus se gara dans un parking. Kylie avait vu la pancarte SHADOW FALLS à l'entrée. La peur lui noua le ventre. Elle balaya les alentours du regard, presque surprise que les lieux ne soient pas fermés par une clôture haute et un portail. Ils étaient, après tout, censés être des adolescents « à problèmes ».

La conductrice descendit d'un bond et étira ses petits bras potelés au-dessus de sa tête. Kylie se demandait encore comment ses pieds pouvaient toucher les pédales.

– Nous sommes les derniers, les gars, déclara-t-elle. Tout le monde attend à la cantine. Laissez vos affaires dans le bus, quelqu'un les déposera plus tard dans vos bungalows.

Kylie regarda sa valise. Elle n'avait pas d'étiquette. Comment sauraient-ils qu'elle lui appartenait ? Facile ! ils ne le sauraient pas. Super. Elle pouvait prendre ses bagages avec elle, mais avoir des problèmes pour ne pas respecter le règlement, ou les abandonner et risquer de perdre tous ses vêtements.

Elle ne voulait pas les égarer. Elle fit mine d'attraper sa valise.

– Ils te l'apporteront, dit Miranda.

– Il n'y a pas mon nom dessus, répondit Kylie, en tâchant d'atténuer la brusquerie dans sa voix.

– Ils trouveront bien, je te le promets, insista l'autre comme si elle essayait d'être gentille.

Mais Kylie la croyait-elle ? Non.

D'un seul coup, le sosie de Trey aux yeux vert et or les rejoignit dans l'allée.

– Tu peux la croire, dit-il.

Kylie le regarda. Si Miranda ne lui paraissait pas fiable, il y avait quelque chose chez ce type qui lui inspirait confiance. Sans bouger, il plongea une main dans sa poche et en sortit du liquide.

– Excusez-moi, dit Gothique, et elle bouscula Miranda.

Kylie fixa les dollars et les quelques pièces.

– C'est ta monnaie du magasin, expliqua-t-il en lui faisant signe d'avancer.

Elle rangea l'argent dans son porte-monnaie et pressa le pas. Il ne la lâchait pas d'une semelle. Elle le sentait derrière elle. Il se rapprochait, son épaule effleurait son dos.

– Au fait, moi, c'est Derek.

À force d'écouter la voix grave du garçon et de le sentir derrière elle, elle ne vit pas Blondie sauter dans l'allée. Kylie pouvait, au choix, soit rentrer dans Blondie, soit reculer et tomber sur Derek. Facile, comme décision. Derek l'attrapa par les avant-bras et ses doigts touchèrent sa peau au niveau des poignets.

Elle regarda derrière elle et leurs regards se croisèrent.

Il sourit.

– Tu vas bien ?

Sourire extraordinaire. Comme celui de Trey. Le cœur de Kylie exécuta un petit bond dans sa poitrine. Comme Trey lui manquait !

– Ouais.

Elle se détacha, non sans avoir remarqué la chaleur de Derek. Pourquoi cela semblait compter pour elle, elle l'ignorait, mais la froideur de la fille blafarde lui avait laissé une impression tout aussi bizarre.

Ils descendirent du bus pour se rendre dans une vaste structure. Juste avant de passer la porte, Kylie perçut un rugissement étrange. Elle s'arrêta pour vérifier si elle l'entendait encore, et Derek lui rentra dedans.

– On ferait mieux d'y aller, murmura-t-il.

L'estomac de Kylie se noua. Lorsqu'elle franchit le seuil pour la première fois, elle sentit que sa vie serait changée à jamais.

Une cinquantaine de personnes emplissaient le réfectoire immense où de grandes tables de pique-nique étaient disposées, parallèles les unes aux autres, et où il flottait une odeur de haricots rouges et de hamburgers grillés.

Quelque chose clochait. Il lui fallut une minute pour comprendre quoi : le silence. Personne ne parlait. À la cantine de son lycée, elle ne pouvait même pas s'entendre réfléchir. Et c'était ce que tout le monde semblait faire en ce moment : réfléchir.

Kylie n'eut qu'à passer rapidement en revue la foule une fois de plus pour se rendre compte que sa place n'était pas ici. En grande partie à cause de ce que sa mère appellerait des « marques de rébellion ». Bien sûr que Kylie se rebellait. Mais elle estimait le faire plus discrètement, pas tant avec ses vêtements ni son apparence, mais plutôt chez elle. Comme cette fois où Sara et elle avaient peint sa chambre en pourpre sans autorisation. Sa mère était devenue folle.

Ces jeunes-là ne se contentaient pas de repeindre leur piaule, ils affichaient leur rébellion avec assurance. Comme les cheveux de Miranda, comme ce garçon aux multiples piercings. Alors que Kylie continuait à balayer la salle du regard, elle remarqua quelques ados qui arboraient des tatouages ou avaient le crâne rasé. Et des tonnes au lo[illegible] gothique. Le noir n'était manifestement pas passé de mode chez les jeunes à problèmes.

L'inquiétude commençait à lui donner la chair de poule. Peut-être avait-elle traîné trop longtemps avec Sara, mais elle comprit bien vite qu'elle n'était pas à sa place ici. Pourtant, contrairement à son amie, Kylie n'était pas trop pressée de faire partie de la bande.

Deux mois, deux mois. Elle se répétait ces mots comme une litanie. Dans deux mois, elle ne serait plus là.

Elle suivit Blondie vers une table libre au fond. Et en chemin, elle s'aperçut que tous ses compagnons de voyage se serraient les coudes. Non pas qu'elle estimât être à sa place ici, avec eux – certains n'avaient même pas posé les yeux sur elle –, mais bon, un dégénéré connu, c'était mieux qu'un dégénéré inconnu.

D'un seul coup, elle se rendit compte que les gens se tournaient vers elle et la dévisageaient. Ou se regardaient-ils tous ? Les nouveaux étaient exhibés. Les yeux de la foule devinrent un collage de regards froids, aux couleurs différentes mais aux expressions similaires, dont ce tic aux sourcils.

Paniquée, elle scruta Derek, puis Miranda, et même Blafarde et Blondie, et voilà qu'ils s'y mirent eux aussi. Cette grimace avec leurs sourcils. Comme Derek à la supérette.

C'était quoi, leur problème ?

Quand elle regarda de nouveau la foule, elle réprima le besoin urgent d'examiner ses chaussures et se força à soutenir leur regard. C'est vrai, elle ne voulait pas passer pour la dégonflée du groupe. Celle que tout le monde embêtait. Et si elle devenait comme Sara, alors tant pis.

– On dirait que nous sommes tous là, fit une voix de femme, devant.

Kylie tâcha de trouver le visage qui se cachait derrière cette voix, mais son regard se heurta à des yeux bleus glaciaux, qui ne passaient pas inaperçus. Détournant son regard, elle remarqua ensuite les cheveux noir de jais du garçon. Et se souvint.

De lui.

De son chat.

– Ce n'est pas possible, marmonna-t-elle dans sa barbe.

– Quoi ? s'enquit Derek.

– Rien.

Elle posa son regard sur la fille qui parlait d'une voix chantante.

– Bienvenue à Shadow Falls. Nous sommes…

La fille, qui devait avoir vingt-cinq ans, arborait une longue chevelure rousse jusqu'à la taille. Elle portait un jean et un tee-shirt jaune vif. À côté d'elle se tenait une autre jeune femme, du même âge environ, mais au look gothique. Toute de noir vêtue, même ses yeux semblaient plus sombres que la nuit. En voilà une qui devrait vraiment s'abonner à un magazine de mode, ou à deux.

Kylie jeta un œil à Gothique, celle qui se trouvait avec elle dans le bus. Elle regardait fixement la femme, pleine d'admiration.

– Je m'appelle Holiday Brandon et voici Sky Peacemaker.

À ce moment, la porte s'ouvrit et deux hommes entrèrent. On aurait dit des avocats, ou toute autre profession sérieuse qui exigeait qu'ils portent des costumes noirs identiques.

Kylie observa les deux femmes poser les yeux sur les visiteurs et se renfrogner. Elle avait le sentiment que ces deux-là n'étaient pas attendus. Qu'ils étaient même importuns.

Sky, la chef gothique, rejoignit les hommes et les fit sortir.

– Bien, reprit la voix chantante de Holiday, tout d'abord nous constituerons deux groupes, les nouveaux et les revenants. Tous ceux qui sont déjà venus iront dehors. Vous y trouverez de l'aide pour vos emplois du temps et affectations de bungalow. Comme toujours, le règlement est affiché dans vos logements. Nous vous demandons de le lire. Et que les choses soient claires dès à présent, nous ne réorganiserons pas les affectations. Vous êtes ici pour vous entendre, et vous vous entendrez. Si un problème grave survient, portez-le à mon attention ou à celle de Sky, et nous en discuterons. Mais pas avant vingt-quatre heures. Des questions ?

Quelqu'un au premier rang leva une main.

– Oui. J'en ai une.

Kylie se pencha sur la droite pour voir la fille. Celle-ci, une autre gothique, se retourna vers elle.

– Cela n'a aucun rapport avec le règlement, mais j'aimerais savoir : qui est-ce ?

Elle montra carrément la table de Kylie. Ou la désignait-elle, elle ? Non, ce n'était pas possible.

Oh, zut. Si. Elle pointait Kylie du doigt.

– Merde ! marmonna celle-ci quand une soixantaine de paires d'yeux se tournèrent en même temps et se posèrent pile sur elle.

chapitre 6

– Détends-toi, lança Derek, si bas qu'elle était certaine que personne d'autre ne l'entendait.

Elle avait bien du mal à se détendre à cause des battements de son propre cœur.

– Les présentations auront lieu au déjeuner, dit une voix de femme.

Kylie pensait que c'était encore Holiday, mais elle n'en était pas sûre. Tous continuaient à la fixer. Son esprit tournait à cent à l'heure et son cœur battait la chamade. Des flots de paroles résonnaient à ses oreilles.

Détournant les yeux, elle regarda le seuil et combattit le besoin pressant de s'enfuir. De courir vite, sans s'arrêter. Mais elle n'avait jamais été une bonne joggeuse, et trop de dégénérés se tenaient entre la porte et elle. Puis, étrangement, elle se rappela ce qu'elle avait appris sur les animaux sauvages : si vous courez, ils vous prendront pour leur dîner et vous poursuivront.

OK, respire un bon coup. Un autre. Ses poumons s'agrandirent.

Ce n'étaient pas des bêtes sauvages, juste des adolescents un peu dérangés.

C'est alors que le téléphone de Kylie bipa : elle avait reçu un autre texto. Probablement Sara. Elle l'ignora. Et pour la première fois, elle pensa qu'elle s'était peut-être trompée en estimant la situation de son amie pire que la sienne. Elle n'en était pas sûre à cent pour cent, mais, tout au fond d'elle, quelque chose lui disait que sa présence ici n'était pas uniquement liée au fait qu'elle s'était rendue à la fête de Mark Jameson.

Mais alors, à quoi ?

Et pourquoi ? Pourquoi, parmi tous les dégénérés dans cette salle, l'avait-on mise à l'écart ? Parce qu'elle n'agitait pas les sourcils ? Oh, elle savait le faire aussi bien que n'importe qui. Et sinon elle s'entraînerait dès qu'elle se retrouverait seule. Le problème, c'était qu'elle ne comprenait pas toute cette histoire de tics. Était-ce, à Shadow Falls, l'équivalent d'une poignée de main secrète ?

– Allez, faisons avancer les choses, répéta la voix chantante. Les revenants, dehors. Les nouveaux, attendez ici.

Kylie ressentit un soulagement infime lorsque la foule cessa de la fixer et s'en alla en traînant les pieds chercher sacs à main et sacs à dos. Au moins, la plupart ne la mataient plus. Elle regarda vers la droite et vit le garçon aux cheveux noirs et aux yeux bleu vif qui ne la quittait pas des yeux. *Lucas Parker.* Elle se rappelait parfaitement son nom, même si elle ne l'avait pas revu depuis longtemps.

« Je suis bien content qu'il soit parti, avait déclaré son père. Crois-moi, ce garçon deviendra un *serial killer.* » Kylie sentit une main saisir son cœur et le serrer. Fréquentait-elle la même colo qu'un éventuel tueur en série ?

Mais était-ce vraiment lui ? Bien sûr, elle pouvait se tromper. Cela faisait, quoi ? plus de dix ans ! Des frissons se frayèrent un chemin le long de sa colonne vertébrale, puis l'adolescent tourna les talons pour se mêler au flot des revenants qui sortaient.

Elle vit Miranda avancer de quelques pas. Celle-ci s'arrêta devant elle et lança :

– Bonne chance !

Comme elle ignorait si la fille était sarcastique ou sérieuse, Kylie se contenta de hocher la tête.

Le blond se planta derrière Miranda et adressa un grand sourire à Kylie.

– J'aimerais pas être à ta place ! lança-t-il sur le ton de la plaisanterie, puis il suivit Miranda dehors.

Les genoux serrés pour ne pas s'écrouler, Kylie retrouva ses esprits suffisamment longtemps pour se rendre compte qu'au moins la moitié étaient partis. Et sur ses compagnons de route, il ne restait que Blafarde, Gothique, Derek et le type aux innombrables piercings.

– OK, dit Holiday, maintenant, je veux que tous ceux parmi vous qui savent pourquoi ils sont là aillent à gauche. Ceux qui l'ignorent se mettent à droite.

Kylie se rappela son pressentiment que sa présence ici n'était pas uniquement due à sa virée au poste de police, et elle commença à se diriger vers la droite, mais elle remarqua que tout le monde se déplaçait vers la gauche. Comme elle ne souhaitait pas être davantage mise à l'écart, elle se planta au côté de Derek.

Il la gratifia d'un regard incrédule. Elle décida d'imiter leur frétillement de sourcils et plissa le front.

Lorsqu'elle jeta un coup d'œil, seules quatre personnes se tenaient à droite de la pièce. L'une était le garçon aux piercings du bus.

Holiday regarda les deux groupes et Sky vint se poster à côté de la directrice rousse.

– Dacodac. Vous quatre, accompagnez-moi. Sky parlera à tous les autres.

Holiday se mit en route, puis s'arrêta et lança un regard par-dessus son épaule. Celui-ci fit l'effet d'une gifle à Kylie.

– Viens avec nous, Kylie.

Choquée que cette femme connaisse son nom, elle secoua la tête.

– Je sais pourquoi je suis là, mentit-elle.

– Vraiment ?

Décidant de tenter le coup, elle déclara :

– Je me suis fait piquer dans une soirée où il y avait de la drogue.

Des rires railleurs résonnèrent à ses oreilles.

Holiday regarda les moqueurs en fronçant les sourcils et lui fit signe d'avancer.

– Ou parce que mes parents divorcent ? demanda-t-elle, désespérée.

Holiday ne dit rien, mais elle n'avait rien à dire. Le regard qu'elle jeta à Kylie lui rappela celui de sa mère qui signifiait : « Pas de ça avec moi. » Et la seule fois qu'elle avait transgressé cette règle, elle l'avait punie pour un mois. Elle suivit donc la directrice et les quatre autres en dehors du réfectoire.

Lorsqu'ils passèrent devant la foule amassée à l'extérieur, la jeune fille sentit tous les yeux se poser sur elle. Miranda articula :

– Bonne chance.

Kylie ne savait pas pourquoi, mais elle pensait que cette fille était sincère.

Puis elle repéra Lucas Parker debout près de la gothique qui avait levé la main à la réunion et demandé ce que Kylie faisait là. Tête baissée, ils chuchotaient et fixaient Kylie comme si elle n'avait rien à faire ici. Et qu'est-ce qu'elle était d'accord avec eux ! Ce fut alors qu'elle réalisa que Lucas était lui aussi gothique. En tout cas, il portait un tee-shirt noir. Bien sûr, il était canon dans ce tee-shirt, qui épousait parfaitement son torse – très mince mais musclé.

Quand elle se rendit compte qu'elle fixait les abdos de Lucas et que la gothique la regardait d'un air moqueur, Kylie détourna les yeux et feignit de ne pas avoir remarqué son expression. Si seulement elle pouvait faire comme si rien de tout cela ne se passait ! C'est alors que le percé aligna son pas sur le sien. Elle lui jeta un coup d'œil et tâcha de sourire. Ils avaient beau être des étrangers, au moins ils avaient pris le même bus et il paraissait tout aussi ignorant qu'elle.

Il se pencha vers elle.

– Tu n'aurais pas apporté de drogue, par hasard ?

Kylie en resta bouche bée, sous le choc et mortifiée. *Tuez-moi maintenant, qu'on en finisse.* Génial. Grâce à sa gaffe, tout le monde la considérait comme une junkie, à présent.

Holiday, dont la chevelure rousse flottait dans son dos, les conduisit dans un bâtiment plus petit au toit en fer-blanc situé juste derrière le réfectoire. Du porche en planches de bois pendait une pancarte qui indiquait BUREAU DE RENSEIGNEMENTS. Kylie et les quatre autres la suivirent au fond, dans une pièce qui ressemblait à une salle de classe.

– Asseyez-vous.

Holiday s'adossa au bureau en attendant que tout le monde prenne place.

Kylie sentit qu'elle posait son regard sur elle toutes les deux secondes, comme si elle craignait qu'elle essaie de s'échapper. C'était tout à l'honneur de Holiday, car l'idée lui avait traversé l'esprit plus d'une fois. Voilà pourquoi elle avait choisi de s'installer à la table le plus proche de la porte.

Pourtant, quelque chose l'empêchait de partir en courant, à part le fait qu'elle n'avait jamais excellé au cinquante mètres. Autre chose que la crainte de se faire piquer en train de s'échapper.

La curiosité.

Pour une raison inconnue, Kylie sentait que, quoi que Holiday eût à dire, cela lui apporterait des éclaircissements. Et elle mourait d'envie d'avoir une explication.

– OK, dit Holiday, et elle les gratifia tous d'une espèce de sourire qui signifiait : « Relax, tout va bien. »

Quoi qu'il en soit, il faudrait plus qu'un sourire pour convaincre Kylie.

– Ce que je vais vous annoncer sera un soulagement pour vous tous, car tout au fond de vous, vous aviez conscience que quelque chose était différent. Certains l'ont su toute leur vie, d'autres viennent seulement de découvrir leur destinée, mais de toute façon ce sera sûrement un choc. Vous êtes tous là parce que vous êtes exceptionnels. À part. Doués.

Elle marqua une pause, et Kylie attendit que quelqu'un pose la question, mais, comme personne ne se décidait, elle lâcha :

– Définissez ce qui est « exceptionnel » pour vous.

– Nous avons tous lu des histoires sur le surnaturel, les créatures de légende, et depuis l'enfance on nous répète qu'ils n'existent pas. La vérité, c'est que si, ils existent. Dans le monde, nous ne sommes pas tous pareils. Et certains sont bien plus différents que d'autres. Certains sont nés comme cela, d'autres ont été transformés. Mais quelle que soit la façon dont cela vous est arrivé, si vous êtes ici, c'est parce que c'est votre destinée.

– Attendez une minute, lança Kylie sans pouvoir s'en empêcher. Vous êtes en train de… enfin… Vous prétendez que… des créatures comme…

– Les vampires existent ? la coupa Piercings. Je savais que je n'étais pas fou. Voilà pourquoi je suis tombé vraiment malade.

Kylie dut déglutir pour ne pas éclater de rire. Elle allait dire : « des créatures comme des anges », mais c'était stupide. Ce garçon avait manifestement pris trop de drogue.

Tout le monde était au courant que les vampires et ce genre de bêtises n'existaient pas.

Elle attendit que Holiday le corrige. Attendit encore. Pendant ce temps, elle se souvint du contact hyper glacial avec Blafarde. Que Blondie changeait toujours de couleur d'yeux. Que le crapaud de Miranda avait disparu. Non. Elle refusait de commencer à...

– C'est exact, Jonathon, acquiesça Holiday. Ils existent. Eh oui, tu as été transformé la semaine dernière.

– Je savais que ce n'étaient pas que des rêves, ajouta l'autre fille. Le loup dont j'ai rêvé. Il était vrai.

Holiday opina.

– Non. Je refuse d'y croire.

Holiday croisa son regard.

– Je ne suis pas étonnée que ce soit toi, Kylie, qui aies le plus de mal à y adhérer.

– Qu'est-ce que je suis ? lâcha l'autre adolescente aux cheveux blond roux.

Qu'est-ce que je suis ? Cette question vibra dans l'esprit de Kylie. Mais non, elle n'avait pas du tout envie de la poser. Elle ne goberait pas ces idioties. *Je n'y crois pas.*

Holiday lui sourit et la gratifia d'un regard doux, compatissant.

– Ta mère biologique était une fée. Tu as des dons de guérisseuse. Tu t'en doutais, n'est-ce pas ?

Les yeux de la fille s'écarquillèrent en un soulagement manifeste.

– J'ai guéri ma petite sœur, pas vrai ? Mes parents croyaient que j'étais folle. Mais je savais que je l'avais fait. Je l'ai senti quand ça s'est produit.

Holiday la regarda avec compassion.

– C'est parfois l'aspect le plus difficile. Savoir que nous savons et ne pas pouvoir le partager avec d'autres. Mais très peu d'humains ordinaires peuvent nous accepter tels que nous sommes. C'est une des raisons pour lesquelles vous êtes ici : apprendre à accueillir vos dons et à vivre avec dans un monde normal.

L'esprit de Kylie tourna à cent à l'heure. Elle se rappela les étranges événements qui s'étaient produits : le retour de ses terreurs nocturnes et… Treillis, son admirateur obsessionnel qu'elle semblait être la seule à voir. La panique fit place à la logique. Elle ferma les yeux et tâcha désespérément de se réveiller. Ça devait être un rêve.

– Kylie ? Je me doute bien que ce n'est pas facile à accepter pour toi.

– Ce n'est pas difficile, c'est impossible. Je ne crois pas…

– Mais tu as peur de le demander, pas vrai ? De souhaiter connaître les raisons pour lesquelles tu es ici, parce que, au fond de toi, tu sais que c'est ta place.

Je sais que ni ma mère ni mon père ne veulent de moi. Voilà pourquoi je suis ici.

– Je n'ai rien à faire ici, la rembarra Kylie. Je ne rêve pas de loups. J'ai des terreurs nocturnes. J'ai du mal à me rappeler mes rêves. Aucune chauve-souris ne m'a mordue, et je n'ai guéri personne.

– Les vampires et les loups-garous ne sont pas les seules créatures surnaturelles qui existent. Qu'attends-tu, Kylie ? Des preuves ?

chapitre 7

– Oui, des preuves, ce serait cool, répondit Kylie, sans pouvoir dissimuler le sarcasme dans sa voix. Mais tu vas m'annoncer que tu ne peux pas m'en donner, pas vrai ? Me servir un petit discours que je serai obligée de gober, de toute façon ?

– Non, en fait, j'avais l'intention de t'en donner.

Holiday dégageait un calme étrange qui incita Kylie à respirer à fond. Mais cela lui fichait aussi une trouille bleue. Et si la jeune femme disait la vérité ? Kylie se rappela la froideur de la fille blafarde dans le bus. Pas question. Elle n'allait pas le croire. Les vampires et les loups-garous existaient dans les livres, pas dans la vraie vie.

La femme extirpa un portable de son jean et passa un coup de fil.

– Pouvez-vous envoyer Perry dans la salle de classe du bureau ? Merci.

Elle rangea le téléphone dans sa poche.

– Maintenant, vous êtes tous invités à rester pour voir

ça. Ou, si vous préférez sortir, chacun d'entre vous a un mentor qui l'attend dehors. Ils sont là pour répondre à toutes vos questions.

Kylie les observa se regarder et tous acceptèrent. Savoir qu'elle n'était pas la seule à douter la rassura.

Après de longues minutes durant lesquelles le silence enveloppa la salle comme un brouillard, elle entendit des bruits de pas devant le bâtiment. La porte s'ouvrit et le blondinet du bus, celui aux yeux bizarres, entra.

– Salut, Perry. Quel plaisir de te revoir ! lança Holiday, sincère.

– Quel plaisir d'être de retour !

Son regard croisa celui de Kylie ; celle-ci retint son souffle quand elle se surprit à fixer des yeux si foncés qu'ils ne lui semblèrent pas humains. Leur côté angoissant atteignit alors des sommets.

– Je serais ravie si tu nous faisais l'honneur de nous montrer ton don très spécial.

Les yeux inhumains restèrent rivés sur la jeune fille. Perry se fendit d'un grand sourire.

– Alors, comme ça, tu as des non-croyants ? Que voudrais-tu voir ?

– Et si c'était à Kylie de décider ? Kylie, voici Perry Gomez. C'est un métamorphe très doué, l'un des plus puissants que nous ayons ici. Il peut devenir tout ce que tu peux imaginer. Et si tu lui disais en quelle créature tu aimerais qu'il se transforme ?

Kylie laissait aller son regard de Holiday à Perry. Lorsqu'elle comprit qu'ils attendaient une réponse de sa part, elle se força à parler.

– En licorne.

– Les licornes n'existent pas, répondit Perry.

À en juger son expression, il semblait insulté par son choix.

– Avant, si, rétorqua Holiday, comme si elle venait à la rescousse de Kylie.

– Sans déconner ? dit Perry. Elles ont vraiment existé ?

– Sans déconner, répéta Holiday. Mais nous devrions surveiller notre langage. Pense simplement à un cheval avec une corne. Je sais que tu peux y arriver.

Il opina, puis serra ses paumes l'une contre l'autre, et Kylie vit ses yeux noirs entrer dans sa tête. Soudain, l'air dans la pièce se raréfia, comme si tout l'oxygène avait été aspiré. Kylie regarda fixement Perry, même lorsque tout en elle lui intimait de s'abstenir. Puis sa curiosité, son besoin de savoir se volatilisèrent dans l'atmosphère plus très respirable. Elle n'avait jamais compris l'expression « Il vaut mieux ne pas savoir » jusqu'à cet instant. Elle voulait rester ignorante. Elle ne voulait pas voir, elle ne voulait pas croire.

Mais elle voyait très bien.

Des scintillements se formèrent tout près du corps de Perry, comme si on avait renversé un seau de paillettes flottantes autour de lui, comme si un millier de lumières s'allumaient et reflétaient chaque éclat minuscule. Les centaines d'éclats en forme de diamants tourbillonnèrent autour de lui. Lentement, les paillettes tombèrent à terre et à la place de Perry se tenait une immense licorne blanche, une corne rose trônant au milieu de son front.

chapitre 8

La licorne, alias Perry, agita la queue dans tous les sens, comme si elle se pavanait, avant de se tourner brusquement vers Kylie. La bête avança de deux pas dans sa direction, si près qu'elle aurait pu la toucher si elle en avait eu envie.

La licorne leva la tête, hennit, puis l'un de ses yeux très noirs lui fit un clin d'œil.

– Merde !

– Zut alors !

– Oh, mon Dieu !

– La vache !

– L'enfoiré !

Kylie ignorait qui avait dit quoi. Elle aurait d'ailleurs pu sortir la même chose, car ces cinq réactions avaient toutes traversé son esprit confus. Inspirant de nouveau, elle regarda Holiday, qui la fixait de ses yeux vert doux.

– C'est bon, dit celle-ci. Perry, retransforme-toi, maintenant.

Kylie colla son front sur la surface plate et fraîche de son bureau et se mit à respirer et à ne pas penser. Si elle se laissait aller à réfléchir, elle pleurerait ; et la dernière chose qu'elle souhaitait faire devant ces gens, c'était montrer le moindre signe de faiblesse. Zut alors, si ça se trouve, ces dégénérés mangeaient les faibles !

– Vous devriez vous en aller maintenant, dit Holiday.

Il sembla à Kylie que sa voix, désormais autoritaire, résonnait dans la salle.

Elle compta jusqu'à dix et réussit tant bien que mal à relever la tête. Les bureaux autour d'elle étaient vides. Perry, qui avait retrouvé sa forme humaine, et les autres sortirent de la pièce en traînant les pieds. Le métamorphe lui jeta un rapide coup d'œil par-dessus son épaule. Ses yeux, noisette cette fois, qui avaient l'air maintenant normaux, semblaient presque s'excuser.

Se rappelant l'ordre de Holiday de sortir, Kylie se força à se lever. Si elle parvenait à partir d'ici, elle trouverait un endroit isolé où elle pourrait péter les plombs en privé. Où elle pourrait pleurer et essayer de se faire à l'idée que… *Non. Ne pense pas. Pas encore.* Elle ravala les quelques larmes qui refluaient dans sa gorge et ses sinus la piquèrent.

– Où vas-tu ? demanda Holiday.

Kylie la regarda. Cela faisait mal de parler avec le nœud d'émotions coincées entre ses amygdales.

– Tu nous as dit de partir.

– Ils peuvent s'en aller. Toi, tu dois rester.

– Pourquoi ?

Un film aqueux brouilla sa vue et, avec désespoir, Kylie comprit qu'elle ne pouvait pas l'arrêter. Les larmes étaient là. *Pourquoi ?* Cette question unique traversa péniblement son esprit confus pour se transformer en douzaines d'interrogations. Pourquoi tout cela arrivait-il ? Pourquoi la mettait-on encore à l'écart ? Pourquoi sa mère ne l'aimait-elle pas ? Pourquoi son père lui tournait-il le dos ? Pourquoi

Trey ne pouvait-il pas lui donner un peu plus de temps ? Pourquoi tous ces tarés faisaient-ils comme si c'était elle, la cinglée ?

Elle ravala quelques larmes et se laissa retomber sur sa chaise.

– Pourquoi ? demanda-t-elle. Pourquoi suis-je ici ?

Holiday s'assit au bureau à côté d'elle.

– Tu as un don, Kylie.

Elle secoua la tête.

– Je ne veux pas être exceptionnelle. Je veux juste être moi… normale. Et pour être complètement honnête envers toi, je crois que vous avez commis une énorme erreur. Tu vois, je ne suis pas douée, je ne peux absolument pas me transformer en quoi que ce soit. Je ne suis pas nulle en classe, à part peut-être en algèbre, mais je n'ai jamais été super douée non plus. Le sport, ce n'est pas mon truc du tout, et je ne suis pas hyper talentueuse, ni même super intelligente. Et, crois-le ou non, ça me va très bien. Ça m'est égal d'être juste moyenne. Ou normale.

Holiday rit.

– Il n'y a pas d'erreur, Kylie. Toutefois, je comprends parfaitement ce que tu ressens. J'ai éprouvé exactement la même chose à ton âge et surtout lorsque j'ai appris la vérité.

Kylie s'essuya le visage puis se força à poser la question à laquelle elle avait essayé de ne pas penser depuis que tout cela avait commencé :

– Que suis-je ?

chapitre 9

– Peux-tu affronter la vérité ? demanda Holiday d'un ton doux, les yeux emplis d'empathie.

L'affronter ? Je viens de voir un garçon se transformer en licorne. Est-ce que ça pourrait être pire ?

Quelques secondes après s'être posé la question, Kylie ressentit un frisson. Et si justement ça pouvait être pire ? Elle se souvint que Holiday avait prétendu qu'il existait d'autres types de créatures surnaturelles, à part les vampires et les loups-garous qui, de l'avis de la jeune fille, devaient être les pires de toutes – bien qu'elle ne s'y connaisse pas particulièrement dans ce domaine –, mais si la directrice avait affirmé cela uniquement pour la rassurer ? Aurait-elle menti ?

– Oui, je peux l'affronter, répondit Kylie, l'air plus courageuse qu'elle ne l'était en réalité.

Mais lorsque Holiday ouvrit la bouche, elle lâcha :

– Non. Je ne sais pas si j'en suis capable.

Comment le pourrait-elle alors que c'était déjà trop pour elle ?

Elle se mordit la lèvre inférieure si fort qu'elle eut mal.

– Si tu es sur le point de m'annoncer quelque chose du style « Tu es morte, tu dois commencer à aimer le sang et tu ne peux même pas manger de sushis », je ne serai pas en mesure de l'affronter. Ou si tu as l'intention de me dire que je vais commencer à hurler à la lune, à manger les chats des autres et que je passerai le reste de ma vie à me faire épiler si je veux porter un maillot de bain, je ne crois pas non plus que je pourrai l'assumer. J'aime les chats, et j'ai essayé de m'épiler une fois, mais c'était hyper douloureux.

Holiday rit, mais Kylie était on ne peut plus sérieuse. S'épiler à la cire était hyper douloureux et, depuis, elle n'avait plus laissé Sara l'embarquer dans ce genre d'expérience.

– Crois-tu que je vais pouvoir la gérer ? demanda Kylie, qui redoutait la réponse.

– Honnêtement, je ne te connais pas très bien, mais je me fie à l'évaluation que le Dr Day a faite de toi.

Kylie cilla.

– Qu'est-ce que ma psy a à voir là-dedans ?

– Ta psy, comme tu l'appelles, est celle qui t'a envoyée à nous. Elle a reconnu tes dons ; c'est une demi-fée, tu sais.

Kylie tâcha d'enregistrer cette information.

– Je suis ici à cause d'elle ? Cette femme est…

Elle se rapprocha, comme si chuchoter pouvait rendre cette nouvelle moins insultante.

– Elle a une case de vide. Je ne te mentirai pas. C'est une allumée.

Holiday se renfrogna.

– Malheureusement, d'un point de vue normal, tous les surnaturels passent un peu pour des allumés. Elle a dit beaucoup de bien de toi.

L'adolescente culpabilisa légèrement, ce qui, pensait-elle, devait être l'intention de la directrice.

Holiday posa ses paumes sur les mains de la jeune fille.

– Je ne te mentirai pas non plus, Kylie. La vérité, c'est que nous ne savons pas ce que tu es.

Kylie s'assit un peu plus droite, rumina cette information, et Holiday se tut, comme si elle lui laissait le temps de digérer la nouvelle. Mais Kylie avait du mal à la digérer. Elle s'efforçait de trouver le positif dans tout cela.

– Tu ne comprends pas ? C'est parce que je ne suis rien. Je suis juste moi. Quelqu'un de normal.

La femme secoua la tête.

– Tu as des dons, Kylie. Ceux-ci proviennent probablement de diverses formes surnaturelles et, presque toujours, ils sont héréditaires.

– Héréditaires ? Mes parents ne sont ni l'un ni l'autre des surnaturels.

Holiday ne semblait pas convaincue.

– Dans de rares cas, cela peut sauter une génération. Tu pourrais être une fée, une descendante de l'un des dieux. Tu pourrais…

– Des dieux ? Des dons ? Quels dons ?

Holiday s'éclaircit la gorge, et ses yeux, pleins d'empathie, croisèrent ceux de Kylie.

– Tu sais parler aux morts. Parfois dans ton sommeil, d'autres fois lorsque tu es éveillée.

La chaleur se répandit dans les mains de la jeune fille, mais ce fut du froid qui envahit son cœur.

– Les morts ?

Son esprit se mit à filtrer les images, dont toutes figuraient Treillis puisqu'elle ne se souvenait pas de ses terreurs nocturnes.

– Non, tu as tort. Je ne leur ai jamais parlé. Jamais, jamais, jamais. Pas un seul mot. Ma mère m'a appris à ne jamais adresser la parole à des inconnus.

– Mais tu les as vus, n'est-ce pas ?

Les larmes picotèrent de nouveau ses yeux.

– Juste un. Et je ne suis pas sûre que ce soit un fantôme. D'accord, ma mère ne l'a pas vu, mais elle, elle est toujours dans son petit monde.

Mais il y avait aussi sa voisine, qui était passée pile devant Treillis sans même lui jeter un seul coup d'œil. *Oh, zut de zut !*

– Ça fait peur, je sais, convint Holiday. Je me souviens de la première fois que je l'ai vécu.

Elle ôta ses mains de celles de Kylie.

– Tu as le même talent ?

Holiday opina et regarda vers la gauche.

Kylie opéra un balayage visuel de la pièce.

– Mais il n'y en a pas ici, pas vrai ?

Instantanément, elle le sentit. Ce genre de froid sinistre dans les os qu'elle avait si souvent ressenti ces derniers temps.

– Ils sont toujours là, Kylie. Tu éteins juste ton esprit, voilà tout.

– Puis-je le faire ? En permanence ?

Holiday hésita.

– Certains peuvent y arriver, mais c'est un don. Ne pas s'en servir est du gâchis.

– Du gâchis ? Mais je n'ai jamais rien demandé !

Ses propres paroles résonnèrent dans sa tête, et elle comprit qu'elle venait quasiment de reconnaître que c'était vrai. Elle ne voulait pas que ce soit vrai. Ne voulait ni l'accepter ni y croire.

– Je ne suis pas sûre d'avoir ce don. C'est vrai, j'ai entendu dire que des gens normaux entrevoient tout le temps des fantômes.

Holiday opina.

– Exact. Certains accumulent tellement d'énergie que même un être normal parvient à les voir.

– Alors, c'est ce qui m'arrive. J'ai juste affaire à un fantôme super chargé en énergie. C'est tout. Parce que je suis simplement normale.

– Les preuves affirment le contraire.

Kylie en eut le souffle coupé.

– Lesquelles ?

Holiday se leva et lui fit signe de la suivre. Les genoux de Kylie étaient faibles lorsqu'elle se mit debout, mais elle lui emboîta le pas. La directrice parlait en marchant.

– Premièrement, il y a le fait que tu sois illisible.

– Illisible ? répéta Kylie alors qu'elles pénétraient dans un petit bureau.

– Tous les surnaturels possèdent l'aptitude à se faufiler dans les esprits. Quand nous lisons un humain, nous voyons un schéma similaire chez tout le monde. Lorsque nous lisons d'autres surnaturels, nous pouvons généralement sentir ce qu'ils sont. À moins qu'ils ne nous empêchent délibérément d'entrer. Ce que la majorité ne fait pas, par courtoisie.

– C'est ce tic avec les sourcils ? s'enquit Kylie.

– Tu piges vite, pas vrai ? Et le fait est que ceux qui ont le don de parler aux fantômes mettent souvent du temps à lire les autres et sont très difficiles à lire. Nous ne nous montrons pas malpolis, mais nos esprits fonctionnent à un niveau différent de celui de tous les autres. Avec un peu de pratique, en revanche, nous pouvons nous entraîner à nous ouvrir. Ta configuration, plus le fait que tu restes illisible, m'indique que tu es plus qu'humaine. Et il y a cette preuve.

La directrice ouvrit un tiroir. Elle sortit un papier d'un dossier qui arborait le nom de Kylie et le mit dans les mains de la jeune fille.

Celle-ci regarda une copie de son acte de naissance. Nulle part sur le document il n'était écrit qu'elle était une surnaturelle ou qu'elle voyait des fantômes. Elle leva les yeux sur Holiday, des questions lui envahissant l'esprit.

Celle-ci avait dû lire ses pensées, ou son expression, car elle répondit :

– Tu es née à minuit, Kylie.

– Et alors ? Pourquoi est-ce censé signifier quelque chose ?

Holiday passa le doigt sur tous les dossiers.

– Tout le monde ici est né à minuit.

Le cœur de Kylie battit un peu plus fort. Elle observa l'ongle verni de rouge de Holiday se déplacer sur les étiquettes des dossiers, où les noms étaient inscrits en gras. Aucun ne lui était familier jusqu'à ce que son regard en trouvât un qui lui dit quelque chose.

Lucas Parker.

Mais ça ne voulait rien dire. Son nom lui sauta simplement aux yeux parce que c'était l'un des rares éléments familiers ici. Une autre vague d'émotion glacée remonta sa colonne vertébrale.

Kylie tourna sur elle-même et retint son souffle quand elle le vit. Pas Lucas, mais Treillis. Il se tenait là, plus près que jamais, et la fixait, le regard froid et mort.

Moins de dix minutes plus tard, Kylie s'assit à la table du déjeuner.

Seule.

Il n'y avait que Holiday, l'autre directrice de la colo, les deux hommes et elle dans le réfectoire.

Toutes les deux minutes, l'esprit de l'adolescente tâchait de s'accoutumer aux événements récents – tous, depuis la licorne jusqu'au fait qu'elle n'était pas humaine. Mais son esprit ne semblait pas d'humeur à s'accoutumer.

Nie-le. Nie-le. Ces paroles se répétaient comme une chanson dans sa tête.

Les voix qui provenaient du réfectoire lui firent lever les yeux. Holiday avait reçu un coup de fil de Sky et, comme c'était presque l'heure du déjeuner, elle avait demandé à la jeune fille de l'accompagner ; elle lui montrerait son bungalow après le repas.

Le regard de Holiday se posa sur Kylie. Celle-ci fixait son téléphone pour dissimuler son malaise, tandis que les deux directrices se trouvaient plus loin devant elle, en compagnie des types en costume noir qui étaient passés plus tôt.

Kylie ne pouvait pas entendre leur conversation, mais, quoi qu'il se dît, elle devina que ça ne présageait rien de bon. Elle regarda de nouveau entre ses cils. Holiday et Sky fronçaient les sourcils. Holiday, la plus nerveuse, tapait du pied et entortillait ses cheveux en une corde serrée.

Puis l'un des hommes leva les mains en l'air et cracha :

– Je n'accuse personne, mais je serai clair ! Découvrez le fin mot de l'histoire et mettez-y un terme, sinon, je vous jure que les hautes instances vous renverront tous chez vous !

Renvoyés chez nous ? Kylie baissa les yeux et feignit de ne pas entendre, mais l'espoir l'envahit, c'était plus fort qu'elle. Depuis que Holiday l'avait laissée seule à table, elle avait été tentée d'appeler ses parents pour les supplier de venir la chercher.

Oui, mais que leur dirait-elle ? *Salut, maman, papa, vous savez quoi ? Vous m'avez envoyée en colo avec de vrais dégénérés, une bande de suceurs de sang et de tueurs de chats. Ah, et au fait, moi aussi j'en suis une, mais ils ignorent encore de quelle sorte.*

Le cœur de la jeune fille se serra en imaginant la tournure de la conversation. Il y avait de grandes chances pour que sa mère la fasse interner dans un asile psychiatrique. Mais ce ne serait pas pire que là où elle se trouvait en ce moment.

Fixant ses mains, Kylie se rappela ce que Holiday avait déclaré à propos de ses dons, prétendument héréditaires. Sa mère ou son père voyaient-ils des fantômes ? Pas sa mère, sinon elle n'aurait pas fait intervenir la psy la première fois que Kylie avait parlé de Treillis. Et son père le lui aurait avoué, s'il avait des dons particuliers, n'est-ce pas ?

Mais Kylie n'acceptait pas d'être douée. Il était toujours fortement probable que Holiday ait tort quand elle prétendait qu'elle était l'une des leurs. Peut-être que Treillis était simplement un fantôme très puissant, comme Holiday l'avait suggéré. Et il devait sûrement y avoir des gens normaux nés à minuit, non ?

Quoi qu'il en soit, l'idée d'essayer de raconter cela à ses parents lui semblait absurde. *Absurde ?* De qui se moquait-elle ? C'était de la folie douce, et si elle n'avait pas vu Perry se métamorphoser en licorne elle n'y aurait pas cru non plus.

Les conversations devant le réfectoire devinrent un peu plus bruyantes, mais pas autant qu'avant, pas assez pour que Kylie puisse distinguer ce qui se disait. Elle fixa donc son téléphone et feignit de regarder le dernier texto de Sara, bien qu'en vérité elle l'eût déjà lu.

Celle-ci n'avait pas avoué à ses parents qu'elle n'avait pas eu ses règles à la date prévue, et, dès que sa mère partirait déjeuner, la jeune fille irait s'acheter un test de grossesse. Cet après-midi, elle apprendrait si elle attendait un bébé.

Kylie ne lui avait pas demandé qui était le père, ni même si elle envisageait d'avorter. Elle ignorait pourquoi, mais elle ne voyait pas son amie s'y résoudre. Cependant, six mois auparavant, elle aurait juré que jamais sa copine ne se serait retrouvée enceinte.

Elle s'inquiéta brièvement pour Sara avant de repenser à ses propres problèmes. Du style, comment survivrait-elle les deux prochains mois ? Et par « survivre », elle n'entendait pas que « mentalement ». Les vampires et les loups-garous tuaient des gens.

« Seulement les méchants », lui avait expliqué Holiday en venant ici alors que Kylie avait frisé l'arrêt cardiaque chaque fois qu'elle entendait quelqu'un approcher. Holiday était-elle sûre qu'il n'y avait aucun méchant à la colo ? Certains lui avaient paru plutôt lugubres. Non pas qu'elle se considérât comme une spécialiste dans la différenciation entre les mauvais et les bons surnaturels. Seulement, en un sens, c'était un peu la même chose que ce que les serpents et les araignées lui inspiraient : il y avait les bons et les mauvais, mais pour sa sécurité elle les évitait tous.

Elle espérait sincèrement ne pas être obligée de partager sa chambre avec l'un d'eux. Holiday ne lui demanderait sûrement pas de dormir dans un bungalow avec quelqu'un qui pourrait être tenté de la tuer dans son sommeil. Quoique, après tout… Super, elle devrait donc probablement garder un œil ouvert la nuit pendant deux mois entiers !

La conversation entre les types en costume et les directrices touchait à sa fin, et les deux hommes firent mine de partir. Mais l'un d'eux, le plus grand, se retourna et fixa Kylie droit dans les yeux. Puis il le fit : il remua les sourcils en la regardant.

Kylie détourna les yeux, mais elle devina qu'il était encore là, qu'il continuait à la dévisager et à agiter les sourcils. Elle sentit ses joues se réchauffer.

La porte du réfectoire se ferma, mais elle l'entendit se rouvrir. Kylie vit les autres adolescents qui entraient dans la salle petit à petit. Alors que chacun passait, elle se surprit à lancer des paris : fée, sorcière, loup-garou, vampire ou métamorphe ? Existait-il d'autres sortes de surnaturels ? Elle devrait demander à Holiday quels étaient les différents types, comme la signification de « descendre des dieux ».

Kylie essaya de classer les espèces qu'elle connaissait dans l'un des deux groupes : les surnaturels pour qui l'être humain ne ferait jamais partie de la chaîne alimentaire, et ceux pour qui c'était le cas.

Derek passa la porte. Il s'arrêta dans la pièce et la passa en revue. À la minute où ses yeux se posèrent sur Kylie, ils s'illuminèrent, et elle comprit qu'il avait trouvé ce qu'il cherchait. Elle. Même sans savoir ce qu'il était, ni à quel groupe il appartenait précisément, l'idée qu'il l'appréciât suffisamment pour partir à sa recherche la fit se sentir moins seule.

Quand il avança vers elle, un infime sourire apparut dans ses yeux, et elle se dit encore qu'il lui rappelait vraiment Trey. Était-ce pour cette raison qu'il lui plaisait, ou du moins qu'elle le préférait aux autres ? Parce qu'il ressemblait à son ex ?

Elle devrait se montrer prudente, se dit-elle, ne pas confondre ce côté familier avec autre chose.

– Salut, lança-t-il en s'asseyant à côté d'elle.

Quand elle leva les yeux sur lui, elle s'aperçut que son épaule arrivait à peine au milieu de son avant-bras. Cela signifiait qu'il était plus grand que Trey, probablement de cinq centimètres.

Kylie hocha la tête et jeta son téléphone dans son sac.

– Alors ? dit-il.

Elle croisa ses yeux verts tachetés d'or. Elle connaissait parfaitement le sens de cette question à un seul mot : il souhaitait savoir ce qu'elle était. Elle envisagea de lui répondre, de lui avouer qu'elle ignorait ce qu'elle était, qu'elle connaissait juste son don, mais se rendit brusquement compte qu'elle n'était pas prête à le formuler à haute voix. Car cela signifierait qu'elle y croyait. Et elle n'y croyait pas. Pas encore.

– Ç'a été une matinée de folie, lança-t-elle simplement.

– J'imagine, rétorqua-t-il, et elle sentit une légère déception en lui.

Il aurait souhaité qu'elle lui fasse confiance.

Bonne chance, mon grand, pensa-t-elle. Entre ceux qui mouraient à cause d'elle – Nana –, ceux qui divorçaient à cause d'elle – ses parents – et ceux qui cassaient avec elle parce qu'elle refusait de coucher – Trey –, sa capacité à accorder sa confiance avait exécuté un beau plongeon du haut d'une falaise très élevée. Pour atterrir, tout estropiée, au fond d'un ravin, juste à côté de son cœur.

Miranda s'affala sur le siège de l'autre côté de Derek.

– Salut ! Nous partageons le même bungalow. Cool, non ?

– Oui.

Elle tâcha de trouver ce que Miranda était au juste. Elle se rappela le crapaud et, pour une raison quelconque, imagina qu'elle était une sorcière.

– Moi aussi, je suis avec vous, les filles, déclara quelqu'un avant de s'asseoir à côté de Kylie.

Celle-ci se retourna et se retrouva en train de fixer son propre reflet dans les lunettes noires de Blafarde.

Des frissons parcoururent sa colonne vertébrale. Kylie ignorait si elle était un loup-garou ou un vampire, mais quelque chose lui disait qu'elle était l'un des deux. Ce qui, en gros, signifiait qu'elle tombait dans la catégorie « les humains font partie de la chaîne alimentaire ».

La fille baissa ses lunettes, et Kylie put regarder ses yeux pour la première fois. Ils étaient noirs et légèrement en amande, comme si elle avait des origines asiatiques.

– Je m'appelle Della, Della Tsang.

– Euh… Kylie Galen, parvint-elle à répondre, en espérant que son hésitation ne passait pas pour de la peur.

Mais c'en était bien, et Kylie ne pouvait pas le nier.

– Alors, Kylie, dit Della en baissant ses lunettes de quelques centimètres supplémentaires, dis-nous. Qu'es-tu exactement ?

Était-ce son imagination, ou au moins une dizaine d'autres adolescents se tournèrent pour regarder en direction de leur table ? Avaient-ils une ouïe supersonique ? Le portable de Kylie vibra.

– Euh, je dois répondre.

Elle sortit son téléphone de son sac, se leva et alla se poster dans un coin, loin de tous.

Quand elle jeta un coup d'œil à l'écran pour savoir qui couvrir d'éloges pour l'avoir appelée au bon moment, son cœur se serra. Elle s'attendait à ce que ce soit Sara, voire sa mère ou son père. Pas Trey.

chapitre 10

– Allô ? répondit-elle en hésitant.

Et sa poitrine s'emplit immédiatement d'une douleur familière – « Trey me manque » – qui avait presque disparu jusqu'à ce qu'elle le vît à la soirée. Presque.

– Kylie ?

Sa voix grave jouait de nouveau avec ses sentiments.

Elle ravala un nœud dans sa gorge et le visualisa dans sa tête. Ses yeux verts qui la fixaient comme quand ils sortaient ensemble.

– Oui ?

– C'est Trey.

– Je sais, répondit-elle. Pourquoi tu m'appelles ?

– Il me faut une raison ?

Depuis que tu couches avec une autre, oui.

– Nous ne sommes plus ensemble, Trey.

– Et c'est peut-être une erreur. Je n'arrête pas de penser à toi depuis que je t'ai vue à la soirée.

Elle aurait parié qu'il avait cessé de penser à elle quand

il s'était retrouvé seul avec son dernier *sex-toy* en date. Ils avaient eu du bol : ils étaient partis un quart d'heure avant l'arrivée de la police. Donc, pendant que Kylie était au poste, Trey avait sûrement savouré pleinement sa chance et sa nouvelle copine.

– Sara m'a appris que tu te trouvais dans une colo à Fallen, reprit-il, comme elle gardait le silence. Il paraît que ta mère t'y a envoyée à cause de la fête ?

– Ouais, répondit-elle, même si elle savait que ce n'était pas toute la vérité.

Mais elle ne pouvait pas l'avouer à Trey. Même pas en partie. Alors, cela la frappa : le nombre de mensonges qu'elle devrait raconter à tous ceux qu'elle connaissait. Puis elle se rendit compte d'autre chose : sa mère n'avait pas baratiné quand elle avait affirmé que le Dr Day l'avait persuadée que Kylie devait venir ici. Peut-être qu'elle n'avait pas souhaité se débarrasser d'elle autant que Kylie l'avait cru. Cela aurait dû la réconforter, mais la douleur dans sa poitrine s'intensifia.

Sa mère lui manquait. Son père aussi. Elle voulait rentrer chez elle. Un nœud se forma dans sa gorge, et elle déglutit.

– Tu as le droit de recevoir des coups de fil ? demanda Trey.

Sa voix la ramena à la réalité, loin de ses pensées.

Le droit ? Elle n'y avait pas réfléchi.

– Je crois que oui. Personne ne m'a dit que je n'y étais pas autorisée.

Mais elle n'avait pas lu le règlement affiché dans son bungalow. Ce n'était pas sa faute, elle n'avait pas encore eu la permission d'y aller.

Elle leva les yeux pour vérifier si quelqu'un téléphonait. Elle remarqua deux jeunes avec leur appareil à l'oreille et deux autres qui envoyaient des textos. L'un d'eux était Jonathon, alias Piercings, en compagnie de deux autres types. À côté d'eux traînait Gothique avec une bande d'autres gothiques.

Kylie repéra également Lucas Parker. Pas au téléphone, mais en train de bavarder avec un groupe de filles qui avaient tout l'air d'être son fan-club personnel. Ce que l'une racontait le faisait sourire. Et Kylie voyait les minettes se pâmer devant lui. *Qu'elles rient donc et qu'elles s'extasient !* pensa Kylie. On voyait bien qu'il n'avait pas tué leur chat.

– Je vais dans une colo de foot à Fallen la semaine prochaine, annonça Trey, qui la ramena à la conversation. Je me suis dit qu'on pourrait trouver le moyen de se revoir. De se parler. Tu me manques, Kylie.

– Je croyais que tu fréquentais Shannon.

– Nous ne sommes jamais vraiment sortis ensemble. Mais on ne se voit plus. C'était impossible de discuter avec elle.

Mais je parierais que vous avez fait d'autres trucs. Se souvenir que la fille ne l'avait pas lâché de toute la soirée la blessa.

– Dis au moins que tu voudras bien me voir, fit-il. S'il te plaît, tu me manques vraiment.

Sa poitrine s'alourdit.

– Je ne sais pas si je peux. J'ignore encore comment les choses sont gérées ici.

– Je pense que nos camps ne se trouvent qu'à quelques kilomètres. Ça ne devrait pas être difficile de nous voir.

Elle ferma les yeux et songea qu'il serait bon de retrouver Trey. N'importe qui connu d'elle et qui ne fût pas un dégénéré, mais surtout Trey. Elle s'était toujours tournée vers lui quand ça n'allait pas. Raison pour laquelle leur rupture lui avait brisé le cœur.

– Je ne peux rien te promettre tant que je ne sais pas comment les choses se déroulent ici.

Kylie leva les yeux. Holiday et Sky arrivaient dans la salle.

– Le déjeuner est prêt, annonça cette dernière. Mangeons d'abord, puis nous passerons aux présentations.

Aux présentations ? Kylie avait le trac à l'idée de parler devant tout le monde.

Kylie vit Derek se retourner et la regarder comme s'il se demandait si elle voulait se mettre en rang avec lui. Elle aimait bien l'idée d'être à côté de lui plutôt que toute seule.

– Il faut que j'y aille, Trey.

– Mais, Kylie…

Elle raccrocha. Elle ne l'avait pas fait pour être méchante, mais qu'il se sente un peu rejeté ne la dérangea pas trop.

Derek se leva et lui fit signe de venir. Il était effectivement plus grand que Trey. Kylie tâcha de ne pas tressaillir lorsque Della les rejoignit, et tous les trois se mêlèrent à la file d'attente.

Della se retrouva derrière Gothique, et elles entamèrent la conversation.

Derek se retourna et scruta Kylie.

– Petit copain ? s'enquit-il.

– Hein ?

– Le coup de fil ?

– Oh. Ex.

Immédiatement, elle se souvint que plusieurs autres jeunes l'avaient regardée quand Della lui avait demandé ce qu'elle était. Elle se pencha plus près de Derek.

– Tu as pu m'entendre au téléphone ? Tout le monde a pu m'entendre ?

– Non. C'était juste le langage de ton corps. Mais oui, certains ont une ouïe supersonique.

– Pas toi ?

Elle espérait qu'il lui apprendrait ce qu'elle désirait savoir. Qu'il lui révélerait ce qu'il était.

– Pas moi, dit-il.

Son bras effleura le sien, et l'espace d'une seconde elle ignora si elle voulait s'éloigner ou se rapprocher. Il n'était pas froid, ce qui rendait la seconde option envisageable. Quand son bras toucha de nouveau le sien, quelque chose d'extrêmement rassurant se répandit en elle.

– Alors, tu es quoi ? demanda-t-elle.

Puis elle se mordit la langue. Ce n'était pas juste qu'elle lui pose des questions auxquelles elle-même refusait de répondre.

– C'est bon, tu n'es pas obligé de me le dire.

Elle détourna les yeux, gênée, puis écouta les bavardages. Contrairement à tout à l'heure, lorsque le silence régnait, là, si elle essayait de toutes ses forces, elle pourrait se convaincre qu'elle était dans une pièce remplie d'ados normaux.

Et ce fut à ce moment-là que Kylie comprit qu'elle ne cherchait plus à le nier.

Des rires et quelques petits cris perçants plus féminins emplirent ses oreilles. Elle aurait dû trouver le concept d'ados « normaux » rassurant, mais elle était incapable de refouler la vérité : personne, parmi ces gens-là, n'était normal.

Pas même moi.

Cette pensée envoya une onde de panique dans son ventre, et elle se demanda comment elle pourrait désormais avaler quoi que ce soit.

– Je suis à moitié Fae, avoua Derek.

Sa voix s'approcha de son oreille. Le chatouillement de son souffle provoqua des palpitations dans son abdomen. Pas de la peur, non, autre chose. Elle mit cela de côté et tâcha de se concentrer sur ses propos.

Fae ? Le moteur de recherche de synonymes dans son cerveau entreprit de fouiller dans des dossiers jusqu'à ce qu'elle se souvienne avoir lu une fois que *fae* était l'équivalent anglais de « fée ».

Son esprit cracha des données. Holiday était une fée. Elle avait même affirmé que Kylie pourrait bien en être une.

Elle se retourna et croisa ses yeux verts. D'une voix si basse qu'elle n'était plus qu'un murmure, elle demanda :

– Tu vois… tu vois des fantômes ?

– Des fantômes ?

Ses yeux s'écarquillèrent comme si cette question était incroyable. Mais comment cela pouvait-il paraître fou alors que…

Son train de pensées marqua une halte soudaine lorsque Kylie sentit quelqu'un dans son dos. Son cœur s'accéléra et elle craignit que ce ne soit Treillis. Mais le froid, celui qui, se rendit-elle brusquement compte, survenait toujours quand il se trouvait dans les environs, ne semblait pas là. Elle observa le regard de Derek se poser derrière son épaule. Il hocha la tête.

Elle tourna la sienne et retint son souffle lorsqu'elle se retrouva en train de regarder les yeux bleu clair de Lucas Parker.

– Je crois que tu as perdu ça.

Sa voix lui rappelait celle d'une publicité radio : grave, avec un grondement qui la rendait unique, mémorable. Une qualité qui le faisait paraître plus âgé qu'il ne l'était.

Consciente qu'elle le fixait, elle posa vite les yeux sur ses mains dans lesquelles il tenait le portefeuille Coach que sa grand-mère avait fait la folie de lui offrir à Noël.

Elle le lui prit et résista à la tentation de s'assurer que la carte de crédit de sa mère était toujours à l'intérieur. Sa mère serait vraiment énervée si elle la perdait.

Déchirée entre le fait socialement acceptable de le remercier et celui de l'interroger pour savoir comment il avait mis ses mains de tueur de félins sur un objet qui lui appartenait, elle eut le vertige. Puis, comme elle faisait presque tout le temps le « socialement acceptable », le simple mot « merci » se forma sur sa langue – mais elle ne parvint pas à le cracher.

Elle ne put s'empêcher de se demander s'il se souvenait d'elle. De constater que ses yeux bleus semblaient la scruter, exactement comme ils l'avaient fait toutes ces années auparavant. Ils n'avaient pas été amis, juste voisins pendant une période très brève. Il n'était même pas dans sa classe. Mais chaque jour ils devaient parcourir trois pâtés de maisons jusqu'au lycée, et elle se souvenait parfaitement que ce trajet constituait son moment préféré de la journée. Dès la première fois où elle l'avait remarqué dans la rue sur son vélo, il l'avait mystérieusement fascinée.

Et, de la même façon, elle se rappelait très clairement la dernière fois qu'elle l'avait vu. La fascination avait laissé place à un vent de peur glacial.

Elle était assise sur une balançoire, son nouveau chaton dans les mains, celui que ses parents lui avaient offert, car Socks avait disparu. La tête de Lucas apparut derrière le portail et ses yeux bleus croisèrent les siens. Le chat cracha et la griffa en essayant de filer se cacher. Le garçon le fixa et dit :

– Veille à rentrer le chaton dans ta maison la nuit, sinon ce qui est arrivé à l'autre lui arrivera aussi.

Elle avait couru voir sa mère en pleurant. Ce soir-là, ses parents étaient allés parler à ceux de Lucas.

Ils ne lui racontèrent pas ce qui s'était passé, elle se souvint juste de la colère de son père à leur retour.

Mais peu importait, parce que, le lendemain, Lucas Parker et sa famille étaient partis.

– Tu es la bienvenue, dit Lucas, son grondement grave légèrement teinté de sarcasme.

Puis il tourna les talons.

Oh, super ! Tout ce dont elle avait besoin, c'était de se faire des ennemis parmi le gang « les humains font partie de la chaîne alimentaire ». Surtout un qui, elle le savait, était capable de commettre des actes méprisables. Mais avouons-le, être gentille avec Lucas Parker serait difficile. Après tout, il avait tué son chat et menacé de faire la même chose à son chaton.

chapitre 11

Au cours du déjeuner, les présentations furent plutôt gênantes, comme Kylie l'avait pressenti. Tout le monde avait décliné son identité et « ce » qu'ils étaient, mais quand vint son tour elle ne put que donner son nom. Juste après, le silence dans la pièce avait été oppressant. Holiday était intervenue pour expliquer que l'origine des pouvoirs de Kylie était toujours en cours de déchiffrage et que son « étroitesse d'esprit » n'était pas délibérée, seulement une conséquence de ses dons.

Si quiconque dans la salle doutait encore qu'elle fût la dégénérée de toutes les dégénérées, la directrice du camp venait désormais de l'en informer. Oh, elle soupçonnait Holiday d'essayer de l'aider, mais elle s'en serait volontiers passée. Heureusement, elle avait déjà réussi à ingurgiter un demi-sandwich à la dinde, parce que, après ça, elle serait bien incapable d'avaler une autre bouchée.

Juste après sa minute de honte sous les projecteurs, son téléphone sonna. Elle vit le numéro de sa mère s'afficher et éteignit l'appareil. La dernière chose qu'elle souhaitait, c'était que ceux qui avaient une ouïe supersonique entendent leur conversation.

Dès que la réunion-déjeuner officielle fut terminée, Kylie alla trouver Holiday pour obtenir des indications sur son bugalow. Le dîner était fixé à 18 heures et, en attendant, l'après-midi était libre. On avait encouragé les ados à profiter de ce temps pour apprendre à connaître leurs compagnons de colo et colocs.

Mais Kylie, planquée dans le placard qui lui servait de chambre, passa les quatre heures à apprendre à connaître son trouble. Oui, elle comprenait bien la différence entre « encourager » et « forcer ».

En s'asseyant sur son lit, elle remarqua de nouveau la taille de sa chambre. Mais elle ne se plaignait pas. La superficie importait peu, du moment qu'elle avait une chambre pour elle toute seule. Vu les terreurs nocturnes qui la harcelaient trois ou quatre nuits par semaine, l'intimité était hyper appréciée. Simplement, elle espérait que les murs seraient assez épais pour étouffer ce que sa mère appelait ses « hurlements à vous glacer le sang ». Chez elle, ils ne l'étaient assurément pas.

Se mordillant la lèvre, Kylie se redemanda comment sa mère avait pu lui faire ça. L'envoyer ici alors qu'il y a huit jours à peine elle avait suggéré qu'elle ne passe pas une seule nuit ailleurs que chez elle, parce que ce serait gênant pour elle que les autres la voient, hébétée de sommeil, aux prises avec ses angoisses.

Chassant la pensée de sa mère, elle balaya sa chambre du regard. Elle avait gâché son après-midi. Elle avait défait ses bagages, rappelé sa mère – alias la Reine des glaces –, tâché de contacter une Sara portée disparue – qui ne l'avait pas appelée et ne lui avait pas non plus envoyé de texto –, lu le règlement du camp et s'était adonnée à un bon vieux pétage de plombs avec beaucoup de larmes.

Un pétage de plombs bien mérité.

Pendant seize ans, elle avait essayé de deviner qui elle était. Et même si elle avait toujours su qu'elle avait encore beaucoup à faire, elle se montrait plutôt confiante dans ses découvertes. Mais aujourd'hui elle réalisait que non seulement elle s'était trompée sur qui elle était, mais qu'elle ignorait même ce qu'elle était.

Pour une crise identitaire…

Son téléphone vibra. Elle regarda l'écran et vit le nom de son père.

Son père qui l'avait quittée.

Son père qui n'était pas venu la chercher au poste de police.

Son père qui ne lui avait pas rendu visite avant qu'on l'envoie de force dans ce camp.

Son père qui, de toute évidence, était loin de l'aimer aussi fort qu'elle l'avait cru.

Son père qui, malgré tout, lui manquait terriblement.

Si cela faisait d'elle une fille à papa, alors soit. De plus, c'était sûrement une situation temporaire : tôt ou tard, elle cesserait de l'adorer autant que lui.

Sa gorge se noua. La tentation de répondre pour le supplier de venir la chercher était si forte qu'elle balança le téléphone au pied du lit. Elle écouta le vibreur et sut que si elle prenait cet appel elle lui parlerait des surnaturels et lui avouerait qu'elle en était un. Qu'elle avait rencontré Lucas Parker, le futur *serial killer*.

Dissimuler des choses à sa mère avait toujours été facile, car celle-ci gardait manifestement ses propres secrets ; mais en cacher à son père était sacrément dur.

Donc, au lieu de répondre, elle fourra sa tête sous l'oreiller et s'adonna à un autre accès de larmes. Quand on frappa à sa chambre, elle avait les joues trempées.

Avant qu'elle ait pu décider que faire, la porte s'ouvrit, et un nez passa par l'entrebâillement.

– Tu es réveillée ?

Kylie s'assit sur le lit et vit les yeux de Miranda juste au-dessus du nez.

– Oui.

Miranda entra sans y avoir été invitée.

– Hé, je…

Le regard noisette de la jeune fille s'illumina et sa bouche s'ouvrit.

Kylie savait très bien ce qui laissait la petite sorcière bouche bée. Elle enviait celles qui sanglotaient sans étaler trop de mascara, mais ce talent-là lui manquait. Quand elle pleurait, de gros points rouges faisaient irruption sur sa peau claire et ses yeux gonflaient tellement qu'elle n'avait plus l'air humaine du tout.

Cela dit, selon Holiday, elle ne l'était pas.

– Tu vas bien ? demanda Miranda.

– Bien. Allergies.

– Et si tu voyais une infirmière ? Sérieux, tu as une sale tête.

Merci.

– Non, ça va disparaître.

– Ce n'est pas contagieux, hein ?

Miranda avança de quelques pas dans la pièce.

– Je suis sûre que ça ne l'est carrément pas, fit une voix à la porte.

Une voix qui appartenait à Della, qui portait encore ses lunettes noires et qui, comme Kylie l'avait appris au cours des présentations, était un vampire. Ouais. Un vrai de vrai.

– Je ne suis pas contagieuse, affirma Kylie, avant de se rendre compte qu'elle aurait dû dire oui pour qu'elles la laissent tranquille.

Miranda vint s'asseoir au pied du lit, Della la suivit mais resta debout. En revanche, elle ôta ses lunettes de soleil et jaugea Kylie de la tête aux pieds. Son expression grave lui rappela celle d'une personne au régime contemplant un gâteau.

Kylie eut la chair de poule en s'imaginant être le gâteau de l'une de ces créatures.

– Tu viens au dîner et au feu de camp ? demanda Miranda.

– C'est obligatoire ? s'enquit Kylie, qui espérait que ce que Della lui inspirait ne se voyait pas.

– T'as peur de moi ? lâcha étourdiment celle-ci.

Elle anéantit tous les espoirs de Kylie, qui aurait voulu cacher qu'elle lui fichait une trouille bleue.

– Pourquoi j'aurais peur de toi ?

– Parce que j'ai des dents pointues ?

Elle ouvrit la bouche et révéla des dents blanc perle dont, en effet, deux canines acérées.

– Parce que je pourrais te sucer le sang ?

Kylie fit de son mieux pour ne pas avoir envie de rentrer sous terre, surtout lorsque la fille se passa la langue sur les lèvres.

– Arrête de l'embêter, dit Miranda en riant et en roulant des yeux.

– C'est exactement ça, répliqua Della en désignant Kylie. Son cœur bat à cent à l'heure et son pouls fait exploser les statistiques. Regarde la veine dans son cou, elle palpite. À mon avis, elle ne sait pas que je la taquine…

Que Della parle de ses veines mit Kylie encore plus hors d'elle.

– Bien sûr que si. Holiday a dit que tout le monde ici était gentil.

– Et tu as gobé ça ?

Les yeux noirs de Della l'accusaient d'être malhonnête.

Kylie décida alors que son aptitude à lire ses signes vitaux dépassait la sienne à mentir.

– Je veux la croire, mais j'avoue que j'essaie toujours de me faire à l'idée que les surnaturels existent.

– Mais tu en es une ! déclara Miranda. Comment pouvais-tu ne pas savoir…

– Holiday pense que j'en suis une…

Oui, à un moment donné, au cours de ces dernières minutes, Kylie s'était remise à espérer que l'analyse de Holiday soit sans valeur.

– Tu es une surnaturelle, affirmèrent les filles à l'unisson, en agitant un tout petit peu leurs sourcils.

– Ou, du moins, tu n'es pas du tout humaine, ajouta Della. Nous pouvons le deviner rien qu'en regardant la configuration de ton cerveau.

– Et vous ne vous plantez jamais ?

Kylie serra ses genoux encore plus fort contre sa poitrine.

– Tout le monde se trompe une fois de temps en temps, dit Miranda.

– Mais pas très souvent, compléta Della.

Quoi qu'il en soit, leur réponse ranima les espoirs de Kylie.

– Mais ça arrive, non ?

La lourdeur dans sa poitrine s'allégea.

– Ouais, il y a ceux qui ont une tumeur au cerveau, lui apprit Della.

Kylie fit tomber son front sur ses genoux. Soit elle était une surnaturelle, soit elle mourrait d'un cancer ; elle ignorait ce qui était pire.

– Et d'autres sont juste cinglés, lança Miranda.

Kylie leva la tête.

– Cinglés ?

– Oui, tarés de chez tarés.

– Alors peut-être que je suis tout bêtement cinglée. On m'a déjà accusée de cela.

– Non, attends, dit Miranda. Holiday a bien affirmé que tu avais des dons, n'est-ce pas ?

Miranda et Della arquèrent toutes les deux des sourcils inquisiteurs.

Kylie haussa les épaules.

– Ouais, mais ça pourrait être simplement parce que j'ai affaire à un fantôme surpuissant.

– Un fantôme ? s'enquirent les filles en chœur.

Kylie pouvait se tromper, mais toutes les deux semblèrent à la fois consternées et effrayées. Leur choc lui fit penser à la réaction de Derek quand elle lui avait demandé s'il pouvait voir des esprits.

– Tu peux voir les morts ? Oh, là, là ! Je ne veux pas partager mon bungalow avec quelqu'un entouré de revenants ! C'est trop flippant !

Même Miranda ôta ses pieds du lit. Kylie, complètement décontenancée, les regarda fixement.

– Vous plaisantez, hein ? Vous avez peur de moi, vous deux ? Tu es une sorcière. Et toi, un vampire. Et vous affirmez que je suis « flippante » ?

Miranda et Della échangèrent un regard, mais aucune ne nia ce que leur coloc venait de dire.

– Bien, alors laissez tomber, lança Kylie, blessée par leur attitude. Mais, pour info, sachez que je ne leur parle pas.

Puis elle s'aperçut que les deux filles la regardaient exactement comme elle les avait dévisagées toute la journée. L'amertume d'avoir été remise à sa place incita Kylie à reconsidérer la situation.

– Alors comme ça, ils traînent à côté de toi ? Je t'en prie, ne me dis pas qu'il y en a ici en ce moment ?

– Non, rétorqua Kylie d'un ton sec.

Mais sa colère n'était pas dirigée contre elle, juste contre la situation. Parce que, mince alors, si elle apprenait que quelqu'un pouvait voir des fantômes, elle aurait probablement peur de lui, elle aussi.

– Bien, fit Miranda en récupérant sa place au pied du lit.

Della continua à passer la pièce en revue.

– Pas question. Trop bizarre. Je refuse de partager mon bungalow avec toi.

– Je ne suis pas plus bizarre que toi, répliqua Kylie en fixant le vampire.

Elle ignorait pourquoi, mais elle souhaitait que la jeune fille l'accepte.

– Elle a raison, lança Miranda à Della. Nous aussi, nous devons être hyper flippantes à ses yeux. Moi je dis, faisons tout pour que ça marche. Vous savez, pour qu'on soit potes.

Della poussa un long soupir.

– D'accord. Mais tu nous préviendras quand tu verras un revenant s'approcher, OK ?

Kylie opina, mais elle se rendit vite compte que cette demande serait très difficile à satisfaire, parce que le sentiment glacé qu'elle connaissait bien et qui indiquait la présence spectrale la frappa juste alors. Ce qui la sauva, c'est qu'elle ne « vit » pas le fantôme. D'accord, elle ne regarda pas vraiment… mais qui pourrait lui reprocher de ne pas vouloir soutenir le regard d'un mort ?

Jamais Kylie n'aurait cru pouvoir avaler quelque chose. Mais, lorsque l'odeur chaude et épicée de la pizza lui chatouilla les narines, elle s'aperçut qu'elle n'avait quasiment rien mangé de la journée. Elle réussit à ingurgiter une part de pizza pepperoni-fromage et la moitié de sa salade avant de se rendre compte des regards et des tics dont elle était l'objet. Certains essayaient encore de deviner ce qu'elle était. Bonne chance à eux, alors ! Elle reprit de la salade et espéra que, s'ils y parvenaient, ils lui feraient au moins partager leur découverte.

Quand Kylie passa la salle en revue, elle aperçut Derek, assis à une autre table. Une rousse était installée à côté de lui et, d'après le langage de son corps, elle le trouvait bien plus appétissant que la pizza. Elle se pencha si près de lui que son sein gauche effleura son bras et, à la façon qu'avait le garçon de s'incliner vers elle, Kylie comprit qu'il appréciait lui aussi l'attention qu'elle lui témoignait.

Une jalousie infime résonna dans sa poitrine, mais elle la chassa. C'était simplement parce qu'il ressemblait à Trey. Se mordant la lèvre et réprimant ses sentiments, elle sut qu'elle devrait faire preuve de prudence s'agissant de Derek. Ce serait trop simple de se méprendre sur ce qu'elle éprouvait pour lui.

Juste à ce moment, le demi-Fae regarda par-dessus son épaule et posa les yeux sur elle. Leurs regards se croisèrent longuement. Les palpitations, les bonnes cette fois, envahirent de nouveau son ventre.

– Je crois qu'il t'aime bien, murmura Miranda.

Réalisant que Derek et elle avaient attiré l'attention, Kylie détourna les yeux.

– J'attise simplement sa curiosité, comme celle de tout le monde, chuchota-t-elle en retour.

– Pas du tout. Il craque pour toi, dit Della, et Kylie repensa à l'ouïe surdéveloppée de certains. Quand il était assis à côté de toi au déjeuner, tellement de testostérone a suinté de lui qu'il devenait difficile de respirer. Il te veut, la taquina Della.

– Eh bien, il ne m'aura pas, répondit Kylie.

– Il ne te plaît pas ? demanda Miranda, visiblement ravie.

– Non, pas comme ça.

Ç'avait tout l'air d'un mensonge, mais elle l'ignora parce qu'elle savait que tous les sentiments qu'elle aurait pu éprouver étaient dus à sa ressemblance avec Trey. Il se passait suffisamment de choses dans sa vie en ce moment. Elle n'avait absolument pas besoin de se lancer dans une histoire la tête la première, surtout si celle-ci reposait sur des craques. Derek n'était pas Trey.

Et Trey voulait la récupérer. Ou du moins, il l'avait insinué au téléphone tout à l'heure. Avec toutes les autres informations dont elle avait été bombardée aujourd'hui, elle n'avait pas eu le temps de réfléchir à ce que cet aveu lui inspirait. De la joie ? De la tristesse ? De la colère ? Peut-être un peu des trois ?

Tâchant d'éviter une surcharge émotionnelle, Kylie attrapa son verre de soda light et observa Della enlever des morceaux de pepperoni de sa pizza et les fourrer dans sa bouche. Les extrémités de ses canines pointues attirèrent son attention et elle zappa les problèmes qui concernaient Trey pour se concentrer sur ceux de la cohabitation avec un vampire.

Comme un autre morceau de pepperoni disparaissait dans la bouche de Della, Kylie s'aperçut que celle-ci mangeait. D'après les livres fantastiques qu'elle avait lus, elle en avait conclu que les vampires ne mangeaient pas. Qu'ils buvaient seulement… Son regard se bloqua sur son verre, rempli d'un liquide rouge et épais.

– Oh merde !

L'estomac de Kylie se souleva et elle plaça une main sur sa bouche.

– Quoi ? dit Della.

– Est-ce du sang ? marmonna-t-elle.

Et elle passa le réfectoire en revue, remarquant les verres pleins de cette substance rouge, qui trônaient sur toutes les tables dans la salle.

Miranda se pencha.

– C'est dégueulasse, hein ?

– C'est traîner avec des crapauds qui est dégueulasse, oui, fit Della, la voix empreinte de colère.

– Je ne traîne pas avec des crapauds, répliqua Miranda d'un ton sec, ses yeux noisette brillant d'un semblant de gêne. J'ai jeté un sort à ce type. Il l'a mérité, bien sûr, mais maintenant je n'arrive plus à l'inverser, et du coup, chaque fois qu'il se comporte mal, il se transforme automatiquement en crapaud et il vient me voir.

Le désespoir perçait dans la voix de Miranda, mais Kylie n'y prêta quasiment pas attention. Pour une raison quelconque, le fait que celle-ci puisse métamorphoser les gens en crapauds ne la dérangeait pas autant que le fait que Della boive du sang. Mais mince alors, de quel sang s'agissait-il ?

Della regarda Kylie et lut son dégoût.

– Voir des morts, c'est dégueulasse aussi. Ça (elle attrapa son verre et en but une bonne rasade), ce n'est pas dégoûtant.

Lorsque Della reposa son verre, quelques gouttes rouges perlèrent juste en dessous de sa lèvre inférieure. Sa langue rose jaillit d'un coup pour les lécher.

Le ventre de Kylie se noua, et la pizza, qui n'était plus que de la bouillie au fond de son intestin, voulut ressortir par où elle était rentrée.

– Bien sûr (Della se fendit d'un sourire méchant), vous autres, vous vous en rendrez compte quand vous devrez y goûter.

– J'ai testé l'été dernier et c'était dégueulasse, lança Miranda. Aussi dégueu que l'odeur d'une boule puante.

– Quoi ? Il faudra que j'avale du sang ? Jamais de la vie. Pas question. Pas moi.

Kylie plaqua une main sur sa bouche et fit de son mieux pour ne pas vomir.

– Pas en boire, juste y goûter, précisa Miranda. Nous devrons tous apprendre sur la culture des autres espèces d'ici à la fin de l'été. Nous, les sorcières, organisons une cérémonie pour montrer nos pouvoirs magiques. Les loups-garous… la dernière fois quand nous avons vu Lucas Parker se transformer, c'était flippant. Quoi que tu fasses, n'embête jamais un lycanthrope.

L'esprit de Kylie cessa de faire une fixation sur le sang pour se focaliser sur Lucas Parker qui se changeait en loup-garou. Puis elle se rappela leur petite rencontre au cours du déjeuner. Celle où elle l'avait sûrement importuné.

Bien sûr, elle n'avait pas besoin d'entendre la mise en garde de Miranda. Elle savait d'expérience ce qu'il était capable de faire. Alors, pour une raison stupide, elle se surprit à le chercher parmi la foule. Soit il n'était pas là, soit il lui tournait le dos.

– Les loups-garous ne sont pas aussi géniaux que les vampires, déclara Della, qui défendait son espèce avec enthousiasme. Les loups-garous ne tournent à plein régime qu'une fois par mois. Nous, les vampires, nous sommes au top vingt-quatre heures sur vingt-quatre. C'est mon espèce que tu n'as pas intérêt à embêter !

Kylie s'efforçait de digérer la conversation pendant que son estomac tâchait de digérer la pizza.

– Et il y a eu les métamorphes… c'était bizarre, mais pas flippant, poursuivit Miranda.

– Qu'ont fait les Fae ?

Cette question provenait d'une voix grave, manifestement masculine.

Kylie reconnut celle de Derek avant que son regard le trouve. Et elle s'aperçut alors que lui aussi l'avait trouvée. Il la fixait droit dans les yeux.

Son estomac déjà noué se noua encore un peu. Seulement, ces nœuds, comme les palpitations, n'étaient pas désagréables du tout. Elle devrait se montrer ultraprudente avec Derek, côté sentiments.

– Eh bien, dit Miranda d'une voix un peu plus haut perchée que d'habitude, comme les fées ont des dons différents, chacune a fait une courte présentation.

Elle entortilla ses cheveux et lui adressa un sourire extralarge.

– Quel est ton don ? demanda Della à Derek en détachant un autre morceau de pepperoni de sa pizza et en le glissant dans sa bouche – qui venait de boire du sang.

Une longue pause suivit la question. Le garçon se raidit.

– Qui a dit que j'en avais un ?

Son ton montrait qu'il n'aimait pas qu'on l'interroge. Ou, si ça se trouve, il était comme elle et pas content d'avoir ce don…

– L'une des fées l'an dernier savait lire dans nos pensées, poursuivit Miranda, qui décida à l'évidence d'ignorer le mouvement d'humeur du garçon. Peux-tu lire dans mon esprit en ce moment ?

Elle se mordit la lèvre et lui adressa un regard sensuel.

Kylie reposa vite les yeux sur Derek. Savait-il lire dans les pensées ? Non, parce qu'il lui avait demandé ce qu'elle était. Ou peut-être faisait-il simplement la conversation.

Elle se rappela avoir eu des pensées déplacées à propos de son corps, l'avoir comparé à celui de Trey. Super. Ne serait-ce pas gênant s'il devinait qu'elle l'avait imaginé sans sa chemise ? Elle se rendit compte qu'elle recommençait. Elle se sentit rougir, et Derek, qui ne la quittait pas des yeux, n'en perdit pas une miette.

– Une autre fée pouvait déplacer des objets avec son esprit, reprit Miranda plus fort, comme si elle essayait d'attirer l'attention de Derek. Bien sûr, les sorcières savent le faire, elles aussi.

– Vraiment ? Fais-le. Fais bouger mon assiette.

Della se cala sur sa chaise, comme si elle laissait la place à Miranda.

Le regard de celle-ci se posa sur Della et elle fronça les sourcils.

– Je ne peux pas. C'est contraire au règlement.

– Au règlement ? On s'en fout. Fais-le. Personne ne sera au courant, à part nous.

– Je ne peux pas.

Les joues de la jeune fille rosirent, devinrent presque de la même couleur que les mèches de ses cheveux. C'était bon de savoir que Kylie n'était pas la seule à rougir.

– Pourquoi ? insista Della. Simplement à cause d'une consigne idiote ?

Miranda la foudroya du regard.

– Et si tu allais te noyer dans ton sang ?

Miranda jeta un coup d'œil à Derek, qu'elle avait manifestement voulu impressionner, et rosit encore plus.

– Oh, et toi, attache-moi à un piquet ! aboya Della.

– Fais attention, je pourrais bien le faire ! rétorqua Miranda du tac au tac.

Son expression passa directement de la gêne à la colère.

Kylie regarda Miranda puis Della qui, tour à tour, se bombardaient d'insultes.

Super. Voilà que ses deux colocs allaient maintenant essayer de s'entretuer.

– Vous devriez vous détendre, vous deux ! lança Derek, comme s'il avait lu dans son esprit.

– Je suis on ne peut plus calme, répondit Della, avant de se focaliser sur Miranda. Y en a une qui est aigrie, là. Et tu as intérêt à faire attention, parce que je serais ravie de te désaigrir.

Elle se leva d'un bond et, avant que Kylie puisse réagir, elle avait disparu.

– Cool, fit une autre voix dans la foule.

Perry, alias Yeux bizarres, qui s'était transformé en licorne, se tenait au côté de Derek. Kylie regarda fixement ses yeux noirs et son cœur s'emballa, au bord de la panique.

– Salut, dit Perry à Miranda. J'adorerais vous voir vous entre-tuer et vous arracher vos vêtements.

– Dans tes rêves ! répliqua Miranda.

– Ouais, gloussa Perry. Surtout la partie « arracher vos vêtements ».

– Grandis ! lança Miranda en attrapant son plateau et celui de Kylie qu'elle partit vider à toute allure.

– Merci ! lui cria Kylie, mais son regard alla de Perry à Derek, sans trop savoir lequel des deux la rendait nerveuse.

Derek, qui lui faisait ressentir des sentiments qu'elle ne voulait pas éprouver, ou Perry, qui lui fichait tout bonnement une trouille bleue. Son téléphone vibra. Elle le sortit de son sac, en espérant que c'était Sara qui lui annonçait qu'elle n'était pas enceinte, et pas son père. Un soupir s'échappa de ses lèvres quand elle vit le numéro de sa copine.

– À plus ! lança-t-elle aux garçons.

Impatiente de s'esquiver, elle alla dehors, où elle pourrait avoir une conversation en privé. Mais qui savait jusqu'où elle devrait marcher pour que les surnaturels à l'ouïe surdéveloppée ne puissent pas l'entendre ?

chapitre 12

– Ne panique pas, dit Kylie à Sara une demi-heure après le début de leur conversation. Ça devrait bien se passer.

Elle ne pouvait pas faire preuve d'un grand enthousiasme, mais elle tenta le coup. C'était à cela que servaient les amis. Pourtant, tout au fond d'elle, elle savait que si Sara était enceinte, et il semblait y avoir un gros risque, ça se passerait mal.

– Merci, Kylie. Comment je vais faire sans toi tout l'été ?

– Survivre. C'est bien ce que j'ai l'intention de faire aussi.

Pendant toute la conversation, Kylie, assise par terre derrière le bureau, adossée à un arbre, avait essayé de calmer sa copine.

La mère de Sara avait annulé son déjeuner et insisté pour que sa fille reste toute la journée avec elle, visite un musée puis fasse les magasins. Le musée des Beaux-Arts de Houston était super et l'adolescente adorait l'art, justement.

Quant au shopping, qui n'aimerait pas en faire ? Mais pas avec votre mère quand vous craignez d'être enceinte.

– Je n'arrive carrément pas à y croire, poursuivit Sara.

Elle n'avait même pas encore acheté de test de grossesse. Elle avait trop peur.

Non que Kylie ne fût pas dans les ennuis jusqu'au cou, mais parler de ceux de Sara l'aidait à ne pas se focaliser sur les siens. De plus, leurs conversations tournaient toujours autour de Sara. C'est vrai, lorsque celle-ci était contrariée, et parfois même quand elle ne l'était pas, elle avait tendance à se montrer quelque peu égocentrique. Kylie s'en moquait. Elle avait toujours préféré écouter les problèmes des autres plutôt que de déblatérer sur les siens.

Une bonne chose, supposa-t-elle, étant donné qu'en ce moment elle ne pouvait pas parler de ce qui se passait. Enfin, à personne de normalement constitué, en tout cas.

– Bon, il faut que j'y aille, annonça Sara.

L'un des derniers rayons de soleil de la journée projeta un éclat doré sur le paysage vert. Avec le crépuscule qui tombait, la chaleur n'était plus aussi étouffante.

– Appelle-moi quand tu auras fait le test, lança Kylie.

– Bien sûr. Merci.

Kylie ferma son téléphone – et ses yeux. Appuyant la tête contre l'arbre, elle se rappela son tout nouvel espoir : Holiday s'était peut-être trompée et elle n'était pas une surnaturelle. Elle revit également les deux types en costume noir qui avaient affirmé qu'il faudrait fermer le camp si « ça » ne s'arrêtait pas – mais elle n'avait aucune idée de ce dont il s'agissait. Mais si ces deux espoirs se confirmaient, elle pourrait presque trouver sa vie supportable.

Ou, du moins, quelque peu supportable. Les problèmes de ses parents, Nana et Trey lui paraissaient pratiquement gérables à présent. Hallucinant comme sa façon de voir les choses pouvait changer quand on venait d'apprendre que l'on n'était peut-être pas humain.

La voix de Holiday résonna dans la tête de Kylie. « La vérité, c'est que nous ne savons pas ce que tu es. Tu pourrais être une fée, une descendante de l'un des dieux. Tu pourrais… »

Kylie se revit l'interrompre, et voilà qu'elle le regrettait. Même si elle n'avait pas abandonné l'idée d'être normale, elle ne pouvait s'empêcher de se demander ce qu'elle pourrait être d'autre.

Tâchant de chasser le trac qui agitait son ventre, elle se concentra pour ne pas réfléchir et juste écouter. Un vent de fin d'après-midi secouait les feuilles de l'arbre, les criquets s'échauffaient pour leur chant nocturne, un oisillon appelait sa mère. Kylie se rappela les randonnées qu'elle avait faites avec son père. Devait-elle lui téléphoner tout de suite ?

Plus tard, se dit-elle. Peut-être saurait-elle alors quoi lui répondre s'il lui expliquait pourquoi il n'était pas venu au commissariat quand elle lui avait passé un coup de fil. Pour l'heure, elle allait simplement absorber la nature et presque se détendre. Elle ferma les yeux et, tout doucement, la tension s'évanouit.

Kylie ignorait combien de temps cela avait duré. Dix minutes ou une heure, mais quelque chose la réveilla en sursaut. Ses yeux s'ouvrirent d'un coup, dans l'obscurité. Elle resta assise sans bouger, tout ouïe. Plus rien ne semblait respirer. Combattant la peur de l'inconnu, elle se rappela que les vrais monstres existaient.

Un rugissement grave, sinistre emplit le silence enténébré, suivi du hurlement d'un chien… ou était-ce un loup ? Elle jeta un œil au ciel noir. La lune, pas pleine, paraissait floue à cause de la traînée de nuages qui passait devant, au ralenti. Le besoin urgent d'aller ailleurs, où elle se sentirait plus en sécurité, l'envahit brusquement. Avant de bouger, elle entendit une brindille se briser d'un coup sec.

Elle n'était pas seule.

Son cœur battit la chamade, et elle envisagea l'alternative hurler ou courir. Peut-être les deux. Avant qu'elle puisse faire l'un ou l'autre, quelqu'un prit la parole.

– Toujours peur de moi, hein ?

Elle reconnut la voix de Della, et son cœur cessa sa folle course. Presque.

– Pas autant qu'avant.

Kylie leva les yeux. La fille vampire se dressait, imposante, à côté d'elle.

Della rit.

– J'aime ta façon de dire presque la vérité.

– Tu peux vraiment le deviner, quand les gens racontent des craques ? demanda Kylie.

– Pas tout le monde. Ça dépend si ce sont de bons menteurs ou pas. Les bons savent suffisamment contrôler leurs pulsations cardiaques pour que je ne les entende pas. Et il y a ceux pour qui baratiner est une seconde nature.

Kylie se leva, essuya l'herbe et les brindilles sur son jean. Elle devrait faire attention et ne pas mentir à Della. Sinon, être une meilleure menteuse.

– Holiday m'a envoyée te dépister.

– Me dépister ?

Dans le noir, elle avait du mal à distinguer l'expression de Della, mais elle devinait qu'elle souriait. Ses dents blanches semblaient presque briller dans l'obscurité.

– Tu peux me sentir ?

Kylie porta un bras à son nez.

Della se pencha pour la flairer. Un gémissement approbateur s'échappa de ses lèvres.

Le bout de ses canines pointues apparut aux coins de sa bouche, et Kylie se recula d'un mouvement sec. Le sourire du vampire s'évanouit. Kylie eut l'impression bizarre qu'elle ne voulait pas qu'elle ait peur d'elle. Les vampires éprouvaient donc des sentiments, eux aussi. Quelque part, cela rendait cette fille plus humaine, moins effrayante.

– Tout le monde est au feu de camp.

Della se mit en marche.

Kylie accorda son pas au sien, ce qui n'était pas facile : l'allure de la fille vampire était soutenue.

– Est-ce que je sens réellement bon pour toi ?

Della ne la regarda pas.

– Tu veux que je te mente pour que tu ailles mieux ou tu préfères la vérité ?

– La vérité, je crois.

Della s'arrêta et lança d'un ton boudeur :

– Il y a du sang dans tes veines. J'aime ça, donc oui, tu es appétissante. Mais ça ne signifie pas… laisse-moi t'expliquer. Imagine que tu aies faim et que tu te rendes dans un fast-food. Chaque table est bondée et, sur les assiettes, il y a de gros hamburgers juteux et des frites graisseuses. Alors, qu'est-ce que tu fais ?

– Je me dépêche de commander, répondit Kylie, qui ne voyait pas où elle voulait en venir.

– Tu entends par là que tu ne piquerais pas ce qui se trouve dans les assiettes ?

– Non.

– D'accord. Alors tu peux imaginer que piquer quelques pintes de sang pourrait poser plus de problèmes que voler un Big Mac. Il faudrait que je sois vraiment affamée, ou très en colère, pour faire ça.

Elle paraissait furieuse. Kylie lui demanda :

– Tu te mets souvent en colère ? Au point de péter un câble ?

Della laissa échapper un autre soupir exaspéré.

– Je n'ai jamais tué personne, pour autant que je m'en souvienne. C'est ce que tu veux m'entendre dire ?

– Ouais. Alors, en réalité, les vampires ne représentent pas une menace pour les humains ?

– Je n'ai pas dit ça.

– Ce qui signifie ?

– Simplement que, chez les hommes, il y a les méchants et les gentils, et que chez les vampires, il y a les méchants et les gentils. Et de très méchants vampires qui appartiennent à des gangs et qui essaient délibérément de semer le chaos partout où ils vont.

– Quel genre ?

– Disons juste qu'ils te piqueraient ton Big Mac. Ou pire.

– D'accord, acquiesça Kylie, quasi sûre de savoir ce que « pire » signifiait, et cela ne lui plaisait pas du tout.

– Après il y a les « entre-deux ».

– Les « entre-deux » ?

– Comme les humains qui sont connus pour créer des problèmes mais qui ne sont pas complètement mauvais. Les vampires peuvent aussi être comme ça.

Kylie opina. Elles se remirent en marche, et la curiosité de Kylie grandit.

– Quels sont tes dons, si ça ne te dérange pas que je te le demande ?

– Des sensations accrues. Une force accrue. Et… oh, merde ! Je viens de me souvenir des tiens. Il n'y a pas de fantômes par ici, hein ?

Kylie vérifia rapidement s'il faisait froid.

– Non. Mais sérieusement, je ne pense pas être réellement douée.

– Tu ne le veux pas, pas vrai ?

– Non, répondit Kylie, qui mentait presque.

Puis elle se souvint que Della était un détecteur de mensonges humain – enfin, « humain »…

Elle se rendit compte qu'elles entraient dans les bois ; une fine traînée de nuages passa devant la lune et l'obscurité masqua toute la zone. Ce fut alors qu'elle l'entendit de nouveau – le rugissement grave, semblable à celui d'un chat sauvage.

– Tu as entendu ? demanda-t-elle.

– Tu parles du tigre blanc ?

– Du quoi ?

Kylie s'empressa d'attraper Della par le coude. Le froid de sa peau la fit la relâcher plus vite encore. Le rugissement se tut, mais la température de son corps envoya un frisson le long de son bras. Les vampires étaient-ils vraiment morts ? Elle s'imaginait mal lui poser la question.

Della la regarda comme si elle savait que sa froideur la dégoûtait. Kylie baissa les yeux et tâcha de décoller une brindille accrochée à son jean, espérant dissimuler son expression.

Lorsque Della se remit en route, Kylie se souvint de leur conversation.

– Nous sommes au Texas. Il n'y a pas de tigres blancs.

– Si, dans les réserves naturelles. Et il y en a une à quelques kilomètres. C'est à la fois un refuge et un parc. Les visiteurs peuvent faire le tour en voiture et même nourrir les bêtes les moins farouches.

– J'en ai visité un, une fois, mais j'ignorais qu'il y en avait un par ici.

– Ben si. Et la plupart des animaux ont besoin qu'on nettoie leurs box. Ça pue, ces trucs-là. Surtout la merde d'éléphant.

Kylie inspira, craignant la puanteur, mais seule l'odeur des bois, de la terre humide et de la végétation emplit son nez. Elle supposa qu'avoir un odorat surdéveloppé n'était pas toujours une bonne chose.

Chaque pas les conduisait plus loin dans la forêt. Des arbustes épineux se prirent à son jean. Elle dut accélérer le rythme pour suivre Della.

– Où se trouve le feu de camp ? s'enquit Kylie, le souffle coupé.

– À trois cents mètres environ. Un peu plus loin que notre bungalow.

– Pourquoi nous n'avons pas emprunté le sentier ?

– C'est plus rapide par ici.

Pour un vampire, peut-être. Elles marchèrent pendant encore trois ou quatre minutes sans parler. Kylie pensa à toutes les questions qu'elle aimerait lui poser, mais elle ne savait pas si cela la vexerait ou non.

Regardant le sol pour éviter les plus gros arbustes et les souches, elle se heurta au dos de Della.

– Désolée…

Celle-ci pirouetta si vite que Kylie ne vit qu'une masse indistincte, mais il était impossible de se méprendre sur la main froide qui se colla sur sa bouche.

– Chuuut !

L'expression féroce de Della ajouta une touche menaçante à son avertissement. Puis elle virevolta dans l'autre sens, la tête penchée, comme si elle écoutait.

Kylie ajusta ses propres oreilles pour entendre. Mais comme tout à l'heure, quand elle venait de se réveiller, seul le silence régnait dans les bois : pas d'insectes, pas d'oiseaux. Même les arbres retenaient leur souffle.

Pourquoi ?

Un courant d'air froid passa à toute allure, comme si quelque chose venait de filer à toute vitesse à côté d'elle. Mais il n'y avait rien. Della poussa un grognement guttural bas.

Kylie leva les yeux. Ceux du vampire brillaient, et son visage irradiait une couleur citron vert qui la rendait tout, sauf humaine. La peur élut résidence dans sa poitrine, étouffant son cœur et ses poumons.

Le coup de vent repassa. Kylie regarda par-dessus son épaule, et, quand elle se retourna, elle le vit. Il se tenait bien trop près, il occupait la moitié de son espace vital. Cillant, elle contempla ses cheveux noir de jais et ses yeux en amande – semblables à ceux de Della, mais qui étincelaient d'or, pas de vert.

Son regard surréaliste se posa sur Della.

– Salut, couz' !

Il posa de nouveau ses yeux dorés et froids sur Kylie puis se pencha vers elle. Il frémit.

– Je vois que tu nous as apporté un casse-croûte.

chapitre 13

Avant que Kylie puisse réagir, Della se posta d'un bond devant elle.

– Que fais-tu ? demanda-t-elle. Tu n'as pas le droit d'être ici.

– Ne t'inquiète pas, couz', répondit-il. Ils ne peuvent ni m'entendre ni me sentir de si loin. Je connais leurs limites.

– Oublie-les. Tu n'es pas censé être là, gronda Della.

– Alors comme ça, je ne peux pas rendre visite à ma cousine préférée ?

– Pas ici. Maintenant, va-t'en avant de m'attirer des tonnes d'ennuis.

– Tu ne comptes pas me présenter à cette personne qui sent si bon ?

En un éclair, il vint se planter pile devant Kylie. Cette fois, encore plus près. Elle vit une cicatrice horrible qui courait tout le long de son menton. L'odeur de son haleine parvint jusqu'à son nez. Elle sentait la viande. La viande crue.

Un seul mot retentit dans son cerveau paniqué. *Cours !*

L'angoisse l'empêchait d'obéir.

Della grogna et, moins d'une seconde plus tard, sa coloc vampire s'était placée entre Kylie et son cousin balafré.

– Laisse-la tranquille, Chan. Tu lui fais peur.

Il recula d'un pas.

– Je plaisante. J'ai déjà dîné.

Il passa la main sur sa chemise – un vêtement de couleur claire, qui, comme le constatait Kylie, arborait des taches sur le devant. Qui pourraient bien être…

L'angoisse lui paralysa les poumons, tandis que l'odeur métallique du sang emplissait son nez. Un son s'échappa de ses lèvres. Elle recula d'un pas et faillit trébucher.

Della lui jeta un coup d'œil rapide avant de reporter son attention sur Chan.

– Rentre chez toi. Je te verrai quand la colo sera terminée.

– Donc tu nous rejoindras dès que tu sortiras de ce trou ?

– J'ignore ce que je ferai à ce moment-là. C'est pour ça que je suis ici : pour le savoir.

– Tes parents ne t'accepteront jamais. Tu ne peux plus vivre dans ce monde, déclara Chan.

– Tu n'en sais rien, répondit Della, un chagrin perceptible dans la voix.

– Si. J'ai essayé. Épargne-leur cette peine et à toi aussi, et viens habiter avec nous. Nous sommes ta nouvelle famille.

– Je t'ai dit que je prendrai ma décision à la fin de la colo.

– Cet endroit te fourrera un paquet de mensonges dans le crâne. Ils veulent nous changer, nous tous. C'est un complot du gouvernement.

– Ils ne me mettent rien du tout dans la tête. Ils ont été clairs : c'est mon choix. Maintenant, va-t'en avant de me faire virer d'ici.

– « Embrouilles », c'est mon deuxième prénom, couz'.

– Chan.

Della poussa de nouveau son grognement bas.

– Tu n'es pas drôle, dit le garçon, puis il détala.

Kylie trouva un arbre auquel s'adosser. Della ne bougea pas, la tête penchée, comme si elle écoutait et regardait dans la direction où Chan avait disparu, s'assurant qu'il était parti.

Lentement, elle se tourna vers Kylie. Ses yeux avaient recouvré leur teinte noire. La lune se fraya un chemin à travers les nuages et lui permit de lire les émotions sur le visage de Della.

– Je suis désolée, dit celle-ci, et son expression était en adéquation avec ses paroles.

Kylie ne pouvait pas répondre ; elle n'avait même pas recouvré le contrôle de sa respiration. Toujours adossée à l'arbre, elle s'enveloppa de ses bras pour repousser le froid glacial qui n'avait rien à voir avec la température.

– Il ne t'aurait rien fait, assura Della.

– Il m'a traitée de casse-croûte, insista Kylie, qui parvint à faire sortir les mots de ses lèvres tremblantes.

– Il adore terroriser les gens. Il ne t'aurait pas touchée.

Kylie arqua un sourcil d'incrédulité.

– Il appartient à l'une de ces bandes qui font du mal aux humains ?

– Non, il aime juste extérioriser ses sentiments, parfois.

– C'est pour ça que tu t'es interposée ?

– Je l'ai fait parce que j'ai perçu ta frayeur.

Si Kylie ne pouvait pas croire complètement aux paroles de Della, elle sentit que Della croyait à ce qu'elle disait. Ou, du moins, elle voulait le croire.

Les bruits habituels du bois recommencèrent. Quelques oiseaux pépièrent au loin. Della resta plantée sur place, visiblement mal à l'aise.

– Je peux te demander un grand service ?

– Lequel ?

– Ne parle de ça à personne. Les autres surnaturels ne sont pas censés nous rendre visite.

La supplication dans sa voix semblait lui coûter.

– Et s'il revient ?

Kylie pouvait pratiquement sentir l'haleine de viande crue du garçon.

– Il ne reviendra pas. Je m'en assurerai. Je t'en prie ! S'ils l'apprennent, ils pourraient me renvoyer chez moi, et j'ai vraiment besoin d'être ici en ce moment.

Kylie se rappela que sa coloc l'avait protégée et, pour des raisons qu'elle ne comprenait pas vraiment, elle faisait confiance au vampire pour la défendre de nouveau. Mais lui faisait-elle assez confiance pour lui confier sa vie ? Probablement pas. Pourtant, son instinct viscéral prit la décision à sa place.

– Fais en sorte qu'il ne revienne pas. Je ne veux pas devenir une tache de sang sur son tee-shirt.

En disant cela, un nouveau frisson lui parcourut le dos. Comme il dura plus longtemps que d'habitude, elle se demanda si le froid provenait de sa panique ou d'autre chose. De quelqu'un d'autre ? Quelqu'un d'autre que…

– Merci. Je savais que je t'aimais bien. Viens, rejoignons le feu de camp avant qu'ils envoient quelqu'un nous chercher.

Elles repartirent, mais à chacun de ses pas Kylie regardait par-dessus son épaule. Elle ignorait ce qui lui faisait le plus peur : rencontrer un fantôme ou le cousin de Della.

L'odeur de feu de bois s'intensifiait à mesure qu'elles s'enfonçaient dans la forêt. La demi-lune jouait à cache-cache avec les nuages, recouvrant d'ombre les deux silhouettes ou les plongeant dans une obscurité totale. Les bruits d'animaux étranges continuaient à résonner au loin

– des lions, des éléphants, et même des loups. Mais, heureusement, le froid s'évanouit dans le noir.

Della semblait bien connaître le chemin. Kylie resta près d'elle, ignorant les épines qui se plantaient dans son jean. Enfin, un éclat rougeâtre apparut entre les arbres.

Enfin en mesure de penser clairement, Kylie profita de leurs quelques minutes en tête à tête pour interroger Della.

– C'est ton cousin, celui qui t'a fait ça ?

Della regarda par-dessus son épaule.

– Qui m'a fait quoi ?

– Qui t'a transformée en vampire ?

– Oh non, je suis née avec le virus. Mais oui, c'est probablement son contact qui l'a activé.

– Je croyais qu'on devenait vampire en se faisant mordre ? Ou bien c'est juste une légende ? C'est vrai, je me rends compte qu'il existe des tonnes d'histoires sur les surnaturels. J'ai vu que tu mangeais de la pizza. Et que tu t'exposais au soleil.

Della sourit.

– Le soleil et moi, nous ne sommes pas très copains, mais l'écran total nous aide bien. Je peux manger… pas comme avant. J'ai surtout besoin de sang. Et, oui, certains humains peuvent être transformés en se faisant mordre. Certaines légendes sont véridiques. Toutefois, la majorité d'entre nous sommes nés avec le virus. Mais il faut être exposé à un autre vampire pour qu'il soit activé.

Kylie essaya de comprendre.

– Donc, tu as su toute ta vie que tu en étais un ?

Della gloussa.

– Bien au contraire. Le virus est dans ma famille, mais nous n'en avons jamais rien su, car il ne touche qu'un membre sur cinquante, et même, si ça se trouve, il ne s'agit pas forcément d'un virus actif. Tout le monde croyait que Chan était mort dans un accident de voiture en France.

Puis, une nuit, je l'ai vu, à cette soirée. Il m'a vraiment fichu la trouille.

– J'imagine, dit Kylie.

Tout ça la faisait flipper elle aussi.

– Enfin, bref. Bien sûr, il a pu sentir que j'avais le gène en moi, et il savait que je me transformerais et que je serais hyper malade. Il est venu pour m'aider. Il m'a appris que j'étais un vampire. Ç'a été un foutu choc. Un peu comme ce que tu es en train de vivre en ce moment.

– Oui, mais je n'ai pas été malade. Nous ignorons si je suis quelque chose.

– Ouais, le déni en constitue une grande partie. Je me souviens, je jurais que je souffrais d'une méchante grippe porcine.

Kylie se retint de nier encore et laissa Della poursuivre :

– J'ai tout enduré. Bien sûr, avec les vampires, c'est pire. Le changement est hyper douloureux.

Elle écarta quelques branches sur leur chemin et libéra le passage pour Kylie.

– Alors comme ça, tes parents ne savent rien ? s'enquit celle-ci.

– Tu rigoles ? dit Della. Ils péteraient un câble !

Elles continuèrent à avancer, et Della reprit :

– Au début, j'ai été très malade. Les médecins ne comprenaient pas ce que j'avais. Chan m'a tout expliqué. Il s'est caché dans ma chambre et a pris soin de moi pendant presque deux semaines. Je lui en suis très reconnaissante.

– Suffisamment pour quitter ta famille pour lui ? demanda Kylie, se souvenant du motif de la dispute entre les deux cousins.

Elle se rappela son propre drame familial et compatit à la situation désespérée de Della. Perdre un être cher faisait très, très mal. Une image de son père apparut dans sa tête, et son cœur se serra.

L'émotion fit briller les yeux de Della.

– Il y a une communauté de vampires en Pennsylvanie. Chan pense qu'il vaudrait mieux que j'aille y habiter. C'est difficile de vivre en famille et de le leur cacher. Je ne sais pas ce qu'il faut faire. Ma famille et moi étions très proches. Enfin, mon père a toujours été dur, mais il m'aime. Ma mère était ma meilleure amie, et j'ai une petite sœur que je me vois mal abandonner.

– Ta mère te laisserait partir si tu le lui demandais ?

– Non. Je devrais m'enfuir et ça lui briserait le cœur. Raison pour laquelle la plupart des jeunes vampires simulent leur mort, pour que leur famille puisse faire leur deuil. Je ne veux pas le faire, mais je leur brise le cœur de toute façon. On dirait une zone de guerre, à la maison.

La voix de Della tremblait, et Kylie ne la regarda pas, mais elle se figura que Della avait des larmes plein les yeux. Bon, elle ignorait si les vampires pouvaient pleurer, mais elle percevait de la douleur dans sa voix.

– C'est difficile, poursuivit Della, je devais sortir la nuit pour trouver du sang. Ce n'est pas comme si je pouvais en garder en stock dans le frigo. En gros, je vis la nuit, maintenant, et rester éveillée en classe durant un cours gonflant est devenu impossible. Le lycée a convaincu ma mère que soit je me droguais, soit j'étais déprimée. Mes parents, même ma mère, m'ont accusée d'un tas de trucs horribles. On n'arrêtait pas de se disputer, et je n'arrivais pas à y mettre un terme. Alors, Chan a peut-être raison.

Kylie essayait de trouver quelque chose à dire. En regardant droit devant elle, elle remarqua les lueurs rouge orangé du feu de camp. Les voix des campeurs qui se tenaient tout autour emplissaient la nuit. Elle jeta un coup d'œil à Della et lui confia la seule chose qui lui vint à l'esprit.

– Si ça peut te rassurer, ma vie de famille craint aussi en ce moment.

Elles émergèrent de la dernière rangée d'arbres dans la clairière, et faillirent entrer en collision avec une silhouette sombre qui descendit d'un arbre d'un bond et atterrit avec un bruit mat, presque silencieux. Della grommela. Un glapissement effarouché emplit la gorge de Kylie, mais elle reconnut la forme obscure aux yeux très bleus.

Lucas Parker.

– C'est un bon moyen de se faire mal, railla Della.

Son regard dur, accusateur, demeurait fixé sur elles.

Il paralysa Kylie, mais Della, insensible à sa présence menaçante, fit avancer son amie d'un coup de coude glacial.

Lucas marcha à côté d'elle, et sa voix grave était à peine plus forte qu'un murmure :

– S'il revient, je ne resterai pas assis sans rien faire.

Sur quoi, il décampa.

– Merde… marmonna Della.

J'allais le dire.

Kylie observa le garçon rejoindre un autre cercle de campeurs ; tous l'accueillirent comme leur leader. Avant qu'elle puisse détourner les yeux, la fille qui semblait collée à sa hanche en permanence foudroya Kylie du regard et ses yeux devinrent or verdâtre.

– J'en connais une qui est jalouse, lança Della d'un ton sec.

Si cette idée paraissait ridicule, Kylie pouvait jurer qu'elle avait bien décelé de la jalousie dans son expression.

Peu de temps après, Kylie se retrouva seule, à fixer le feu et à écouter les bruits étranges d'animaux au loin. Son regard suivit la traînée de fumée qui semblait serpenter jusqu'à la demi-lune dans le ciel. Respirant l'odeur de bois brûlé et de marshmallows noircis sur les bâtons de plusieurs campeurs, elle luttait contre la surcharge émotionnelle. Puis, contemplant les flammes qui tremblotaient, elle se surprit à penser à Sara, qui lui manquait, ce qui ne s'était encore jamais produit.

Au début, Kylie ne comprenait pas pourquoi elle regrettait sa meilleure amie, mais quand elle passa la foule en revue les raisons en devinrent évidentes. Elles lui sautèrent aux yeux.

Bienvenue dans le monde des clans.

Au lycée, il y en avait toujours eu. Parmi eux, le clan « pom-pom-girl populaire », l'« orchestre du lycée », l'« intello » – à l'opposé de celui des « gogols » – et le clan « club artistique ». Enfin, celui auquel Sara et Kylie appartenaient : le clan sans clan.

Mais ce n'était pas le pire de tous. En vérité, ce n'en était même pas un : elles faisaient juste partie du groupe que l'on qualifiait de « corps flottants ». Elles traînaient, sans vraiment en faire partie, avec une bande pendant un moment, puis elles passaient à une autre. Heureusement, on ne les haïssait pas, ou on ne se moquait pas d'elles, comme c'était le cas avec des groupes plus impopulaires. Comment pouvait-on rire d'elles alors que l'on savait à peine qu'elles existaient ? Du moins, c'était ce que Kylie avait toujours ressenti en classe. Pas vraiment qu'on la détestât ni qu'on la maltraitât, elle était juste invisible.

Et que Sara lui manquât en ce moment, eh bien, ça tombait sous le sens. Kylie avait beau être un corps flottant, elle n'avait jamais flotté toute seule. Depuis la classe de cinquième, Sara et elle formaient une équipe. Et Sara était clairement le corps flottant de tête – rôle qu'elle avait endossé naturellement, vu que c'était elle qui tenait le plus à faire partie d'un groupe.

Inspirant une autre bouffée de fumée, Kylie bougea pour échapper au sens du vent. Alors que son regard passait d'un groupe à un autre, un vieux dicton de Nana emplit sa tête : « Qui se ressemble s'assemble. »

Les clans étaient différents en colo et au lycée. Elle repéra Della, Piercings et Jonathon – attroupés autour d'une bande –, tous des vampires, sans aucun doute.

Tout près du feu, en train de faire griller un marshmallow, se trouvait Perry, le métamorphe, et avec lui deux autres types et une fille. Kylie se demanda s'ils pouvaient tous se transformer en licornes.

Derek se tenait en lisière d'un groupe, comme s'il ne savait pas trop où était sa place. Elle supposa qu'il devait y avoir des fées, ou des Fae, comme il les nommait. Mais elle ne lui en voulait pas d'utiliser l'autre terme. Aucun hétéro ne souhaiterait qu'on le traite de « fée ». Quoique personne ne puisse penser qu'il était gay. Quelque chose dans sa démarche et sa posture montrait clairement qu'il aimait les femmes – comme Trey.

À travers ses cils, elle s'autorisa à admirer le corps viril de Derek. Les épaules larges, la mâchoire carrée, la façon dont il remplissait son jean. Ce fut alors qu'elle se rendit compte qu'elle recommençait : elle comparait Derek à Trey. Comme elle ne tenait absolument pas à se faire prendre dans cette tempête affective, elle détourna les yeux.

La chance voulut que son regard aille se poser directement sur un autre corps viril. Lucas. Sa mise en garde au sujet du cousin de Della résonnait dans la tête de Kylie lorsqu'elle laissa ses yeux errer sur sa silhouette musclée. Mais elle n'avait pas prévu de s'autoriser à savourer ce spectacle trop longtemps. Le fait qu'elle l'appréciât tout simplement la contrariait. Elle devait plus de loyauté que cela à son chat, non ?

Avant qu'elle parvienne à arracher son regard de son torse musclé moulé dans son tee-shirt noir, elle constata que sa petite amie gothique se tenait à son côté. Son corps était tellement collé au sien que personne ne pouvait oser s'interposer entre eux.

Lucas se retourna, comme s'il avait deviné qu'elle le fixait. Kylie essaya de détourner les yeux, mais le regard du garçon capta le sien. Elle se sentit prise au piège. Alors, le plus étrange se produisit : un souvenir oublié refit surface. Elle rentrait de l'école et des types plus âgés s'étaient mis à la harceler. L'un d'eux avait ramassé une pierre qu'il allait lui lancer, mais Lucas surgit de nulle part et la rattrapa au vol. Comme un joueur de base-ball professionnel, il la renvoya à son expéditeur, qu'il toucha pile entre les jambes.

Le garçon tomba dans la rue en gémissant. Lucas l'avait raccompagnée chez elle, comme pour la protéger. Ces petites brutes ne s'en prirent plus jamais à elle.

Quand elle s'aperçut que, en pleine séquence souvenirs, elle continuait à fixer le jeune homme, elle se retourna d'un coup. Elle remarqua Miranda qui discutait avec une bande faussement bohème, visiblement les sorcières de la colo. Comme elle sentait encore le regard de Lucas la picoter et qu'elle avait besoin de quelque chose pour ne plus penser à lui ni au sosie de son ex, elle rejoignit Miranda.

Restait à espérer que Sara lui ait transmis suffisamment de son savoir-faire pour tenir les mois à venir. En effet, pourquoi un camp de vacances serait-il différent du lycée ? Appartenir à un groupe et se fondre dans le moule n'étaient pas son truc, voilà tout.

L'oreiller de Kylie ne sentait pas bon… il n'allait pas. Rien n'allait. Elle avait quitté le feu de camp la première. Lorsque Holiday l'avait rattrapée pour savoir comment elle se sentait, Kylie avait été tentée de bombarder la directrice d'une tonne de questions : *Et si j'étais dingue plutôt que surdouée ? Et si j'étais véritablement douée, comment deviner ce que je suis ? Et y a-t-il vraiment une chance pour que ces types en costume noir ferment la colo ? Oh, et puis-je faire quelque chose pour être sûre que cela va se produire ?* D'accord, elle n'aurait pas posé ces deux dernières questions, même si le cœur y était.

Plus que tout, elle voulait rentrer chez elle – retrouver sa propre vie minable, retrouver son propre monde minable.

Quoi qu'il en soit, devant Holiday, elle se rappela l'ouïe supersonique de certains et mit ses interrogations sur pause. Selon son emploi du temps, que l'on avait distribué au feu de camp, demain elle aurait une séance d'une heure avec Holiday en fin de matinée.

Avant, juste après le petit déjeuner, elle était censée se présenter à l'activité quotidienne « Une heure pour faire connaissance ». Chacun était supposé se coller avec un autre pendant une heure pour apprendre à se connaître, en savoir un peu plus sur ses dons et sur la culture de son espèce.

Ce serait sympa, non ?

Non, pas du tout.

Bien sûr qu'elle était curieuse, pourtant ce serait plutôt cool de découvrir ce qu'elle était ou, espérons, ce qu'elle « n'était pas » avant d'étudier ce que tous les autres étaient. Et si elle parvenait à prouver qu'elle n'était qu'humaine, peut-être pourrait-elle rentrer chez elle.

Elle se retourna dans son lit pour la centième fois, sachant que si elle ne trouvait pas le sommeil c'était en partie parce qu'elle avait peur d'avoir une autre terreur nocturne. Bon sang, elle n'avait pas envie de devoir l'expliquer à ses colocs !

Le bruit de son estomac qui gargouillait emplit la pièce obscure. Y avait-il quelque chose à manger dans le frigo ? Se glissant hors de son lit, en caleçon bleu marine orné de cœurs et débardeur rose, elle se dirigea vers la porte. Celle-ci grinça quand elle sortit de la pièce. L'angoisse semblait retentir sur les murs en rondins. La jeune fille contempla les portes fermées des deux autres chambres. Elle avait entendu Miranda et Della rentrer et tendait l'oreille pour savoir si l'une avait toujours l'intention de tuer l'autre. Hé, si elle devait trouver du sang partout à son réveil, autant s'y préparer, non ?

Heureusement, toutes les deux avaient eu une conversation paisible. Apparemment, le seul sujet de discussion de Miranda, c'étaient les garçons. Derek inclus. Mais, naturellement, cela ne dérangeait pas Kylie.

Quelques pas de plus et elle regarda de nouveau les portes des chambres. Avec un peu de chance, les deux filles dormaient désormais d'un sommeil de mort. Bon, d'accord, « mort » n'était pas le mot le plus approprié. Surtout si l'on estimait qu'elle ne savait pas si les vampires étaient morts ou non. Sommeillaient-ils même ? Et d'ailleurs, étaient-ils immortels, comme on l'affirmait dans les livres ?

Les pieds nus de Kylie sur le plancher firent gémir le vieux bois. Elle se rappela la visite du cousin de Della. Puis se souvint des groupes de vampires. Elle hésita à aller manger un morceau, de peur d'en devenir un.

Les lattes du plancher craquèrent de nouveau.

chapitre 14

Kylie recula d'un pas vers la porte de sa chambre. Un autre bruit la fit alors s'arrêter net. Elle écouta, se rappela le vacarme des animaux sauvages plus tôt dans la nuit. Celui-ci n'était pas si sauvage, en revanche. Retenant son souffle, elle se concentra pour le reconnaître. Elle l'entendit de nouveau : un miaulement très bas. Un son doux, discret.

À la fenêtre, un mouvement attira son regard. Elle se retourna d'un coup. La peur s'infiltra d'abord dans sa poitrine, pour disparaître dès qu'elle vit le chaton roux perché sur le rebord. Surpris par son mouvement brusque, l'animal tomba.

– Reste là, marmonna Kylie, sans comprendre tout d'abord son inquiétude soudaine pour le chaton.

Puis elle percuta. Et si Lucas ou un loup-garou passait par là ?

Elle ouvrit vite la porte. Elle s'agenouilla sur le seuil et fit le bruit aigu que les chats adorent.

– Viens, bébé ! Je vais m'occuper de toi, roucoula-t-elle. Fais-moi confiance !

Ses mots eurent pour réponse un bruissement dans les buissons.

Quelques secondes plus tard, la minuscule boule de fourrure orange arriva en se dandinant.

– Comme tu es mignon, murmura-t-elle et, tout doucement, elle lui caressa le menton.

Le chaton vint se frotter contre ses chevilles nues en ronronnant. Elle prit la créature entre ses mains en coupe et regarda dans ses yeux or puis blottit le petit animal contre ses seins avant de l'amener à l'intérieur.

L'animal miaula et essaya de s'échapper de ses bras, comme s'il ne voulait pas qu'elle l'enferme, mais Kylie le tint fermement.

– Non, non, gazouilla-t-elle. Il y a des monstres dehors. Ici, tu es en sécurité.

La bête sembla se détendre quand elle passa délicatement ses doigts derrière son oreille.

– Tu as faim ?

Elle donna un coup de nez sur le sommet du crâne du chat et le serra encore plus contre sa poitrine.

Elle se dirigea vers le frigo, l'ouvrit pour voir ce qu'elle pourrait manger et proposer au pauvre chaton.

Derrière elle, une porte grinça. Elle se retourna et vit Miranda, en tee-shirt jaune et long pantalon de pyjama orné de petits *smileys*, sortir de sa chambre. Ses cheveux tricolores étaient légèrement décoiffés, et Kylie constata qu'elle faisait plus jeune sans son maquillage.

– Salut ! lança Kylie.

– J'ai cru entendre... Qu'est-ce que c'est ?

– Un chaton. N'est-il pas, ou n'est-elle pas adorable ?

Elle souleva l'animal pour vérifier son sexe. Il se mit à s'agiter, cracha, même, mais elle le tenait fermement.

– C'est un mâle. Il regardait par notre fenêtre.

Elle le berça de nouveau contre sa poitrine et jeta un coup d'œil au frigo.

– Je crois qu'il a faim.

– Oh non !

Le mécontentement manifeste dans la voix de Miranda la fit se retourner.

– Quoi ? s'exclama Kylie, sincèrement déroutée. Tu es allergique aux chats ?

– Toujours le même vieux truc, hein ? dit Miranda, mais Kylie voyait bien que sa coloc ne s'adressait pas à elle.

Miranda désigna le chat du doigt et agita son auriculaire d'avant en arrière.

– Les roses sont rouges, les violettes sont bleues, montre-moi qui tu es ou je te jette un sort.

– Stop ! Je me métamorphose !

Les paroles venaient du chaton.

Kylie resta paralysée sur place. *Des paroles*. Oh, zut, alors ! Rêvait-elle ? Les chats ne savent pas parler. Elle dévisagea Miranda, pas complètement prête à balancer l'animal dans la pièce, mais à deux doigts de le faire.

– Je me suis imaginé… ?

Miranda regarda Kylie, et ses lèvres ébauchèrent presque un sourire, mais elle le réprima et reposa les yeux sur le félin.

– Maintenant, Perry !

Perry…

Kylie baissa les yeux sur le chat lové contre sa poitrine. Des scintillements en forme de diamants flottèrent autour du chaton roux. Et, pouf ! Perry apparut, devant elle, la tête collée contre ses seins.

Elle hurla.

Della surgit dans la cuisine.

– Que se passe-t-il ?

Elle cilla.

– Vous préférez être seuls, tous les deux ?

Elle partit d'un rire moqueur, et désigna Perry et Kylie.

Sortant brusquement de sa stupeur, Kylie attrapa l'imposteur par l'oreille et le décolla de sa poitrine d'un coup sec.

– Il s'en va tout de suite.

– Aïe, aïe, marmonna Perry alors que Kylie le traînait jusqu'à la table de la cuisine. Lâche mon oreille ! ordonna-t-il dans un rugissement qui ressemblait à celui d'une bête en colère.

Mais la jeune fille n'était pas d'humeur à obéir, et trop en colère pour avoir peur de lui. S'accrochant à son oreille comme une tique à un chien, elle le tira devant la table basse, ouvrit la porte de sa main libre puis poussa le pervers dehors, avec une telle force qu'il atterrit sur les fesses.

Mais elle n'en avait pas encore fini avec lui.

Elle le menaça du doigt.

– Si jamais tu t'approches un tant soit peu de mes seins, ce ne sera pas par l'oreille que je te ficherai dehors ! Et au cas où tu ne saurais pas de quelle partie de ton corps je parle, disons juste que quand tu te retransformeras en chaton tu découvriras que tu as été castré !

Elle claqua la porte dans un bruit sourd.

– Sale type !

Elle se retourna d'un coup, serrant et desserrant les poings.

Della et Miranda étaient toutes les deux plantées sur place, yeux et bouches grands ouverts, comme déformés par le choc.

Miranda fut la première à partir d'un fou rire.

– Désolée, marmonna-t-elle. Mais c'était carrément trop drôle !

– Faux ! la rembarra Kylie, toujours furieuse, la gorge nouée de colère.

Della s'esclaffa si fort qu'elle tomba contre la table.

– Oh, que si ! Tu en as, du cran, derrière ton visage d'ange ! Ça me plaît !

– Soit ça, soit elle est stupide, ajouta Miranda. Sais-tu qui est Perry ? C'est le métamorphe le plus puissant de l'univers en ce moment. Tout le monde est au courant : il ne faut surtout pas les énerver, ils ont de terribles accès de colère.

– Il s'est bien fichu de moi ! Il a trouvé un stratagème pour que je le serre contre mes seins !

Elle se souvint d'avoir entendu la voix de l'autre pervers se transformer en rugissement très menaçant.

D'accord, elle avait peut-être agi bêtement, mais rien, rien ne la faisait plus bouillir de rage que quelqu'un qui la ridiculisait, et c'est ce qu'il avait fait.

Refoulant ses larmes, parce qu'elle pleurait toujours quand elle était en colère, elle constata que le frigo était resté ouvert et alla le fermer d'un pas furieux. Le froid heurta son visage au moment même où elle se souvint.

– Beurk, j'ai maté ses parties génitales !

Derrière elle, Della et Miranda éclatèrent de rire. Puis, pour une raison absurde, ce qui n'était pas drôle le devint subitement. Kylie s'adossa au réfrigérateur et se mit à rire. Pendant cinq minutes, assises à la table de la cuisine, elles rigolèrent à en avoir les larmes aux yeux. Kylie se souvint alors de ce que Sara et elle faisaient si souvent.

Ou avaient fait, jusqu'à ce que tout change.

– Si tu avais vu sa tête, quand tu le tirais par l'oreille ! s'écria Della. Si seulement j'avais eu un appareil photo !

– J'étais presque mal pour lui, ajouta Miranda.

– Mal pour lui ? répéta Kylie.

– Ouais, il est plutôt mignon, dans son genre. Tu ne trouves pas ?

– Mignon ? Oh non, c'est un dégénéré, insista Kylie.

– Nous ne le sommes pas tous ? rétorqua Della, qui perdit son humour.

Pour moi, rien n'est sûr, se dit Kylie et elle faillit le dire tout haut, mais quelque chose fit « plouf » en tombant sur la table. Elle hurla lorsqu'elle vit le crapaud.

Miranda roula des yeux et attrapa la créature.

– On fait encore le vilain, monsieur Pepper ? lança-t-elle au batracien.

Elle tint la bête à quelques mètres de son visage ; ses pattes pendouillaient presque sur la table.

– Qu'a-t-il fait pour que tu lui jettes un sort ? demanda Della en scrutant le crapaud d'un air dégoûté.

– Comme notre ami Perry, c'est un membre du club des pervers.

Miranda secoua légèrement l'amphibien.

– C'est mon prof de piano, et il a essayé de jouer autre chose que du piano, si tu vois ce que je veux dire.

Della regarda la bestiole en grognant et en montrant les dents.

– Et si on faisait de lui un casse-croûte de minuit et qu'on en finisse ? Les cuisses de crapaud sont-elles aussi bonnes que celles des grenouilles ?

– Hummm… sais pas, répondit Miranda en jetant un coup d'œil à Della. Mais j'ai bien l'intention de le découvrir, ajouta-t-elle en matant la bête.

Kylie se trompait peut-être, mais elle aurait pu jurer que les yeux de la bestiole s'agrandissaient de peur.

Miranda rit.

– Si seulement j'étais ce type de sorcière !

– Quel genre tu es ? demanda Kylie, quelque peu soulagée.

– Du style à côté de ses pompes.

Miranda se renfrogna, puis gronda le crapaud.

– Vous savez ce qu'il vous reste à faire, monsieur Pepper. Cessez d'être un obsédé et vous redeviendrez normal.

Le crapaud agita les pattes puis disparut comme par enchantement.

– Quel genre de malédiction lui as-tu jetée ? demanda Della.

Miranda gémit de frustration.

– Si seulement je le savais, je pourrais l'arrêter.

– Tu veux dire que tu ne te souviens pas ? demanda Della.

Miranda baissa les yeux.

– Je revois ce que je croyais avoir dit, mais je suis dyslexique et parfois je me trompe dans mes sorts, alors que je dois me rappeler mot pour mot ce que j'ai dit pour les arrêter. Donc, jusque-là, chaque fois que ce pervers pense à une mineure, il se transforme en crapaud et passe me rendre visite.

– Si ça craint pour toi, lui, il l'a bien mérité en tout cas, observa Kylie.

– Lui, oui. Mais il me rappelle sans cesse que je foire tout.

– D'accord, acquiesça Della. Mais l'aspect positif, c'est que tu l'empêches de faire quelque chose de mal. Je déteste les pervers. J'avais un vieux voisin qui se plantait à sa fenêtre, vidait de la lotion dans sa main et se masturbait devant moi ou d'autres ados.

– C'est dégoûtant, estima Miranda.

– Ouais, mais ce que je n'ai pas supporté, c'est qu'une fille de ma rue m'avait déjà dit qu'il lui avait fait la même chose. Elle l'a raconté à ses parents, qui ont appelé la police. Celle-ci est venue et a déclaré que c'était un diacre… alors c'était, en gros, la parole de ma voisine contre la sienne, et c'est lui qu'on a cru.

– Voilà pourquoi j'ai décidé de lui jeter un sort, expliqua Miranda.

– Mais moi je me suis occupée de lui, rétorqua Della, tout sourire.

– Qu'as-tu fait ? s'enquit Kylie, presque effrayée de poser la question.

– Je suis entrée chez lui en douce et j'ai remplacé sa lotion par une superglu géniale dont mon père se sert à son labo. Si vous aviez vu sa tête quand il n'est pas arrivé à décoller la paume de son sexe ! Puis j'ai passé un coup de fil anonyme à la police et je l'ai dénoncé. C'est vrai, quoi, comment pouvait-il nier ? Sa main était collée à l'arme du crime !

Elles éclatèrent de rire. Essuyant ses larmes, Kylie regarda Della et Miranda, et elle aurait pu jurer qu'elles n'étaient que des adolescentes normales.

Enfin, jusqu'à ce que le souffle d'air glacé surgisse soudain dans son dos. Kylie jeta un coup d'œil par-dessus son épaule, espérant plus que tout ne rien voir.

Mais les espoirs étaient souvent vains.

Treillis se tenait seulement à quelques mètres d'elle. Trop près. Plus que jamais. Le froid induit par sa présence envoya une peur glaciale le long de sa colonne vertébrale.

– Kylie ?

Elle entendit Miranda crier son nom – où était-ce Della ? Elle ne pouvait pas le savoir, parce que l'on aurait dit que ce cri venait d'un autre monde. Un monde dans lequel les fantômes n'existaient pas. Un monde dans lequel elle voulait retourner, sans y parvenir.

Le mort ne quittait pas Kylie des yeux, tout en levant lentement le bras pour ôter son casque. Du sang, du sang rouge vif, dégoulinait de son front. Elle retint son souffle en l'observant goutter sur son visage. Puis tout se déroula au ralenti. Elle se mit debout pour s'échapper.

Ploc, ploc, ploc.

Des gouttelettes de sang éclaboussèrent le sol et laissèrent de minuscules mouchetures de rouge sur ses pieds nus. Les gouttes continuèrent de tomber. Les petites taches de sang atterrirent sur ses pieds, avant de former des lettres, puis deux mots : « À l'aide ».

Kylie tâcha d'inspirer, mais ses poumons refusaient d'aspirer l'air glacial. Relâchant l'oxygène retenu dans sa bouche, elle vit un nuage d'air froid sortir de ses lèvres.

– Que se passe-t-il ?

La voix de Miranda semblait flotter dans l'esprit de Kylie.

Bonne question, pensa-t-elle.

Dommage qu'elle n'en ait pas la moindre idée.

– Vous sentez ça, les filles ?

La voix de Della s'enregistra dans sa conscience, mais de loin, comme une musique de fond dans un film.

– Quelque chose sent super bon.

– Je ne sens rien.

Les paroles de Miranda suivirent. Leur conversation se poursuivit, mais, d'un seul coup, elle retentit comme un écho lointain.

– Oh, merde… merde… merde… L'aura de Kylie devient noire. Noire. Noire… noire… *Je crois qu'il y a un fantôme. Fantôme… fantôme… fantôme…*

– Merde, dit Della. Je déteste ces conneries.

Des pas résonnèrent : ses amies partaient en courant. Une porte claqua. Kylie voulait s'enfuir elle aussi, mais elle en était incapable. Elle ne pouvait pas bouger. Le sang continuait à asperger ses pieds, mais elle refusait de regarder pour lire les mots.

– Attends ! Elle a cessé de respirer ! Kylie a cessé de respirer ! Il faut faire quelque chose !

Kylie entendit la porte s'ouvrir d'un coup. Entendit que l'on criait son nom. Mais alors tout devint noir, et elle s'effondra sur le sol.

chapitre 15

La fraîcheur parcourut le front de Kylie à toute allure, et elle se réveilla dans un état de semi-conscience. Qui amenait trois questions en Q : qui, quoi, quand, et deux autres : pourquoi et où. L'odeur de moisi de l'oreiller répondit à celle en O : où.

La colo. Toujours la colo.

La surcharge émotionnelle de ces derniers jours envahit sa poitrine. Elle ouvrit les yeux. Holiday était assise au bord de son lit. Ses cheveux roux pendaient sur ses épaules et l'inquiétude apparut sur son visage et brilla dans ses yeux vert vif.

– Elle est réveillée ?

La voix masculine, d'une familiarité envoûtante, emplit ses oreilles et Kylie entendit des échos se réverbérer autour de sa tête. Elle bougea les yeux vers la gauche.

Holiday déplaça de nouveau le tissu humide sur le front de la jeune fille.

– Hé, tu es avec nous, maintenant ?

Kylie n'écoutait pas et ne regardait pas la directrice du camp. Elle contemplait Lucas Parker – tueur de chats hors norme.

Et défenseur contre les grosses brutes, lui fit remarquer son subconscient.

Bien que la raison pour laquelle son subconscient voulut le défendre la dépassât.

Que se passait-il ?

Lucas se baissa, comme pour la toucher. Elle se releva d'un coup, repoussa le torchon de son visage.

– Qu'est-ce qui s'est passé ?

Puis tout revint d'un seul coup.

Le fantôme.

Le sang. Tant de sang.

Et une autre information stupéfiante la frappa : elle avait dû perdre connaissance. C'était débile, non ?

– Tu t'es évanouie, observa Lucas.

Sa grosse voix remplit la pièce minuscule, ce qui rendit Kylie encore plus petite.

Était-il obligé de souligner l'évidence ? Et que fichait-il ici, d'ailleurs ? N'existait-il pas une règle qui stipulait : « Chambre interdite aux garçons » ? Sinon, Kylie devrait veiller à ce qu'on l'ajoute au règlement.

Elle jeta un coup d'œil à Holiday.

– Cela arrive parfois, dit celle-ci. Quand les fantômes commencent à se rapprocher.

– Je vais bien, maintenant.

Elle sortit brusquement de son lit, mais, zut alors, la pièce se mit à tourner autour de son axe. À tourner et à tourner. Lucas l'attrapa par le coude.

Il la serrait, mais pas assez pour lui faire mal.

Son contact était chaud, et des picotements de chaleur dansèrent le long de son bras et l'étourdirent encore plus. Mais, au moins, plus rien ne tournait.

Son premier réflexe fut de se retirer d'un coup sec, mais, de peur que cela soit trop révélateur, elle fit un effort pour rester calme. Bien sûr, s'il savait lire les battements de son cœur comme Della, elle était mal barrée.

Et, en parlant de Della, où étaient… ? Kylie se concentra sur le seuil. Della et Miranda s'y tenaient, épaule contre épaule, et la scrutaient comme si elle était le divertissement de la soirée. La honte ! Elle les imaginait parfaitement sortir de leur cachette en courant – parce qu'elle gardait le vague souvenir d'avoir entendu des bruits de pas qui détalaient – puis la trouver à terre. Mais comment avait-elle atterri sur ce lit ?

Kylie détourna les yeux de ses colocs pour les poser sur Lucas. L'avait-il ramassée ? Prise dans ses bras ? Ses pulsations continuèrent à s'accélérer. Ce fut alors qu'elle s'aperçut qu'il la touchait toujours.

– Je vais bien.

Il la relâcha, un doigt à la fois, comme s'il craignait qu'elle tombe de nouveau. Juste avant que son dernier doigt la libère, elle vit son regard glisser vers le bas. Si son pantalon de pyjama n'était pas indécent, elle se rendit immédiatement compte que son top était très fin, et que le décolleté de son débardeur descendait plus bas que la plupart de ses hauts.

Kylie recula d'un pas et croisa les bras sur sa poitrine.

– Et si tu me laissais parler seule à Kylie ? suggéra Holiday à Lucas, qui continuait à mater bien que son regard soit passé de ses seins à son visage avec une indifférence froide.

Il opina, mais elle vit ses sourcils foncés s'agiter un peu. Il essayait donc encore de lire en elle ! Pour l'heure, elle était soulagée de savoir qu'il ne trouverait rien.

Et, à cet instant, un autre souvenir resurgit du passé : elle se rappela que Lucas Parker avait ce tic aux sourcils quand ils étaient petits. Avait-il tenté de lire en elle à l'époque ? Cette pensée amena la question qui l'obsédait depuis qu'elle l'avait reconnu. Se souvenait-il d'elle ?

– Nous pourrons finir notre discussion demain, lança Holiday au jeune homme, comme si elle le congédiait.

– OK, répondit-il en la gratifiant d'un sourire.

Il sortit.

Della et Miranda s'effacèrent pour le laisser passer. Kylie ne manqua pas de remarquer l'inimitié entre Della et Lucas quand ils échangèrent un regard. Della craignait-elle que celui-ci ait parlé à Holiday de l'apparition surprise de son cousin au camp ? Probablement.

– Ferme, ajouta Holiday alors qu'il était presque dehors.

Kylie posa de nouveau les yeux sur la directrice ; elle avait le sentiment qu'elle était sur le point de se faire punir. Pour quel motif ? Pour s'être évanouie ? Ou Lucas avait-il parlé de Chan, et Kylie aurait maintenant des problèmes pour s'être tue ?

– Tu n'as pas à craindre Lucas, affirma Holiday.

Kylie la scruta.

– Peux-tu entendre les battements de mon cœur, toi aussi ?

Holiday se fendit d'un large sourire.

– Je lis les sentiments, pas les pulsations. Mais j'ai également lu ta peur : tu es devenue blanche comme un linge lorsque tu l'as vu.

Kylie faillit laisser échapper ce qu'elle savait sur Lucas, mais elle se ravisa. Ça faisait trop « rapporteuse ». Elle lui posa plutôt une question.

– Que faisait-il ici ?

– Il se trouvait dans le bureau quand Miranda est venue me chercher.

Kylie regarda l'heure : il était presque 1 heure du matin. Elle ne put s'empêcher de se demander ce que Holiday et Lucas fabriquaient ensemble à cette heure-là. D'accord, la directrice était plus âgée, mais seulement de quelques années.

– Et tous les deux, vous êtes proches ?

– Ça dépend de ce que tu entends par « proches ». C'est la troisième fois qu'il vient ici. Il nous aide pour certaines choses et il suit même une formation pour travailler avec nous l'an prochain. Mais c'est tout. Que s'est-il passé, ce soir ?

Kylie déglutit, gagnant du temps. Que raconter au juste ?

– Le fantôme est revenu, c'est ça ? s'enquit Holiday, brisant le silence indécis.

Kylie acquiesça et pourtant, plus que tout, elle voulait le nier.

– Oui, mais Miranda et Della prétendent que les gens qui sont un peu cinglés donnent parfois l'impression de ne pas être humains. Donc, peut-être que je n'ai pas de don et que le fantôme n'est qu'un fantôme puissant, comme tu as assuré que cela arrivait de temps en temps. Ou je pourrais même avoir une tumeur au cerveau.

Holiday soupira.

– Les probabilités qu'il s'agisse de l'un ou l'autre sont très minces, Kylie, tu ne crois pas ?

– Peut-être, mais elles existent, insista la jeune file. C'est vrai, quoi, tu as affirmé que, la plupart du temps, le fait de parler aux fantômes était dû à une maladie héréditaire. Que mon père ou ma mère devaient aussi posséder un don.

– Aucun de tes parents n'a jamais montré aucun signe de différence ?

– Non, jamais.

Pourtant, quand elle répondit, elle repensa à la nature froide de sa mère. Pourrait-on considérer cela comme une « différence » ?

– Je t'ai aussi dit que, dans des situations rares, cela pouvait sauter une génération.

– J'ai connu mes grands-parents des deux côtés. La plupart des gens ne le savent-ils pas, s'ils ne sont pas humains ?

– La plupart, si, mais…

Holiday la fixa, comme si elle était déçue, puis croisa les mains sur ses genoux.

– Je présume que tu devrais travailler là-dessus pendant que tu es là.

– Travailler ?

Holiday se leva.

– Tout le monde poursuit une quête. Cherche une réponse. Je suppose que la tienne consiste à découvrir si tu es, ou non, complètement humaine. Et si, comme je le pense, tu es l'une de nous, alors tu dois aussi décider si tu utiliseras tes dons pour aider les autres ou si tu leur tourneras le dos.

Kylie tâcha de s'habituer à l'éventualité que l'un de ses parents ne soit pas humain, qu'ils puissent comprendre ce que leur fille vivait. Ne lui auraient-ils pas dit quelque chose ?

Holiday posa une main sur son épaule.

– Tu devrais essayer de dormir un peu. Demain, la journée sera longue.

Elle approuva et regarda Holiday passer presque la porte avant que la question sorte.

– Comment puis-je trouver les réponses ? Je m'imagine mal aller demander à mes parents s'ils voient des revenants. Ils me prendraient pour une folle.

Holiday se retourna.

– Ou peut-être que l'un d'eux t'avouerait la vérité.

Kylie secoua la tête.

– Mais si tout cela est une erreur, alors ce serait pour rien. Ils m'ont déjà envoyée chez une psy. Si je me mets à parler de fantômes, ils seraient capables de me faire interner.

– C'est ta quête, Kylie. Toi seule peux décider comment tu souhaites la mener.

Le lendemain matin, Kylie et Miranda se rendirent ensemble au petit déjeuner. Della était déjà partie quand Kylie se leva. Lorsque celle-ci voulut savoir où elle était, Miranda l'informa que les vampires organisaient souvent des réunions avant l'aube où ils exécutaient leurs rituels.

– De quel genre ? demanda Kylie.

– Je ne sais pas exactement, mais je suppose que cela a un rapport avec le sang qu'ils boivent.

Kylie colla une main sur son ventre, regrettant d'avoir posé la question. Bien sûr, sa nausée pourrait être en partie due à sa nuit quasi blanche. Mais avec du recul, non, c'était sûrement à cause du sang. Cette idée lui répugnait violemment. Voir ce truc rouge dans ces verres au dîner la veille avait été trop pour elle. Au moins, ça lui permettrait de perdre quelques kilos.

Elles marchèrent quelques minutes en silence.

– Tu as bien dormi la nuit dernière ? finit par demander Miranda, bien que Kylie sût parfaitement ce que sa coloc entendait par là.

Traduction : est-ce qu'elle allait bien et que s'était-il donc passé la veille pour qu'elle s'évanouisse ?

Elle décida d'ignorer le sous-titrage et répondit à la question sans ambages.

– Oui, mentit-elle, consciente que, si les pieux mensonges fonctionnaient avec Miranda, ce n'était pas le cas avec Della.

En vérité, Kylie avait fixé les trous au plafond en réfléchissant aux propos de Holiday concernant sa quête. Quel que soit l'angle sous lequel elle abordait le problème, elle ne voyait pas comment demander à ses parents s'ils étaient humains ou non.

Mais elle pensa à un tas de questions sur elle qu'elle aimerait poser. Du style : *si je suis surnaturelle, quel autre genre d'espèce pourrais-je être ? Et si je ne suis pas comme vous, ai-je une tumeur au cerveau ?* Kylie ne savait pas ce qui était pire.

Puis elle eut une révélation. Peut-être que si elle obtenait des réponses à ces questions cela l'aiderait à écarter l'hypothèse qu'elle n'était pas humaine. Ce n'était pas le meilleur plan, mais c'était un début. Et elle devait bien commencer quelque part.

– Tu n'avais pas l'air en forme, hier soir, reprit Miranda.

En effet. Quand Kylie alla enfin se coucher, elle rêva. Des rêves fous et étranges, avec Lucas Parker et elle. Ils nageaient. Il ne portait pas de tee-shirt et elle non plus. Elle s'était réveillée, à bout de souffle et pleine de frissons. Des frissons, voilà ce qu'elle avait ressenti lorsque Trey l'avait très longuement embrassée. Comment son corps pouvait-il la trahir et trouver Lucas Parker désirable ? Mais elle ne laisserait pas ce dernier l'emporter. Si elle connaissait quelque chose sur elle, c'était bien qu'elle pouvait contrôler son désir. Elle avait parfaitement réussi à arrêter Trey, même si c'était la dernière chose qu'elle voulait au monde.

Cela lui offrait donc un nouvel objectif. Non seulement elle essaierait de découvrir si elle était humaine, mais elle s'assurerait aussi de ne pas se rapprocher de Lucas.

– Ç'a été, mentit encore Kylie.

– Je ne te crois pas, mais pour l'instant je ne relève pas. Vampire mignon sur la gauche, murmura-t-elle, changeant de sujet.

– Quoi ?

– Le blond en tee-shirt de foot, chuchota-t-elle encore. Qu'est-ce que je ne donnerais pas pour sortir avec lui !

– Je pensais que tu n'aimais pas les vampires.

– Je n'ai jamais dit ça ! Et si c'était le cas, ça ne s'appliquerait pas aux vampires mecs, de toute façon.

Kylie se moquait bien d'un vampire mignon, et le dernier sujet sur lequel elle souhaitait que son esprit s'aventure en ce moment, c'était bien les histoires d'amour ; mais, de lui-même, son regard se posa sur la gauche. Il n'y avait personne.

– Où ?

– Là-bas, répondit Miranda en indiquant l'autre direction d'un signe de tête.

– Tu veux dire « à droite », la corrigea Kylie. Pas à gauche.

– Droite, gauche, je les ai toujours confondues. Je suis dyslexique. Mais c'est un beau gosse. Je tirerai peut-être son nom plus tard, pour l'heure où on apprend à faire connaissance.

Le blond discutait avec une bande de garçons. Kylie se rappelait l'avoir vu, mais impossible de se souvenir de son nom. Sa stature et son apparence générale lui faisaient penser à Perry, qui n'était pas du tout son genre. Surtout après les événements de la nuit dernière.

– Tu es sûre que ça va ? s'enquit Miranda quand elles furent passées devant le groupe de mecs. Tu avais l'air à l'ouest, hier soir. Ton aura est devenue toute bizarre.

– Je vais bien.

Elle ne tenait pas à parler de la veille.

– Tu es vraiment dyslexique ?

Miranda ne répondit pas immédiatement.

– Oui, et selon ma famille on croirait que je l'ai demandé.

Son ton avait perdu la frivolité qui semblait constamment présente dans sa voix.

– Donc, dans ton entourage, il n'y a que des sorcières ?

– Ouais, mais ma mère peut aussi se montrer très vache, parfois.

– C'est le cas de toutes les mères, non ?

– Peut-être. Mais je ne lui en veux pas vraiment. J'ai plus ou moins laissé tomber la famille – trop cool !

– Comment ça ?

– J'étais destinée à devenir la prochaine grande prêtresse. Mais avant de recevoir le titre je dois passer des examens. Et les exams et moi, on n'est vraiment pas potes. Ma famille pourrait donc perdre sa place dans l'ordre des sorcières si je ne les réussissais pas.

– Pourquoi faut-il que ce soit toi ? Pourquoi un de tes proches ne peut pas monter sur le podium ?

Miranda soupira.

– Ça ne marche pas comme ça. C'est moi, sinon l'honneur revient à Britney Jones.

– Oups !

Kylie essaya de plaisanter, dans l'espoir de réconforter Miranda.

– Ouais.

Le ton de la jeune fille montra que la blague n'avait pas eu l'effet escompté.

– Désolée, s'excusa Kylie. Donc, que faudrait-il pour que tu réussisses les examens ?

– Seulement que je vainque ma dyslexie. Ce qui, en gros, est impossible, expliqua Miranda. Ohhh, ohhhhh, regarde sur ta gauche… enfin, sur ta droite. Le chaton ronronnant qui adore tes seins, il est là. Et il rougit. Tu sais, ça doit être terrible pour son ego de s'être fait envoyer balader !

– J'espère bien.

Kylie remarqua Perry et, en effet, il était plutôt rouge. *Très bien.*

– Tu n'as pas parlé de lui à Holiday, hein ?

Miranda avait l'air inquiète. Visiblement, elle éprouvait un petit faible pour l'autre pervers.

– Non. Mais je pourrais le faire si jamais il recommençait.

Elle ignorait si Perry avait une ouïe supersonique, mais elle le souhaitait.

Elles étaient presque arrivées au réfectoire, venaient de passer devant le bureau, lorsque les deux types en costume noir de la veille en sortirent à toute allure.

Kylie ralentit et étudia le langage de leur corps. Ils n'étaient pas contents. En les regardant cavaler jusqu'au parking, elle ne put s'empêcher d'espérer que leur petite visite du jour eût un rapport avec la fermeture du camp.

Juste alors, le plus grand s'arrêta et tourna sur lui-même. Il se figea sur place, la fixa et agita les sourcils en l'observant.

Il se pencha et murmura quelque chose à l'autre, puis ils se dirigèrent droit sur Kylie.

Oups !

chapitre 16

Kylie avait l'impression d'être un animal pris au piège de Costume noir.

Mince alors ! Pourquoi tout le monde s'en prenait-il à elle ?

Meilleure question : que pouvaient-ils donc lui vouloir ? Elle n'était même pas encore membre du club des surnaturels. Et elle espérait bien s'en faire virer avant que sa carte soit tamponnée.

Heureusement pour elle, à une vingtaine de mètres, le téléphone sonna. Il marqua une pause puis répondit. Il se tourna ensuite vers son partenaire, lui dit quelque chose, et tous deux déguerpirent.

Elle laissa échapper le soupir qu'elle retenait.

– Merci, mon Dieu.

– Quoi ? fit Miranda, et elle la dévisagea, confuse.

Se souvenant que celle-ci ne venait pas au camp pour la première fois, elle lui demanda :

– Qui est-ce ?

Elle désigna d'un signe de tête les hommes en noir qui montaient dans une berline noire.

– Qui ? s'enquit Miranda en fixant un autre groupe de mecs.

– Les Costumes noirs, répondit Kylie.

– Beurk, ils sont bien trop vieux pour toi !

Miranda extirpa un élastique de sa poche et attacha ses cheveux multicolores en queue-de-cheval.

Kylie lui jeta un coup d'œil. *Honnêtement, les garçons sont-ils sa seule préoccupation ?*

– Ça ne m'intéresse pas de sortir avec un mec, dit Kylie, et elle se remit en route. Je suis curieuse, voilà tout.

– Oh, ils sont de l'URF.

Miranda marcha au même pas qu'elle.

– Qu'est-ce que c'est ?

– Ça veut dire Unité de recherche de Fallen. Tu sais, comme Fallen, au Texas ? La ville que nous avons traversée pour venir ici. L'URF fait, en gros, partie du FBI. L'antenne qui s'occupe du surnaturel.

– Quoi ? Tu veux dire que le gouvernement est au courant de l'existence de vampires et tout ça ?

Miranda grimaça.

– Bien sûr. Qui, d'après toi, a fondé ce camp ?

– Je pensais que c'étaient nos parents.

– Ils ont donné un peu d'argent, mais il en faut bien plus pour entretenir cet endroit.

– Mais pourquoi le gouvernement est-il derrière tout ça ?

– Ça dépend à qui tu poses la question. Le camp a été à l'origine d'une grosse controverse dans la communauté surnaturelle. Surtout des tas de sectaires qui parlent à tort et à travers, si tu veux savoir.

– Comment ça ?

– Dans chaque espèce, il y a des vétérans, principalement de vieux rasoirs qui ne croient pas aux relations interraciales, qui prétendent que la colo les encourage et qui souhaitent la fermer. Selon leur façon de voir les choses, les espèces ne devraient pas se mélanger. Pour moi, c'est la même chose que la race. Ils affirment que nous devrions conserver la pureté de chaque espèce, mais c'est des conneries, tout ça. On les mélange depuis la nuit des temps.

Kylie s'efforça de digérer l'information.

– Le gouvernement a donc créé ce camp parce qu'il veut que les espèces se marient ?

Miranda rit.

– Je ne crois pas qu'il se soucie de savoir qui couche avec qui. Il le fait pour tâcher de promouvoir la paix entre les espèces, afin que nous ne devenions pas fous furieux un jour et essayions de nous supprimer les uns les autres de la surface de la planète. Humains compris.

– Il existe des problèmes entre les espèces ?

Miranda eut l'air surprise.

– Tu ignores vraiment tout, pas vrai ?

– Oui, reconnut Kylie, sans que cela l'ennuyât.

Elle ne savait même pas que d'autres espèces existaient quand elle était montée dans ce bus. Comment pourrait-elle être au courant ?

– OK, voici une rapide leçon politico-historique. Les vampires et les loups-garous sont en guerre depuis toujours. D'après toi, quelle était la véritable cause de la guerre civile ? Mes propres ancêtres ne valent pas mieux. La peste noire a été provoquée parce qu'ils voulaient éradiquer les fées.

– Tu te fiches de moi, hein ? s'enquit Kylie.

Et dire qu'elle avait écouté son professeur d'histoire affirmer que c'étaient des rongeurs infestés qui avaient répandu la peste !

– Je suis hyper sérieuse. Toutefois, à la décharge de mon espèce, les sorcières sont celles qui réussissent le mieux à se conformer au monde humain. Il y a moins d'ordres de sorcières qui vivent en groupes. Mais, bien sûr, c'est aussi parce que notre mode de vie se mêle plus facilement à celui des humains. De plus, nous ne sommes pas affiliés à autant de gangs, ceux qui causent des problèmes aux humains.

– Des gangs ? Comme celui des vampires ?

– Tu as entendu parler des Frères de sang ? demanda Miranda.

Comme elle ne voulait pas évoquer le cousin de Della, Kylie haussa les épaules.

– Della a juste dit que le gang existait.

– Existait ? Oh oui. Les Frères de sang sont probablement les pires de tous. Ils sont mêlés à tout, à toutes sortes de crimes. Un bon mélange. Meurtres, cambriolages…

Voler des Big Mac. Le concept roula çà et là dans le cerveau de Kylie.

– Mais comment ça se fait que nous n'entendions pas parler de ces gangs ni de ces crimes aux infos ?

– On en parle. Mais tu ignores qu'ils ne sont pas humains, voilà tout. On met toujours les crimes sur le dos de tueurs en série, et puis il y a les portés disparus. Tu ne sais pas combien de gens disparaissent chaque année ?

– Je pense que si.

Kylie sentit un frisson lui parcourir les os. Elle croisa les bras sur sa poitrine et grelotta.

– Pour les vampires escrocs ou les loups-garous, nous autres, nous sommes de la nourriture, expliqua Miranda.

Kylie repensa au cousin de Della qui l'avait traitée de casse-croûte et se demanda si c'était un voyou. Puis elle songea à Della, qui s'inquiétait de devoir quitter sa famille.

– Quel bordel !

– Pas pire que la race humaine, observa Miranda.

– J'imagine, admit Kylie, qui se souvenait des problèmes chez elle.

Elle se rappela un autre pépin plus immédiat auquel elle devait faire face.

– À quoi sert vraiment « Une heure pour faire connaissance » ?

– Oh, c'est plutôt cool. La moitié d'entre nous écrit son nom sur un bout de papier et l'autre les tire. On nous met par deux et nous passons une heure à faire connaissance. Bien sûr, c'est toujours mieux si tu tombes sur un beau gosse.

Super ! Avec la chance qu'elle avait, se dit Kylie, elle se retrouverait avec Perry. Elle sentit son visage devenir rouge vif quand elle se rappela avoir maté ses parties intimes.

Après le petit déjeuner, Kylie sortit du réfectoire pour parler à Sara, qui avait acheté un test de grossesse dans la matinée. Malheureusement, elle était tombée sur l'amie de sa mère à la caisse. Sara avait pu s'en débarrasser avant que la femme le remarque, mais cette rencontre l'avait ramenée au point de départ : elle ne savait pas si elle était enceinte ou pas.

– Comment ça va au camp ? demanda-t-elle.

– Tout baigne.

Kylie aurait adoré confier tout ce qui s'était passé à sa meilleure copine, mais elle se ravisa. Jamais celle-ci ne comprendrait… déjà que Kylie elle-même avait du mal.

– Ça craint tant que ça ? dit Sara. Il n'y a pas de mecs mignons ?

– Quelques-uns, répondit Kylie, puis elle changea de sujet et pendant dix minutes elles parlèrent du dilemme de la jeune fille.

La mère de Kylie l'appela une seconde après qu'elle eut terminé sa conversation avec sa copine.

– Comment s'est passée ta première nuit ? demanda-t-elle.

– Bien, mentit Kylie, qui ne savait jamais que faire de sa mère et de ses questions.

– Pas de terreurs nocturnes ?

– Non, répondit-elle.

Non, dans le sens où je ne me suis pas réveillée en hurlant au meurtre sanguinolent. Je me suis juste évanouie lorsqu'un fantôme en sang est venu me rendre visite. Après un chat métamorphe et un crapaud pervers.

– C'est bien, dit sa mère. Alors que faites-vous aujourd'hui ?

Sa voix arborait cette bonne humeur feinte que Kylie avait toujours détestée.

– J'ai une réunion avec l'une des directrices du camp, une heure où tu te retrouves en tête à tête avec un autre campeur, et ensuite je crois qu'il y a une sorte de programme d'art et une balade cet après-midi.

– Ça m'a l'air d'une journée bien chargée, observa sa mère.

– Ça m'a l'air d'une journée gonflante, oui, rétorqua Kylie.

Sa mère ignora sa réflexion.

– As-tu parlé à ton père ?

La jeune fille hésita.

– Il a laissé un message, mais je n'ai pas eu le temps de le rappeler.

Un autre mensonge. Elle avait eu le temps, mais elle ne savait pas si elle pouvait lui mentir comme à sa mère.

– Bien, quand tu l'auras, vois avec lui s'il a l'intention de venir dimanche pour le jour des parents. Dans ce cas, j'attendrai la semaine prochaine.

– Vous ne pouvez même plus rester dans la même pièce, tous les deux, maintenant ? demanda Kylie, qui n'essayait pas de dissimuler ses sentiments. Vous n'auriez pas pu au moins tâcher de cohabiter jusqu'à ce que je parte à l'université ?

– C'est difficile, Kylie.

– Oui, pour tout le monde.

La boule d'émotion grandit dans sa gorge, mais quand elle leva les yeux, elle vit Della se diriger vers elle et réprima son envie de pleurer.

– Il faut que j'y aille.

– OK, acquiesça sa mère. Passe une bonne journée, et appelle-moi ce soir, d'accord ?

– D'accord, dit Kylie en refermant le téléphone juste au moment où Della surgissait derrière elle.

– Salut, dit Kylie. Je t'ai cherchée au petit déjeuner.

– J'ai mangé avant.

Elle se frotta le ventre, et Kylie tâcha de ne pas penser à ce que Miranda lui avait raconté sur les rituels des vampires. Mais trop tard, elle y songeait déjà, et la viennoiserie qu'elle avait avalée le matin devint lourde, au point qu'elle crut qu'elle allait être malade.

– Tu t'y feras.

Della se fendit d'un grand sourire, comme si elle avait deviné ce qui avait donné la nausée à son amie.

– Peut-être, dit Kylie. Mais j'en doute.

Della gloussa, puis son sourire s'évanouit.

– Désolée pour tes parents. Depuis combien de temps sont-ils séparés ?

– C'est une habitude, chez toi, d'espionner ?

Kylie glissa son téléphone dans sa poche.

– Je n'essayais pas d'écouter. C'est le hasard, c'est tout.

Kylie se mordit la lèvre inférieure et oublia sa frustration quand elle se souvint que Della lui avait confié ses propres problèmes de famille.

– Je suis désolée, c'est dur, c'est tout. Ça s'est passé la semaine dernière.

– J'imagine.

La sincérité plissa le front de Della. Puis son expression changea.

– Oh, j'ai failli oublier ce que je suis venue te dire. Tu te rappelles, je t'avais raconté que Derek avait un petit faible pour toi ? Eh bien, ce n'est pas un petit faible. Mais un truc énorme.

– Pourquoi tu crois ça ?

– Parce que Brian, le vampire blond, a tiré ton nom pour « Une heure pour faire connaissance » et Derek lui a demandé d'échanger.

Kylie compara le fait de passer une heure avec un vampire étrange à une heure avec Derek, qui lui faisait penser à Trey, et elle ne savait pas ce qui était pire.

– Qu'a répondu Brian ? s'enquit-elle, sans pouvoir s'en empêcher.

– Il a refusé, sauf si Derek était prêt à casquer.

– Ne me dis pas qu'il lui a donné de l'argent pour avoir mon nom ?

– Il ne lui a pas donné de fric pour avoir ton nom.

Della rit et se pencha, comme si elle avait un secret croustillant à lui confier.

– Il paie en sang, Kylie. Une pinte, pour être précise.

Kylie resta clouée sur place, sous le choc. Lequel se transforma rapidement en dégoût.

– Il ne peut pas faire ça !

– Si, et il l'a fait. Ils ont conclu un pacte. Et crois-moi, tu ne reviens jamais sur un marché de sang avec un vampire.

Kylie fila retrouver Derek au réfectoire.

Elle ne le laisserait pas faire ça.

chapitre 17

Derek passa la porte à l'instant où Kylie entrait à toute vitesse.

– Hé, je te cherchais.

Il brandit un minuscule bout de papier.

– J'ai tiré ton nom.

Il sourit.

Son sourire était si chaleureux que si Kylie n'avait pas été aussi furieuse, et dégoûtée, elle aurait pu se perdre en lui.

– Ouais, je sais, je suis au courant.

Elle le regarda en plissant les yeux de désapprobation.

Il la dévisagea puis ajouta prudemment :

– Je me suis dit qu'on pourrait aller se promener. J'ai trouvé un endroit super quand je me suis baladé hier.

– Écoute, je suis flattée, mais tu ne peux pas faire ça, Derek, rétorqua-t-elle d'un ton sec.

– Quoi ?

Un air désapprobateur remplaça son sourire.

– Je sais comment tu as obtenu mon nom. Et je ne peux pas te laisser faire.

– Ce n'est rien.

Il commença à s'éloigner de la porte puis, comme elle ne le suivait pas, il la regarda.

– Tu viens ?

– C'est du sang, dit-elle, bouillante de rage. Viens, je vais arranger ça.

Elle le tira doucement, mais il ne bougea pas. Elle constata alors comme son bras était musclé sous sa main.

– C'est fait, Kylie. Et si on passait notre heure ensemble, OK ?

Son parfum, un mélange de gel douche pour hommes et de Derek, flotta vers elle.

– Tu l'as déjà… fait ?

Son regard se porta sur son cou.

– Non, mais le marché est conclu.

– Je vais l'annuler, dit-elle en tâchant d'ignorer son odeur et combien elle lui plaisait.

S'apercevant qu'elle tenait toujours son bras, elle le lâcha. Avoir un contact physique avec lui lui avait rappelé qu'elle avait l'habitude de toucher Trey. Qu'elle aimait Trey. Qu'il lui manquait.

Derek se renfrogna davantage.

– Tu ne peux pas. Alors, viens. S'il te plaît.

Elle resta plantée sur place à le dévisager.

– Au moins, laisse-moi essayer.

Il ferma les yeux une seconde puis baissa la tête plus près d'elle et murmura :

– Allez, fais-moi confiance sur ce coup-là, Kylie. Tu ne pourras pas l'annuler.

Quelque chose dans sa voix la toucha très profondément et embrouilla ses pensées. Ou peut-être était-ce la façon dont son souffle chuchotait contre sa mâchoire, le chatouillement doux et agréable juste sous son oreille qui l'empêchait de penser.

Impossible de lui dire non.

– D'accord.

Mais, alors qu'elle était sur le point d'accéder à ses désirs, elle estima qu'elle devait se montrer prudente. Derek, pour on ne savait quelle raison, exerçait une sorte de pouvoir sur elle, et cela pouvait être dangereux.

Ses yeux verts se posèrent sur ses yeux bleu clair et il sourit de nouveau.

– Allons-y.

Il tendit la main. Elle faillit la prendre mais réussit à se retenir à la dernière seconde.

– Je te suis.

Elle fourra les mains dans ses poches.

La déception ternit son sourire, mais il se mit en route. Et elle fit ce qu'elle lui avait dit : elle lui emboîta le pas.

Ils ne parlèrent pas pendant les cinq premières minutes qu'ils empruntèrent un sentier. Puis il quitta le chemin et la conduisit à travers une épaisse rangée d'arbres et de buissons. Entre la balade de la veille avec Della et celle d'aujourd'hui, ce serait un miracle si elle ne tombait pas sur un sumac vénéneux ou, pis, des chiques.

Au moment même où elle était sur le point de dire quelque chose, elle entendit un doux bruit d'eau qui coulait, comme un ruisseau.

– C'est juste là.

Il lui jeta un coup d'œil : ses yeux souriaient, mais pas ses lèvres.

Elle le suivit sur quelques mètres puis s'arrêta et contempla la crique et l'immense bloc de roche, à peu près de la taille d'un lit deux places, perché sur le bord et surplombant l'eau qui coulait. Le soleil du matin qui filtrait à travers les arbres rendait tout si vert, si luxuriant. Si vivant.

Kylie respira l'air, dont l'odeur était à l'image de tout le reste : fraîche, verdoyante et mouillée. Au loin, elle entendait ce qu'elle prit pour une cascade – Shadow Falls. Ce devait être ça. Le bruit de l'eau qui tombait emplit le silence et sembla l'appeler quelque part.

– Il y a une chute d'eau, par là ? demanda-t-elle.

– Ouais, mais ici, c'est plus joli.

Derek grimpa sur le rocher d'un bond.

– Viens.

Une fois installé, il lui tendit la main pour l'aider à monter. Elle avança mais, avant de la prendre, la question s'échappa de ses lèvres.

– Pourquoi tu as fait ça ?

Il baissa les yeux sur elle.

– Fait quoi ?

– Tu sais très bien, l'accusa-t-elle.

– Et si on changeait de sujet ? On ne va pas en faire une histoire, Kylie. Grimpe. Cet endroit est encore plus génial vu d'ici.

Elle lui prit la main, et, quasiment sans effort, il la fit monter. Elle le lâcha dès qu'elle eut pris place, en veillant à ne pas s'asseoir trop près de lui.

Mais ça ne servit pas à grand-chose.

Sentant son regard sur elle, elle contempla le ruisseau et tâcha de se ressaisir.

– Waouh… marmonna-t-elle, tu as raison, c'est plus joli d'ici.

La hauteur offrait une plus belle vue de l'eau qui coulait. Les rais lumineux passant à travers le feuillage des arbres touchaient l'eau et la faisaient chatoyer. De ce point de vue, l'endroit semblait baigner dans un mélange d'ombre et de lumière qui lui évoqua quelque chose digne d'un conte de fées. Presque magique.

– Pourquoi ? s'enquit-elle de nouveau, sans le regarder.

– Tu as éveillé ma curiosité. Depuis que je t'ai vue aux côtés de ta mère avant de monter dans le bus. Tu étais si triste et…

Elle se rappela que Miranda avait affirmé que certaines fées pouvaient lire vos pensées, et avant qu'il poursuive elle demanda :

– Tu peux lire dans mon esprit ?

Elle se tourna vers lui et sentit son visage s'enflammer à cause des idées déplacées qui lui étaient venues à son sujet.

– Non.

Il sourit, et, dans cette lumière, ses yeux verts tachetés d'or étincelèrent littéralement.

– Pourquoi tu rougis ? Qu'est-ce que tu penses de moi ?

Il se rapprocha, jusqu'à ce que son front touche celui de Kylie. Le cœur de la jeune fille exécuta un saut périlleux et son souffle se fit plus suave. Quand elle s'aperçut qu'elle le dévisageait, elle se souvint de sa question.

Elle n'y répondit pas mais en posa une autre.

– Alors comment tu as deviné que j'étais si triste ?

Il hésita, et son sourire disparut.

– Je ne peux pas lire les pensées, mais certaines émotions basiques, si.

Elle le regarda et devina qu'il lui disait la vérité.

– Je ne sais pas pourquoi, mais je sens que je provoque un mélange de sentiments chez toi. Certains positifs, d'autres pas tant que ça. Mais j'ignore pourquoi.

Il se montrait honnête, et elle estima qu'elle lui devait la pareille.

– Tu me rappelles quelqu'un que je connais.

Il arracha une brindille et l'examina.

– Quelqu'un de bien ou de pas bien ?

– Les deux. C'est mon ex.

– Je vois. Qu'est-ce qu'il s'est passé ?

– Il m'a plaquée.

– Pourquoi ?

Elle lui aurait bien dit la vérité, mais pas à ce sujet.

– Il faudrait que tu lui demandes.

C'était une réponse nulle, et elle le comprit à la minute où les mots sortirent de sa bouche.

– Mais il n'est pas là et toi, si.

Il la draguait, et elle ne savait pas au juste comment l'arrêter.

En vérité, elle ignorait si elle le voulait. Contrairement à ce qui s'était passé ces derniers temps, ces sentiments ne lui étaient pas si étrangers. Mais elle n'avait pas besoin de se retrouver embarquée dans une autre histoire en ce moment.

Elle détourna les yeux pour tâcher de s'éclaircir les idées.

– Qu'est-ce que ça fait d'être fée, enfin, Fae ?

– Demi-Fae, la corrigea-t-il.

Elle lui jeta un coup d'œil et constata qu'être un surnaturel ne semblait pas le réjouir plus qu'elle. Elle se rendit également compte que ce pourrait être l'occasion d'apprendre quelque chose sur l'espèce des fées. Après tout, aux dires de Holiday, Kylie pourrait bien en être une en partie.

– Alors qu'est-ce que ça fait d'être une demi-fée ?

– Il y a pire, j'imagine.

Il fixa la brindille.

– Qui t'a transmis ce don ?

Il reposa les yeux sur elle.

– Pour quelqu'un qui n'aime pas répondre aux questions, tu en poses beaucoup.

Il avait raison.

– OK, je te parlerai de moi, mais d'abord, à toi. Ça marche ?

Il arqua un sourcil et sembla y réfléchir.

– OK.

Il se mit en appui sur ses avant-bras, mains posées sur le rocher, et la dévisagea.

Cette position faisait ressortir son torse. Elle se surprit à le comparer de nouveau à Trey. *Désolée, Trey, mais Derek remporte le prix du plus beau corps.* Mais, bon, il n'y avait pas que le corps. Elle observa son visage. Ses traits étaient plus virils. Plus ciselés.

Chassant cette pensée de sa tête avant de commencer à éprouver des sentiments qu'il pourrait bien lire, Kylie prit la parole.

– J'ignore ce que je suis. Je crois que je suis humaine, mais…

– Tu ne l'es pas, répondit-il, et il la regarda de cette manière étrange, comme tout le monde ici.

Elle leva les yeux au ciel.

– Oui, je sais que mon cerveau ne se lit pas normalement, enfin, quoi que vous lisiez. Mais j'ai découvert que les humains peuvent être difficilement lisibles s'ils sont un peu tarés, du genre à moitié fous. Et parfois je suis pratiquement sûre de l'être. Ou, reconnut-elle avec moins d'enthousiasme, l'autre option, c'est que je pourrais souffrir d'une tumeur au cerveau. Et j'ai aussi eu beaucoup de migraines, récemment.

Son expression indiquait que cette idée l'horrifiait.

– Tu as consulté un médecin ?

– Non.

Jusqu'à ce qu'elle lût de l'inquiétude dans ses yeux, elle n'avait pas voulu se tracasser pour de bon. Mais si elle avait réellement une tumeur ? Et si… ?

Il plissa le front, comme confus.

– Mais, et les fantômes que tu vois ?

– Comment tu le sais ?

Elle se rappela lui avoir demandé s'il en voyait.

– Certains humains peuvent en voir. Holiday l'a dit.

Il inclina la tête d'un air incrédule.

– Donc, tu penses vraiment que tu es juste humaine ?

Sa question fit gonfler sa poitrine d'émotion.

– Oui. D'accord, la vérité, c'est que j'ignore ce que je crois.

Sans prévenir, des larmes emplirent ses yeux.

– Oh non, ne pleure pas !

Il en ôta une sur ses cils. Son contact était si chaud, si réconfortant qu'elle faillit prendre sa main et la tenir contre son visage.

Mais elle la chassa et s'essuya les yeux.

– Je suis tellement perdue. C'est vrai, ces derniers mois ont été un enfer. Mon copain me plaque, ma grand-mère disparaît, mes parents divorcent, et voilà que je commence à voir ce soldat mort. Maintenant, on m'annonce que je ne suis pas humaine et…

Il l'attira contre lui et elle ne le repoussa pas. Elle posa la tête sur l'endroit agréable entre sa poitrine et son épaule et respira son odeur. Extrêmement bien… elle ferma les yeux. Rien que le fait de rester ainsi chassa les émotions qui submergeaient son cœur.

– Je suis désolée. Je sais que les mecs détestent que les filles fassent ça.

– Vraiment ?

– Trey, oui, en tout cas, répondit-elle.

– Je ne suis pas Trey. En réalité, c'était cool. En plus, ton nez est plutôt mignon quand il rougit comme ça.

Elle lui donna une tape sur la main et se fendit d'un grand sourire.

Elle n'en était pas sûre, mais ça devait être son premier depuis des semaines.

– D'accord, à ton tour maintenant. Parle-moi de toi.

L'espièglerie disparut de son regard. S'allongeant un peu, il colla ses paumes sur le rocher pour se soutenir. Et dans cette position, les muscles de ses bras tendus, le regard sérieux, il était beau. Très beau.

– Mais tu es bien plus intéressante, chuchota-t-il comme

s'il pouvait lire ses émotions et connaissait les réactions qu'elle avait en sa présence.

– Tu as promis. Et puis tu sais tout.

Il pencha la tête et la fixa à travers ses cils bruns.

– Tu ne m'as pas tout dit.

Sa voix était un rien accusatrice.

– En réalité, voilà ce qui m'intéresse le plus.

– Quoi ? Quoi encore ? demanda-t-elle en tâchant de ne pas se laisser séduire de nouveau par ce spectacle.

– Ce qu'il y a entre toi et…

– Je refuse de discuter de Trey et moi. C'est trop personnel.

– D'accord, mais je n'allais pas parler de lui. En fait, que se passe-t-il entre le loup-garou et toi ?

chapitre 18

Kylie replaça ses cheveux derrière son oreille. *Nie-le. Nie tout ce qui se passe.*

– Quel loup-garou ? demanda-t-elle, mais sa voix devait sûrement manquer de conviction.

Derek la dévisagea. Son regard lui rappela celui de Della lorsqu'elle avait deviné qu'elle avait menti.

– Ne dis pas le contraire. Dès que tu poses les yeux sur lui, tu ne sais plus où tu en es. Soit il te plaît vraiment, soit il t'effraie.

– Je pensais que tu savais lire les sentiments.

Il s'assit et croisa les bras sur sa poitrine.

– La passion et la peur se déchiffrent presque de la même façon.

– Eh bien, crois-moi, c'est assurément la deuxième, répondit-elle.

Mais, après le rêve de la nuit passée, elle savait que la vérité aurait pu se résumer en un seul mot. *Les deux.*

Seulement, elle ne se l'était pas encore avoué. Et elle n'avait absolument pas l'intention de l'avouer à Derek.

– Alors comment tu le connais ? demanda-t-il.

– Qui dit…

Derek l'arrêta d'un signe de la main.

– Ce n'est pas normal d'avoir aussi peur de gens que l'on n'a jamais vus.

Elle baissa les yeux sur ses mains jointes.

– Il habitait à côté de chez moi quand j'étais petite. En gros, j'avais bien compris que quelque chose ne tournait pas rond chez lui, mais j'ignorais que c'était toute cette histoire de loup-garou.

– Est-ce qu'il a…

– Stop.

Ce fut à son tour de lui adresser un regard déterminé.

– Je n'en dirai pas plus. À ton tour.

Il regarda le ruisseau, et elle sentit qu'il détestait autant parler de lui qu'elle d'elle.

– Que veux-tu savoir ? s'enquit-il.

– Tout, et rien d'autre, répondit-elle d'un ton quelque peu taquin, dans l'espoir de le mettre à l'aise.

– Mon père était Fae. Ma mère est humaine.

– Était ? Il est mort ?

Il ramassa une autre brindille et la fit tournoyer avec ses doigts.

– Sais pas. M'en fiche. Il est parti quand j'avais huit ans. Un père qui refuse de payer la pension alimentaire, si tu vois ce que je veux dire.

– Je suis désolée.

Kylie sentit que cela le touchait bien plus qu'il ne tenait à le laisser paraître.

– Il savait qu'il était Fae ?

Elle chassa une fourmi de son bras.

– Ouais, je ne me souviens pas ne jamais avoir été au

courant. Mais après son départ nous n'en avons jamais beaucoup parlé, ni de lui. Ma mère était foudroyée.

Sa mère n'avait pas été la seule anéantie. Dans ses yeux, Kylie vit la tristesse qu'il tâchait de cacher. Sa poitrine à elle était lourde – lourde pour lui, et peut-être un peu pour elle. Les problèmes liés à son propre père n'avaient pas disparu. Ils attendaient les uns après les autres avec tout le reste, ceux qu'elle devait régler et ceux qui la tracassaient. Puis elle se rappela que c'était au tour de Derek. Il l'avait écoutée, elle lui devait bien la pareille.

– Désolée, dit-elle.

– Pourquoi ? Pas moi. S'il ne voulait pas de moi, eh bien moi, je ne voulais pas de lui du tout.

Il ne pouvait pas mieux mentir, se dit Kylie.

– As-tu su toute ta vie que tu avais le don ?

Il contempla la tige encore ornée de quelques feuilles qu'il tenait dans la main.

– Non, je savais que je pouvais lire dans les gens mieux que la plupart, mais je n'étais même pas sûr que ce soit parce que j'étais Fae. Puis, il y a un an seulement, le pouvoir d'accéder aux sentiments de tout le monde s'est intensifié. Et j'ai fini par me rendre compte que j'étais différent.

– En quoi l'es-tu ?

Elle sentit ses yeux se poser sur sa poitrine, se rappelant comme ç'avait été bon de se reposer contre lui. La plus folle des pensées l'envahit : qu'est-ce que cela ferait de l'embrasser ?

Il pencha la tête sur la droite et la scruta.

– Est-ce que je ressemble beaucoup à ton ex ?

Ses sentiments étaient-ils si lisibles ? se demanda-t-elle tandis qu'elle s'empourprait.

– Pas tant que ça, mais assez pour…

– Pour que je t'attire ?

Comme elle sentit son visage s'empourprer de plus belle, elle regarda de nouveau le ruisseau.

– Je n'irais pas jusque-là.

– Pourquoi pas ?

Son souffle était de nouveau contre sa joue. Chaud. Doux. Tentant. À quel moment s'était-il rapproché à ce point ? Mal à l'aise à cause de la proximité soudaine de sa bouche et parce qu'elle était bien tentée de le laisser s'approcher davantage, Kylie se leva d'un bond.

– Stop ! dit-il.

– Quoi ? Je crois que nous…

– Ne bouge pas, fit-il à voix basse, d'un ton très sérieux.

– Pourquoi ? Je…

Quelque chose s'agita dans les buissons à côté d'elle. Kylie baissa les yeux et vit un très long serpent sortir du sous-bois épais en rampant. Noir grisâtre au museau pointu, le genre contre lequel son père l'avait mise en garde quand il lui avait appris la différence entre les venimeux et les inoffensifs avant qu'elle parte camper.

Sa panique s'intensifia quand elle reconnut l'espèce. Un mocassin d'eau, en l'occurrence le reptile le plus agressif que l'on trouvait au Texas.

Et l'un des plus venimeux, également.

Il avançait en décrivant des S serrés, des S qui le rapprochaient de Kylie. Un hurlement se glissa dans sa gorge. La raison lui disait de rester très calme, mais au diable la raison ! Elle voulait que cette chose s'éloigne d'elle.

Derek resserra son étreinte sur son épaule.

– C'est bon.

Sa voix était si basse, si douce.

– Il ne fait que passer. Ne bouge surtout pas. Laisse-le. Je suis là. Tout ira bien.

Sa main se réchauffa d'une chaleur inhabituelle, et comme par enchantement l'angoisse de Kylie s'évanouit. Elle observa le corps gros et potelé du serpent ramper sur le bout de ses Reebok, comme un papillon de passage. Quelque chose dans sa tête lui indiquait que son calme, l'absence de peur n'étaient pas normaux ; que, quelque part, c'était Derek qui avait provoqué cela en elle. Elle n'était même plus terrorisée. Comme si le contact du garçon avait supprimé son angoisse, pour ne laisser que de la curiosité à la place.

Au sujet du serpent.

De sa façon d'avancer.

Au sujet de Derek. Comment avait-il pu transformer ses sentiments ? Qu'éprouverait-elle si elle se perdait dans ses baisers ? Lui ferait-il ressentir la même chose que Trey ? Voire mieux ?

– Tu t'en sors bien, il est presque parti, murmura-t-il.

Le serpent disparut. Son corps rond glissa dans le ruisseau et ne provoqua qu'un clapotis infime quand il plongea dans le courant.

Derek laissa sa main sur son épaule pendant qu'elle regardait la créature se fondre parmi les rochers. Puis, lentement, il ôta sa paume. Une tempête d'émotions la frappa si fort qu'elle hurla. Comme crier ne suffisait pas, elle virevolta et gravit le rocher. Son cœur martelait sa poitrine, comme sur le point d'exploser.

Derek l'attrapa pendant qu'elle grimpait, mais elle continua son ascension, ne pensant qu'à fuir le serpent qui rampait.

– Tout va bien, dit-il en riant, et il retomba sur l'immense rocher, elle dans ses bras.

Elle atterrit sur lui. Il l'étreignit, mais pas trop fort. Ses mains reposaient délicatement sur son dos.

Cillant, elle sentit la panique s'évanouir, et elle croisa ses yeux verts. De si près, les mouchetures or semblaient plus vives. Son regard se posa sur sa bouche, sur ses lèvres si douces, si tentantes.

La chaleur de son corps se fondit dans la sienne. Elle reprit son souffle.

– Tu vas bien, maintenant ? demanda-t-il d'une voix plus grave.

– Ouais.

Quand il lui avait volé sa peur panique, lui avait-il également pris sa volonté ? Car elle avait désormais très envie qu'il l'embrasse. Ou elle pourrait simplement l'embrasser. Ça lui paraissait une sacrée bonne idée. Elle se rapprocha un tout petit peu, jusqu'à ce que ses lèvres soient si près des siennes qu'elle sentit leur chaleur.

– Lâche-la ! tonna une voix masculine sinistre derrière eux.

chapitre 19

– Lâche-la immédiatement !

La voix extrêmement grave lui était familière, mais avant qu'elle puisse deviner qui c'était, Derek s'était levé d'un coup, avec une telle force qu'elle roula jusqu'au bord du rocher.

Juste avant qu'elle tombe, il la rattrapa. Dès qu'elle se sentit en sécurité, elle leva la tête. Depuis la rive, Lucas les regardait d'un air mauvais. Le soleil et les ombres qui tremblotaient rendaient sa présence d'autant plus intimidante. Ses yeux bleu clair les transpercèrent ; il les foudroya du regard.

– Elle va bien, lança Derek, d'un ton aussi sévère que son expression.

Se trouvant brusquement ridicule, elle se crut contrainte de se justifier.

– J'ai vu un serpent.

Lucas inspira. Il passa le sol en revue.

– Un mocassin d'eau.

– Je sais, répondit-elle. C'est pour ça que j'ai crié.

– Il est parti, répliqua Derek, d'un ton suggérant que Lucas devrait en faire autant.

– Je l'ai entendue hurler, déclara Lucas, comme si lui aussi se sentait obligé d'expliquer son comportement.

Les deux garçons se défièrent du regard, sans dire un mot. Kylie avait le sentiment bien net qu'ils ne pouvaient pas se voir.

– Elle ne hurle plus, lui fit remarquer Derek.

– Je vais bien.

Elle descendit du rocher d'un bond, après avoir vérifié qu'il n'y avait pas de serpent.

Quand elle leva les yeux, Lucas avait posé son regard désapprobateur sur elle.

– Si tu crains les serpents à ce point, tu devrais peut-être rester en dehors des bois.

– Je n'en ai pas peur. C'est juste que…

– Je me suis occupé d'elle, expliqua Derek.

Son ton était sinistre, presque furieux.

– Ouais, j'ai vu.

Derek s'assit plus haut sur le rocher, comme s'il était prêt à descendre d'un bond.

– Écoute, si tu as un problème…

Apparemment, Lucas se moquait bien de ce que Derek avait à dire, parce qu'il tourna les talons, et en moins d'une seconde il avait disparu.

Kylie rougit, en imaginant ce que Lucas avait dû penser de la situation. Puis, quand elle avisa l'expression malheureuse sur le visage de Derek, elle lança :

– Désolée. Je n'aurais pas dû crier. C'était juste que…

– Tu n'as rien fait de mal. Il s'est comporté en abruti, il a exagéré. Il n'avait pas à venir ici. J'aurais fait en sorte qu'il ne t'arrive rien, de toute façon.

Elle contempla la main de Derek et se rappela que sa peur avait disparu à son contact intense.

– Que s'est-il passé ? demanda-t-elle.
– Il a dramatisé, c'est tout…
– Non. Pas avec Lucas. À ton contact…
– Comment ça ? Mon contact ?
D'autres questions bourdonnèrent alors autour d'elle, comme des abeilles devenues folles.
– Comment tu as su que le serpent était là ?
L'expression, celle qui disait qu'il n'aimait pas parler de lui, réapparut, mais elle ne laisserait pas passer. Pas cette fois.
– Attends. C'est toi qui l'as fait venir ? s'enquit-elle.
Il fronça les sourcils.
– Tu imagines que je te mettrais en danger juste pour rigoler ?
Le croyait-elle ?
– Non. Mais tu savais qu'il était là. Avant même qu'il se montre.
– Je ne l'ai su qu'une seconde plus tôt. Si je l'avais deviné avant, je t'aurais empêchée de descendre.
Le soleil projeta de nouvelles lumières à travers les arbres, ce qui rendait toute visibilité difficile.
– Comment ? Comment tu as deviné ?
Il sauta du rocher et retomba pile sur ses pieds devant elle.
– Ça fait partie de mon don, expliqua-t-il.
Mais ça n'avait pas l'air de le réjouir.
– Tu peux prédire l'avenir ?
– J'aimerais bien.
– Alors quoi ?
– Je peux lire les sentiments des animaux et des créatures.
Il fourra le bout de ses doigts dans ses poches.
– Waouh !
Elle tâcha de se faire à cette idée.
– C'est…

– Bizarre, je sais, grommela-t-il. Comme si j'étais Tarzan, genre. Holiday prétend que je peux l'arrêter, et c'est pour ça que je suis ici. Pour apprendre à le faire. Mais ma quête ne la réjouit pas du tout. Elle pense que j'abandonnerais une espèce de dieu Fae si je tournais le dos à mon don. Mais le dieu Fae peut aller en enfer. Je n'ai rien demandé de tout cela. Le seul Fae de ma vie nous a laissés, ma mère et moi. Pourquoi donc voudrais-je être comme lui ?

Kylie perçut la peine dans sa voix et compatit.

– Je suis désolée.

Elle était sincère. Pas seulement parce qu'elle comprenait le ressentiment qu'il éprouvait envers son père en ce moment, mais parce que, comme lui, si elle se révélait être une créature surnaturelle, elle renverrait ce don directement à l'expéditeur. Si les difficultés de Derek impliquaient un lourd bagage affectif, celles de Kylie contenaient des tonnes d'interrogations. Et l'inconnu apportait son lot de questions émotionnelles. Si elle savait que la vérité pourrait se révéler douloureuse, il lui fallait des réponses.

Et plantée au beau milieu de la forêt, avec le mélange du soleil et des ombres, submergée par le monde surnaturel, elle fut déterminée à trouver ces réponses.

Elle croisa de nouveau le regard de Derek.

– Communiquer avec les animaux est loin d'être aussi nul que d'autres choses.

D'un coup de pied, il envoya une pierre dans le ruisseau. Cela fit un grand « plouf ! » et le bruit sembla se fondre à ceux du bois.

– Voir des fantômes, par exemple ? s'enquit-il, comprenant plus que ce qu'elle souhaitait.

– Entre autres, répondit-elle, honnête. Je m'imagine mal me réveiller et me rendre compte que je dois absolument boire du sang.

Prononcer le mot « sang » lui rappela ce que Derek avait fait pour passer cette heure en sa compagnie.

Et elle ne pouvait pas l'accepter. Elle ignorait comment l'en empêcher, mais elle devait essayer.

Elle consulta sa montre.

– Nous devrions probablement rentrer.

Il prit sa main dans la sienne et retourna son poignet pour lire l'heure. Le contact de sa paume envoya une douce décharge électrique le long de son bras ; cela lui rappela qu'elle avait été à deux doigts de le laisser l'embrasser. Ou avait-elle failli le faire ?

– Il nous reste une demi-heure, déclara-t-il en lui tenant la main.

Elle se détacha ; elle se souvenait que son contact avait dompté ses émotions quand elle avait vu le serpent. Il lui avait sûrement sauvé la vie, mais là n'était pas le problème : elle n'aimait pas l'idée que quelqu'un essaie de la contrôler. Ou de la manipuler.

– Ouais, dit-elle. Mais nous devons tout de même trouver comment t'éviter de donner ton sang.

Il s'assombrit.

– Le marché est déjà conclu, il n'y a pas de rétractation possible. Et, de plus, ce n'est pas un problème.

– Et s'il te transformait en vampire ?

Ses yeux s'ouvrirent grands.

– Oh non, tu crois que je vais le laisser me mordre ? Pas question. C'est trop risqué et bien trop gay !

Elle rougit, se sentant bête.

– Alors comment tu as l'intention de t'y prendre ?

– De la même façon que pour une prise de sang. Avec une aiguille stérilisée et une intraveineuse.

Elle le dévisagea. Les questions s'enchaînaient plus vite qu'elle ne pouvait les mettre en ordre.

– Tu le feras chez un médecin ? Comment…

– Non. La majorité des vampires transportent leurs propres réserves. Ils savent mieux trouver les veines que la plupart des infirmiers. C'est l'une des premières choses qu'on leur apprend. Comment prélever du sang sans tuer le donneur.

Della a-t-elle apporté son matériel de prélèvement ?

– D'où sais-tu comment les vampires… ?

– Se nourrissent ? Je l'ai fait deux, trois fois.

Son sourire la fit se sentir encore plus bête.

– Comme je te l'ai dit, ça n'est pas la peine d'en faire un plat.

– Qui ? Et comment tu étais même au courant de leur existence ?

– Elle s'appelle Ellie. Nous allons en classe ensemble. Et tu oublies que tous les surnaturels se reconnaissent entre eux.

Oui, elle avait négligé toute cette histoire de tic des sourcils. Et pour une sacrée bonne raison : elle ne « lisait » pas les surnaturels, ce qui lui faisait espérer un peu plus qu'elle n'était pas l'un d'eux. Puis elle se demanda s'il y en avait eu dans son lycée. En plus de Lucas, pendant cette brève période.

– Combien y en a-t-il ? s'enquit-elle, même si elle avait peur de connaître la réponse. Combien y a-t-il de surnaturels, par rapport aux humains ?

– Je pense que le consensus nous place à un peu moins d'un pour cent, mais en augmentation. Pourquoi ?

– Je me demandais juste s'il y en avait dans mon lycée.

– Possible, dit-il. Mais pas sûr. La plupart fréquentent des établissements privés ou suivent des cours chez eux, par correspondance. Pour des raisons évidentes.

– Lesquelles ?

– Surtout des raisons d'espèce. La majorité croient qu'ils doivent apprendre une histoire différente. Et la plupart se le permettent, car ils se servent de leurs dons pour devenir riches.

Ils ? Kylie constata que Derek ne se considérait pas non plus comme l'un d'eux à part entière.

– Tu as donc fréquenté une école privée ?

Il secoua la tête.

– Mon père s'est barré, tu te souviens ?

– Ouais. Et la fille que tu connais ? Ellie, c'est ça ? Vous étiez dans la même école ?

– Elle vient de se transformer en vampire, expliqua-t-il. Elle n'est pas encore partie vivre avec les siens.

Kylie pensa à Della.

– Ils doivent tous partir vivre avec les leurs ?

– Pas d'après ce qu'Ellie a dit. Mais je sais que ce n'est pas facile pour elle de se mêler aux normaux.

Kylie perçut une sorte d'affection dans sa voix, et sa curiosité se détourna radicalement des problèmes de Della, de toute cette histoire de surnaturels, pour se concentrer sur une affaire plus personnelle.

– Ellie et toi, vous êtes proches ?

Gênée d'avoir l'air presque jalouse, Kylie secoua la tête.

– Tu lui as donné ton sang, non ? Bien sûr que vous êtes intimes.

Il arqua les sourcils, et l'un de ses demi-sourires vint chatouiller ses lèvres et faire briller ses yeux.

– C'est ta façon de vouloir savoir si nous sommes toujours ensemble ?

L'étincelle verte dans son regard indiquait que son intérêt lui plaisait bien.

– Non.

En tout cas, elle ne le pensait pas, mais, mince alors, elle n'en était pas complètement sûre !

– Nous avons rompu il y a six mois.

– Pourquoi ? demanda-t-elle.

Elle regretta tout aussi vite qu'elle la posa de ne pas pouvoir retirer sa question.

– Elle a rencontré un loup-garou.

Sa voix était teintée de ressentiment.

– Pas Lucas ?

– Non, pas lui.

Une brise douce souffla, et une mèche vint fouetter le visage de Kylie puis se coinça entre ses lèvres.

Derek la repoussa. Les bouts de ses doigts lui chatouillèrent la joue, provoquant toutes sortes de picotements dans son cou. Elle lui prit la main, sentit le fourmillement s'intensifier, puis la relâcha aussitôt.

– Qu'est-ce qu'il s'est passé, tout à l'heure ? demanda-t-elle avant de perdre son sang-froid. Quand tu m'as touchée ?

Il fourra ses mains dans les poches de son jean, comme s'il tâchait de réprimer la tentation de la caresser encore.

– Je ne vois pas de quoi tu parles, affirma-t-il, mais elle comprit qu'il mentait.

Elle secoua la tête.

– Dis-moi la vérité, Derek. Lorsque tu m'as effleurée, tu as modifié ce que je ressentais, et nous le savons tous les deux.

Il eut l'air choqué qu'elle ait deviné.

– Je t'ai juste empêchée d'avoir peur, afin que tu ne commettes rien de stupide et que tu ne te fasses pas mordre.

– Donc, quand tu touches quelqu'un, tu peux maîtriser ses émotions ?

– Ouais, répondit-il, comme si c'était ultrabanal.

Mais ce n'était pas banal, pas à ses yeux en tout cas. Sur l'attirance qu'elle éprouvait pour lui, quel était la partie réelle ? Et quelle autre partie était du fait de Derek ?

Quelque chose de froid et dur enveloppa son cœur.

– L'as-tu déjà fait ?

– Quoi ?

Il paraissait sincèrement confus, à présent – ou simulait-il ?

– Jouer avec mes sentiments ?

Il la scruta.

– Pourquoi tu te mets en colère ?

– Tu l'as déjà fait, Derek ? Tu m'as forcée à éprouver ce que je ressens pour toi ?

Il eut l'air blessé.

– Non, affirma-t-il avec conviction, mais elle n'était pas convaincue.

Elle lui donna un coup dans la poitrine.

– Alors, aide-moi, Derek, si…

Il lui prit la main, et elle tressaillit.

– Quoi ? Maintenant, tu as peur de moi ? D'abord, tu as justifié tes sentiments pour moi par ma ressemblance avec ton ex. Et voilà que tu t'imagines que je joue avec eux ? Pourquoi est-ce si difficile de croire que je pourrais simplement te plaire ?

– Parce que tu as le pouvoir de le faire, pas vrai ? De me pousser à t'aimer ? Tu t'en es déjà servi pour convaincre une fille de faire des choses qu'en temps normal elle n'aurait pas voulu faire ?

Ses yeux se plissèrent.

– Waouh ! lança-t-il d'un ton accusateur. Tu cherches juste une raison de me détester, pas vrai ? Ton fameux petit copain t'a vraiment fait souffrir !

Peut-être. Mais c'était hors sujet. Elle était quasi certaine que, désormais, ses sentiments concernaient plus Derek que Trey. La simple vérité, c'était qu'aimer Derek risquait de compliquer les mois à venir. Il y avait suffisamment de problèmes dans sa vie, elle ne tenait pas à en ajouter.

– Tu n'as pas répondu à ma question, insista-t-elle en se redressant légèrement. As-tu utilisé ce pouvoir pour obtenir ce que tu voulais d'une fille ?

Son air renfrogné laissa place à de la colère, mais elle pouvait jurer avoir repéré un peu de culpabilité dans ses yeux. Il détourna le regard.

– Si tu continues à te taire, je supposerai le pire, dit-elle.

– Bon. Je m'en suis servi pour attirer l'attention d'une fille, mais jamais pour la convaincre de coucher avec moi.

Ce serait du viol. Et je me moque bien que tu veuilles me détester, Kylie, je ne feindrai pas d'être quelqu'un de mauvais rien que pour te faire plaisir.

Il retourna sur le chemin par lequel ils étaient arrivés.

– Je pense que nous devrions rentrer.

Elle reconnut la douleur dans sa voix. La honte l'envahit immédiatement, et elle se rendit compte qu'elle agissait vraiment en garce sans cœur. Peut-être était-elle tout simplement comme sa mère.

Il se mit en marche. Elle le suivit. Ils avancèrent en silence.

– Hé ! dit-elle enfin, incapable de se retenir plus longtemps.

– Quoi ?

Il ne la regarda pas et continua son chemin.

– Je ne voulais pas insinuer que tu étais un violeur.

– Alors quoi ?

Il ne la regardait toujours pas.

Elle tâcha de réfléchir à la façon de le lui annoncer. Elle détestait avoir recours au vieux cliché, mais ce fut tout ce qu'elle trouva en si peu de temps.

– Je t'aime bien, Derek, vraiment. Mais je crois qu'il vaudrait mieux qu'on reste amis.

Il rit, mais sans aucun humour.

– Tu vas donc nier que tu ressens quelque chose. Que tu as failli m'embrasser là-bas. Que tu en avais envie.

Accélérant elle-même le rythme, elle allait le contester, mais elle se reprit juste avant de mentir.

– Non, je ne le nie pas, mais je ne peux pas faire confiance à ce que j'éprouve pour l'instant.

Il tourna sur lui-même.

– Parce que tu crois que je joue avec tes sentiments ?

– Non. Oui. D'accord, c'est en partie à cause de ça, mais c'est aussi parce que tu me fais penser à Trey. Écoute, il y a tous ces trucs qui m'arrivent en ce moment.

Elle avait la voix tendue par l'émotion.

– Chez moi, c'est la folie. Je vois des fantômes. Des gens m'affirment que je ne suis pas humaine. Et j'espère à moitié découvrir que je suis simplement folle ou que j'ai une tumeur au cerveau. Je n'ai pas besoin de ça en plus. Mais j'ai vraiment besoin d'un ami.

Il la regarda d'un air résigné.

– D'accord, si l'amitié, c'est tout ce que tu me proposes, alors je la prendrai. Ça ne me plaît pas, mais je l'accepterai.

– Merci, répondit-elle, sincère.

Il hocha la tête et la scruta, comme s'il lisait de nouveau ses sentiments. Hé, peut-être pourrait-il les déchiffrer et lui expliquer leur sens, parce que, en ce moment, elle était complètement paumée…

– Ça ira, déclara-t-il.

– Vraiment ? Je ne sais pas par où commencer pour trouver les réponses.

Derek respira profondément puis regarda autour de lui comme s'il avait peur qu'on puisse l'entendre, bien qu'il n'y eût personne en vue. Il s'approcha d'elle.

– Je ne les ai pas toutes, dit-il, baissant la voix en un murmure. Et je ne pense même pas que ce soit un problème, mais voici ce que tu devrais essayer.

chapitre 20

– Dis-moi, fit Kylie, impatiente de recourir à n'importe quelle aide. Je suis prête à tout essayer, à ce stade.

Enfin, presque tout.

– Il y a une fille, ici, commença Derek. Elle est Fae elle aussi. Elle s'appelle Helen.

– Je l'ai rencontrée. Elle était dans le groupe avec moi lorsque Holiday a expliqué ce que nous faisions ici.

– Ouais, son don est de soigner. Mais quand elle nous a parlé d'elle elle, nous a dit qu'avant même que l'on découvre la tumeur de sa sœur elle avait pu la voir. Personnellement, je ne crois pas que tu en aies une, mais si ça t'inquiète Helen devrait peut-être jeter un œil. Au moins, tu cesserais de te faire du souci.

– C'est une excellente idée.

Kylie faillit l'étreindre, mais décida au dernier moment que ce n'était pas judicieux. Elle ne tenait pas à ce que Derek se fasse des idées sur eux deux. Du moins, pas maintenant, murmurait une petite voix en elle – celle qui aimait vraiment être tout près de lui, celle-là même qui avait voulu l'embrasser un peu plus tôt.

– Merci, dit-elle.

– De rien. Au fait…

Il effleura sa joue du dos de la main – et parions que sa petite voix apprécia ça aussi.

– Au fait, quoi ?

Il sourit et l'or dans ses yeux sembla étinceler encore plus.

– Là-bas. C'était toi qui… enfin, moi aussi j'avais envie que tu m'embrasses.

– Mais nous sommes juste amis, clarifia-t-elle en regrettant de ne pas pouvoir donner plus de conviction à ses paroles.

– Ouais.

Et lui non plus ne fit pas preuve d'une grande assurance.

Quand ils atteignirent le camp, il était presque l'heure de retrouver Holiday. Kylie voulait appeler Sara et décida donc de se rendre derrière le bureau, dans la cachette qu'elle avait découverte la veille.

Elle contournait le bâtiment lorsqu'elle se rendit compte qu'elle n'était pas la seule à avoir trouvé cette planque. Elle fit demi-tour, mais pas assez vite. Lucas et sa petite copine collée-à-sa-hanche se tournèrent vers elle. Lucas grimaça et Gothique sourit. Puis elle fit mine de reboutonner sa chemise.

– Désolée, marmonna Kylie avant de filer.

Mais elle sentit des yeux bleus lui brûler le dos.

Elle fit le tour jusqu'à l'entrée du bureau, où elle ne trouva que Miranda et Della qui se hurlaient dessus.

Sa première pensée fut de les laisser, mais quand elle remarqua Sky, l'autre directrice, qui sortait du réfectoire, elle s'empressa d'aller les séparer avant qu'elles s'attirent des problèmes.

– Je te jure, si tu me menaces une fois de plus avec ce petit doigt, je le casse en deux ! (Della se pencha.) Et tu sais que je peux le faire.

– Arrêtez ! dit Kylie en s'interposant.

Miranda se retourna et se retrouva nez à nez avec Della.

– Tu poses un seul doigt vampirique sur moi et je te jette le pire sort d'acné que tu aies jamais vu.

– Tu ne peux pas me jeter de sorts, cracha Della. Ils sont débiles.

– Arrêtez ! Nous avons de la compagnie.

– Un sort d'acné, je retiens…

Miranda recula d'un pas, mais Della avança.

Elle n'aimait manifestement pas les boutons.

– Écoute, si j'ai un seul bouton, je te viderai de ton sang dans ton sommeil et je le vendrai sur eBay !

– La ferme, les filles ! lança Kylie d'un ton sec, mais trop tard : Sky arrivait.

– Tout va bien ? fit la grande directrice gothique.

Elle était aussi loup-garou, du moins c'est ce que Kylie avait entendu. Elle ne parvenait toujours pas à identifier les surnaturels rien qu'en les regardant.

Miranda plaqua un sourire sur son visage. Della tâcha d'en faire autant, bien que le sien ressemblât plus à une exhibition de dents.

– Tout va bien, répondirent-elles à l'unisson. Nous…

– Nous disputions ?

Les sourcils de Sky se rapprochèrent, accusateurs.

– Avions une petite querelle, rectifia Miranda.

– Terminée ? s'enquit Sky.

Della prit la parole.

– Elle a délibérément renversé le sang qui se trouvait dans le frigo.

– Je ne l'ai pas fait exprès. Il est tombé quand j'ai ouvert la porte.

– Il y a du sang dans notre frigo ?

Kylie se renfrogna.

Sky roula des yeux.

– Vous devrez apprendre à vous entendre.

Ses yeux foncés se posèrent sur Miranda.

– Tu es une revenante, Miranda, nous attendons mieux de ta part.

Celle-ci partit, fâchée.

Sky la regarda s'en aller avant de poser les yeux sur les colocs.

– Réglez vos problèmes dans vos bungalows, pas en public, sinon Holiday et moi devrons intervenir. Et croyez-moi, il vaut mieux pas que nous nous en mêlions.

Elle tourna les talons.

Kylie jeta un coup d'œil à une Della souriante, apparemment peu affectée par l'avertissement de Sky.

– Alors, qu'est-ce qu'il s'est passé entre toi et ce mec fée ? demanda Della.

– Laisse tomber. Miranda et toi, vous devez arrêter.

– Arrêter quoi ?

Della haussa les épaules.

– De vous menacer de vous faire physiquement du mal.

C'est alors que Kylie vit la copine de Lucas se diriger vers eux. Les yeux de la fille se plissèrent de rage et ses lèvres se serrèrent quand elle fonça droit sur elle. Si des regards pouvaient tuer, Kylie aurait été à un cheveu de se décomposer. Puis le loup-garou énervé passa son chemin, furieux.

À l'idée que la mort n'était jamais loin, Kylie se rendit compte qu'elle souffrait d'une légère migraine, un mal de tête lancinant dans sa tempe gauche. Qu'elle puisse avoir une tumeur au cerveau l'avait estomaquée.

– Menacer, ce n'est rien, dit Della. Alors, crache le morceau : qu'avez-vous fait, Derek et toi ? Avez-vous au moins franchi la première étape ?

– Nous n'avons rien fait. Écoute, je vous aime bien, Miranda et toi, mais vous devez arrêter de vous disputer avant qu'ils nous séparent et que je me retrouve avec d'autres colocs.

Du style, la petite copine de Lucas.

– Ce n'était pas une dispute. Juste une prise de tête.

– Tu as menacé de vendre son sang sur eBay, dit Kylie. Chez moi, on appelle ça une dispute.

– Ouais, mais là tu n'es plus dans ton petit monde.

La déclaration de Della la blessa, comme seule la vérité pouvait le faire. Rien n'était plus pareil : un garçon venait d'offrir une pinte de son sang pour passer une heure avec elle. Elle avait vu un crapaud – en réalité, un pervers – sauter sur la table de sa cuisine, et elle avait maté les parties intimes d'un chaton qui, en fin de compte, n'en était pas un. Sans oublier que Treillis la harcelait. Sa tête l'élança de plus en plus.

– Et je ne vendrais jamais son sang. J'en savourerais la moindre goutte. Celui des sorcières est sucré.

Sucré. Kylie leva la main.

– Arrête tout de suite. Je refuse d'entendre ça.

Elle regarda sa montre. Zut. Pas le temps d'appeler Sara.

– Je dois retrouver Holiday.

Et arriver à comprendre ma vie. Parce que, comme Dorothy dans Le Magicien d'Oz, *je ne suis plus au Kansas.*

Kylie tourna les talons. Della la rattrapa par le bras.

– Oh, je voulais te dire…

– Attends. Est-ce que ça a un rapport avec le sang ?

Elle était incapable d'en parler, point final.

Les yeux de Della se plissèrent.

– Non, répondit-elle, du sarcasme dans la voix.

– Alors, vas-y, je t'écoute.

– Oh je devrais peut-être les laisser t'attaquer, ça t'apprendrait à jouer les Mme Je-sais-tout.

Elle tourna les talons.

Attaquer ? Voilà qui ne présageait rien de bon.

– Della, attends ! lança Kylie.

Della se retourna.

– Si je te le dis, tu arrêteras de faire tes remarques du genre « le sang, c'est dégueulasse » ?

C'est dégueulasse.

– D'accord, plus de réflexions. Maintenant, raconte-moi tout. Comment me ferai-je attaquer ?

Della était vexée.

– Tu sais, ces types en costume noir ? Il paraît qu'ils sont du FBI.

– Et ?

Della pencha la tête.

– Ils ont l'intention de t'interroger.

– Moi ? fit Kylie. Pourquoi ?

– Sais pas.

La seule chose à laquelle Kylie pensa, c'était que ce pouvait être à propos de…

– Attends. C'est au sujet de ton cousin ? Tu es sûre qu'il n'appartient pas à l'un de ces gangs ?

– Non. Ils me parleraient à moi, si c'était le cas. De plus, ils n'ont rien dit à propos des visiteurs. Juste qu'ils pensaient que tu pouvais cacher quelque chose parce que tu ne laissais personne te lire.

Kylie tâcha de faire entrer ces nouvelles informations dans sa tête qui l'élançait toujours, en vain.

– Tu es sûre qu'ils ont prononcé mon nom ?

– Ouais. Holiday n'était pas contente. Pourtant, ils sont censés être les grands patrons, ici. Ce qu'ils disent est parole d'Évangile. Mais je peux te jurer que Holiday t'a défendue. Elle a soutenu que tu étais innocente. Mais ils ont répondu qu'ils s'en assureraient par eux-mêmes.

Et comment au juste ont-ils l'intention de s'y prendre ? Était-ce la CIA ou le FBI qui était accusé de torture ? Oh, zut alors, elle avait déjà mal au crâne – elle ne voulait pas ajouter « se faire torturer » à sa liste du jour de choses à faire.

Le regard de Della se posa derrière l'épaule de Kylie.

– Euh… ne te retourne pas, mais je crois que Holiday te cherche. Et je pense qu'elle t'a trouvée.

Une seconde plus tard, Kylie sentit quelqu'un à son côté. Seulement, ce n'était pas Holiday. Le froid gifla ses côtes et elle comprit qu'*il* était de retour.

Elle inspira profondément, déterminée à ne pas s'évanouir, mais réussit à peine à faire entrer l'air froid dans sa gorge. En se forçant, elle bougea tout doucement les yeux, et pria pour ne pas le voir.

Au moins, il n'y avait pas de sang ce coup-ci. Treillis se contentait de la fixer de ses grands yeux bleus. Des yeux qui semblaient vouloir lui dire quelque chose. Mais quoi ? Que pouvait-il vouloir ? Elle se rappela les mots « à l'aide » inscrits en lettres de sang la dernière fois qu'elle l'avait vu. Quel genre d'aide attendait-il de sa part, au juste ?

L'idée de le lui demander lui traversa l'esprit, mais quelque part elle sentait que, si elle lui parlait, cela le rapprocherait d'elle. Elle ferma les yeux et supplia mentalement que ce type s'en aille.

– Et la voilà.

La voix de Della s'imprima un tout petit peu dans la conscience de Kylie. Elle ouvrit les yeux et vit Holiday s'interposer entre Treillis et elle.

– Tu es prête ? s'enquit la directrice du camp.

Le froid disparut et, sur les bras de Kylie, la chair de poule s'estompa. Même l'air glacial dans ses poumons se réchauffa. Une vague de soulagement l'envahit.

– Oh, dit Holiday, et elle recula. Ai-je interrompu quelque chose ?

Kylie savait qu'elle ne parlait pas de Della et elle.

Cillant, elle la regarda longuement et tâcha de faire la mise au point.

– Tu ne peux pas lui demander de me ficher la paix ?

– Ça ne marche pas comme ça.

– Qu'est-ce qui ne marche pas comme ça ? voulut savoir Della.

– Prête ? répéta Holiday à Kylie.

– Pour quoi ? fit Kylie.

Pourquoi l'URF voulait-il lui parler ?

– Notre réunion, expliqua Holiday.

– Je peux venir ? s'enquit Della.

Kylie la regarda et vit dans son regard qu'elle essayait de l'aider. Un effort qu'elle appréciait plus que sa coloc ne le saurait jamais.

– Elle peut ? insista-t-elle.

– Bien peur que non, répondit Holiday en dévisageant Della. Je crois que les vampires tiennent une séance de groupe. Tu devrais y aller. Viens, Kylie.

Holiday posa une main sur le dos de la jeune fille et l'entraîna.

Mais où l'emmenait-elle au juste ?

chapitre 21

– Deux personnes souhaitent te rencontrer, annonça Holiday en poussant Kylie vers le bureau principal.

– Qui ? demanda-t-elle, dans l'espoir que Della se soit trompée.

– Ils sont de l'URF. Ce sont les personnes qui financent le camp.

– Pourquoi ? demanda Kylie, et elle s'arrêta à la porte. Pourquoi veulent-ils me voir ?

Elle n'était même pas sûre d'être une dégénérée.

Le regard de Holiday s'adoucit.

– Surtout par curiosité. Ils n'ont jamais rencontré quelqu'un qu'ils ne pouvaient pas lire.

– Je croyais que tu avais dit que c'était normal chez ceux qui pouvaient voir des fantômes.

Holiday sembla réfléchir à sa réponse.

– Ce n'est pas uniquement parce qu'ils ne peuvent pas

te lire, Kylie, c'est parce qu'ils peuvent voir que la configuration de ton cerveau n'est pas ordinaire.

La migraine de Kylie reprit son assaut. Et la peur qu'elle puisse vraiment avoir une tumeur la secoua. Elle s'imagina le crâne rasé et de grosses et affreuses cicatrices lui traversant la tête. C'était horrible.

Mais reconnaître qu'elle était une dégénérée au même titre qu'eux tous l'était tout autant.

– Tu es à part, et ils le sentent. Allez, viens. Ça ne prendra qu'une minute et puis nous pourrons commencer notre réunion.

Dans le dos de Kylie, la main de Holiday se réchauffa. Immédiatement, Kylie comprit que la directrice du camp possédait des dons de contrôle des émotions similaires à ceux de Derek. Toutes les réserves qu'émettait Kylie sur le fait d'avoir une tumeur au cerveau disparurent à mesure que la chaleur de la main de Holiday affluait en elle.

– Pourquoi tu fais cela ?

Kylie recula.

– Je fais quoi ? demanda Holiday.

– Tu essaies de m'enlever ma peur ?

Elle se mit hors de portée de Holiday.

Les yeux de la directrice s'arrondirent.

– Waouh. Tu arrives à le sentir ? C'est fantastique. Cela signifie que…

– Arrête tout de suite !

Kylie recula encore. Elle se moquait bien que ce soit fantastique ou de ce que cela signifiait, du moins en ce moment. Ce qui lui importait, c'était de savoir ce qui l'attendait derrière cette porte, et si elle pouvait raisonnablement souffrir d'une tumeur au cerveau.

– Cela me fait penser que je pourrais avoir peur.

Holiday secoua la tête.

– Tu n'as aucune raison.

– Désolée, mais j'ai du mal avec les gens qui peuvent manipuler mes sentiments.

Eh oui, en un sens, elle pensait aussi à Derek.

Holiday soupira.

– Crois-le ou non, Kylie, je respecte ça. Mais, pour l'heure, je veux que tu rencontres ces deux hommes. Il ne se passera rien de grave. Je te donne ma parole.

Si Kylie n'en était pas convaincue, un autre coup d'œil à l'expression de la directrice suffit à faire disparaître la plupart de ses inquiétudes. Excepté que cette fois cela semblait plus dû à sa propre intuition qu'à l'influence de Holiday. Elle ignorait pourquoi, cependant son instinct lui disait qu'elle pouvait lui faire confiance. Mais, bon, ce pourrait simplement être parce qu'elle n'avait pas le choix. De toute façon, Kylie était une prisonnière dans ce camp.

Les présentations furent très bizarres, comme Kylie s'y attendait. Les deux hommes effectuèrent leurs trucs avec les sourcils, ce qui ne servit qu'à accroître son malaise. Elle voulait leur expliquer qu'ils perdaient leur temps à essayer de lui soutirer des infos. Elle s'en garda, bien sûr. La maladie des trop gentils, encore une fois. Elle resta donc assise à une table et tâcha de ne pas montrer de signes d'impatience sous leurs regards intenses.

Le plus baraqué, celui aux cheveux plus foncés, s'appelait Burnett James, et l'autre, Austin Pearson. De près, Kylie ne put s'empêcher de constater que les deux hommes étaient dignes d'un magazine masculin. Non pas qu'elle craquât pour les vieux – du moins devait-elle dire « les plus vieux », parce qu'ils semblaient n'avoir qu'une dizaine d'années de plus qu'elle –, mais elle savait tout de même apprécier la perfection.

Kylie remarqua aussi que Burnett ne cessait de jeter des regards en coin à Holiday quand celle-ci ne le regardait pas. Visiblement, elle lui plaisait bien. Mais elle ne paraissait pas se rendre compte de son intérêt. Kylie avait même l'impression que la directrice trouvait les deux types ennuyeux.

– Donc…

Celui-ci s'assit à califourchon sur une chaise.

Holiday l'observa en fronçant les sourcils, comme si elle désapprouvait sa position.

– C'est la première fois que vous venez à Shadow Falls, hein ? fit Burnett.

Kylie hocha la tête en guise de réponse. Puis, comme elle se rappela que sa mère estimait que ce genre de réponse muette était une preuve d'irrespect, elle enchaîna avec :

– Oui, monsieur.

Elle eut comme un doute, après coup, sur le « monsieur », et le regretta : cela faisait sarcastique. Ce n'était pas non plus son intention, mais les deux hommes ne le comprendraient pas forcément.

Burnett posa les coudes sur le dossier de la chaise, entrelaça ses doigts et l'examina. Après des secondes qui s'écoulèrent très lentement, il inclina légèrement la tête, comme s'il écoutait quelque chose que personne d'autre dans la pièce ne pouvait entendre. Comme le bruit des battements de cœur de Kylie. Quel genre de surnaturels ces deux-là étaient-ils au juste ? Des détecteurs de mensonges humains, comme Della ? Quelque part, Kylie soupçonnait Burnett d'avoir ce talent. Elle devrait donc veiller à ce qu'on ne la prenne pas en train de faire un pieux mensonge.

– Qu'est-ce qui vous a amenée à Shadow Falls, mademoiselle Galen ?

Holiday s'interposa.

– On l'a envoyée ici…

Burnett leva une main pour la faire taire et se renfrogna.

– J'aimerais que Mlle Galen réponde.

Si on pouvait interpréter ces paroles comme non hostiles, Kylie perçut de la nervosité dans sa voix.

Holiday avait dû le remarquer, elle aussi. Elle jeta à l'homme un regard noir qui cachait sans aucun doute un vocabulaire qu'elle ne pouvait pas employer en présence de la jeune fille. Kylie avait le sentiment que ce n'était pas la première fois que ces deux-là s'affrontaient.

Austin s'éclaircit la gorge, comme s'il espérait diminuer la tension qui régnait dans la pièce.

– Vas-y, Kylie, lui intima Holiday, puis tout le monde posa les yeux sur elle.

La jeune fille s'assit un peu plus droite et tâcha de ne pas grimacer.

– Holiday m'a expliqué que c'était ma psy qui m'avait inscrite. Je crois qu'elle a convaincu ma mère que c'était une colonie pour ados à problèmes.

– Et vous, l'êtes-vous ?

– Bien sûr que non, intervint la directrice.

Burnett lui jeta de nouveau un regard désapprobateur.

– J'ai déjà la courtoisie d'accepter votre présence, mais si vous m'interrompez sans cesse…

– Allez vous faire voir, monsieur James ! rétorqua Holiday d'un ton sec, visiblement trop furieuse pour se soucier d'être vulgaire devant Kylie.

– Ne me tentez pas, répliqua Burnett.

– Cela ne m'a jamais traversé l'esprit, riposta Holiday. Vous vous comportez en enfoiré de première depuis que vous êtes venu me voir.

Kylie se mordit la joue pour ne pas sourire. On aurait pu couper la tension entre ces deux-là et la servir avec de la crème au chocolat. Du genre de celles que l'on trouvait dans les comédies romantiques.

– C'est peut-être l'accueil glacial que vous m'avez réservé sans aucune raison. Si j'étais dupe, je croirais que vous avez un préjugé contre les vampires.

Alors, comme ça, c'en est un. Kylie était très fière de l'avoir deviné.

– Ne vous méprenez pas. Ce ne sont pas les vampires qui me posent problème, mais les hommes qui pensent que quelque chose d'aussi insignifiant qu'un badge leur donne le droit d'intimider les autres. À la minute où vous êtes entré ici, vous vous êtes comporté comme si nous devions vous faire des courbettes. Et pire encore, maintenant, voilà que vous accusez mes jeunes de…

Austin s'éclaircit de nouveau la gorge, plus fort cette fois.

– Je crois que nous devrions revenir à Mlle Galen ici présente.

Ou non. Kylie aurait bien aimé savoir ce que l'URF reprochait aux autres. Toutefois, sa curiosité s'évanouit plutôt rapidement lorsque tous les regards se posèrent à nouveau sur elle et qu'elle se rappela la question de Burnett.

– Non, je ne me considère pas comme une ado à problèmes.

Burnett arqua le sourcil droit.

– Avez-vous déjà fait partie d'un gang ?

– Non, répondit-elle, et elle se demanda s'il faisait référence aux Frères de sang. Je n'ai jamais eu aucun souci.

– Vraiment ? Ne vous a-t-on pas traînée au poste de police suite à une saisie de drogue ?

Kylie comprit brusquement pourquoi Holiday détestait M. Grand Brun Ténébreux : il avait le don de faire se sentir les autres tout petits.

Peut-être était-ce le cran qu'avait Holiday de tenir tête au vampire qui donna du courage à Kylie. Ou alors, avec tout ce qu'elle avait entendu aujourd'hui, elle n'avait plus envie de la jouer cool. Mais, bon, peut-être avait-elle une tumeur au cerveau qui la poussait à faire des choses qu'elle n'entreprendrait pas en temps normal.

Relevant le menton, elle laissa rouler les mots sur sa langue sans aucun remords.

– Vous vous dites : *Si seulement je pouvais mettre les mains sur ce rapport ! Si seulement je l'avais lu !* Parce que je suis sûre qu'il établissait que je n'ai pris aucune drogue et que je n'ai pas bu non plus.

Les yeux de Burnett se plissèrent, mais Kylie préféra se concentrer sur le sourire radieux de Holiday.

– Avez-vous terminé, maintenant ? demanda la directrice.

– Encore quelques questions.

Le regard perçant de Burnett ne quittait pas Kylie.

– Que pensez-vous de cette colonie, mademoiselle Galen ?

– Elle est super. Au moins, tous ceux que j'ai rencontrés ici semblent s'y plaire.

Le cœur de Kylie bafouilla lorsqu'elle se rappela qu'elle ne pouvait pas mentir.

– Et pas vous ?

Ne mens pas.

– Je préférerais être chez moi.

– Et pourquoi donc ?

Les yeux de Burnett s'assombrirent pour devenir noirs.

– Tout est tellement nouveau pour moi.

– Qu'est-ce qui est nouveau ?

– Le fait que des personnes comme vous existent.

C'était la vérité. Toutefois, elle n'avait pas l'intention que ça ait l'air aussi désobligeant.

– Comme moi ? Vous voulez dire, des vampires ? s'enquit-il, clairement choqué.

– Des surnaturels, le corrigea Kylie.

– Et vous, que pensez-vous être ? demanda-t-il d'un ton hautain.

– Je ne sais pas, répondit-elle sincèrement, mais j'espère que je ne suis rien. Juste moi.

Il continua à la fixer du regard, et le courage de Kylie vacilla. Il secoua la tête et fronça les sourcils.

– Pourquoi êtes-vous aussi fermée ?

– Non, je suis ouverte. Croire en…

Elle comprit qu'il n'évoquait pas son aptitude à elle à accepter tout cela, mais plutôt son inaptitude à lui à lire son esprit.

– C'est plus fort qu'elle. C'est une condition de l'un de ses dons. Elle parle aux fantômes.

Kylie opina comme pour dire « exact ». Les yeux des deux hommes s'écarquillèrent.

– Elle parle aux fantômes ? fit Austin, puis il se tourna vers Holiday, mais, avant qu'il fasse un geste, Kylie remarqua un semblant de peur sur son visage.

– Comme vous ? demanda Burnett à la directrice.

– Vous avez lu mon dossier ? s'enquit Holiday.

– C'est mon boulot de savoir avec qui je travaille.

– C'est marrant, vous ne m'avez pas transmis votre dossier, rétorqua-t-elle. Et vous voulez que je bosse…

– Je vous le ferai parvenir. S'il vous intéresse vraiment, répliqua-t-il, la voix dégoulinant de sarcasme.

– Après réflexion, ne vous donnez pas ce mal, riposta-t-elle, cassante. Mais pour répondre à votre remarque de tout à l'heure, oui, Kylie parle aux fantômes, exactement comme moi.

Si le ton de Holiday manquait de son assurance précédente, le sourire bref qui apparut sur ses lèvres montrait qu'elle n'avait pas froid aux yeux.

– Vous aussi ? Je déteste les revenants.

– Est-ce une fée ? s'enquit Burnett, en fixant Kylie et en remuant de nouveau les sourcils, comme s'il tâchait toujours de la lire.

– Nous essayons encore de le deviner, expliqua Holiday.

– Ses parents ne sont donc pas listés en tant que surnaturels ?

– Non.

– Ce pourraient être des escrocs.

– Des quoi ? fit Kylie.

– Ils ne l'auraient jamais envoyée ici si c'était le cas, répondit Holiday à Burnett en laissant la question de la jeune fille en suspens.

Le téléphone de Kylie vibra, mais elle l'ignora : elle ne souhaitait pas manquer une conversation qui tournait autour d'elle.

– Ou peut-être est-ce pour cela qu'elle est ici.

Le regard dur de Burnett se concentra de nouveau sur l'adolescente.

– Vous a-t-on envoyée ici avec un objectif, mademoiselle Galen ?

– Non, et mes parents n'ont rien fait de mal, insista-t-elle.

Holiday se rapprocha d'un pas.

– Si votre ouïe fonctionne bien, vous devriez être en mesure de deviner qu'elle dit la vérité.

Burnett hocha la tête. Il se leva et se focalisa sur Holiday.

– Vous avez raison. Elle n'a pas l'air impliquée. Mais je veux que l'on me mette au courant de son affection.

L'expression de Holiday se durcit.

– Je ne vois pas en quoi c'est nécessaire.

– Moi non plus, lâcha Kylie étourdiment, qui n'appréciait pas qu'ils discutent comme si elle n'était pas là.

Burnett l'ignora et se concentra sur Holiday.

– Vous vous plierez à mes souhaits, mademoiselle Brandon, ou je veillerai à ce que mon boss trouve une directrice qui s'y attache.

Pour la première fois, Holiday tressaillit, et Kylie comprit que celle-ci se souciait plus de son boulot que de son orgueil.

– Je suis simplement curieuse de savoir pourquoi elle vous intéresse.

– En plus de surveiller ce projet, je suis chargé de traquer toute anomalie dans notre alliance. Mlle Galen remplit les conditions requises.

– Suis-je une anomalie ? laissa échapper Kylie, incrédule.

– OK, je vous tiendrai au courant, dit Holiday, qui continuait à ignorer l'adolescente.

Burnett eut l'air plutôt content de lui, comme s'il pensait avoir gagné. Puis il jeta de nouveau un coup d'œil à la jeune fille.

– Vous pouvez y aller, maintenant.

Kylie leva les yeux sur Holiday.

– Je croyais…

Celle-ci l'interrompit.

– Nous avons une réunion. Je vous serais reconnaissante de bien vouloir nous laisser, tous les deux.

Burnett croisa les bras sur son torse musclé.

– Elle devra être reportée. J'ai besoin de vous pour parcourir des dossiers avec moi. Comme il semble que Mlle Galen ne soit pas notre suspecte, nous devons trouver de qui il s'agit.

– Et vous supposez que c'est l'un de mes jeunes ? lança Holiday, bouillant de rage. Avez vous-même songé que…

– Oui, c'est bien ce que je pense. Toutes les preuves nous conduisent ici, répliqua Burnett d'un ton sec.

Des preuves de quoi ? La question resta sur le bout de la langue de Kylie, mais quelque chose l'avertit de ne pas la laisser sortir.

Les lèvres de Holiday se serrèrent, puis elle se tourna vers Kylie.

– Nous nous verrons après le déjeuner. OK ?

Kylie opina, déçue que toutes ses interrogations doivent attendre, mais elle décida qu'elle allait commencer à essayer d'obtenir d'autres réponses. Elle se leva, fit un signe de tête puis, déterminée, elle quitta la salle. Elle avait des choses à faire. À régler. Et la première sur sa liste consistait à dénicher une certaine fée pour lui demander de passer son cerveau au peigne fin, afin d'y débusquer d'éventuelles tumeurs.

Kylie sortit du bureau sans trop savoir par où commencer pour trouver Helen, la guérisseuse. Son téléphone vibra de nouveau et elle l'extirpa de son jean. C'était un texto de Sara. Un seul mot apparut à l'écran.

« Négatif », lut Kylie à voix haute, et elle sourit de soulagement pour son amie.

Elle allait appuyer sur la touche pour l'appeler quand quelqu'un bougea à côté d'elle. Une silhouette grande et carrée qui projetait une ombre identique.

Avant de lever les yeux, elle sut que le propriétaire de cette ombre aurait des cheveux noir de jais et un regard bleu clair. Elle respira profondément et releva lentement la tête.

Comme elle détestait avoir raison !

chapitre 22

– Pouvons-nous parler ?

La voix de Lucas Parker lui donna presque autant de frissons que la légère pression de sa main dans son dos. Presque. Mais pas tout à fait.

Elle les réprima quand il l'entraîna par le coude loin du groupe qui se trouvait à une cinquantaine de mètres d'eux. Si ses paroles se prêtaient très bien à une réponse, le fait qu'il l'emmène indiquait qu'elle n'avait pas le choix.

La chaleur de sa main dans le creux de ses reins la ramena à son rêve de la nuit précédente – celui où ils nageaient ensemble. Cette pensée lui rappela qu'elle avait interrompu Lucas et sa copine un peu plus tôt. Elle cilla, priant pour ne pas devenir toute rouge.

– De quoi veux-tu parler ? réussit-elle à demander.

Mais elle devina qu'il souhaitait aborder le sujet de Derek et elle. Il avait eu l'air carrément furieux quand il les avait surpris sur le rocher – elle ignorait pourquoi. Elle essaya de s'arrêter, mais il ne lui laissa pas une minute de répit. À moins qu'elle ne tienne à trébucher et à tomber sur la tête, elle n'avait d'autre choix que de mettre un pied devant l'autre.

Ses Reebok trottaient pour suivre le rythme de Lucas. Puis elle avisa la rangée d'arbres épais devant elle : en aucune façon elle ne se rendrait dans les bois avec lui. Pas question.

– Stop !

Elle se libéra d'un coup sec, tituba et lâcha son téléphone. Il atterrit dans l'herbe dans un bruit sourd. Et elle faillit le rejoindre.

Il la rattrapa par l'avant-bras et la redressa avec une facilité déconcertante. Reprenant son souffle, elle s'aperçut que le dos de sa main reposait contre son sein.

Elle regarda fixement sa main sur le gonflement de sa peau pleine de frissons, le cœur battant la chamade – de peur et d'autre chose. Cette chose était fortement liée au rêve qu'elle avait fait la nuit précédente et à l'endroit où reposait sa main.

– Lâche-moi ! lança-t-elle, bouillant de rage.

Il la relâcha et tendit les paumes.

– Je ne te ferai pas de mal, Kylie.

– Comment pourrais-je en être sûre ?

Elle recula d'un pas et attendit de voir s'il comptait dire quelque chose sur le fait qu'il la connaissait déjà. S'il lui rappellerait peut-être même qu'il l'avait sauvée d'une bande de grosses brutes. Moment auquel elle devrait lui rétorquer qu'il avait tout de même tué son chat.

Mais il garda le silence. Il se contenta de la fixer, et elle crut déceler de la douleur dans ses yeux. Comme s'il avait ce droit.

Mon Dieu, se souvenait-il même d'elle ? Ou de Socks ?

Il passa une main sur son visage et demanda :

– Qu'est-ce qu'il te voulait ?

Qu'est-ce qu'il te voulait ? Alors, elle crut savoir.

– Derek a tiré mon nom. Nous parlions, c'est tout.

Contrairement à ce que toi tu fabriquais avec ta copine. Et, de toute façon, ça ne te regarde pas.

– J'ai bien vu que vous discutiez, tous les deux, mais je ne te parle pas de ça.

– Dans ce cas, je suis désolée de t'avoir interrompu avec cette fille.

Elle se baissa pour ramasser son téléphone.

Quand elle se releva, il fronçait les sourcils, mais, au moins, il n'essaya pas de prétendre qu'elle n'avait rien interrompu du tout.

Elle fut incapable d'expliquer pourquoi cela l'énervait presque. Mais zut, alors, qu'est-ce qui clochait chez elle ? Il y a une heure, elle avait désiré que Derek l'embrasse, et voilà qu'à présent elle craquait pour un mec qui avait tué son chat !

Lucas laissa échapper un soupir.

– Je ne pensais pas à cela non plus. Je souhaitais savoir ce que l'URF te voulait.

Kylie posa une main sur sa tempe gauche pour soulager la douleur et chercha une explication. Mais elle n'était même pas sûre de devoir expliquer.

– Je ne sais pas.

Elle n'en savait pas assez sur les soupçons de l'URF pour y comprendre elle-même quelque chose, et encore moins pour l'expliquer à quelqu'un.

Le garçon plissa les yeux.

– Comment ça, tu ne sais pas ?

– Je ne sais pas, point. Rien n'a de sens, ces jours-ci.

Le scepticisme envahit le visage du garçon, révélant qu'il voulait qu'elle lui en dise plus. Mais pourquoi l'interrogeait-il ? Pouvait-il être à l'origine des accusations de l'URF ? Elle commença à avoir ses propres soupçons.

– Pourquoi tiens-tu à le savoir ? s'enquit-elle.

– Ça fait un moment qu'ils traînent par ici, et je vois bien que ça énerve Holiday. Je l'ai questionnée à ce sujet, mais elle m'a affirmé que je n'avais aucun souci à me faire. S'il se passe quelque chose, je veux l'aider.

Kylie se souvint que Holiday avait amené Lucas avec elle la nuit précédente quand elle avait fait ce rêve. Peut-être étaient-ils amis, tous les deux, mais si Holiday décidait de ne rien lui dire, loin de Kylie l'idée d'intervenir !

– Ils souhaitaient me parler, car ils pensent que je suis une anomalie. Ils essaient de savoir ce que je suis, comme tout le monde ici.

L'incrédulité dans son regard s'atténua.

– Y sont-ils arrivés ? À deviner ce que tu es ?

Elle secoua la tête.

– Apparemment, je suis une véritable énigme.

– C'est ce que sont les nanas, en général, déclara-t-il, et il sourit.

Et mince alors ! si ce sourire n'était pas de ceux qui faisaient craquer une fille…

Elle se reprit à temps pour ne pas se laisser piéger et mit mentalement le frein. Puis, comme elle ne tenait pas à rester là pendant que son cœur entamait des sauts périlleux et qu'elle devait trouver Helen pour savoir si elle pouvait lui détecter une tumeur au cerveau, elle prit son téléphone.

– J'ai un coup de fil à passer.

*
* *

Kylie trouva Helen au bout de vingt minutes. Pendant ce temps, elle avait envoyé des tonnes de *smileys* à Sara, mais avait renoncé à l'appeler. Maintenant que le traumatisme de son amie était passé, elle estimait avoir de bonnes raisons pour se concentrer sur le sien. Et le premier ordre du jour, c'était qu'une certaine fée vérifie son cerveau.

Traversant le réfectoire, elle observa Helen, plongée dans un livre, assise à une table. La fille semblait du style discret, mais très intelligente – du genre qui n'avait jamais dû travailler à l'école mais n'en était pas très fière.

– Salut ! lança Kylie, comme Helen ne la remarquait pas.

Surprise, celle-ci releva la tête en sursaut. Une mèche blond roux tomba sur son visage et elle la repoussa.

– Salut.

Kylie ouvrit la bouche mais se rendit compte qu'elle ne voyait pas du tout comment lui demander si elle voulait bien vérifier si elle avait une tumeur cérébrale. Le silence devint pesant, et elle se força à parler.

– Je… je…

Du bruit provint de l'opposé de la pièce, et Kylie regarda les campeurs.

– Kylie Galen. Toi et moi étions dans le groupe…

– Je me souviens, dit-elle d'une voix mélodieuse.

Kylie ne connaissait pas Helen, mais d'emblée elle s'identifia à elle. C'était un autre petit prodige qui n'appartenait à aucune bande. Une solitaire. Elle ne put s'empêcher d'espérer que la fille eût quelqu'un comme Sara pour lui rendre la vie plus agréable.

– On peut parler ? demanda-t-elle. Ailleurs ?

Helen jeta un coup d'œil aux campeurs, puis ramassa son livre et son sac à dos.

Quand elles sortirent du réfectoire, Kylie remarqua plusieurs groupes d'ados affamés rassemblés près du bâtiment. Elle s'éloigna d'eux et tâcha de nouveau de trouver les mots pour interroger Helen.

– Je me demandais si, enfin, je…

– Derek m'a tout raconté.

– Vraiment ?

Kylie ressentit un pincement à la poitrine à l'idée que le jeune homme essayait de l'aider. Puis surgit la culpabilité de ne toujours pas pouvoir lui faire confiance. Avait-elle tort de douter de ses sentiments envers quelqu'un qui pouvait les contrôler aussi aisément que sa respiration ?

– Il y a un endroit tranquille derrière le bureau, déclara Helen.

– Pas là-bas.

Si Kylie ne pensait pas que Lucas y était déjà en train de tripoter sa copine, elle préférait ne pas courir le risque.

Constatant que le chemin menant à son bungalow était quasi désert, l'adolescente partit dans cette direction.

Ils croisèrent un groupe de jeunes qui riaient de ce que l'un d'eux venait de dire. Parmi eux, elle remarqua la petite amie de Lucas, et, avant qu'elle puisse détourner les yeux, la fille soutint son regard et gronda en montrant les dents. Pourquoi le loup-garou la détestait-il à ce point ?

Tâchant de se concentrer sur autre chose que Lucas ou sa copine, Kylie jeta un coup d'œil à Helen.

– Tu crois que tu peux m'aider ?

La fée haussa les épaules, et tout, de son expression à sa posture, semblait douter.

– Je ne l'ai fait qu'une fois, avec ma sœur. Je veux bien essayer, mais…

– Mais quoi ? s'enquit Kylie, alors qu'elles continuaient leur chemin.

– Tu n'as pas peur ?

Elle s'arrêta.

– Je devrais ?

Helen haussa de nouveau les épaules, manquant d'assurance.

– Peut-être… je l'ignore. Tout ce que je sais, c'est que moi, je stresse.

Oh, super ! Kylie ravala le picotement de nervosité dans sa gorge.

– Ça fera mal ?

Comme Helen ne répondait pas immédiatement, elle demanda :

– Est-ce que ça a fait mal à ta sœur ?

– Non, avoua-t-elle.

Un soupir sortit de la gorge de Kylie. Elle commença à se poser des questions puis se rappela qu'elle voulait aller au fond des choses.

– Je dois savoir.

Helen l'entraîna derrière une large rangée de chênes. Elle jeta son sac à dos par terre et la regarda.

– Comment s'y prend-on ? s'enquit Kylie, l'estomac noué.

– Honnêtement, je l'ignore. Avec ma sœur, nous étions en train de nous battre. Elle m'avait volé mon journal intime. Alors, d'un seul coup…

Elle laissa échapper un souffle.

– Donc, il faut qu'on se bagarre ? demanda Kylie, qui ne voyait pas où Helen voulait en venir.

– Non. C'était presque comme quand on peut regarder dans l'esprit des autres, tu sais ?

– Non, je ne sais pas.

Son ton était tendu par la frustration, alors que son mal de crâne, vengeur, effectuait un retour en force.

La surprise envahit le visage de Helen.

– Tu ne peux vraiment pas lire la configuration des cerveaux ? Mais je croyais que nous savions tous le faire !

– Pas moi, répondit Kylie. Raison pour laquelle je ne pense pas comme vous.

Elle joignit ses mains pour qu'elles ne tremblent pas. Son cœur fit une embardée à l'idée qu'elle puisse avoir une tumeur.

– Tu as toujours su le faire ?

– Plus ou moins. Enfin, je le faisais, mais sans savoir ce que je faisais. Je pensais simplement que c'était comme fermer les yeux bien fort et découvrir différentes teintes de rouge. Mais, maintenant que je suis au courant, c'est beaucoup plus clair.

Leurs regards se croisèrent et Helen remua les sourcils.

– Que vois-tu ? s'enquit Kylie, le cœur battant la chamade.

– Juste la configuration de ton cerveau.

Helen continua à la dévisager, le regard dans le vague, comme lorsque Kylie examinait l'un de ces dessins où l'on pouvait trouver une image cachée si on le fixait assez longtemps.

– Tu n'es pas comme les gens normaux. Eux ont des ondes égales. Les tiennes montent et descendent, et puis il y a une espèce de gribouillis bizarre. Mais tu ne me laisses pas te lire.

– J'ignore comment faire.

Kylie se mordit la lèvre et tâcha de contempler Helen, les yeux dans le vide, afin de découvrir si elle pouvait voir quelque chose. Rien ne se passa, mais leurs regards se croisèrent.

Cillant, Kylie demanda :

– Suis-je obligée de te laisser me lire avant que tu puisses savoir si j'ai une tumeur ?

– Non, mais…

Helen refit la mise au point.

– Mais quoi ?

Helen poussa un soupir.

– Comme je te l'ai dit, j'ignore comment ça marche. Avec ma sœur, j'avais les mains… Je… lui tenais le crâne. Tu veux que j'essaie ?

Kylie acquiesça, même si cela fit battre son cœur à tout rompre. Helen plaça une main de chaque côté de sa tête. Kylie la regarda fermer les yeux. Son front lisse se plissa et sa bouche se serra de concentration. Kylie continua à la fixer en espérant que personne ne les verrait. Elle entendait déjà les rumeurs : « Kylie et Helen faisaient des trucs derrière les arbres. » À tous les coups.

Plusieurs secondes s'écoulèrent, et plus le temps passait, plus Kylie se sentait mal. Elle allait abandonner lorsqu'elle commença à ressentir des picotements dans le crâne. Lesquels se transformèrent en chaleur. D'un seul coup, les paumes de Helen émirent une chaleur rassurante.

– J'y suis ! Ça marche !

La chaleur de ses mains se faufila dans la tête de Kylie. Celle-ci continua de fixer Helen, tâchant de lire son expression. Que voyait-elle ? Devrait-elle appeler sa mère pour lui demander de la laisser sortir pour aller acheter des perruques ? Jamais de la vie elle ne se baladerait chauve !

Lentement, la prise de Helen sur son crâne se relâcha. La fée fit tomber ses mains le long de son corps. Après deux respirations, elle ouvrit les yeux.

– Alors ? lâcha Kylie. J'ai une tumeur ? J'en ai une ?

chapitre 23

– Hé, où étais-tu passée ? demanda Miranda à Kylie lorsque celle-ci se laissa tomber sur le banc à côté d'elle et de Della au réfectoire, un quart d'heure plus tard.

– Je parlais à Helen.

Elle plaça une mèche blond roux derrière son oreille, les nerfs toujours en pelote.

– Qui c'est ?

Della porta son verre de « jus » – c'était ainsi que Kylie avait décidé de l'appeler – à sa bouche.

– Helen Jones.

Elle montra la fille discrète qui venait de s'asseoir à une autre table. Elle l'avait invitée à se joindre à elles, mais Helen avait décliné sous le prétexte qu'aujourd'hui elle avait promis de déjeuner avec des fées.

Kylie l'observa s'installer à côté de Derek et se pencher pour murmurer à son oreille. Elle n'avait pas besoin d'avoir une ouïe supersonique pour savoir qu'elle avait partagé son verdict de non-tumeur. Comme pour lui montrer qu'elle avait raison, Derek croisa son regard et sourit.

Kylie lui rendit la politesse. Si elle avait été réconfortée que Helen n'ait vu aucun point noir dans son cerveau comme celui qu'elle avait vu dans celui de sa sœur, le diagnostic l'avait incitée à accepter qu'elle n'était pas qu'humaine. Et cela n'était absolument pas réconfortant.

Della se pencha et murmura :

– Comment s'est passé ton interrogatoire ? Tu as appris de quoi ils te soupçonnaient ?

– Quel interrogatoire ? fit Miranda, les yeux écarquillés.

Kylie passa la foule en revue.

– Je vous raconterai plus tard.

Miranda opina.

– Oh, vous savez qu'on va avoir un ordinateur ? Ils en installent un dans chaque bungalow.

– Cool, répondit Kylie, qui n'écoutait qu'à moitié.

Elle pensait à son éventuelle démence qui pourrait expliquer la configuration bizarre de son cerveau. En effet, par moments elle se trouvait folle, ces dernières semaines figurant en tête de liste.

– Tu devrais aller chercher ton déjeuner avant qu'ils arrêtent le service, suggéra Della.

Kylie constata que plusieurs campeurs rangeaient déjà leurs plateaux et partaient. Le scanner de la tumeur avait pris plus de temps qu'elle ne l'avait cru.

– Oh ! dit Miranda, Perry te cherchait, tout à l'heure.

Kylie se renfrogna et se rassit.

– Qu'est-ce qu'il voulait ?

– Je pense que c'était pour s'excuser. Il m'a raconté qu'il avait essayé de s'échapper, mais que tu l'avais ramené à l'intérieur du bungalow.

Kylie se souvint que le chaton, alias Perry transformé, avait en effet tenté de résister lorsqu'elle l'avait fait rentrer. Et quand elle lui avait écarté les pattes.

– Il n'aurait tout de même pas dû regarder à la fenêtre.

– Exact, acquiesça Miranda. Mais, au moins, il est prêt à s'excuser. Il faut être mature pour faire cela.

– Ou un dégénéré qui a peur que je le dénonce à Holiday, répliqua Kylie.

– Elle a raison, observa Della.

Kylie se dirigea vers la vitrine de restauration. Le lutin qui avait conduit le bus se tenait derrière, du haut de son mètre ; le sommet de son crâne arrivait à peine au niveau du comptoir. Elle leva la tête et regarda la jeune fille en agitant les sourcils.

– Avons-nous déjà trouvé ce que tu es ?

Le lutin fit glisser un plateau vers elle.

– Pas encore, marmonna l'adolescente qui n'aimait pas que tout le monde semble au courant de sa crise d'identité.

– Ton ami a-t-il besoin de quelque chose à manger ? demanda la petite dame en fronçant les sourcils.

– Lequel ?

Le froid effleura le côté droit de Kylie – sa présence était aussi palpable et bienvenue qu'une coupure sur la peau.

– Vous pouvez le voir, vous aussi ?

Une volute de buée s'échappa de ses lèvres en même temps que ses paroles.

– Nan, juste le sentir. Je n'aime pas ça non plus.

Le lutin s'éloigna du comptoir.

Va-t'en, va-t'en. Fermant les yeux, Kylie ordonna à Treillis de disparaître. Lorsque le frisson s'évanouit aussi rapidement qu'il était arrivé, elle se demanda si c'était vraiment possible de le faire se volatiliser rien qu'en le souhaitant. Autre question qu'elle devrait poser à Holiday. Quoi qu'il en soit, cette petite victoire offrit à Kylie une infime sensation de contrôle. Infime.

Son plateau à la main, elle partit rejoindre Miranda et Della.

– Mauvaise journée ? s'enquit Miranda lorsque sa coloc déposa son plateau sur la table d'un air mécontent.

– Mauvais mois. Je déteste le thon.

– Tu aimes le beurre de cacahouète et la gelée ? demanda Miranda.

– Ouais.

Kylie la regarda en pensant qu'elle lui proposait d'échanger, mais elle tendit le petit doigt et l'agita devant son sandwich.

Ce dernier bougea dans sa main. La bouche de Kylie s'ouvrit toute grande : du beurre de cacahouète et de la confiture rouge dégoulinaient du pain croustillant.

– Mince alors ! s'écria-t-elle en lâchant son sandwich sur le plateau.

– Waouh ! Tu peux me faire apparaître un deuxième verre de sang ? Ah, et du O négatif, il paraît que c'est le meilleur.

Miranda fit la grimace.

– Le sang, ce n'est pas dans mes cordes.

– Pourquoi ça ne me surprend pas ? railla Della.

Kylie avait fermé son esprit à toute conversation tournant autour du sang et laissa aller son regard de son sandwich transformé à sa transformatrice de sandwich.

– Je croyais que tu ne pouvais pas faire de magie ?

Miranda fit une drôle de tête.

– Ce n'en est pas vraiment. Je remplace mon déjeuner par du beurre de cacahouète et de la confiture depuis que j'ai deux ans. Ma mère me forçait à avaler du pâté de foie. Qui peut donc ingurgiter ce truc ?

– Je parie que moi, j'adorerais, aujourd'hui, lança Della.

L'estomac de Kylie gargouilla, et elle jeta un coup d'œil rapide au sandwich.

– Est-ce que je peux le manger sans risque ?

– Tu crois que je t'empoisonnerais ? demanda Miranda, visiblement blessée.

– Non, mais il pourrait être radioactif ou autre chose. Je ne sais pas ce qui arrive à la nourriture quand on la transforme…

– J'ai dévoré mes sandwichs toute ma vie, l'informa Miranda.

– Ouais, on voit bien ce que ça t'a fait, ajouta Della, d'un ton de plus en plus ennuyé.

– Va donc sucer une veine ! lança Miranda.

– Tu en as une ? riposta Della, et elle montra les dents.

– Arrêtez ! leur intima Kylie en laissant aller son regard de l'une à l'autre. Je vous en prie, ne recommencez pas !

Ce ne fut que lorsque ces deux-là semblèrent se résoudre à ne plus se chamailler que Kylie reconsidéra l'idée de manger. C'était fou, mais elle était affamée. Se faire scanner le cerveau devait creuser l'appétit. Ou peut-être était-ce sa migraine qui avait fini par dégager. Quoi qu'il en soit, elle avait suffisamment faim pour prendre le risque d'avaler un sandwich que le petit doigt de Miranda avait fait apparaître.

Kylie le saisit et enfonça ses dents dans le pain.

– Il est bon, confia-t-elle à Miranda en mâchant bien, histoire d'éviter que le beurre de cacahouète colle à son palais. Merci.

– De rien, répondit la sorcière. Et en échange j'aimerais que tu dises du bien du moi à Derek, puisqu'il ne te plaît pas.

Della produisit un grognement.

– Ce que tu peux être aveugle ! Kylie est folle de lui !

Miranda en resta bouche bée et regarda son amie comme si elle s'attendait à ce qu'elle inonde Della de reproches. Mais le beurre de cacahouète se colla à son palais et, même si elle l'avait voulu, elle n'aurait pas pu parler. Non pas qu'elle ait été prête à prendre la parole. Elle ne savait pas quoi répondre.

Frustrée par le silence de Kylie, Miranda s'adressa à Della.

– Elle a dit qu'elle ne l'aimait pas.

– Elle a menti.

Della haussa les épaules.

Miranda tourna la tête d'un coup vers Kylie.

– Il te plaît ? Si c'est le cas, dis-le-moi.

– Qui est-ce qui plaît à Mlle Je-ne-sais-pas-ce-que-je-suis ?

La copine de Lucas s'affala lourdement en face d'elles, à la même table.

Les yeux de Kylie se posèrent sur le loup-garou. Étrange. Elle ne se rappelait pas avoir jamais provoqué autant de colère ou de haine concentrées en un seul regard froid.

Elle s'efforça de repousser dans sa joue le bout de sandwich qu'elle avait décollé de son palais.

– Personne, dit-elle, mais cela sortit étouffé.

– Vraiment ?

Les lèvres du loup-garou se relevèrent en ce qui aurait pu être qualifié de sourire si l'air suffisant qui l'accompagnait n'était pas aussi maléfique.

– Au fait, je m'appelle Fredericka. J'ai pensé que tu aimerais connaître le nom de la fille qui te bottera le cul si jamais tu essaies de…

– Ha, ha, comme c'est drôle ! lança Miranda.

Drôle ? Kylie jeta un coup d'œil à Miranda et, juste alors, le bout de pain, de beurre de cacahuète et de confiture glissa à moitié dans sa gorge. Elle couvrit sa bouche et toussa. Cela ne fit qu'empirer les choses, parce que le morceau de nourriture gros comme une balle de golf essaya de remonter et se coinça entre ses amygdales. Elle suffoqua, mais n'arrivait pas à avaler de l'air.

– Qu'est-ce qu'il y a de drôle ?

Le regard froid de Fredericka se posa sur Miranda, ce qui aurait pu préoccuper Kylie si ses problèmes de respiration ne l'angoissaient pas légèrement. Elle se martela la poitrine.

Je m'étouffe.

– Tu lui prends la tête, rétorqua Miranda.

Hé, je m'étouffe, là, les filles !

Kylie se toucha la gorge, signe universel de la suffocation.

– C'est vrai, quoi, avec toute l'aide qu'elle a, Kylie t'arrêtera.

Sérieux, je ne peux pas respirer. Oh, génial, elle se trouvait dans un camp rempli de créatures qui suçaient le sang et mangeaient de la viande, et voilà qu'elle allait mourir d'asphyxie à cause d'un sandwich au beurre de cacahouète et à la confiture !

Fredericka se rapprocha de Miranda.

– Tu crois que ton petit cul maigre me fait peur ?

Hé, les filles, je ne peux toujours pas respirer !

Enfin, Della – vive les vampires attentifs ! – se plaça derrière les épaules de Miranda et asséna une grande tape entre les omoplates de Kylie. Le morceau de nourriture se délogea de sa trachée. Si elle souffrit quand il descendit, au moins l'oxygène recommença à passer.

– Moi ? Tu croyais, enfin… Non, non, je ne parlais pas d'aide de ma part. Elle, je parie qu'elle te bat ! Elle a cette attitude combative de vampire, mais je ne parlais pas d'elle non plus.

– Pourtant, elle a raison, dit Della, qui consacrait son attention moitié à Kylie, moitié à Fredericka. J'aiderais volontiers Kylie à te botter le cul en moins de deux.

Elle regarda le loup-garou en retroussant les babines.

Fredericka ne semblait pas soucieuse. Non pas que Kylie fût certaine de quoi que ce soit : elle essayait toujours d'alimenter son cerveau en oxygène, tout en accordant un minimum d'attention au drame qui se jouait devant elle. Hé, si elle devait se faire déchiqueter par un loup-garou, autant en connaître les raisons.

– Alors, de qui vous parlez ?

Fredericka se pencha par-dessus la table et un grognement sourd s'échappa de sa gorge.

– Des fantômes de Kylie, dit Miranda. Il y en a, genre, une douzaine qui traînent autour d'elle ; tu n'es pas au courant ?

Quoi ? Kylie toussa… Heureusement que le bout de pain était déjà descendu, sinon elle se serait de nouveau étranglée.

– Je ne sais pas toi, mais moi, je ne fréquente pas les morts. Tu ne te rappelles pas, l'an passé, quand Holiday a parlé des anges de la mort ?

Les anges de la mort ? Kylie se souvint que dans le bus, en venant au camp, Miranda avait évoqué la légende des anges de la mort qui dansaient sous les cascades. Elle toussa une dernière fois, puis leva la main. Mais juste avant qu'elle prenne la parole elle lut la peur sur le visage de Fredericka.

Comme elle ne souhaitait pas passer pour un lapin effrayé confronté à un loup affamé – même si cela décrivait parfaitement ce qu'elle ressentait –, elle regarda Fredericka dans les yeux.

– Stop ! Je ne tiens pas à me battre avec toi. Je ne sais même pas pourquoi tu voudrais me flanquer une raclée. Ou à mes fantômes.

Hé, Kylie n'était pas bête. Elle avait pleinement l'intention de profiter de la peur qu'elle avait vue dans le regard de la fille.

– Ne t'approche pas de Lucas, c'est tout, l'avertit Fredericka, mais sa voix avait perdu de son assurance.

– Moi ?

Cette garce arrogante prit pour tous les événements pourris de sa journée et de ces dernières semaines, et le sentiment de lapin effrayé disparut.

– Tu sais quoi ? lança Kylie d'un ton sec. Tu devrais desserrer la laisse que tu as passée autour du cou de ton pseudo-copain, car chaque fois que je lui ai adressé la parole, c'était parce qu'il était venu me voir. Et pas le contraire.

– Fais gaffe à toi, la menaça Fredericka.

– Elle n'en a pas besoin, dit Della. Ses fantômes le font à sa place. Tu n'as pas entendu parler du petit incident qui s'est produit dans notre bungalow hier soir ?

Fredericka se leva brusquement et s'en alla.

Kylie posa une main sur la table et la regarda partir.

– Quelle saleté !

– Ouais, elle était comme ça l'an dernier aussi. Mais on a fait avec, déclara Miranda en posant une main sur celle de sa copine.

– On a assuré comme des bêtes ! observa Della en claquant sa paume contre celle de Miranda.

– Merci, dit Kylie. Vous n'étiez pas obligées de prendre ma défense, et j'apprécie.

– Hé, nous sommes amies ! lança Miranda. Et c'est à ça que servent les amies.

Souriant à ses deux nouvelles copines, Kylie se rendit compte que la colo n'était pas complètement nulle, après tout.

Puis elle poussa un soupir de sincérité et, sentant sa bravade s'affaiblir quelque peu, croisa le regard de Miranda.

– Les anges de la mort existent vraiment ?

chapitre 24

– Les anges de la mort existent-ils vraiment ?

Ce devait être la septième ou la huitième question que Kylie posait à Holiday au cours de leur réunion une demi-heure plus tard. À la minute où elle mit un pied dans son bureau, les interrogations affluèrent en masse.

– Ça fait beaucoup de questions, observa Holiday en souriant et en lui faisant signe de s'asseoir.

Kylie posa son téléphone sur le bureau et prit une chaise. Elle avait passé les cinq dernières minutes, après être sortie du réfectoire, à parler à Sara, à fêter son test de grossesse négatif, mais à présent elle se concentrait sur sa propre mission : trouver des réponses.

– Ouais, et ça ne fait que commencer. J'aimerais aussi savoir ce que je pourrais être. L'autre jour, tu as dit...

– Vraiment ? Alors, comme ça, tu as accepté le fait que tu puisses être comme nous ?

La question résonna dans la tête de Kylie.

– Non, je veux juste être prête si c'est ce que je découvre.

La directrice fit passer sa longue queue-de-cheval rousse derrière son épaule.

– Il paraît que tu as demandé à Helen de vérifier si tu avais une tumeur.

– Qui te l'a dit ? s'enquit Kylie, qui imaginait que tout le monde allait la taquiner à ce sujet.

Ou, pire, embêter Helen.

Celle-ci semblait encore plus timide qu'elle, et la dernière chose que Kylie souhaitait, c'était qu'elle vive un enfer à cause de ce qu'elle l'avait persuadée de faire.

Holiday secoua la tête.

– Helen était toute contente d'avoir découvert comment ça marchait et elle tenait à le partager avec moi.

Kylie opina. Elle voyait parfaitement ce que Helen ressentait et ne lui en voulait pas d'avoir annoncé la nouvelle à Holiday.

– Mais tu n'es toujours pas convaincue, pas vrai ? dit celle-ci en croisant son regard.

– Je pourrais bien être…

– Schizophrène ou folle.

– Exact, dit Kylie, soulagée que Holiday comprenne.

Celle-ci soupira, comme exaspérée, et le soulagement de Kylie s'évanouit.

– Simplement, je ne crois pas que l'un de mes parents ait un don. Et tu as déclaré que c'était pratiquement toujours héréditaire. De plus, je ne peux pas lire dans la tête des gens et y voir leur configuration. Helen a dit qu'elle pouvait le faire en permanence.

– C'est Helen. La majorité d'entre nous avons le pouvoir de parler aux fantômes – cela survient un jour, voilà tout. Et il pourrait y avoir une centaine de raisons pour lesquelles ton père ou ta mère n'aient pas voulu partager cela avec toi. Qu'est-ce que je fabrique ? Mon boulot n'est pas de te convaincre, mais de t'aider à trouver tes propres réponses.

Kylie faillit s'excuser de décevoir Holiday parce que, honnêtement, elle l'aimait bien ; mais comment pouvait-elle la croire, sans preuve ?

– Retournons à nos questions, dit Holiday. « Les anges de la mort existent-ils vraiment ? » Je suppose que tu as entendu parler de la légende du nom de Shadow Falls ?

– Ouais, acquiesça Kylie. Elle est vraie ?

– Je n'ai jamais vu les ombres. Bon, ce n'était pas tout à fait le crépuscule quand je m'y suis rendue.

– Je parle des anges de la mort. Existent-ils ?

– Eh bien, je n'en ai jamais vu non plus. Mais je sais que plusieurs personnes affirment en avoir aperçu. Certains pensent qu'on les trouve uniquement dans les légendes, mais comme tous les surnaturels sont considérés comme des légendes, il est difficile de prétendre qu'ils n'existent pas.

– Ils sont censés être maléfiques ? demanda Kylie.

Sa curiosité était à la fois liée à la terreur de Fredericka et à l'hésitation de Miranda à parler d'eux après.

– Pas forcément. On estime que ce sont des fantômes puissants qui sont des vengeurs. On raconte qu'ils redressent les torts faits aux surnaturels et qu'ils font office de juges.

– Est-ce pour cela que tout le monde a l'air d'avoir si peur des fantômes ?

– Oui, ça pourrait être la raison. Franchement, nous fichons une trouille bleue à la plupart des surnaturels. Tu te souviens de l'URF ?

Kylie hocha la tête et reconnut intérieurement qu'il lui fichait une trouille bleue à elle aussi.

Holiday posa son coude droit sur la table et reposa ensuite son menton dans sa paume ouverte.

– Pour être honnête avec toi, Kylie, les anges de la mort n'existent peut-être pas, mais je constate que tous mes fantômes ressemblent beaucoup à l'idée que nous nous faisons d'eux. Plusieurs m'ont protégée de diverses façons. Bien sûr, certains ont besoin de quelque chose de notre part, mais la plupart du temps ils sont là soit pour nous porter secours, soit pour nous aider à aider quelqu'un d'autre. Aussi flippant que cela puisse paraître, sache que c'est un don à part que très peu de surnaturels possèdent. On raconte qu'on l'accorde uniquement aux méritants bons et courageux.

– Mais je ne suis rien de tout cela ! protesta Kylie, qui plaidait sa cause. À Halloween, je n'ai jamais osé mettre les pieds dans une maison hantée !

Holiday gloussa.

– Je n'ai pas dit que tu étais parfaite, Kylie. Dieu sait que j'ai mes défauts, moi aussi. Mais, au fond de nous, nous souhaitons que le bien l'emporte. Nous avons tout de même peur, nous commettons des erreurs, mais si nous écoutons ce que notre cœur nous dicte nous trouverons le droit chemin.

Elle posa sa paume gauche sur celle de l'adolescente.

Kylie regarda leurs mains jointes sur la table.

– Est-ce que savoir parler aux fantômes est un don habituel chez les fées ? Et les lutins ? Au déjeuner, le lutin, la femme qui conduisait le car qui nous a amenés ici, avait deviné que le fantôme était là.

– Oui, certaines études affirment que c'est plus normal chez les fées et les lutins. Mais il n'est pas sans précédent que d'autres possèdent cette aptitude. Si certains dons sont accordés à différentes espèces, chaque être peut en avoir plus ou moins, en fonction de son humeur ou de son lien avec les dieux ou déesses.

– Alors que pourrais-je être d'autre ?

– Ce matin, quand je t'ai touchée et que tu as senti que j'essayais de te calmer, le fait que tu aies pu le percevoir, eh bien, c'est inhabituel. En général, une autre fée, selon son niveau de pouvoir, peut le ressentir. Mais, honnêtement, je n'ai jamais entendu parler de quelqu'un qui pouvait le deviner grâce au toucher.

– Donc, à supposer que je ne sois pas humaine, je ne suis pas non plus une fée ?

– Je n'ai pas dit cela. Ce que je peux affirmer, c'est que, quelle que soit l'espèce dont provient ton don, ta descendance des dieux est plus proche que la plupart. Je pense que tu entres tout juste en possession de tes pouvoirs, et qui sait tout ce qui t'attend ?

Kylie se contenta de la regarder fixement. Holiday agissait comme si ces paroles étaient censées la réconforter.

– Mais savons-nous, à supposer que je sois l'une de vous, que je ne suis pas un vampire ou un loup-garou ?

Kylie retint son souffle en attendant la réponse de Holiday. Celle-ci haussa les épaules.

– J'imagine que si tu appartenais à l'une de ces espèces, nous aurions reconnu certaines de leurs caractéristiques. Toutefois, parmi toutes celles-ci, il y en a peu qui sont ce que nous qualifions d'atypique. Elles n'héritent les particularités que d'une seule espèce, et pourtant il leur en manque certaines autres et elles sont souvent douées dans d'autres domaines. Les études semblent conclure que, peut-être, ces individus sont les rares qui aient une génétique combinée de deux espèces ou plus. Mais cela n'a pas été vraiment prouvé.

Oh, super ! Elle pourrait être un hybride ? Comme la voiture de sa prof de sociologie ?

– Donc, normalement, on ne peut pas être moitié une espèce et moitié une autre ? Je pensais que Miranda avait dit qu'elles se mélangeaient pour toujours.

Holiday sourit.

– Oui, mais, en général, l'espèce qui a une ascendance plus proche des dieux est celle qui est transmise par l'ADN. Là encore, les dons de l'enfant peuvent varier, mais les caractéristiques principales semblent persister pour chaque espèce, telle que la transformation en loup-garou, ou le besoin de sang pour survivre – si le virus du vampire est actif.

L'esprit de Kylie tâchait d'enregistrer toutes ces informations.

– Il n'existe pas de test sanguin qui puisse indiquer ce que je suis au juste ?

– Malheureusement, non. Oh, ils essaient encore, crois-moi. Toutefois, d'après la légende, les dieux ont fabriqué notre sang comme celui des humains, et l'ont rendu inidentifiable – question de survie. Si les normaux, voire une seule catégorie de surnaturels, pouvaient reconnaître les espèces par simple test sanguin, ils pourraient aussi en éradiquer certaines.

Kylie concéda ce point. Si elle avait appris voilà deux semaines que les vampires et compagnie existaient, elle aurait tout essayé pour les supprimer. Mais maintenant qu'elle connaissait Della, Miranda, Derek, Holiday, Helen et même Perry – le pervers –, elle n'accepterait jamais de le faire.

Puis elle se souvint qu'elle n'était pas la seule à ignorer pourquoi elle était là.

– Y a-t-il une sorte de surnaturel qui ne soit pas héréditaire ?

– Eh bien, comme je l'ai dit tout à l'heure, dans de rares cas, on sait que cela saute une ou des générations. Surtout dans les exemples de vampirisme. Puis il y a les humains qui sont simplement transformés, soit par des vampires, soit par des loups-garous. Mais on soupçonne que, même dans ces cas, les victimes qui survivent en étant transformées ont été touchées par les dieux dans une certaine mesure. Ou les démons.

Les démons ? OK, Kylie n'était pas encore prête à avoir affaire à eux.

– Mais à ton avis, je ne suis pas un vampire ni un loup-garou, hein ?

– Je pense que c'est peu probable.

Cela signifiait en gros que si Kylie voulait comprendre le fin mot de l'histoire elle devait aller voir ses parents. Et comment au juste s'y prendrait-elle, à supposer que ceux-ci fussent aussi ignorants qu'elle à ce sujet ? Connaissant sa mère, si elle commençait à l'interroger, elle la sortirait aussitôt d'ici pour la faire enfermer chez les fous.

Pendant le cours de dessin, une heure plus tard, Kylie se retrouva en groupe avec Jonathon et Helen. L'adolescent avait ôté tous ses piercings, sauf celui à son oreille gauche. Kylie remarqua aussi sa façon de se tenir, comme si devenir un vampire lui avait procuré une double dose de confiance. Même Helen, très à l'aise dans son nouveau rôle de fée guérisseuse, semblait avoir le sourire plus facile.

Kylie se souvint que Holiday avait déclaré que la colo soulagerait la plupart d'entre eux, parce qu'ils avaient toujours senti qu'ils étaient différents. Elle constata ce soulagement chez Helen et Jonathon – comme s'ils avaient enfin découvert qui ils étaient vraiment. C'était juste l'une des dizaines de choses qui la distinguaient de tous les autres ; elle ne pouvait s'empêcher de se demander si cet échec à s'identifier n'était pas un autre signe qu'elle n'était bel et bien qu'humaine.

Leur devoir de dessin consistait à se balader par trois, à trouver un endroit puis à s'asseoir et à dessiner la même chose. Kylie, obsédée par les cascades, suggéra qu'ils aillent s'y promener. Elle était quasi sûre qu'elle saurait retrouver le coin où Derek l'avait emmenée puis suivrait le bruit des chutes d'eau à partir de là. D'accord, elle était curieuse, mais Helen et Jonathon refusèrent de s'y rendre, affirmant simplement qu'ils préféraient rester loin de cet endroit. À la place, ils descendirent un sentier et découvrirent un vieil arbre fendu en deux par ce que Kylie supposait être la foudre.

Tandis que Helen et Jonathon se lançaient dans l'esquisse d'un arbre, Kylie passa la plupart du temps à essayer de trouver comment parler à ses parents. Sa mère la prenait déjà pour une folle à cause de Treillis. Comment réagirait-elle si sa fille lui demandait, tout de go, si elle avait des ancêtres fées, voyait des fantômes ou pouvait se transformer en licorne ?

Par la suite, lorsqu'elle retrouva ses copains de balade, elle faillit sécher quand elle apprit que Lucas dirigeait le groupe. Puis, craignant que cela ne lui attire des problèmes avec Holiday, elle afficha un faux air cordial et jura de l'ignorer. Un quart d'heure de marche plus tard, elle se rendit compte qu'elle n'avait pas besoin de le snober, dans la mesure où celui-ci prenait un malin plaisir à faire comme si elle n'existait pas. Et durant la demi-heure suivante, il n'avait pas regardé une seule fois dans sa direction. Mais elle s'en moquait.

C'était bien dommage que Fredericka ne soit pas là pour constater que tous deux se fichaient royalement l'un de l'autre. D'accord, la vérité, c'était que Kylie remerciait le ciel que Fredericka et elle ne se soient pas de nouveau croisées. Elle devrait rassembler son courage ou, du moins, apprendre à simuler. Parce ce que, tôt ou tard, elles étaient censées se retrouver nez à nez. Ses mains devinrent moites à cette seule pensée.

Et dire que Holiday la trouvait courageuse !

Au début de la balade à travers bois, Kylie resta surtout avec Miranda, quand sa coloc ne discutait pas avec les cinq ou six randonneurs masculins. S'agissant du sexe opposé, Miranda lui rappelait un peu Sara. Beaucoup, en fait. Mais, bon, elle était peut-être un tantinet jalouse de la facilité avec laquelle toutes les deux pouvaient flirter.

Même si Kylie ne se considérait pas comme dépourvue de charme, glousser bêtement comme une gamine ne lui venait pas naturellement. Elle avait de la chance que son style plus sobre n'ait pas rebuté Trey.

En pensant à lui, elle se souvint qu'il avait rappelé durant le cours de dessin. Il avait aussi laissé un message, mais elle ne l'avait pas encore écouté. Hé, il devrait faire la queue. D'abord, elle avait ses propres problèmes à régler. Mais elle avait beau essayer de l'oublier, elle l'entendait à nouveau, lors de leur dernière conversation téléphonique : « On pourrait trouver le moyen de se revoir. Tu me manques. »

Son cœur se serra, parce que, zut alors, il lui manquait à elle aussi.

Elle sentit que Miranda lui donnait un coup de coude.

– C'est Kylie. Nous partageons le même bungalow, expliqua celle-ci.

Faisant un signe de la main aux types qui avançaient à côté d'elle, Kylie s'empressa de vérifier s'il n'y avait pas de mocassin d'eau sur le sentier et fit mine de ne pas écouter le speech sur la colo que Lucas leur servait.

Selon lui, on avait trouvé ici, dans les années soixante, de véritables os de dinosaures. Après quelques minutes, Kylie oublia de feindre le désintérêt et, comme le reste du groupe, moins quelques garçons et Miranda, elle resta suspendue aux lèvres du jeune homme. Celui-ci les amena sur le lit d'une rivière où un archéologue avait délimité des empreintes préhistoriques avec une corde. Kylie trouvait toute cette histoire fascinante. Et cela n'avait rien à voir avec la voix grave de Lucas qui l'hypnotisait. L'archéologie l'avait toujours intriguée.

– Ils font encore des fouilles ? demanda-t-elle. Pourrait-il même y avoir d'autres os de dinosaures ici ?

Lucas se tourna vers elle.

– Non, pas sur la propriété.

Son ton avait perdu de son enthousiasme, et il se concentra si rapidement sur les autres que Kylie ne doutait pas qu'elle l'ennuyait profondément. Il savait sûrement qu'elle n'avait pas choisi de participer à sa petite aventure.

Si elle se demandait encore si son attitude était le fruit de son imagination, son incertitude disparut bien vite lorsque Miranda chuchota :

– Je ne comprends pas pourquoi cette garce de Fredericka s'imagine qu'il craque pour toi ! À ce que je vois, c'est tout juste s'il te supporte !

– Je sais, marmonna Kylie, mais à peine eut-elle prononcé ces mots qu'elle se souvint du regard qu'il avait posé sur son pyjama la veille au soir.

– Je pensais à Fredericka et, franchement, qu'est-ce qu'elle est méchante ! murmura Miranda. Je parierais qu'elle n'est pas née à minuit. Certains surnaturels mentent…

Kylie opina, n'écoutant qu'à moitié, et ce fut alors qu'elle comprit.

– Oh, mon Dieu, voilà comment je peux savoir ! Merci !

Elle serra affectueusement le bras de Miranda et, pour la première fois, elle sentit que la vérité était à sa portée.

chapitre 25

Ce soir-là, Kylie resta au bungalow quand Miranda et Della se rendirent ensemble au concert au réfectoire. Des garçons avaient apporté des guitares, et, un peu plus tard, Holiday et Sky mettraient des CD pour que tout le monde danse. Kylie n'était pas d'humeur à ça. Ni même à écouter de la musique. Elle avait des choses bien plus importantes à faire. Assise au petit bureau dans la cuisine, elle relut l'e-mail qu'elle venait d'écrire, et se demanda si elle devait cliquer sur « envoyer » ou tout effacer.

Salut maman,

Nous avons des ordinateurs dans notre bungalow. Je me suis dit que je t'enverrais un e-mail au lieu de t'appeler.

La vérité, c'était qu'elle pensait pouvoir mentir beaucoup mieux par e-mail que par téléphone.

Tu sais que tu crains toujours que je dépense tout mon forfait et tout et tout. Enfin, bref, tout baigne.

Un autre mensonge. Rien n'allait. Sauf son amitié avec Della et Miranda.

J'ai une question. Nous réalisons des thèmes astrologiques débiles et pour cela il faut comparer ton heure de naissance à celle de tes parents.

C'était un bobard que Kylie avait peur de dire à voix haute, mais elle le trouvait tout de même sensé.

Peux-tu m'indiquer à quelle heure papa et toi vous êtes nés ? Et y a-t-il un moyen pour moi de savoir à quelle heure Nana et papy sont nés ? Et mamie et papy Galen ? N'avons-nous pas l'arbre généalogique que mamie a composé ? Y a-t-elle noté les heures de naissance ?
Merci de ton aide,
Kylie

Le doigt de la jeune fille plana au-dessus du bouton « envoyer ». Elle faillit ajouter « Dépêche-toi, s'il te plaît », mais décida de ne pas y aller trop fort. Si elle avait l'air trop impatiente, sa mère risquait de lui poser des questions. Mieux valait la jouer cool.

Inspirant profondément, elle cliqua sur « envoyer ». L'excitation l'envahit. Si ça marchait, elle aurait sa réponse. Ou, du moins, elle se rapprocherait de la vérité.

Elle avait demandé à Miranda de lui expliquer la règle, et, selon elle, certains humains étaient nés à minuit. Quant aux surnaturels qui n'étaient pas nés à minuit, ils étaient connus comme des intouchables – des démons, la progéniture du diable.

Et si Kylie estimait que sa mère était froide, elle ne la trouvait pas malveillante. Si l'un de ses parents était en partie démon, elle serait au courant, non ?

Il restait l'éventualité que cela ait sauté une génération. Raison pour laquelle Kylie avait demandé l'heure de naissance de ses grands-parents. Elle savait qu'il n'y avait aucune chance que sa mère ait ces informations sous la main, mais, bon, elle voulait des réponses.

Et tout de suite.

Une demi-heure plus tard, Kylie montait la garde devant l'ordinateur, cliquait de manière obsessionnelle sur « Relever le courrier », quand son téléphone vibra. Elle se précipita dans sa chambre. En passant la porte à la hâte, elle se rappela qu'elle n'avait pas encore écouté les messages de Trey. Il avait appelé durant le dîner et elle n'avait pas répondu.

Elle se dit que c'était parce qu'elle était entourée de personnes qui pouvaient entendre, mais elle aurait pu sortir prendre l'appel.

Elle aurait pu, mais ne l'avait pas fait.

Au fond d'elle, elle savait que cela signifiait quelque chose. Simplement, elle n'en était pas sûre.

Elle s'empara à la va-vite de son téléphone sur son lit et regarda l'écran. Sourcils froncés, elle décrocha.

– Salut, maman. Tu n'as pas eu mon…

– … e-mail ? Si, mais je ne veux pas te répondre par écrit. Je préfère te parler.

– OK.

Kylie écouta le silence envahir la ligne. Voyez, c'était ça, le problème entre sa mère et elle : elles n'avaient rien à se dire.

– As-tu passé une bonne journée ? demanda sa mère.

– Ç'a été. Tu as lu mon e-mail ?

– Oui.

– Peux-tu m'indiquer à quelle heure tu es née ?

– C'était tard.

Le cœur de Kylie cessa de battre.

– Tard comment ?

– Je ne connais pas l'heure exacte. Est-ce que tu manges bien là-bas ?

Elle ferma les yeux.

– C'est de la nourriture de colo, juste un peu meilleure que celle de la cafétéria du lycée. Tu as ton acte de naissance ? Il pourrait me donner l'heure précise.

– Je crois que c'était vers 23 heures. Disons 23 heures et puis voilà.

– J'ai besoin de l'heure exacte, maman, marmonna Kylie. Je t'ai expliqué, c'est pour un projet de colo.

– Mon acte de naissance se trouve dans le placard, dans ce carton avec tous les autres papiers importants et les vieilles photos. Il me faudrait des heures avant de mettre la main dessus.

– S'il te plaît !

– Pourquoi est-ce que ça compte autant ? Tu ne crois même pas aux horoscopes !

Il y a un tas de choses auxquelles je ne croyais pas, avant.

– Comme je viens de te le dire, c'est pour un projet de colo, tous les autres y participent.

Est-ce trop te demander ?

– Tu as l'acte de naissance de papa ?

– Lui as-tu parlé ? s'enquit sa mère, baissant la voix.

– Non, répondit Kylie, et le sentiment d'abandon monta en elle.

– Tu n'es pas furieuse contre lui, tout de même ?

Oh, que si ! Il m'a laissée vivre avec toi.

– Honnêtement, je ne sais pas ce que je ressens.

– Ce n'est pas bon pour toi d'être en colère, Kylie.

Pourquoi pas ? Tu es sans arrêt en colère contre lui. C'est alors qu'elle se rendit compte de quelque chose dont elle aurait dû s'apercevoir depuis longtemps : sa mère avait toujours été en colère contre son père. Et Kylie ne comprenait pas pourquoi.

Sa mère soupira.

– Je dois savoir s'il vient te voir dimanche.

– Pourquoi faites-vous tout ça ?

C'était une question que Kylie n'avait jamais posée. Elle avait toujours supposé que sa mère, telle qu'elle la connaissait, avait piqué une de ses crises et lui avait intimé de prendre ses affaires et de déguerpir. Kylie l'avait aussi entendue lui ordonner de partir deux ou trois ans auparavant, quand elle les avait surpris en train de se disputer.

– Qu'est-ce qu'on a fait ? demanda sa mère, comme si elle n'en avait vraiment aucune idée.

– Le divorce, quoi.

Silence.

– Kylie, c'est entre ton père et moi.

– Parce que tu crois que ça ne me touche pas ? Comment peux-tu même t'imaginer que cela ne me fait rien ?

Des larmes emplirent ses yeux.

– Je suis désolée que cela te fasse mal, Kylie. Je n'ai jamais voulu que tu en souffres.

La Reine des glaces pleurait-elle ?

Kylie ferma les yeux et sentit quelques larmes couler sur ses joues.

– S'il te plaît, peux-tu chercher ton acte de naissance ? demanda-t-elle, en tâchant de réprimer ses sanglots.

– Bien, je vais regarder si je le trouve et je t'enverrai l'information par e-mail. Si ce n'est pas ce soir, ce sera demain.

– Ce soir, ce serait mieux, insista l'adolescente en remontant un genou contre sa poitrine.

– Je verrai, déclara sa mère. Jure-moi d'appeler ton père pour dimanche.

– Bye.

– Kylie, promets-moi.

Le nœud se resserra dans sa gorge.

– Promis.

Elle raccrocha et contempla fixement son téléphone. Qu'allait-elle raconter à son père ? Et puis zut, qu'on en finisse une bonne fois pour toutes ! Elle commença à taper son numéro mais se rendit compte qu'elle avait accidentellement composé celui de Nana.

Et, juste alors, il l'assaillit : le chagrin monta en elle. Sa grand-mère lui manquait tant. L'appeler chaque fois qu'elle avait un problème débile avec sa mère, que sa grand-mère lui caresse la joue en lui assurant : « Ça va s'arranger », tout cela lui manquait.

On frappa à la porte de sa chambre.

– Kylie ?

La voix de Della retentit de l'autre côté.

Kylie referma son téléphone et essuya ses larmes.

– Je suis au téléphone, répondit-elle.

– Mais j'ai une surprise pour toi, annonça Della. J'ouvre. J'espère que tu es habillée.

La porte de la chambre s'ouvrit.

– J'ai dit que…

Les paroles de Kylie tombèrent peut-être au fond de sa gorge, ce qui pourrait expliquer son incapacité à parler. Mais, bon, c'était probablement le choc de voir qui se tenait à côté de Della.

chapitre 26

– Je l'ai trouvé en train d'entrer dans la colo en douce. Mieux valait que ce soit moi, je suppose, que quelqu'un d'autre. Tu veux le voir ? Il est plutôt mignon. Si c'est ton genre.

Kylie ouvrit la bouche pour parler, mais rien n'en sortit. Elle resta donc bouche bée, comme une idiote, à dévisager Trey.

– Salut.

Il poussa Della pour entrer dans sa chambre.

– Pas si vite ! Tu veux le garder ou tu préfères que je le jette aux loups ? Il paraît qu'ils ont faim.

Trey, stupéfait que Della – qui ne mesurait qu'un petit mètre cinquante – puisse le traîner si facilement, la dévisagea.

– C'est bon, réussit à dire Kylie.

– Merci, répondit Trey en gratifiant Della d'un regard étrange, et Kylie se demanda qui il remerciait : elle, pour accepter de le voir, ou Della, pour l'avoir amené ici.

– OK, à plus ! lança Della. Au fait, à part moi, personne ne sait qu'il est là, ajouta-t-elle en aparté. Donc, tu as intérêt à le faire sortir en douce.

Elle agita la main, referma derrière elle et partit.

Trey se frotta le bras et regarda fixement la porte, avant de se retourner vers Kylie.

– En voilà une pétasse ! Et balèze, en plus !

Kylie jeta un coup d'œil à la porte, de peur que Della n'entre comme une furie pour se défendre.

– Ce n'est pas une pétasse, c'est mon amie. Que fais-tu ici ?

– D'après toi ? Je suis venu te voir.

Kylie secoua la tête.

– Tu as dit que tu passerais la semaine prochaine.

– Ouais, mais j'ai une cousine qui habite à quelques kilomètres. J'ai persuadé ma mère de me laisser arriver plus tôt, pour que je puisse te voir. Je t'ai appelée au moins deux fois et t'ai laissé des messages. Tu ne les as pas eus ?

Quand elle se rendit compte de ce qu'il avait tenté pour elle, Kylie se sentit coupable de ne pas avoir pris ses appels ni même consulté ses messages.

– Ç'a été de la folie, ici.

Quelques larmes gouttèrent de ses cils. Elle les repoussa d'un battement de paupières et le regarda fixement. Ses cheveux blond roux étaient un peu plus longs et sa frange frôlait ses sourcils. Il portait un tee-shirt vert foncé et un jean. Elle posa les yeux sur son torse. Là où elle avait toujours aimé se blottir. Étrangement, elle le revoyait se comporter en imbécile. Ou était-ce Derek ?

– Tu pleures ?

La compassion qu'elle lut dans ses yeux l'apaisa. Elle cessa de se soucier de son apparence et désira simplement se sentir aimée. Elle fit « oui » de la tête, mais la vérité s'échappa de ses lèvres.

– Non. Tout se casse la figure dans ma vie.

Trey s'avança et, avant que Kylie puisse l'en empêcher, il faisait ce qu'il savait le mieux faire : il la tenait dans ses bras. Il s'était allongé sur le lit. La joue de Kylie reposait sur sa poitrine et elle écoutait le battement régulier de son cœur. Respirant son odeur familière, elle ferma les yeux. Elle s'abandonnerait un moment. Juste un instant. Puis elle le repousserait.

– C'est parce que tes parents divorcent ?

Ses mains bougèrent tendrement dans son dos. Son contact était agréable. Familier. Comme il devait l'être. Comme il l'était voilà moins d'un mois.

– Ça et tout le reste, dit-elle.

– Tu parles de ta grand-mère ? Je sais que vous étiez proches toutes les deux.

– Oui.

Elle se releva, essuya ses larmes et le regarda, allongé à côté d'elle sur le lit une place. Le silence et une soudaine conscience physique vibrèrent dans la pièce minuscule. Ils étaient seuls, au lit.

Ce n'était pas la première fois qu'ils s'y retrouvaient ensemble. Il lui avait rendu visite plusieurs fois en l'absence de ses parents. Et ils s'étaient aussi vus chez Sara à plusieurs reprises, quand ses parents n'étaient pas là. C'était juste l'époque où les choses allaient trop vite. Où lui demander d'arrêter le rendait fou furieux.

– Ma colo est à côté de la tienne, déclara-t-il.

Elle opina puis lâcha ce qu'elle devait lui dire avant de ne plus en avoir le courage.

– Tu n'aurais pas dû venir, Trey. Je n'imagine même pas les problèmes que j'aurais si jamais nous nous faisions choper.

Elle connaissait bien la règle numéro un : « Aucun normal autorisé dans l'enceinte de Shadow Fall sans permission. » Et voilà qu'il y en avait un allongé sur son lit !

– Tu me manques, Kylie, lança-t-il, ignorant ses paroles. Vraiment.

Il rangea une mèche derrière l'oreille de la jeune fille.

Elle déglutit.

– Toi aussi, mais…

Il se pencha et déposa un doux baiser à côté de ses lèvres. Ce qu'elle était sur le point de lui dire se perdit dans sa tête. Elle ferma les yeux et, même si une petite voix en elle lui ordonnait de lui demander d'arrêter, elle ne le souhaitait pas. Elle voulait qu'il l'embrasse, qu'il lui fasse oublier.

La bouche de Trey effleura la sienne, lentement au début, comme pour s'assurer qu'elle le désirait, puis il glissa sa langue dans sa bouche. Elle adorait sa façon d'embrasser.

Il remonta la main sur son dos et, si elle ne l'arrêtait pas, elle connaissait la suite. Il dégraferait son soutien-gorge. Il lui toucherait les seins, et c'était toujours si bon lorsqu'il la caressait. Il y avait même eu une fois où elle avait accepté qu'il lui enlève son tee-shirt.

Elle sentit ses doigts sur l'agrafe de son soutien-gorge. Il intensifia son baiser, comme pour la distraire. Elle décida de le laisser faire.

Mais ensuite ? La question résonna dans sa tête. Elle l'arrêterait, n'est-ce pas ? Elle l'arrêtait toujours. Voilà pourquoi il l'avait plaquée et avait couché avec cette autre fille.

Et à ce moment-là il lui avait brisé le cœur.

Ouvrant les yeux, elle interrompit le baiser.

Ses cils battirent doucement et elle le fixa, chercha une raison de ne pas l'en empêcher cette fois. Elle voulait se perdre dans son regard, voir étinceler les mouchetures d'or.

Oh, mince ! Trey n'avait pas de mouchetures or dans ses yeux verts. C'étaient ceux de Derek qui l'attiraient. Choquée, elle posa une main sur la poitrine de Trey et se rappela comme ç'avait été bon d'être tout contre la poitrine de Derek pas plus tard que ce matin – qu'elle s'était sentie en sécurité, acceptée.

– Nous ne devrions peut-être pas…

– Chuuuut ! C'est si bon, Kylie. Et je veux te tenir comme ça. Te toucher.

Sa main effleura doucement son soutien-gorge, et elle sentit ses seins se tendre à son contact.

– Où est le mal à être ensemble, si nous nous aimons ? Et tu sais que c'est ce que je ressens, non ? Je t'aime.

Je t'aime. Ces trois petits mots passèrent comme un slow dans sa tête. Il se pencha encore pour l'embrasser. Elle désirait tellement qu'on l'aime. Et c'était très bon, Kylie se l'avoua. Cela l'aidait à oublier.

Elle s'autorisa de nouveau à se perdre dans ses baisers. Dans ses mains qui se déplaçaient sur sa peau nue, sur son dos, jusqu'à l'agrafe de son soutien-gorge. Contrairement aux fois précédentes, il le détacha en quelques secondes.

Probablement parce qu'il a de l'entraînement. D'accord, cette pensée mit un terme à tous les désirs qui tourbillonnaient en elle. Ou était-ce le froid qui avait brusquement envahi la pièce ? Oh non, Treillis était de retour !

Ici.

Maintenant.

Qui l'observait en pleine intimité avec Trey.

– Désolée, je ne peux pas faire ça.

Elle se dégagea et se leva, sans quitter Trey du regard. *Va-t'en,* ordonna-t-elle au froid, et elle ferma les yeux bien fort.

Lorsqu'elle les rouvrit, elle sentit le froid disparaître. Elle se concentra de nouveau sur le jeune homme : allongé sur son lit, renfrogné, il regardait le plafond.

– Pas encore ! marmonna-t-il, et il avait l'air en colère.

Il s'énervait toujours quand elle l'arrêtait. Une fois, il l'avait même raccompagnée chez elle sans lui dire un mot.

À son insu, elle se surprit à le comparer à Derek. Pas seulement son corps, dans la mesure où Derek gagnait haut la main, mais aussi son comportement. Elle ne savait pas pourquoi, mais elle voyait mal ce dernier lui mettre une telle pression pour qu'elle lui cède. Et faire ensuite la tête comme un enfant gâté parce qu'elle refusait.

Un minuscule ruban de colère s'enroula autour de ses autres sentiments, vainquant la passion, la faim et même la peur.

– Pour qui tu te prends, Trey ? Tu ne peux pas débarquer comme ça et croire que je vais coucher avec toi, surtout après tout ce qui s'est passé !

Il s'assit et caressa son visage.

– Je n'étais pas venu ici pour coucher avec toi. Mais pour parler. Bon, ouais, c'est vrai, j'ai aussi envie de toi. Et je ne comprends pas pourquoi tu continues à…

– Tu avais tellement envie de moi que tu m'as plaquée et que tu en as trouvé une autre ?

Pourquoi le lui demandait-elle, elle l'ignorait, car cela s'était déjà passé.

Il se rembrunit.

– Tu as couché avec elle ? voulut savoir Kylie.

Au fond, elle connaissait la réponse, mais pour une raison quelconque elle tenait à ce qu'il le lui confirme.

Il ne dit rien. Il n'avait rien à dire. La confirmation était inscrite sur son visage.

– Tu lui as sorti que tu étais amoureux, à elle aussi ?

La culpabilité emplit encore plus ses yeux, puis il secoua la tête et tomba dans le déni la tête la première.

– Non, je n'ai pas couché avec elle. Et pourquoi lui dirais-je que je l'aime alors que c'est toi que j'aime ?

Kylie n'avait pas les talents de détectrice de mensonges de Della, mais elle savait qu'il lui racontait des salades. Avec une telle certitude qu'elle avait envie de lui jeter quelque chose au visage.

– Ne mens pas, Derek.

– Derek ? Qui est Derek ?

– Trey, se reprit-elle d'un ton sec.

– Qui est Derek ? répéta-t-il.

Elle secoua la tête.

– Ça n'a pas d'importance. Toi et moi ne sommes plus ensemble.

– Alors, tu sors avec lui ?

Elle secoua de nouveau la tête. Puis, comprenant l'erreur qu'elle venait de commettre, elle assuma le fait que c'était en partie sa faute.

– Je suis désolée, j'aurais dû refuser quand tu m'as demandé si je voulais bien te voir. Je ne peux pas, ni maintenant ni la semaine prochaine.

Il paraissait si blessé. De même qu'elle savait qu'il mentait et qu'il avait couché avec cette fille, elle savait que la douleur sur son visage était sincère. Elle comptait donc pour lui. Mais le sexe importait davantage.

– Tu sors avec quelqu'un d'autre ? Ce Derek ? J'ai bien conscience que j'ai tout fait foirer, Kylie. Mais, s'il te plaît, donne-moi une chance. Tu me manques vraiment.

Il essaya de la toucher. Elle repoussa sa main.

– Je veux bien croire que je te manque, Trey, c'est vrai. Mais je ne peux pas faire ça maintenant.

– On n'est pas obligés de coucher ensemble. On peut juste parler, d'accord ? Laisse-moi t'inviter à manger une pizza ou autre chose. J'ai la camionnette de mon père et…

– J'ai déjà dîné. Où es-tu garé ?

– Devant le portail d'entrée, mais s'il te plaît…

– Je ne peux pas, répéta-t-elle.

– Ne me dis pas que je ne compte plus pour toi. On est sortis ensemble pendant presque un an !

– J'ignore ce que je ressens.

Elle rattacha son soutien-gorge.

– Je ne sais plus où j'en suis, mais ce qui est clair, c'est que tu m'as fait du mal, Trey. À la rentrée, nous pourrons peut-être parler. Mais pour l'instant, tu dois partir d'ici avant que quelque chose de grave se produise.

– Du genre ? demanda-t-il. C'est vrai ce que l'on raconte sur cet endroit ?

– Qui raconte quoi ?

– Mon cousin et les autres de l'an dernier. D'après eux, ceux qui sont ici sont de jeunes délinquants, spécialistes des grosses embrouilles. De vrais barges.

Quelques jours plus tôt, elle aurait été entièrement d'accord avec lui. Mais là…

– Ne crois pas tout ce que tu entends. Fais-moi confiance sur ce coup-là, d'accord ? Il faut que tu y ailles.

Elle le poussa vers la porte d'un coup de coude.

Elle l'entraîna dans les bois, restant à quelques mètres du chemin conduisant au réfectoire. Arrivée là-bas, elle se posta derrière un arbre et regarda tout autour afin de s'assurer que la voie était libre. Elle se détendit un peu en voyant que personne ne traînait dehors. Elle fit vite passer Trey par la porte d'entrée et poussa un soupir de soulagement quand ils se retrouvèrent de l'autre côté du portail, près de sa camionnette.

Il la regarda.

– Je t'aime sincèrement, répéta-t-il.

Elle se contenta de hocher la tête et lui fit signe de s'en aller.

Il lui tendit les bras et elle le laissa l'étreindre. Elle lui rendit même son étreinte. En elle-même, elle reconnaissait que, si elle ne pensait pas pouvoir pardonner à Trey un jour de l'avoir plaquée, une infime partie d'elle l'aimait encore. Et pourquoi pas, peut-être que dès que les cours reprendraient elle éprouverait autre chose ? Mais pour l'instant…

Quand il démarra, Kylie resta sur le parking jusqu'à ce que les feux arrière de la camionnette aient disparu dans l'obscurité. Elle détestait le sentiment de solitude qu'elle ressentait.

Comme elle se retournait, elle vit qu'elle s'était trompée. Elle n'était pas seule. Génial. Quelqu'un, debout près du portail, l'observait. Kylie ne parvenait pas à distinguer qui c'était, mais elle priait pour que ce ne soit ni Sky ni Holiday. En se rapprochant, elle reconnut son observatrice solitaire.

Ce n'était ni Sky ni Holiday. C'était pire.

Fredericka.

Déterminée à ne pas trahir sa peur, Kylie l'ignora. Elle était presque arrivée au réfectoire quand la fille la dépassa à toute vitesse pour venir se planter brusquement devant elle.

Elle réussit à s'arrêter juste avant de rentrer dans le loup-garou.

– Alors, comme ça, Fantômette a de la compagnie, hein ? fit Fredericka d'un ton condescendant. Qu'est-ce que vous faisiez ? Vous couchiez ensemble dans ton bungalow ?

Kylie se demanda si c'était le fait d'avoir été transformée en loup-garou qui expliquait que celle-ci se comportait autant en garce, ou si elle avait toujours été aussi vache.

– Si c'était le cas, au moins, je l'aurais fait dans un lit et non dans les bois, comme certains.

Les yeux de Fredericka passèrent de noir à bordeaux foncé en une nanoseconde. Kylie ne connaissait pas le code couleur des loups-garous, mais elle devinait que cela correspondait à la colère. Ce fut alors qu'elle comprit qu'énerver Fredericka n'était pas forcément la meilleure chose à faire. Mais, bon, elle savait aussi que des gens comme cette fille s'en prenaient aux plus faibles. Kylie ne pouvait pas lui montrer à quel point elle lui faisait peur.

Le loup-garou grogna.

– Holiday et Sky sont-elles au courant que tu reçois des invités ? Et si je les en informais ?

Sa voix semblait retentir depuis son plexus solaire.

Juste à ce moment, Kylie vit Holiday sortir du réfectoire. Autant elle détestait l'idée que celle-ci apprenne que Trey était venu ici, autant elle refusait que cette pétasse dispose d'un moyen de pression sur elle.

Elle dépassa le loup-garou à toute vitesse et s'arrêta devant la directrice.

– Salut ! Un ami est passé me rendre visite sans être invité. Je me rends compte que c'est contraire à la politique de la colo. Je ne savais pas qu'il viendrait. Je l'ai donc raccompagné dehors, et cela ne se reproduira pas.

Holiday fronça les sourcils, comme si elle allait lui remonter les bretelles. Puis son regard se posa derrière l'épaule de la jeune fille. Quand elle se concentra de nouveau sur Kylie, la colère avait disparu de son visage.

– Merci de m'en avoir informée. Veille à ce que cela ne se reproduise pas. Nous n'acceptons les visiteurs que le jour des parents. Les normaux ne peuvent pas pointer leur nez ici sans être invités.

Kylie opina.

– Je comprends.

Puis elle partit dans son bungalow, en priant pour que Fredericka ne la suive pas.

À 21 heures ce soir-là, Kylie tint la promesse faite à sa mère et appela son père. Ce fut court, et cela lui fit mal comme une rage de dents. Elle ne lui parla pas du fait qu'il n'était pas passé la voir avant. Elle ne lui rappela pas qu'il n'était pas venu la chercher au poste de police. Et lui non plus.

En gros, il lui dit qu'il l'aimait, qu'elle lui manquait et qu'il serait là dimanche pour le jour des parents, à 10 heures précises. Oh, et il devait y aller, car il dînait avec un client.

Quand elle raccrocha soixante secondes plus tard, Kylie se souvint que sa mère accusait toujours son père de faire passer son travail avant sa famille. Elle pensait qu'il neigerait avant qu'elle tombe d'accord avec sa mère. Mais, pour l'heure, elle se demandait combien de centimètres ils prévoyaient. Elle entra dans sa chambre, s'écroula sur le lit et serra son oreiller qui sentait le moisi, mais elle ne pleura pas, cette fois.

Peut-être était-elle crevée ou juste en colère contre Fredericka. Ou encore sous le choc de son câlin avec Trey… qu'elle avait accidentellement appelé Derek. Mince alors ! Voilà qu'elle avait peur d'aimer Derek au cas où il lui plairait uniquement parce qu'il ressemblait à Trey. Voilà qu'elle était avec Trey et que Derek surgissait dans sa tête sans prévenir. Sans oublier l'attirance-peur qu'elle ressentait pour un certain loup-garou aux yeux bleus. Était-il possible d'être encore plus paumée ?

Kylie entendit la porte du bungalow s'ouvrir et se refermer d'un coup. Elle avait mis les pieds par terre pour accueillir Miranda et Della quand elle perçut le ton sur lequel ses colocs discutaient.

– J'ai allumé l'ordinateur la première ! hurla Miranda.

– Je suis arrivée largement avant ton petit cul de sorcière ! rétorqua Della.

– Écoute-moi, espèce de vamp'-bonne-à-rien !

Kylie entra dans la pièce comme un ouragan. Della, assise devant le PC, montrait ses canines en grognant. Miranda, debout, la tête haute, remuait l'auriculaire dans le vide.

– Arrêtez ! J'en ai marre de tout ça ! cria Kylie. Vous ne pouvez pas vous disputer comme des gens normaux ?

Miranda posa les yeux sur elle.

– Pourquoi s'engueulerait-on comme des normaux ?

– Nous n'en sommes pas ! répliqua Della. Toi non plus, et plus vite tu l'admettras, mieux tu t'en sortiras !

– Tu n'en sais rien ! rétorqua Kylie. Très bien, continuez comme ça, vous deux, et entretuez-vous ! Mais ne laissez pas de traces, parce que je ne veux pas me retrouver à nettoyer des morceaux de corps !

Elle fit volte-face pour regagner sa chambre, où elle se

rappela la raison pour laquelle elle l'avait quittée en premier lieu. Et fit demi-tour.

– Au fait, si vous m'entendez hurler au meurtre sanguinolent au beau milieu de la nuit, ne vous inquiétez pas, ce sera juste une terreur nocturne.

Elle repartit dans sa chambre.

Della l'appela.

– Arrête-toi, mademoiselle Je-sais-tout ! Tu ne t'imagines tout de même pas que tu vas retourner dans cette piaule sans t'expliquer d'abord ?

Kylie se retourna.

– Je l'ai fait. Ce sont juste de mauvais rêves.

– Pas ça. Je parle du beau gosse qui est entré ici en cachette pour te voir. Ou tu as oublié le petit cadeau que je t'ai apporté tout à l'heure ?

Kylie aurait bien aimé oublier. En lisant leurs questions dans les yeux de ses deux colocs, et sachant que Della aurait pu s'attirer de gros problèmes pour lui avoir amené Trey, elle estima que toutes les deux méritaient une explication. Elle alla vers la table de la cuisine et se laissa tomber sur une chaise.

– Il s'appelle Trey et il n'est plus d'actualité.

– Il était canon comment ? demanda Miranda avant de s'asseoir à côté de Kylie.

– Sur une échelle de un à dix, je lui donnerais huit, lui répondit Della, puis elle regarda Kylie. Pourquoi il n'est plus d'actualité ?

Elle s'éloigna de l'ordinateur et s'installa en face d'elles.

– Parce qu'il m'a larguée pour une pétasse qui couche, voilà pourquoi.

– Enfoiré ! lança Miranda.

– Quel abruti d'humain ! renchérit Della. Tu aurais dû me prévenir, je l'aurais un peu tabassé.

Le silence se fit, et toutes les trois se regardèrent. Miranda posa les mains sur la table.

– Donc, s'il t'a laissée pour quelqu'un qui accepte de coucher, cela signifie que tu n'as jamais… enfin, tu sais ?

– Tu sais quoi ? fit Della d'un ton sec. Qu'est-ce que tu lui demandes ?

– Si elle l'a fait, expliqua Miranda. Tu es vierge, Kylie ?

chapitre 27

Kylie regarda ses nouvelles amies et se demanda si elle devait leur confier une information aussi personnelle. Elle ressentait un lien assez fort avec elles. Un lien qu'elle n'avait partagé qu'avec Sara.

– Oui, enfin, non. Je ne l'ai encore jamais fait… vous savez. J'imagine que ça signifie que je ne suis pas seulement une dégénérée, mais une dégénérée pucelle.

Miranda s'approcha d'elle.

– Ne sois pas dure envers toi. Je ne me suis pas aventurée par là, moi non plus. Attention, ne vous méprenez pas, j'étais tout près !

Kylie et Miranda se tournèrent vers Della, plus pâle que d'habitude.

Miranda flanqua brusquement sa paume sur la table.

– Vide ton sac, vamp'. On l'a fait.

Kylie donna un léger coup de coude à Miranda.

– Della n'est pas obligée, si elle n'en a pas envie. Fredericka m'a surprise quand je disais au revoir à Trey.

– Oh, merde ! s'écria Della, qui retrouvait des couleurs. Qu'est-ce qu'elle a fait ?

– En gros, elle m'a menacée de tout raconter, puis Holiday est sortie du réfectoire pile à ce moment-là.

– Elle lui a tout balancé ? s'enquit Della.

– Non, j'ai décidé de le faire moi-même pour ne pas laisser ce plaisir à cette pétasse.

– Quoi ? fit Miranda. Tu as avoué à Holiday que tu avais fait rentrer un normal sans autorisation ? Holiday a pété un câble ?

– Non, elle m'a juste demandé de ne pas recommencer.

Della s'éclaircit la gorge.

– Tu lui as dit que c'était moi qui l'avais amené dans le bungalow ?

Kylie roula des yeux, façon Sara.

– Je ne ferais jamais ça, Della.

Elle alla consulter ses e-mails au cas où sa mère aurait répondu.

– Vous savez ce que j'ai entendu ? lança Miranda en se penchant comme si elle avait un potin croustillant à partager. Il paraît que les parents de Fredericka étaient des escrocs. Quelqu'un a dû faire des pieds et des mains pour qu'elle soit admise ici !

– Comment ça, des escrocs ? demanda Kylie, qui se rappelait que Burnett, du FBI, avait insinué que les siens pourraient l'être eux aussi.

– Des gens qui refusent d'adhérer aux règles. En gros, ils chassent de la nourriture qui ne figure pas sur la liste autorisée.

– Tu veux dire des humains ? voulut savoir Kylie, qui frissonnait.

– Ou d'autres surnaturels, et du bétail. Même des animaux domestiques.

Kylie pensa immédiatement à Lucas Parker, à son père et à sa mère. Était-ce pour cette raison que Lucas et Fredericka étaient potes ? Parce que leurs parents étaient des loups-garous escrocs ?

Della se dirigea vers le frigo.

– Vous voulez quelque chose à boire ?

Elle regarda derrière elle.

– Un Coca light, s'il te plaît, demanda Kylie.

– Miranda ? fit Della.

– Pareil.

Kylie fixa l'écran : « Pas de nouveau message ».

– J'ai demandé à ma mère à quelle heure mon père et elle étaient nés.

– Et ? s'enquit Della en posant une canette à côté de l'ordinateur.

Kylie la prit et retourna à la table.

– Ma mère ne s'en souvenait pas, mais elle m'a assuré qu'elle jetterait un œil aux actes de naissance. Elle est censée me répondre par e-mail. Dès qu'elle aura le temps. La connaissant, ça pourrait être l'an prochain, genre.

– Ouais, c'est comme quand ils disent « peut-être » alors qu'en réalité ils pensent non.

Miranda alla vérifier ses e-mails.

Della s'installa, ouvrit la canette et la sirota longuement.

– Tu peux boire du soda ? s'étonna Kylie.

– Ouais. Pourquoi ?

Kylie haussa les épaules.

– Je ne sais pas. Je t'ai vue manger des pepperoni, mais je croyais que les vampires ne buvaient, tu sais…

– … que du sang ? termina Della, l'air contrariée que Kylie ne puisse pas le dire.

– Oui, du sang.

Elle parvint non sans mal à prononcer le mot sans verdir.

– Non, je peux prendre d'autres trucs. Il ne constitue pas mon alimentation de base, mais rien n'est aussi bon. Oh, et certains aliments ne me réussissent pas du tout. Le brocoli, par exemple.

– Que se passe-t-il si tu en manges ? demanda Kylie.

– Explosif. De très mauvais gaz qui empestent.

Kylie fit la grimace.

– Je crois que ça arrive à tout le monde.

– Pas du tout. Elle a raison. Il n'y a rien de pire qu'un pet de vampire. Sauf un pet de sorcière qui a mangé un *burrito*.

Toutes les trois rirent. Puis le silence s'abattit de nouveau. Della fit tourner sa canette entre ses mains.

– Je l'ai fait.

– Beurk, tu as pété ?

Miranda se boucha le nez.

– Non, répondit Della. J'ai couché avec un garçon.

S'ensuivit une pause révérencieuse.

– Et ? finit par demander Miranda avant de se retourner sur sa chaise.

– C'était bien. Vraiment bien. Lee et moi sortions ensemble depuis un an. Je l'aimais. Ça paraissait logique.

Des larmes emplirent les yeux de Della, et pourtant, même sans elles, la douleur résonnait dans sa voix.

– Mais, ensuite, je me suis transformée en vampire.

– Il n'a pas pu t'accepter ?

Kylie eut mal pour son amie, et elle se rappela comme elle avait été blessée lorsque Trey l'avait plaquée.

Della s'essuya les yeux.

– Je ne le lui ai pas dit, en fait. Je comptais le faire, mais… Je suis allée le voir après m'être transformée, et quand il m'a embrassée il a reculé. Il m'a sorti que j'étais froide, que je devais être malade et qu'il ne voulait pas m'embrasser tant que je n'étais pas redevenue normale.

– Quel abruti ! lança Miranda.

Della inspira.

– Comment dire à l'homme que tu aimes que tu ne te réchaufferas plus jamais ?

Le menton de la jeune fille tremblait.

Kylie posa sa main sur la sienne.

– Tu aurais dû essayer. Il aurait peut-être compris, s'il avait su…

– Non. Je ne crois pas. C'est un type merveilleux, mais il est tellement droit et fermé – comme sa famille et celle de mon père. Il a failli rompre quand il s'est rendu compte que ma mère était euraméricaine.

– Il n'a pas l'air si merveilleux que ça ! lança Kylie.

Della secoua de nouveau la tête.

– Ce n'est pas sa faute. C'est son éducation. Nous sommes élevés pour croire que nous sommes supposés être parfaits. Avoir les meilleures notes, fréquenter les meilleures écoles, décrocher les meilleurs jobs. Nous ne sommes pas censés être des monstres.

– Tu n'en es pas un, répliqua Kylie d'un ton sec, scandalisée que Della puisse sortir ce genre d'idioties.

Et pourtant, tout au fond d'elle, n'avait-elle pas considéré Della ainsi au tout début ? Et, pire encore, n'avait-elle pas peur de découvrir qu'elle était elle-même une anormale ?

– Elle a raison, acquiesça Miranda.

Kylie serra affectueusement la main froide de Della.

– S'il ne t'aime pas, alors, tu trouveras quelqu'un qui t'aime. Tu es jeune. Tu es belle. Tu as toute la vie devant toi.

La question se forma dans sa tête et, avant qu'elle puisse s'en empêcher, elle sortit :

– Tu es immortelle ? Ou tu es déjà…

– … morte ? finit Della à sa place.

Kylie rougit de honte.

– Oh, je suis désolée. C'était vraiment grossier de ma part. J'essaie de te réconforter, et ça m'a échappé, voilà tout.

– C'est bon, la rassura Della. Je ne suis pas morte. Le corps des vampires fonctionne différemment, c'est tout. Ne crois pas tout ce que tu lis dans ces romans pour ados, nous ne sommes pas immortels. Nous ne vivons que jusqu'à cent cinquante ans.

– C'est un super bon plan ! Et les sorcières ?

– L'espérance de vie est à peu près la même, répondit-elle, sans quitter l'ordinateur des yeux.

– Et les autres surnaturels ?

Kylie se demanda, si elle découvrait qu'elle en était un, si elle profiterait elle aussi d'une espérance de vie à rallonge.

– Ce sont les fées qui vivent le plus longtemps, leur apprit Miranda tout en tapant un e-mail sur le clavier. Certaines peuvent vivre juqu'à plus de cinq cents ans.

– Tu espères en être une, à présent ? s'enquit Della.

Kylie posa son coude droit sur la table et y fit tomber son menton.

– Non. Oh, zut ! je ne sais pas, marmonna-t-elle en laissant échapper un soupir refoulé. C'est nul. Pourquoi ma mère ne peut-elle pas me répondre, pour une fois dans sa vie ? Je déteste rester dans l'ignorance.

Kylie regarda Miranda.

– Tu ne peux pas me donner un coup de main ?

– Comment ? demanda Miranda, toujours concentrée sur son e-mail.

– Tu ne peux pas jeter un sort qui fera trouver à ma mère les actes de naissance et me les envoyer ? Sérieusement, si tu parviens à faire apparaître de nulle part un sandwich au beurre de cacahouète et à la confiture, pourquoi tu ne pourrais pas faire ça ?

– Eh bien, je vais te dire : touche ton nez trois fois et répète : « Miranda est une déesse. »

Kylie regarda fixement la nuque de son amie.

– Tu es sérieuse ? Tu ne transformeras pas ma mère en crapaud ?

Kylie posa l'index gauche devant son nez.

– À ta place, j'éviterais, l'avertit Della.

Miranda la gratifia d'un regard noir.

– Je promets de ne pas le foirer.

Elle tendit le petit doigt.

– Et si je t'obéis, je recevrai l'e-mail de ma mère ?

Kylie ne parvenait pas à croire qu'elle envisageait de s'exécuter, mais…

– Ouais ! Ou tu pourrais venir jeter un œil à l'ordinateur. Parce que tu as reçu à l'instant un message de sa part.

Kylie se leva d'un bond et poussa littéralement Miranda de la chaise. Retenant son souffle, elle attrapa la souris. Un seul clic, et elle saurait immédiatement si elle était une surnaturelle.

Un seul clic. Elle était morte de peur.

chapitre 28

– Déjà, ouvre-le ! ordonna Della derrière Kylie.
Celle-ci regarda par-dessus son épaule et laissa aller ses yeux de Della, à sa droite, à Miranda, à sa gauche. Respirant profondément, elle se concentra sur l'e-mail et cliqua dessus.

Salut ma belle, je me suis trompée. Je ne suis pas née à 23 heures, mais à 22 heures. 22 h 23, pour être précise. Ton père est né à 9 h 46. As-tu appelé…

Kylie cessa de lire. Ses parents n'étaient ni l'un ni l'autre nés à minuit. L'émotion fit la roue dans sa poitrine. Un truc énorme. Était-ce du soulagement ? Cela semblait logique.

Cela signifiait qu'elle n'était pas surnaturelle.

– Vous voyez, je vous l'avais dit, les filles. Je ne suis pas comme vous.

Sa poitrine se serra d'une émotion qui ne ressemblait pas à du soulagement. Elle ne souhaitait pas être comme eux, pas vrai ? Ou peut-être ressentait-elle simplement de la déception de ne pas être à sa place. Une fois de plus. N'était-ce pas ça, l'histoire de sa vie ?

« Au fond de toi, tu as toujours su que tu étais différente. » Les mots de Holiday passèrent dans sa tête. Et pour la première fois elle reconnut en elle-même que la jeune femme avait raison. Elle s'était toujours sentie à part. Marginale. Mais elle n'était pas différente. Enfin, peut-être que si.

– Je ne le crois pas, dit Della, qui prit la parole en premier.

Puis ce fut au tour de Miranda.

– Holiday a bien précisé que cela pouvait sauter une génération.

– Seulement dans de rares cas, objecta Kylie.

– Si ça se trouve, ta mère ment, ajouta Della.

Kylie lança un regard au vampire.

– Pourquoi elle ferait ça ?

Della haussa les épaules.

– Peut-être qu'elle est juste de mauvais poil parce qu'elle divorce. Sais pas.

– Tes parents se séparent ? fit Miranda.

– Ouais, répondit Kylie sans même en vouloir à Della d'en avoir parlé ; elle avait beau les connaître depuis seulement deux jours, elle leur faisait confiance.

– Ça craint, observa Miranda en serrant affectueusement l'épaule de Kylie.

– Oui, acquiesça celle-ci en rejetant un œil sur l'e-mail.

– Pourquoi ils divorcent ? s'enquit Miranda.

– Je ne sais pas. Ma mère est tellement…

– Peau de vache, la coupa Della.

Kylie faillit opiner puis s'arrêta.

– Non, elle n'est pas vraiment vache, elle est juste froide, distante. À peu près aussi chaleureuse qu'une glace à l'eau.

En fait, c'est ce que j'ai entendu mon père lui reprocher il y a un moment.

– Alors, comme ça, ton père la trompe ? lança Della sans ambages.

Kylie se tourna sur sa chaise et la regarda fixement.

– Non.

Della fit la grimace.

– Crois-moi, s'il l'a accusée d'être une glace à l'eau, c'est qu'il a trouvé une nénette comme les braises avec qui coucher.

– Il n'est pas comme ça ! rétorqua Kylie avec conviction.

Et elle se rendit compte qu'elle venait d'affirmer que sa mère était froide.

– Par froide, j'entendais émotionnellement. Pas…

– Je sais, la coupa Della. Ne t'imagine pas que tu dois prendre des gants avec moi !

Mais son regard assurait tout le contraire.

Kylie savait très bien ce que c'était que de jouer les dures. Elle avait suivi un cours intensif ces dernières semaines.

Elle regarda de nouveau l'écran.

– Ma mère est parfois invivable. Je n'en veux pas à mon père de l'avoir plaquée.

– Donc tu vas vivre avec lui ? demanda Miranda.

Cette question ramena Kylie au jour où, devant chez elle, elle l'avait imploré de l'emmener. Autant s'en souvenir lui faisait mal, autant elle devait accepter la vérité : ce jour-là, quand il avait décidé de quitter sa mère, il avait aussi choisi de l'abandonner, elle.

– Il est tard, je suis crevée.

Elle se leva, alla dans sa chambre, et, cette fois, elle pleura.

Le lendemain matin, Kylie entra d'un bon pas dans son lieu de réunion avec Holiday et déposa l'e-mail de sa mère sur la table, devant la directrice.

– Tu vois, je t'avais prévenue, lança-t-elle. Maintenant, tu pourrais appeler ma psy pour lui dire de demander à ma mère de venir me chercher ?

L'idée de rentrer chez elle était loin d'être aussi plaisante que quelques jours auparavant. Une partie d'elle, même, n'en avait pas envie. Mais étant donné qu'elle n'était pas une surnaturelle, sa place n'était pas non plus ici.

– De quoi s'agit-il ?

Holiday jeta un œil au papier, et ses yeux s'ouvrirent grands. Puis elle croisa le regard de Kylie.

– OK, j'avoue que je suis étonnée. Mais cela ne change pas vraiment la donne.

– Pourquoi pas ? Tu m'as dit que ce n'était que dans de rares cas que ça pouvait sauter une génération.

– Et le fait que tu voies des fantômes ? Que tu sois née à minuit ? Ou que ton cerveau ne se lise pas comme celui d'un humain ?

Kylie se laissa tomber sur la chaise en face de la jeune femme.

– Je pourrais être folle. Ou, comme tu l'as affirmé l'autre jour, juste une dégénérée de nature humaine qui a affaire à un fantôme surpuissant.

Holiday opina, puis se pencha.

– Ou peut-être que ceux que tu considères comme tes parents ne le sont pas en réalité.

Kylie resta bouche bée.

– Crois-moi, avec tout ce qui se passe chez moi en ce moment, j'aimerais supposer que j'ai été adoptée, mais j'ai vu des photos de ma mère enceinte.

Holiday ouvrit la bouche, comme pour lui répondre, puis secoua la tête.

– Comme je te l'ai dit plus tôt, il s'agit de ta quête.

– S'agissait… Je l'ai achevée. J'ai trouvé la réponse. Je ne suis qu'une humaine.

Holiday posa son coude droit sur la table et son menton dans sa paume. Kylie l'avait surnommé le « tic de la dirlo », car elle faisait toujours ça avant de lui servir l'un de ses discours : « Dis-moi vraiment ce que tu ressens. »

Cela lui rappelait sa psy, le Dr Day, qui faisait pratiquement la même chose, sauf que son tic consistait à se caler sur sa chaise et à hocher la tête.

Le pire, c'était que cette tactique marchait toujours avec Kylie.

– En es-tu sûre ? demanda Holiday. Veux-tu vraiment quitter Shadows Falls ?

– Oui. Non. Je ne sais pas. Enfin, en ce moment, tout le monde est avec les siens. Miranda, avec les sorcières, Della, avec les vampires. Et moi, je me retrouve ici avec toi, parce que je ne suis pas à ma place.

Kylie avait l'impression d'être une grosse marginale… une inadaptée.

– Quelqu'un te fait-il sentir que tu n'es pas la bienvenue ? demanda Holiday.

– Ce n'est pas ça.

Holiday laissa échapper un profond soupir.

– J'ai aperçu Fredericka hier soir. S'il y a un problème…

– Aucun, répondit Kylie, qui ne souhaitait pas que le loup-garou pense qu'elle l'avait balancée. Ça n'a rien à voir avec elle.

Et c'était, en grande partie, la stricte vérité.

Holiday reposa les yeux sur le papier.

– Écoute, je te propose un marché. Donne-toi deux semaines pour réfléchir à tout cela, Kylie. Et si tu veux toujours partir, je parlerai à ta mère en personne.

Peut-être parce que, au fond d'elle, la jeune fille n'était pas impatiente de retourner chez elle, auprès de sa mère – ou parce qu'elle savait que Miranda et Della lui manqueraient –, elle décida que quinze jours, ce n'était pas la fin du monde.

– Ça marche, répondit-elle.

– Super. Et comme, si ça se trouve, je n'aurai que quinze jours, je pense qu'il est temps de passer aux choses sérieuses.

– Comment ça ? s'enquit Kylie quand la directrice eut sorti deux tapis de yoga du placard.

– Les fantômes. Tu dois apprendre à t'occuper d'eux, Kylie.

Elle disposa les tapis sur le sol puis lui fit signe de s'asseoir.

– Je n'en ai qu'un.

Holiday arqua un sourcil.

– Ça commence par un. Mais crois-moi quand je te dis que d'autres arriveront. Et justement, ils sont déjà venus, mais tu ne t'en souviens pas, c'est tout.

Le ventre de Kylie se noua.

– De quoi tu parles ?

– J'ai lu dans ton dossier que tu avais des terreurs nocturnes.

Les paroles de Holiday firent leur effet.

– Tu es en train de m'annoncer que ce sont, en réalité, des fantômes ?

Elle opina.

– Pour l'instant, ils viennent te voir quand tu dors. Mais au final, si ça se passe pour toi comme pour moi, ils se mettront à apparaître lorsque tu feras la queue au cinéma, quand tu seras assise en classe, même quand tu sortiras avec un garçon.

Kylie se souvint de ces nuits où elle s'était réveillée, terrorisée, sans savoir pourquoi. Des frissons parcoururent sa colonne vertébrale.

– Je veux simplement apprendre à les chasser.

Holiday se renfrogna.

– C'est ton choix, mais écoute-moi bien. Pour atteindre le bouton *« Off »*, tu dois traverser un endroit où les esprits aiment traîner.

– Est-ce un bouton à usage unique ? Quand j'aurai appuyé dessus, ils ne viendront plus m'importuner ?

Holiday haussa les épaules.

– Ça dépend de l'envie qu'a l'esprit de communiquer avec toi. Tu as déjà fait de la méditation ?

Kylie secoua la tête.

– As-tu entendu parler des expériences hors du corps ?

– Non.

Et elle préférait rester dans son corps, merci bien.

– Tu es donc en train de me dire que les fantômes peuvent continuer à appuyer sur mon bouton, même si je ne le veux pas ?

– Un fantôme puissant, oui. Ou tu peux simplement les écouter et découvrir ce qu'ils veulent. Ça, ça marche mieux pour moi. Maintenant, entraînons-nous à des pratiques de méditation.

Les quatre jours suivants passèrent dans une sorte de brouillard. Kylie tâcha de convaincre Miranda et Della de se balader jusqu'à la cascade, mais aucune n'en avait envie. Apparemment, si elle voulait voir les chutes d'eau, elle devrait s'y rendre toute seule. Il n'y avait qu'un petit problème : l'idée d'affronter les anges de la mort en solo lui fichait une trouille bleue. Elle décida donc de cesser de faire une fixation sur la cascade. Elle avait d'autres sujets de préoccupation, après tout. Les chamailleries constantes de Della et Miranda, par exemple. Elles continuaient à se disputer au moins une fois par jour. Et Kylie, à les séparer avant que l'une tue l'autre.

Kylie parlait avec sa mère tous les matins et tous les soirs. Quand elle ne l'appelait pas, c'était sa mère qui le faisait. Que celle-ci lui téléphone ne servait qu'à la rendre plus consciente que son père s'en abstenait. Elle estima que c'était simplement un truc de mecs : ceux-ci ne téléphonaient que s'ils avaient quelque chose à dire.

De plus, elle le verrait dimanche, à savoir demain. Ce qui avait légèrement énervé sa mère. Mais bon, c'était bien elle qui avait voulu qu'elle lui demande s'il comptait venir la voir.

Et Kylie était ravie de l'avoir fait. Elle avait vraiment envie – besoin – de voir son père. Et probablement parce qu'il lui manquait énormément, plus dimanche approchait, plus elle lui pardonnait. Avec un peu de chance, d'ici à demain, elle lui aurait tellement manqué qu'il accepterait qu'elle vive avec lui à l'issue de ses deux semaines à la colo.

Kylie dépensa soixante minutes de son forfait à discuter avec Sara et à lui envoyer des textos. Aussi extraordinaire que cela puisse paraître, celle-ci s'était complètement remise de sa peur d'être enceinte, et c'était reparti avec un nouveau mec – le cousin d'une voisine, âgé de dix-neuf ans.

Si Kylie lisait correctement les insinuations de Sara, tous deux coucheraient ensemble dans un futur proche. Elle avait failli rappeler à son amie ce qu'elle venait de vivre, mais, au dernier moment, n'en avait pas eu le courage. Ou bien elle avait simplement décidé que cela ne servirait qu'à éloigner davantage sa meilleure copine.

Sara n'avait jamais été du genre à suivre les conseils.

Trey l'avait appelée deux fois en lui servant le même couplet : il l'aimait, il était désolé. Si seulement elle voulait bien lui donner une chance, il lui prouverait son amour.

Kylie craignait que ses « preuves » n'impliquent qu'ils se déshabillent. Et plus elle y pensait, plus elle était encline à garder ses vêtements. Elle lui avait même demandé s'ils pouvaient simplement rester amis pour l'été. Mais il avait pété un plomb quand elle avait prononcé le nom d'un autre garçon. Que ferait-il si elle décidait d'aller de l'avant et de sortir avec un autre ? Il se mettrait dans tous ses états, probablement.

Pourquoi Trey ne pouvait-il pas plus ressembler à Derek ? Elle avait demandé au demi-Fae d'être son ami et, à part lui dire qu'il avait voulu qu'elle l'embrasse, il avait cessé de tenter de la séduire.

Oh, il était sympa. Lui adressait toujours la parole, l'interrogeait même sur ses problèmes avec ses parents. Ils allaient jusqu'à parler du ressentiment qu'ils inspiraient à Holiday parce qu'ils souhaitaient renoncer à leurs dons. Il venait aussi la voir et s'installait à ses côtés pour un repas au moins. Quoi qu'il en soit, tout dans son comportement n'évoquait que l'amitié.

Plus de regards langoureux et insistants, où elle pouvait déceler les taches d'or dans ses yeux. Plus de sourires rien que pour elle. Plus de souffle sur sa joue.

Même quand il s'installait à côté d'elle, il tenait systématiquement à s'assurer que dix bons centimètres les séparaient.

Quand elle le voyait assis tout près des autres filles, ça la piquait comme une fourmi rouge.

Elle ignorait cette piqûre et se disait que c'était mieux ainsi. Elle partirait dans un peu plus d'une semaine. Et, avouons-le, les meilleures choses n'étaient pas toujours drôles.

Par exemple, apprendre à méditer, essayer d'appuyer sur le bouton *« Off »* pour chasser les fantômes, devenait une corvée très redoutée. Holiday la faisait s'asseoir sur le tapis trois fois par jour. Elles avaient brûlé de l'encens, compté, écouté de la musique et s'étaient même adonnées à la visualisation, mais manifestement rien ne marchait. L'esprit de Kylie refusait de trouver un nouvel état, quel qu'il soit.

Holiday gardait toujours espoir, pas elle.

– Ça arrivera, je te le promets, déclarait-elle après l'échec de chaque séance.

Pour Kylie, ce n'était qu'une preuve supplémentaire qu'elle n'était pas comme eux. Non qu'elle en ait vraiment besoin, mais bon…

La seule chose qui laissait un léger doute dans sa tête, c'était que Treillis continuait à faire son apparition. Elle demanda à Holiday de lui envoyer un message pour qu'il cesse de lui pourrir la vie. Celle-ci lui donna la réponse toute prête :

– Ça ne marche pas comme ça.

Kylie avait appris à détester ce dicton.

Presque autant que les visites quotidiennes du fantôme.

Heureusement, il ne l'avait pas rendue folle en lui offrant de nouveau un spectacle sanguinolent, mais rien que le voir commençait à lui donner la chair de poule. Sa façon de la regarder, de se tenir, tout cela lui était sinistrement familier. Kylie se persuada que Holiday avait raison : ses terreurs nocturnes étaient sûrement peuplées d'images de lui ; c'est pourquoi, quand elle le voyait, elle éprouvait cette impression étrange de déjà-vu.

Holiday avait même suggéré à Kylie d'essayer de lui parler, mais cette idée angoissait profondément la jeune fille. Elle gardait cette image mentale de lui : il ouvrait la bouche dont il ne sortait que des vers et du sang. Non, la sienne resterait fermée et elle prierait pour qu'il fasse de même.

Heureusement, ces derniers jours, elle avait plus ou moins réussi à s'éloigner de Lucas et de Fredericka. Mais tous les matins, quand elle attendait de savoir qui tirait son nom pour l'heure où ils devaient faire connaissance, Kylie faisait de l'hyperventilation, craignant que l'un des deux ne tire le sien.

Et, aujourd'hui, c'était pareil. Si cela se produisait, elle avait déjà décidé de feindre une méchante migraine et de se faire excuser.

Bien sûr, Fredericka ne manquerait pas d'insinuer qu'elle avait peur d'elle, mais mieux valait qu'elle l'en accuse plutôt que d'en être sûre. Et si Kylie devait passer une heure en tête à tête avec le loup-garou, Fredericka sentirait forcément son angoisse.

Kylie, flanquée de Miranda et Della, observait les autres tirer les noms et les lire à haute voix.

Elle savait que Miranda priait pour que Chris, un vampire vraiment mignon, tombe sur le sien. Della s'en moquait bien, visiblement ; mais, la veille, Kylie avait remarqué que sa coloc sournoise matait sans cesse Steve, un métamorphe.

Lorsqu'elle l'avait interrogée à ce sujet, Della avait nié, mais Kylie avait constaté que ses joues s'étaient légèrement colorées. Qui savait qu'un vampire pouvait rougir ?

Derek la rejoignit.

– Salut !

Elle sourit. Et, oui, son sourire était un peu plus large que d'habitude.

– Salut, dit-il d'un air détaché, puis il se concentra sur les autres qui tiraient des noms.

Comme il ne la regardait pas, Kylie laissa son regard s'aventurer sur lui. Il portait un tee-shirt vert clair qui moulait son torse. Elle se rappela y avoir posé la tête. Elle se souvenait que cela avait été très agréable et que, lorsqu'elle avait levé les yeux, ses lèvres avaient frôlé les siennes.

Elle cilla, tâcha de ne pas laisser son esprit vagabonder et se détourna de sa poitrine. Il portait un short kaki. Ses jambes étaient légèrement poilues et joliment galbées. Elle remarqua alors le pansement à l'intérieur de son coude.

Elle lui prit le bras.

– Est-ce que tu as donné du sang ?

– Oui.

Ses yeux croisèrent les siens et, pour la première fois depuis des jours, il ne détourna pas immédiatement le regard. Ils vivaient l'un de ces moments qui lui manquaient tant.

Elle passa délicatement les doigts sur le pansement.

– Je suis désolée.

– De quoi ? Tu n'as rien fait.

– Tu as eu mal ?

– Non.

Il continua à la regarder, et elle eut l'impression qu'ils étaient seuls au monde. Elle vit les mouchetures or étinceler, et tant pis si elle voulait s'approcher encore plus de lui !

– Derek ! cria une voix tout excitée. J'ai eu ton nom !

D'un seul coup, quelqu'un le tira par le bras. Kylie leva les yeux et se focalisa sur la tireuse : Mandy, une jolie fée brune.

Elle l'observa le prendre par le cou et amener sa tête à son niveau pour lui donner un rapide baiser. Au début, elle s'attendait à ce que sa démonstration d'affection le choque. Mais il jeta un coup d'œil à Kylie puis se concentra sur Mandy, qui se mit alors sur la pointe des pieds et l'embrassa de nouveau.

Et Derek n'eut pas du tout l'air surpris. Il semblait heureux. Puis il sourit à Mandy, ce même sourire « spécial » qu'il partageait avec Kylie.

– Super ! Tu es prête ? demanda-t-il à la brune toute guillerette.

– Redis-moi où on va, déjà ? fit Mandy.

– Et si on partait là où je t'ai montré ? proposa Derek.

L'emmenait-il au ruisseau ? La poitrine de Kylie se serra. Au début, elle ne reconnut pas ce sentiment, puis elle se rappela l'avoir ressenti lorsqu'elle avait vu Trey et sa copine à la soirée. Heureusement, elle réussit à le refouler avant que Derek se retourne.

Ses doux yeux vert croisèrent les siens.

– À plus ?

– OK.

Elle plaqua un sourire forcé sur son visage. Derek et elle étaient juste amis ; elle n'avait pas le droit d'être jalouse. Alors, pourquoi souffrait-elle autant ?

Elle se mordit la lèvre. Voilà pourquoi elle ne voulait rien ressentir pour lui. Parce que cela faisait mal. Alors, comme si elle souhaitait se punir davantage, elle se retourna et les vit s'en aller, main dans la main.

– Chiottes ! lança Miranda d'un ton sec.

Kylie se retourna et s'aperçut qu'elle avait quasiment oublié jusqu'à la présence de ses colocs. En tout cas, de Miranda. Della était déjà partie.

– Quoi ? fit-elle. Qui a tiré ton nom ?

Miranda grimaça.

– Pas le mien, le tien. Serais-tu en train de me dire que tu n'as pas entendu qui vient de tirer ton nom ?

chapitre 29

Kylie se retourna et se toucha la tempe, se disant qu'elle pourrait aussi bien commencer à feindre sa migraine dès maintenant.

– Qui ?

– Moi, fit une voix familière à côté d'elle.

Kylie se retourna et se retrouva face à Perry. Elle ôta son doigt de sa tempe. Perry ne valait pas le coup qu'elle fasse semblant.

– Promets-moi que tu ne vas pas me tirer les oreilles, dit-il, et dans son regard elle lut qu'il s'excusait.

– Bien, mais ne t'avise pas de te transformer. Ça me fait flipper.

– Tu n'es pas drôle, répondit-il, et elle remarqua qu'il gardait les yeux rivés sur Miranda.

– Ouais, marmonna celle-ci en regardant de nouveau Kylie. Chris a tiré mon nom. Souhaite-moi bonne chance, ajouta-t-elle, puis elle détacha ses cheveux.

– Bonne chance, lança Kylie, qui constata que Perry fronçait les sourcils.

– Alors, où tu veux aller ? demanda Perry, sans quitter des yeux Miranda et Chris qui partaient de leur côté.

Kylie n'avait jamais vu de métamorphe au regard si triste.

– Ça m'est égal…

Puis l'idée la frappa avec la délicatesse d'un marteau-piqueur. Ce n'était pas bien du tout. Très mal, même, mais c'était plus fort qu'elle.

– Je connais un endroit sympa près d'un petit cours d'eau.

Le lendemain, Kylie était au réfectoire à 10 heures précises : elle attendait son père. Elle avait répété son laïus, savait parfaitement comment elle allait aborder son emménagement chez lui. Et c'était bien plus facile qu'elle ne l'avait cru.

La veille au soir, sa mère lui avait annoncé qu'on lui avait offert une promotion, mais qu'elle devrait beaucoup voyager. De fait, il tombait sous le sens que la jeune fille devait rester chez son père. Mais elle n'en avait pas parlé à sa mère. Pas encore, ça attendrait.

Derek passa les portes du réfectoire. Dès qu'il la remarqua, il vint vers elle. Elle sentit son visage s'empourprer quand elle se rappela qu'elle avait amené Perry au rocher dans l'espoir de l'y trouver avec Mandy. Mais non, pas de Derek. Kylie s'était donc contentée de passer devant le roc et avait entraîné Perry dans les bois, sur huit cents mètres, avant de s'arrêter pour visiter.

Tout simplement, elle n'avait pas souhaité ternir les souvenirs de l'endroit où Derek et elle avaient vraiment lié connaissance.

Et si elle se sentait mille fois mieux de savoir qu'il n'avait pas emmené Mandy dans leur petit coin à eux, Kylie n'était pas assez stupide pour croire qu'il n'avait pas conduit la jeune fille ailleurs pour faire... elle ne voulait pas le savoir. Ni lui en vouloir. Comment pouvait-elle le lui reprocher, alors que c'était elle qui lui avait demandé qu'ils restent amis ? Et pourtant...

– Tu es bien matinale, lança Derek avec un sourire amical.

Kylie se demanda alors quel genre de sourire il adressait à Mandy quand ils étaient seuls. L'avait-il embrassée ? L'avait-il déjà amenée au rocher ?

– Mon père m'a dit qu'il serait là à 10 heures précises.

– Ta mère passera plus tard ?

– Non. Elle n'a pas envie de tomber sur lui. Le monde s'arrêterait de tourner si jamais ils devaient se voir.

– Désolé. Ça ne doit pas être facile.

Il leur dit cela avec une telle sollicitude que le cœur de Kylie tangua un peu. Toute la soirée de la veille, elle les avait regardés rire, Mandy et lui, assis l'un contre l'autre. Elle avait très envie de remonter le temps et de ne pas lui dire qu'elle désirait simplement qu'ils soient amis. Mais, bon, vu qu'elle rentrait bientôt chez elle, c'était peut-être mieux ainsi.

– Ta mère vient ? demanda Kylie, qui appréciait qu'il lui fasse suffisamment confiance pour évoquer sa vie avec elle.

En a-t-il parlé à Mandy ?

– J'en ai peur. Elle est un peu surprotectrice. C'est comme ça depuis...

– Que ton père est parti ? fit-elle, et elle baissa la voix.

Il opina et, juste alors, les portes s'ouvrirent et plusieurs groupes de parents entrèrent, accompagnés de nouveaux.

– La voilà. Faut que j'y aille.

– Bonne chance, répondit-elle et, incapable de s'en empêcher, elle serra affectueusement sa main.

C'était si bon de le toucher… et si mal. Les picotements qui se baladèrent sur son bras n'étaient pas de ceux que devraient provoquer un ami. Il s'arrêta et la dévisagea. Son sourire était si chaleureux.

– À toi aussi.

Kylie le regarda partir et reconnut qu'il allait lui manquer. Zut alors ! Miranda et Della aussi.

Elle se secoua pour se tirer de sa mélancolie et essaya de trouver son père parmi un nouveau groupe qui arrivait.

Elle ne le vit pas mais remarqua un couple – ce devait être les parents de Della. Une Euraméricaine accompagnée d'un homme américano-asiatique passaient la foule en revue. Sachant que Della ne comptait pas sur eux avant une bonne heure et qu'elle était restée au bungalow, Kylie les rejoignit.

– Bonjour. Kylie. Vous êtes les parents de Della ?

– Oui, où est-elle ? demanda la dame.

– Elle ne vous attendait pas si tôt. Si vous voulez, je peux envoyer quelqu'un au bungalow.

– Est-elle encore au lit ? s'enquit son père. Mon Dieu, et moi qui pensais que cette colo la remettrait dans le droit chemin ! Je vais exiger les résultats des analyses de drogue. S'ils ne les ont pas, je la sors d'ici et je la place dans un meilleur établissement !

Kylie tâcha de rester de marbre devant la dureté de l'homme. Mais, intérieurement, elle remerciait son père. Et tant pis s'il ne s'était pas présenté au poste de police ! Et peut-être aurait-il dû venir la voir avant qu'on l'envoie, mais ici, sans l'ombre d'un doute, elle était sûre qu'il valait beaucoup mieux que le père grincheux de Della.

– Oh, elle est debout, annonça Kylie, mentant sciemment pour protéger son amie.

Passant de nouveau la pièce en revue pour trouver son père, elle déclara :

– Vous savez quoi ? Je file la chercher.

Elle se dirigea lentement vers la porte puis détala pour aller dire à Della de se lever et de s'habiller.

Une heure plus tard, Kylie s'installa au fond du réfectoire, d'où elle regardait tous les autres visiteurs. Elle avait réveillé Della et l'avait amenée ici un temps record. Et, en route, elle s'était arrêtée au bureau pour prévenir Holiday que le père de son amie avait l'intention de venir jeter un œil aux analyses de drogue.

Kylie observa Della discuter avec sa sœur, tandis que ses parents, assis avec raideur, les écoutaient. Vue de loin, la visite n'avait pas l'air de bien se passer. Della avait été malade à l'idée de les revoir et, après avoir entendu la crise de son paternel, Kylie pouvait dire qu'elle la comprenait.

Les parents de Miranda étaient arrivés une vingtaine de minutes après ceux de Della. Kylie n'avait jamais vu son amie manquer autant d'assurance qu'en leur compagnie. Avachie, elle boudait. En temps normal, Miranda souriait toujours et sa posture n'était pas celle d'une enfant persécutée, mais en leur présence, si. Kylie avait envie de les rejoindre et d'annoncer aux parents de Della et de Miranda combien elle était heureuse de partager son bungalow avec elles… mais cela lui semblait un peu cucul.

Derek et sa mère étaient partis se promener. Il la lui avait même présentée. Kylie dut réprimer un fou rire lorsque la femme ôta une mèche du front de son fils et qu'il rougit. En général, les garçons n'aimaient pas que leur mère soit aux petits soins pour eux.

Holiday vint rejoindre Kylie.

– Salut ! Ton père n'est pas là ?

– Pas encore. Il a sûrement mal évalué le temps de trajet. C'était ma mère qui étudiait les itinéraires. Et tu connais les hommes, ils conduiraient des heures avant de s'arrêter pour demander leur route.

Kylie savait qu'elle n'était pas loin de raconter des banalités, mais c'était plus fort qu'elle. C'était mieux que d'envisager l'éventualité qu'il ne puisse pas venir.

Holiday se fendit d'un grand sourire.

– Les hommes ! Nous ne pouvons pas vivre sans eux ! Et quelle galère de vivre avec eux !

– As-tu quelqu'un ? demanda Kylie, qui ignorait si c'était une question trop intime à poser à sa directrice.

Holiday haussa les épaules.

– Parfois, s'ennuyer, c'est mieux que les supporter.

– Tu es divorcée ?

– Non, nous ne sommes jamais allés jusqu'à l'autel. J'avais l'alliance, j'avais la date et même la robe de mariée. Une heure avant le mariage, je me suis aperçue que je n'avais pas de fiancé.

– Ça a dû craindre, constata Kylie.

– Oui, en effet.

– Il ne t'a jamais expliqué pourquoi ?

– Il a prétendu avoir rencontré quelqu'un de plus compatible. Un autre vampire.

– Oh non, ce n'est pas Burnett, quand même ?

Holiday écarquilla les yeux.

– Non. Pourquoi t'imagines-tu…

– Il t'aime bien, lâcha Kylie sans réfléchir. Il te mate à chaque fois.

– Arrête ! Ce type est d'une arrogance ! Jamais je ne…

– Il est beau gosse.

– Je le sais, malheureusement. Pour cela aussi, je le déteste.

Elles rirent de concert.

Holiday contempla Della et sa famille.

– Son père nous donne véritablement du fil à retordre.

– Je sais. Grâce à lui, je me suis rendu compte que j'avais vraiment de la chance. Attends de rencontrer le mien. Il n'est pas comme ça.

– J'ai hâte.

Kylie savait que Holiday espérait, d'un seul coup d'œil, découvrir s'il était surnaturel ou non. Mais la jeune fille n'y croyait pas. Son père n'avait pas de dons. Enfin, si, mais pas de ce genre-là.

Elle poussa un soupir et leva les yeux vers la porte dans l'espoir qu'il se dépêche. Elle avait besoin d'un câlin, désespérément.

Son regard se posa sur Della, et elle se demanda si son père la serrait même dans ses bras.

– Tu crois que Della partirait habiter avec d'autres vampires ? demanda Kylie à Holiday.

Celle-ci soupira.

– C'est très difficile pour un nouveau vampire de cohabiter avec des normaux. Sa famille compte réellement pour elle et la laisser risque d'être dur. Je crains que le chemin qu'elle choisira, quel qu'il soit, soit vraiment épineux.

– Quelle horreur ! observa Kylie, qui souffrait pour son amie.

Juste alors, les portes s'ouvrirent et elle retint son souffle en s'attendant à voir son père. Mais Lucas Parker entra, accompagné une femme d'un certain âge. Kylie remarqua la tendresse avec laquelle il lui tenait le bras.

– Qui est-ce ? demanda-t-elle.

Holiday leva les yeux.

– La grand-mère de Lucas.

Kylie n'avait pas envisagé la possibilité de tomber sur les parents du jeune homme. La dernière chose qu'elle voulait, c'était qu'ils la reconnaissent – d'autant plus qu'à l'évidence Lucas ne l'avait pas reconnue.

– Ses parents ne viennent pas, alors ?

– Ils ont été tués juste après sa naissance. Sa grand-mère l'a élevé.

– Ce n'est pas possible ! rétorqua Kylie, sans réfléchir.

– Si, c'est terrible, répondit Holiday, qui prit sa remarque comme de l'incrédulité et pas comme l'annonce d'un fait. Je crois que son dossier mentionne qu'il n'avait qu'une ou deux semaines lorsque cela s'est produit.

– Oh !

Kylie détourna les yeux. Puis elle se souvint de ce que Miranda avait déclaré à propos des gamins mis au monde par des escrocs. Lucas avait-il menti sur ses parents parce que, autrement, on l'aurait jugé ? Et le dicton était-il vrai : si l'on naissait escroc, on mourait escroc ?

– Pas lui ! lança Holiday.

Kylie leva les yeux et vit Burnett James entrer dans la pièce. Il avait une mine ultrarenfrognée et elle n'avait pas besoin d'être surnaturelle pour comprendre que quelque chose n'allait pas du tout.

Holiday sortit son téléphone et composa un numéro. Elle fronça les sourcils, puis le fit tomber dans sa poche.

– Pourquoi, quand il débarque, faut-il que Sky, une fois sur deux, se débrouille pour être injoignable et que je doive m'occuper de lui toute seule ?

Comme Kylie ne pensait pas que Holiday attendait une réponse, elle se contenta de hausser les épaules en silence.

– Excuse-moi, reprit la directrice. J'ai l'impression que j'ai une autre bataille à remporter.

Quelques secondes plus tard, Kylie vit Holiday et Burnett sortir de la salle ensemble. Consultant sa montre, elle envisagea de téléphoner à son père pour s'assurer qu'il n'avait pas crevé, ni rien. Bien sûr, elle savait qu'il était tout à fait capable de changer un pneu, parce qu'il avait passé des heures à lui enseigner comment faire.

« Ma fille ne se retrouvera jamais en rade. » Elle sourit en se souvenant du concours de changement de pneus chronométré qu'ils avaient organisé. À mesure que les bons souvenirs défilaient dans sa tête, elle décidait de lui pardonner ses récents écarts de conduite. C'était un père trop chouette pour qu'elle lui garde rancune. Elle sourit de nouveau, sachant qu'il serait entièrement d'accord pour qu'elle habite chez lui si sa mère devait voyager.

Quoi qu'il en soit, elle ne souriait plus une heure plus tard, comme il n'était toujours pas arrivé. De folles pensées, telles qu'un accident de voiture, défilèrent dans sa tête. Elle sortit son téléphone et composa son numéro.

Il répondit à la troisième sonnerie.

– Salut, ma citrouille !

Elle se détendit rien qu'au son de sa voix.

– Allô, papa ? Tu es encore loin ?

– De quoi ?

La gorge de Kylie se serra. Elle se rappela ce qu'il avait dit : « Je serai là à 10 heures précises. »

– Tu as oublié ?

– Oublié quoi ?

Le nœud dans sa gorge bouscula ses amygdales et elle eut mal aux sinus.

– C'est la journée des parents. Tu as dit…

Elle se mordit la lèvre et pria pour qu'il rie et lui annonce qu'il se trouvait juste au coin de la rue.

Mais non.

– Zut ! Chérie, je ne peux pas venir aujourd'hui. Je suis dans mes dossiers jusqu'au cou. Ç'a été une semaine de folie.

– Mais tu as dit…

Kylie se leva d'un bond et traversa le réfectoire avant de perdre la face en craquant au beau milieu de la salle remplie de parents.

– J'ai dit quoi ?

– Il faut que j'y aille.

Elle referma son téléphone et passa les portes en trombe, cherchant un endroit où se retrouver seule. Impossible. Elle sentit la présence froide la suivre sur toute la route jusqu'à son bungalow. La colère et la douleur emplissaient tellement sa poitrine qu'elle ne pouvait presque plus respirer. La main sur la poignée de la porte, elle marqua une pause. Le froid semblait peser dans son dos, alors elle jeta un coup d'œil par-dessus son épaule.

Non seulement il était là, mais, comme elle, il pleurait. Sauf que les larmes qui ruisselaient sur son visage étaient de la couleur du sang.

La peur essaya de s'immiscer dans son cœur, mais sa colère la ficha dehors d'un coup de pied.

– Va-t'en ! hurla-t-elle au fantôme. FICHE. MOI. LA. PAIX !

chapitre 30

Le lendemain, Kylie sortit de sa chambre et fut étonnée de trouver Della tapant sur l'ordinateur. D'habitude, elle n'était jamais là le matin.

– Tu ne dois pas assister à une réunion ? demanda-t-elle.

– Pas vraiment.

Della était d'humeur sombre. En fait, toutes les trois l'étaient depuis la veille. Elles n'avaient même pas eu leur discussion habituelle autour de la table de la cuisine avant de se coucher. Pas de doute, après la journée des parents, elles avaient toutes des démons à gérer, et cela se passait mieux en solo en général. Mais Kylie n'avait pas été seule pendant une grande partie de la nuit.

Treillis n'avait cessé d'aller et venir. Elle ne l'avait pas vu à proprement parler, mais elle avait senti sa présence glaciale. Elle espérait seulement qu'elle pourrait piger vite toutes ces séances de méditation pour pouvoir mettre un terme à cela.

Les mains de Della marquèrent une pause sur le clavier et elle regarda Kylie.

– Je suis désolée si mon père s'est montré grossier envers toi. Et merci d'être venue me chercher.

– Il n'a pas vraiment été grossier envers moi.

Envers toi, si, faillit-elle dire, mais elle décida que Della le savait déjà probablement et n'avait pas besoin qu'on le lui rappelle.

– Ouais, il est parfois dur à comprendre. Mais, crois-le ou non, il est bien intentionné.

– Au moins, il est venu, lui.

Kylie se souvint qu'elle avait hésité entre mentir et changer de sujet la nuit dernière pour ne pas avouer à sa mère que son père avait oublié. Elle aurait piqué une crise si elle avait évoqué sa non-apparition. Et les crises de sa mère n'étaient pas jolies, jolies. Toutefois, une part de Kylie aurait presque eu envie de le faire.

Après tout, son père s'était comporté comme s'il n'avait jamais promis de venir la voir.

– Tu veux consulter tes e-mails ? demanda Della. Je crois que tu en as reçu un de ton père.

Sa poitrine se serra.

– Non, je le lirai plus tard.

Ou non. Pour l'instant, elle n'était pas disposée à entendre ses excuses. Elle regarda autour d'elle.

– Où est Miranda ?

– Dehors. Elle espère apercevoir Chris, mais elle a dit qu'elle nous attendrait. Tu es prête ?

Kylie hocha la tête.

– Oui.

Quelques secondes plus tard, elles passèrent la porte pour trouver Miranda qui patientait à côté du bungalow.

Elle jeta un coup d'œil vers elles.

– Hé, les filles, un bébé oiseau a l'air d'être tombé de

son nid. Oh non ! je crois qu'il s'est cassé une aile. Le pauvre !

Elles s'empressèrent de la rejoindre. Miranda, les paumes tendues, tenait l'oisillon devant son visage. L'une de ses ailes pendillait bizarrement.

– Tu ne peux pas le guérir vite fait ? demanda Della.

– J'aimerais bien. Mais j'ai peur de foirer ça aussi, expliqua Miranda, la voix remplie de dégoût d'elle-même… sûrement une conséquence de la visite de sa mère.

Elle regarda Kylie.

– Tu crois que cette fille, celle qui a cherché une tumeur dans ton cerveau, pourrait le soigner ?

– Je ne sais pas, répondit Kylie.

Et elle constata que la couleur des yeux de l'oiseau n'était plus noire, mais bleue. Puis qu'il fixait Miranda. Traitez-la de méfiante si vous le voulez, mais elle avait déjà vu cet air gaga sur le visage d'un certain métamorphe. Elle jeta un coup d'œil entendu à Della, qui croisa son regard avant de lever les yeux au ciel.

Oh oui, c'était bien Perry.

– Je crois que pour éviter qu'il souffre, ce qu'il faudrait faire, c'est lui briser le cou, déclara Kylie.

– C'est clair, répéta Della.

Kylie se rapprocha. L'oiseau tourna la tête pour la regarder et tressaillit. *C'est ça, espèce de pervers, tu as intérêt à avoir peur de moi !*

– Comme vous êtes cruelles ! lança Miranda en le collant contre ses seins et en baissant le menton pour lui parler. Ne t'inquiète pas, Miranda va s'occuper de toi, roucoula-t-elle.

– Et si tu vérifiais son sexe pour voir si c'est un mâle ou une femelle ? railla Kylie.

L'expression apitoyée de Miranda changea du tout au tout quand elle comprit enfin ce que sa copine insinuait.

Elle jeta un regard suspicieux à l'oisillon.

– Perry, c'est toi ?

Les scintillements se mirent à éclater tout autour des mains de Miranda, qui les ôta d'un coup sec. Un Perry tout rouge atterrit sur les fesses.

– Je passais juste dans le coin. Je n'ai rien fait de mal. Je ne regardais même pas par la fenêtre. Et ne t'avise pas de toucher mes oreilles ou mon cou !

Il se leva et détala.

– Je devrais le transformer en rat, il ne vaut pas mieux qu'eux ! lança Miranda, apparemment gênée de s'être fait avoir.

Kylie comprenait parfaitement ce qu'elle ressentait. Puis elle se souvint d'avoir décelé de la gêne sur le visage de Perry, et elle savait aussi pourquoi : la dernière personne devant laquelle il ne tenait pas à passer pour un loser, c'était bien la fille pour laquelle il craquait.

– Tu sais qu'il t'aime bien, hein ?

Miranda en resta bouche bée.

– Non, c'est faux.

Della partit d'un rire moqueur mais ne dit rien.

– Si, insista Kylie. Si tu avais vu sa tête quand tu es partie avec Chris pour l'heure où on fait connaissance ! Un vrai chien battu ! Et tout le temps où nous étions ensemble, il n'a pas arrêté de me questionner à ton sujet.

Miranda, toujours bouche bée, restait plantée sur place.

– S'il m'aime bien, alors pourquoi il ne m'a rien dit ? Nous étions déjà tous les deux ici l'an passé.

Kylie jeta un coup d'œil à Della.

– Tu veux me donner un coup de main sur ce coup-là ?

– Nan, répondit-elle, tout sourire. Tu te débrouilles très bien toute seule.

Kylie se tourna vers Miranda.

– Je n'étais pas là l'an dernier, mais…

– Mais quoi ? fit Miranda.

Kylie haussa les épaules.

– Je pense qu'il ne sait pas comment t'avouer qu'il t'aime.

– Oh, arrête, il n'est pas timide !

– Il ne l'est pas lorsqu'il s'agit de faire le clown ou de jouer les petits malins en classe. Mais quand tu te retrouves seule avec lui, on dirait qu'il a perdu sa langue. Personnellement, je crois que l'inconvénient de pouvoir se transformer en n'importe quoi, c'est qu'on ne sait pas qui on est en réalité.

Kylie s'arrêta et réfléchit à ce qu'elle venait de dire.

– Waouh, c'est super bien vu, ce que j'ai dit, là, non ?

Elles rirent et se mirent en route pour le petit déjeuner. Elles se trouvaient à mi-chemin lorsque Miranda se retourna d'un coup, face à Kylie.

– Tu penses sincèrement que Perry m'aime bien ?

Kylie gloussa.

– Oui.

Della leva le menton et renifla.

– Je sens de l'amouuuur dans l'air !

– Tu l'as senti sur lui ?

– Non. Mais c'est parce que les métamorphes ne produisent pas les mêmes phéromones. Je ne suis pas habituée à l'odeur d'un oiseau en rut.

Elles ricanèrent et se remirent en route.

– Mais il est mignon, hein ? fit Miranda.

– Dans un sens, oui, acquiesça Kylie.

– Un peu, oui ! lança Della, puis elle demanda : Alors, que comptes-tu faire ?

Elle posa une main sur son cœur pour ajouter de l'intensité à sa question.

Miranda haussa les épaules.

– Attendre de voir s'il fait le premier pas.

– Pourquoi ? Si tu le veux, va le chercher. Ne te dégonfle pas.

– D'accord.

Miranda remonta ses cheveux et les attacha avec l'élastique qu'elle portait au poignet.

– Je ne te vois pas sauter sur un mec.

– C'est parce que personne ne me fait craquer ici.

– Menteuse ! lança Kylie.

– Alors, dit Della, pour qui je craque, d'après toi ?

– Steve, le grand métamorphe aux cheveux blonds, répondit-elle sans ambages. Tu n'as pas cessé de mater ses fesses l'autre jour.

– Tu te plantes sur toute la ligne. Mais j'en ferais bien mon quatre-heures.

Toutes les trois gloussèrent.

– Et toi ? demanda Miranda à Kylie.

– Je n'ai pas le temps d'entreprendre quoi que ce soit.

– Tu en as autant que nous, répondit Miranda.

– Non.

Kylie s'arrêta. Elle ne leur avait pas parlé du marché de deux semaines conclu avec Holiday et pour une bonne raison : ça n'allait pas leur plaire.

– Holiday est d'accord pour convaincre ma mère de me reprendre à la maison dans quinze jours.

– Pourquoi ? demandèrent les deux amies en même temps.

– Parce que ma place n'est pas ici. Je ne suis pas des vôtres.

– N'importe quoi ! lança Della. Tu ne veux pas être des nôtres, c'est tout. Tu nous considères encore comme des monstres. Je le vois bien chaque fois que l'on prononce le mot « sang ».

OK, elle avait peut-être raison.

– Tu ne peux pas partir, l'interrompit Miranda. Qui nous empêchera, Della et moi, de nous entretuer ?

– Et puis merde ! s'écria Della, en fronçant les sourcils et en regardant Miranda. Laisse-la rentrer dans son petit monde sans danger, où son seul souci consiste à savoir si son papapounet l'aime d'amour. Si elle ne veut pas être amie avec nous, je n'ai aucune envie d'être copine avec elle. Elle ne m'a jamais plu de toute façon !

Della détala si vite que Kylie ne la vit pas partir. Miranda resta plantée sur place, à regarder le spectacle.

– Elle est furieuse, c'est tout. Elle ne le pensait pas.

– Je sais.

Kylie se mordit la lèvre, mais les paroles de Della l'avaient blessée.

Miranda fit tournoyer sa queue-de-cheval entre ses mains.

– Je déteste devoir le dire, mais je ne lui en veux pas. Moi aussi, je suis en colère contre toi.

Sur ce, Miranda détala.

Super, se dit Kylie. En plus de tout le reste, elle avait réussi à énerver ses deux nouvelles meilleures amies.

Lorsque Kylie entra au réfectoire, Miranda et Della étaient installées à une autre table que celle où elles s'asseyaient d'habitude. Elle reçut le message cinq sur cinq : elles ne voulaient pas d'elle.

Munie de son plateau, elle se rendit à sa table habituelle, quelque peu mal à l'aise d'être toute seule. La porte s'ouvrit et Kylie leva les yeux juste au moment où Derek entrait. Les lèvres du garçon s'ouvrirent en un large sourire, l'un de ceux dont il avait le secret, qui fit gonfler le cœur de Kylie de reconnaissance. Il se dirigea vers elle, et le soulagement emplit sa poitrine. Elle ne serait pas contre avoir un ami, maintenant, tout de suite.

Elle continua à l'observer, brusquement consciente que son sourire ne lui était pas adressé et que ses yeux n'étaient pas fixés sur elle. En effet, il ne s'arrêta pas à sa table. Elle compta jusqu'à dix et tâcha d'effacer le chagrin de ses yeux, avant de voir où il était passé.

Regardant discrètement derrière elle, elle espionna Derek, collé à Mandy, épaule contre épaule. Kylie se retourna d'un coup et contempla ses œufs : ses sentiments étaient tout aussi brouillés qu'eux. Elle l'aimait bien, elle ne l'aimait pas. Qu'est-ce qui n'allait donc pas chez elle ?

Comme elle tâchait de décider si essayer de manger était une erreur, Kylie entendit la voix énervée de Della. Elle leva les yeux, s'attendant à la trouver en train de remettre ça avec Miranda, mais non. Della attrapait un autre vampire par le col qui montrait le visage de Della du doigt et disait quelque chose à voix basse que Kylie ne put comprendre.

Son premier mouvement fut de la rejoindre, au cas où elle aurait besoin de renfort. Della l'avait bien défendue contre le loup-garou, mais lorsqu'elle se leva, celle-ci s'en alla.

Après avoir réussi à avaler un demi-toast, Kylie partit à sa recherche. Pas de Della. Mais d'autres tiraient des noms. Elle n'était pas d'humeur à discuter avec quelqu'un pendant une heure, mais pas d'humeur non plus à retourner dans son bungalow où Treillis risquait de faire son apparition. Au fond d'elle, elle sentait que lui avoir parlé la veille avait plus ou moins renforcé sa détermination à entrer en contact avec elle.

Elle remarqua Miranda toute seule dans son coin et alla la rejoindre, en espérant qu'elle ne soit plus en colère. Malheureusement, celle-ci lui lança un regard froid. Sans se décourager, Kylie lui demanda :

– Quel était le problème entre Della et l'autre vampire ?

Miranda haussa les épaules.

– Sais pas. Elle n'a pas voulu me dire. Faut croire que quand elle est furieuse contre toi, elle l'est aussi contre moi.

Le nom de Miranda retentit dans l'entrée, et celle-ci partit sans rien ajouter.

Kylie la regardait s'en aller lorsqu'elle sentit quelqu'un se poster à côté d'elle.

– Tu es prête ?

La voix grave lui fit mal au ventre.

Kylie planta ses yeux dans ceux de Lucas.

– Prête pour quoi ?

– J'ai tiré ton nom.

Il brandit un morceau de papier.

Et moi, j'ai mal au crâne. Ou mes règles. Ou de vilaines crampes. Je viens d'attraper la grippe. Elle devait bien trouver quelque chose pour se sortir de ce mauvais plan. Mais les yeux bleus rivés sur elle l'empêchèrent de prononcer un seul mot. Elle passa la foule en revue pour voir si le loup-garou la jaugeait du regard et évaluait sa taille en vue de fabriquer son cercueil. Pas de Fredericka dans les parages.

– Je connais un endroit sympa, dit-il.

Sa main se posa sur son dos pour la faire avancer.

Elle s'exécuta, tâchant de faire sortir un « Je ne peux pas », mais en vain. Et c'est alors qu'elle comprit pourquoi : elle voulait savoir s'il se souvenait d'elle. Pourquoi cela comptait, elle l'ignorait. Mais cela importait.

– Tu semblais intéressée par les traces de dinosaures. Je sais où il y en a d'autres. Si on allait les voir ?

Il la conduisit dans la direction des bungalows et elle le suivit.

Il fallut qu'il tourne et prenne un sentier à travers bois pour que Kylie sente que quelque chose avait changé. Puis elle comprit la différence : elle n'avait pas peur de lui. Quand avait-elle cessé de craindre Lucas Parker ? Peut-être s'immunisait-elle simplement contre la peur des surnaturels dans leur ensemble ?

Remettant en question la logique expliquant qu'elle n'était pas angoissée, elle se rappela ce qu'elle savait à son sujet : il avait été élevé par des escrocs, il avait tué son chat.

Était-ce vraiment intelligent de sa part de lui faire confiance ?

Elle chercha en elle quelque chose qui ressemblait à de la peur, mais non, elle ne trouva pas. Ce qu'elle retrouva, en revanche, c'était le souvenir de la tendresse avec laquelle il avait aidé sa grand-mère à entrer dans le réfectoire.

– Tu sais que si ta petite copine nous voit ensemble, ça va l'énerver ?

– Quelle petite copine ?

Elle leva les yeux au ciel.

– Celle qui est d'habitude collée à ta hanche.

Le muscle de sa mâchoire se serra.

– Fredericka n'est pas ma nana.

– Ah, donc c'est juste la fille avec qui tu fricotes derrière le bureau, rétorqua Kylie sans pouvoir s'en empêcher.

Il se renfrogna davantage.

– Je me suis bien dit que c'était ce que tu allais t'imaginer l'autre jour.

– Alors, je me suis trompée ?

D'un ton volontairement sarcastique.

– J'ai l'air stupide, à tes yeux ?

Il s'arrêta et se retourna, si vite que Kylie lui rentra dedans. Il la prit par les épaules et la remit d'aplomb. Sentir ses mains sur elle envoya de la chaleur dans toute la poitrine. Mais elle disparut à la minute où elle vit de la colère sur son visage.

– Non, tu n'as pas l'air stupide, dit-il, presque en grognant. Mais tu fais des suppositions sans rien savoir, et ce n'est pas un signe d'intelligence.

Cette insulte la laissa bouche bée.

– Alors que fabriquait-elle ? Elle te montrait son nouveau soutien-gorge ? Allez, elle reboutonnait sa chemise quand je suis tombée sur vous !

Il fronça les sourcils et passa une main sur son visage.

– Tu as raison. Je suis désolé de t'avoir dit ça. Je reconnais que tu as le droit d'en tirer cette conclusion, mais tu te trompes tout de même.

Elle leva de nouveau les yeux au ciel.

– Elle ne me montrait pas son soutien-gorge mais son tatouage. Sur son épaule. Elle a un loup, et elle voulait que je le voie.

Il se remit en route et Kylie le suivit.

– En tout cas, elle est folle de toi.

– Je sais. Elle et moi, nous sommes plus ou moins sortis ensemble à la fin de la colo l'an dernier.

– Donc, elle a bien été ta copine.

Elle s'arrêta et lui jeta un coup d'œil.

Il secoua un tout petit peu la tête.

– Même pas. Nous nous sommes retrouvés un soir de pleine lune. Ça n'aurait pas dû arriver. Mais si.

Kylie eut la vision de deux loups qui jouaient à saute-mouton, mais sans mouton, et elle sentit son visage s'empourprer.

– Nous ne nous sommes même pas parlé depuis la colo l'an dernier. Mais elle débarque ici en faisant comme si on sortait ensemble. J'ai essayé de la décourager.

Kylie feignit de s'intéresser à un oiseau qui chantait dans un arbre pour éviter de regarder Lucas.

– À l'évidence, elle n'est pas du genre à se lasser facilement. Ou alors c'est que tu t'y prends super mal.

– Les deux, sûrement. J'en ai même parlé à Holiday parce qu'elle me rend fou.

Kylie se remit en route. Ce n'était pas à elle de le demander, mais…

– Qu'est-ce qu'elle t'a dit ?

– Que je devais être direct avec elle. Mais j'imagine que je n'ai pas envie de la blesser.

Ou ça te plaît d'avoir une fille qui ne te lâche pas et qui déboutonne sa chemise pour te montrer son tatouage.

Kylie savait que cette pensée devait être injuste, mais elle s'appliquait à la plupart des mecs qu'elle connaissait. Zut alors, même son père l'avait avertie qu'en général une seule chose intéressait les garçons.

Mais elle n'écoutait pas ses conseils en ce moment.

– Si tu as peur à ce point de lui faire du mal, c'est peut-être parce qu'elle compte vraiment pour toi, lança Kylie.

– Non, répondit-il catégoriquement. D'accord, elle me fait pitié. Elle en a vu de dures, chez elle, et les gens la jugent trop sévèrement à cause de ça.

Kylie, qui connaissait le passé de Lucas, lut entre les lignes plus qu'il ne pouvait l'imaginer. Ou l'avait-il devinée ? Savait-il qu'elle se souvenait de lui et qu'elle était au courant qu'il avait menti à Holiday en prétendant avoir vécu toute sa vie avec sa grand-mère ?

Elle comprit brusquement que quand il l'avait prise à part d'un coup sec pour lui demander ce que l'URF voulait, c'était peut-être parce qu'il avait peur qu'elle ne l'ait dénoncé. Redoutait-il encore qu'elle en parle ?

Se retrouver seule avec lui dans les bois fit naître une infime hésitation en elle, et elle se rendit alors compte qu'elle ne s'était jamais aventurée si loin dans la forêt.

Au point que personne, pas même ses colocs à l'ouïe supersonique, ne pourrait l'entendre hurler.

Elle rangea une mèche derrière son oreille.

– Les traces de dinosaures sont encore loin ?

chapitre 31

– Pas trop, répondit Lucas.

S'il avait conscience de son insécurité soudaine, il n'en montra rien.

– En fait, elles se trouvent près d'un ruisseau, à l'extérieur des terres de la colo, ajouta-t-il sans la regarder. Mais une partie de la barrière a été sectionnée, nous pourrons passer par là.

– Je ne savais pas que nous étions censés sortir.

Il se concentra de nouveau sur elle.

– Ce n'est qu'à quelques mètres de la propriété. Hé, c'est comme tu veux. Tu paraissais intéressée, l'autre jour, lors de la balade. Je me suis dit…

Kylie déglutit et jeta un œil à droite et à gauche.

Les narines de Lucas frémirent brusquement, comme s'il tâchait de deviner une odeur.

– Je t'effraie encore ? Je pensais que tu étais passée à autre chose…

– Oui, bafouilla-t-elle, et elle se demanda quand il avait

remarqué qu'elle n'avait pas peur. Je me rappelais juste le serpent de l'autre jour, mentit-elle.

Les soupçons dans son regard disparurent, et il sembla presque soulagé.

– Ne t'inquiète pas, je peux sentir ces choses à un kilomètre, et je suis plus rapide que n'importe quel mocassin d'eau.

Il se remit en route.

Ils marchèrent en silence pendant quelques minutes. Les bois semblaient engloutir leurs pas. Il avançait vite, mais pas au point qu'elle ne puisse pas le suivre.

– Alors, tu as trouvé ce que tu étais ? s'enquit-il.

– Non, mais il y a de grandes chances pour que je sois simplement humaine.

Il s'arrêta brusquement et la regarda.

Kylie leva la main devant son front.

– Ne le fais pas. Et ne le dis pas. Je sais que mon cerveau ne se déchiffre pas comme celui d'un humain. Mais, franchement, je suis lasse que tout le monde tienne à vérifier ma tête. C'est aussi pénible que des mecs qui matent mes seins.

À la minute où cette phrase sortit de sa bouche, elle aurait bien voulu la ravaler, surtout quand elle le revit fixer sa poitrine le soir où elle s'était évanouie.

– Désolé. J'imagine que je peux comprendre ce que cela peut faire. Que nous regardions tout le temps ta configuration.

Il se fendit d'un grand sourire.

Et si celui-ci n'était pas de ceux qui faisaient fondre une fille… Ils restèrent à se dévisager ainsi, jusqu'à ce que cela devienne vraiment gênant. Enfin, il secoua la tête et reprit son chemin.

Ils avaient encore parcouru cinq cents mètres lorsqu'elle remarqua un pansement sur son bras.

– Tu as donné du sang ?

Elle désigna son bras.

– Oh ! oui.

Il regarda le pansement comme s'il avait oublié sa présence, l'arracha d'un coup et le fourra dans la poche de son jean.

– J'ai aidé Chris qui en avait un besoin urgent.

– Chris le vampire ?

– Oui, acquiesça-t-il, comme si c'était tout naturel.

Puis elle se souvint que Derek s'était comporté de la même façon.

– Tu ne trouves pas ça étrange ?

Il arqua un sourcil.

– Étrange ?

Il la scruta comme s'il ne comprenait pas la question.

Kylie se rendit compte de sa stupidité. Lucas se transformait en loup. Alors boire du sang devait être pour lui un détail.

Puis il répondit :

– Les gens donnent tout le temps du sang, Kylie.

– Pour sauver une vie, oui, dit-elle, histoire d'éviter le silence gêné.

– Et les vampires meurent s'ils n'en boivent pas.

– Ils ne peuvent pas survivre avec…

– Du sang d'animal ? Si, et ils en avalent, mais pour continuer à se nourrir correctement, ils ont besoin de sang humain dans leur régime. C'est la même chose que donner à la Croix-Rouge.

Elle laissa sa pensée lui échapper.

– Les malades ne le boivent pas. On l'injecte dans leurs veines.

– Est-ce vraiment important, la façon dont il entre dans leur organisme ? Personnellement, je ne vois pas la différence.

Elle réfléchit à cette analogie, et se sentit toute petite et écervelée.

– Tu ne partages pas ton bungalow avec un vampire ?

– Si.

Mais, dans sa tête, elle avait fait la distinction entre Della le vampire et Della son amie.

– Et elle ne t'a pas encore demandé de donner du sang ?

– Non.

Et Kylie avait la réponse. Della savait ce que toute cette histoire inspirait à Kylie, et même à Miranda. Pour une raison quelconque, la violente réplique de Della de ce matin résonna dans son esprit : « Tu nous considères encore comme des monstres. »

– Tous les vampires sont censés trouver quelqu'un qui leur donne son sang. S'ils n'y arrivent pas, ils ne participent pas aux rituels.

Kylie se souvint que Della n'avait pas assisté à sa réunion habituelle ce matin, puis il y avait eu la dispute entre l'autre vampire et elle. Le souvenir de son amie qui affrontait Fredericka apparut dans sa tête, puis, en un éclair, le jour où elle l'avait protégée de Chan, son cousin. Della était prête à tout pour elle mais ne s'était pas sentie suffisamment à l'aise pour lui demander du sang.

« Tu nous considères encore comme des monstres. »

L'accusation de Della résonna de nouveau.

Kylie ne la prenait pas pour un monstre, mais, en vérité, elle ne l'avait pas non plus prise pour ce qu'elle était réellement. En clair, elle ne s'était pas comportée en amie.

Cela lui fit mal, comme un coup porté à son estomac.

– Ce n'est pas dangereux ? de donner son sang aux vampires ?

– Bien sûr que non. Holiday ne l'autoriserait pas si ça l'était.

Accepter de s'ouvrir à Della emmena Kylie sur d'autres chemins mentaux.

– C'est comment ?

Il haussa les épaules.

– Exactement comme au labo.

– Pas ça. Te transformer en loup. J'en ai entendu certains dire que c'était…

Elle tâcha de trouver comment le formuler.

– Flippant ? fit-il, et il arqua un sourcil.

– Et douloureux, répondit-elle, en décidant d'essayer de ne pas édulcorer les choses.

– Je pense que ça a l'air pire que ça l'est en réalité. C'est un peu comme un muscle très endolori que l'on masse. Ça fait mal et du bien à la fois.

– Donc ce n'est pas comme quand Perry se transforme ?

– Non, rien à voir. Le corps d'un métamorphe se modifie à une vitesse et à un niveau cellulaire totalement différents. Quand nous changeons, tu peux assister au processus.

– Ça n'a pas l'air très drôle.

– Mais ça l'est. C'est exaltant.

Ses yeux s'illuminèrent, et Kylie ne doutait pas qu'il dît la vérité.

– Et comment c'est, après ? Quand tu as changé, tu es encore toi ?

– Si je suis encore moi ? fit-il, sans comprendre.

– Tu penses comme un humain ou comme un loup ?

– Je ne suis pas humain, Kylie. Je suis un loup-garou.

Elle sentit son visage s'empourprer.

– Je voulais dire…

– Je sais.

Il laissa échapper un profond soupir.

– Quand je me transforme, j'ai des sensations et des instincts extrêmement accrus. L'instinct de chasser. De m'accoupler. De protéger ce qui m'appartient. On pourrait dire que ces pulsions sont typiquement humaines. Toutefois, sous la forme de loup-garou, elles sont plus difficiles à nier.

Il n'avait donc peut-être pas tué son chat par méchanceté, mais plus par instinct de chasse. Elle comprit alors qu'elle essayait de trouver une raison de lui pardonner.

Le silence devint gênant.

– Et quand tu ne te transformes pas, quels sont tes dons ? demanda-t-elle.

– Agilité, force, ouïe et odorat intensifiés.

– Donc, c'est la même chose qu'un vampire ?

Elle revit Della lui faire remarquer qu'ils étaient l'espèce la plus puissante, même si elle ne la croyait pas. Della était de parti pris. Puis elle se rappela brusquement un de ses dons.

– Peux-tu entendre battre mon cœur ?

Pouvait-il aussi savoir quand elle mentait ?

– Ça dépend. Notre force et nos sensations se décuplent à l'approche de la pleine lune, mais, pour la majorité d'entre nous, notre ouïe est développée pour détecter si des intrus approchent, pas pour percevoir des pulsations.

Elle se souvint de l'avoir vu sauter de l'arbre le soir du feu de camp. Elle trouvait cela bizarre, vu qu'un loup n'en était pas capable. Mais bon, elle supposait qu'il y avait des tonnes d'avantages à posséder des doigts et des pouces.

– La barrière est juste ici.

Il poussa le portail de barbelés branlant et lui fit signe de se faufiler entre l'ouverture et lui.

– Fais attention à ne pas te blesser les épaules.

Le trou était tout petit. Kylie se glissa contre Lucas et ses seins effleurèrent son torse. La sensation de chaleur et les picotements la traversèrent si vite qu'elle recula d'un coup.

Avant qu'elle bouge, il avait dû sentir sa tension, car il l'attira contre lui. Il baissa la tête et leurs regards se croisèrent. Ils étaient si près que son nez frôla le sien.

– Attention. Tu vas te couper sur les barbelés.

Elle opina et se faufila. Le portail aurait pu être électrifié, vu les fourmillements qui parcouraient tout son corps.

Dès qu'elle fut passée, il avança et abaissa le grillage. Leurs regards se croisèrent de nouveau. Quelque part, elle savait qu'il pensait à la même chose qu'elle – à leur proximité. Elle sentait encore le sang lui monter aux joues.

– C'est par ici.

Il lui fit signe d'avancer, mais elle le vit regarder son visage – pas de doute, elle rougissait. En quelques minutes, ils parvinrent au bord du ruisseau. Il l'examina.

– L'eau a un peu monté, constata-t-il. D'habitude, elle s'écoule très lentement. Les traces se trouvent de l'autre côté de la rivière. Elle ne fait que trente centimètres de profondeur, mais tu ferais mieux de te déchausser si tu ne veux pas mouiller tes chaussures.

Kylie s'assit, ôta ses tennis et remonta son jean. Il l'observa. Elle leva les yeux.

– Et toi, tu n'enlèves pas les tiennes ?

– Les pompes trempées ne me dérangent pas.

Elle rangea ses chaussettes dans ses chaussures et les éloigna de l'eau. Un bruit d'éclaboussure emplit tous ses sens. En regardant en direction du ruisseau, elle demanda :

– La cascade est près d'ici ?

– À un kilomètre et demi, mais sur la propriété.

– Tu y es déjà allé ?

– Une fois, répondit-il.

– C'est aussi flippant que tout le monde veut le faire croire ?

– Un peu. Mais je n'ai pas aperçu d'ombres.

Il gloussa.

Était-ce parce qu'il ne pouvait pas voir les fantômes ?

– Prête ? demanda-t-il, comme elle restait assise à réfléchir.

Elle trempa ses orteils dans le ruisseau et sourit.

– Et comment ! C'est froid.

– Oui, mais dans l'après-midi, quand le soleil est à son zénith, c'est super. Un peu plus loin, à huit cents mètres, c'est suffisamment profond pour y nager. J'essaie d'y aller au moins une fois par semaine.

Elle eut une vision de lui en train de nager et se rappela son rêve.

Il entra dans l'eau, se retourna et lui prit la main. Elle regarda ses doigts mêlés aux siens, son esprit tâchant encore de chasser l'image d'eux deux avec de l'eau jusqu'à la taille, sa poitrine collée contre son torse.

– Les rochers sont glissants, dit-il, suivant son regard.

– Je crois que je peux me débrouiller.

Elle ôta sa main.

– Quand tu tomberas sur les fesses, tu le regretteras.

– Non.

Elle lui sourit d'un air suffisant. Mais, quand elle avança d'un pas, ses pieds et son orgueil dérapèrent et, sans prévenir, elle glissa et se retrouva sur le derrière dans une grosse éclaboussure.

L'eau froide trempa son jean. Des éclats de rire, très forts et contagieux, résonnèrent. Il se tenait derrière elle, les bras croisés sur son torse musclé, les yeux rieurs.

– Arrête !

Elle rit presque, et, avec sa main en coupe, attrapa de l'eau et la lui jeta dessus.

Il s'esclaffa plus fort puis lui tendit la main. Elle la prit, cette fois.

Elle s'était relevée et allait faire un autre pas quand elle glissa de nouveau, mais ce coup-ci elle ne tomba pas toute seule. Elle atterrit sur lui ; son visage s'enfouit dans son épaule. Elle leva la tête et regarda l'eau froide couler sur ses épaules. Puis elle le vit la contempler, toujours tout sourire. Et trop beau.

– Bien fait pour toi, tu n'avais qu'à pas te ficher de moi !

Elle sourit.

Son torse s'élargit sous elle, comme s'il venait de respirer profondément. Et, brusquement, elle ne sentit même plus le froid glacial de l'eau – elle ne ressentait plus que la chaleur de son corps contre le sien.

– Et bien fait pour toi, tu n'avais qu'à pas te moquer de moi !

Il la hissa de quelques centimètres jusqu'à ce que ses lèvres touchent les siennes.

Elle n'essaya pas de l'arrêter. Oh non, elle grimpa même un peu plus sur sa poitrine, afin que le baiser ne soit pas maladroit. Sa main se retrouva sur sa nuque. Il bougea légèrement la tête pour que ses lèvres lui soient plus accessibles. Sa langue entra dans sa bouche. Lentement au début, puis sans hésiter. La chaleur monta en elle, et elle ne se lassa pas de se rapprocher de lui, encore et encore. Tout était différent des baisers et des caresses qu'elle avait échangés avec Trey.

Plus ! semblaient crier son instinct. Elle en désirait plus.

Elle passa les doigts dans ses cheveux foncés et humides, et adora la sensation. Apprécia toutes les émotions qui tourbillonnaient en elle, sur elle, qui la rendaient si vivante, si nouvelle.

Ses seins collés à son torse paraissaient plus lourds, et peut-être était-ce son rêve qui l'y incitait, mais elle voulait le sentir la toucher. Puis elle entendit des voix et revint alors à la raison. Elle détacha sa bouche de la sienne et s'éloigna de sa poitrine de quelques centimètres. Il ouvrit les yeux et la regarda. Elle lut la sauvagerie dans son regard, un appétit qu'elle n'avait jamais vu nulle part. Plus que tout, elle voulait être celle qui comblerait cet appétit et goûterait à cette bestialité. Puis les voix se rapprochèrent. Et, alors, tout ce qu'elle ressentait fut trop pour elle.

Elle se détacha de lui, aussi peu sûre de ces nouveaux sentiments que de son aptitude à se tenir sur ses deux pieds.

– Nous devrions… j'ai entendu…

Elle se releva.

– Ils ne viennent pas par ici, répondit-il.

Il s'assit et lui jeta un coup d'œil à travers ses cils foncés. Soufflant, il passa sa paume sur son visage.

– Zut, marmonna-t-il, avant de la regarder de nouveau. Je n'aurais peut-être pas dû, hein ?

– Peut-être pas, acquiesça-t-elle, bien que pour rien au monde elle n'eût voulu renoncer à cet instant.

Il rejeta ses cheveux mouillés en arrière, envoyant des gouttes d'eau un peu partout, où le soleil se reflétait.

– Alors, oublie que c'est arrivé, d'accord ? Oublie que ça s'est passé.

– Je ne crois pas en être capable.

Elle se souviendrait de ce baiser et de ce moment pendant des années. Parce que, autant elle adorait embrasser Trey, autant elle avait eu la sensation que c'était là son premier baiser de femme. La première fois qu'elle goûtait à la véritable passion. Ce baiser, ce qu'elle avait ressenti, c'était plus. Et, si elle n'était pas prête à « plus », elle en avait tout de même envie. *Le voilà*, supposa-t-elle, *le vrai sens de la passion.*

Consciente du silence gênant qui s'installait entre eux, elle regarda autour d'elle.

– Où sont les traces ?

– Là-bas.

Il lui montra le bord du ruisseau.

Elle s'y dirigea, lentement. Contemplant les empreintes, elle feignit de s'y intéresser. Il se tint brusquement à côté d'elle, projetant une longue ombre. Quand elle leva les yeux, elle le surprit qui matait sa poitrine.

Elle se rendit compte que l'eau avait rendu son top blanc et son soutien-gorge en satin pratiquement invisibles. Ses mamelons, toujours tendus et pleins de picotements, faisaient pression sur le tissu.

Elle croisa les bras.

– Tu devrais enfiler mon tee-shirt.

Il enleva son tee-shirt bleu mouillé. Kylie le regarda dévoiler un ventre très musclé ; elle découvrit le nombril le plus mignon qu'elle eût jamais vu. Puis son torse. Musclé. Quelques gouttes d'eau scintillaient sur sa peau. Son cœur battit de nouveau au rythme de la passion.

Réalisant qu'elle ne le quittait pas des yeux, elle détourna le regard.

– Et si tu promettais de ne pas regarder et gardais ton tee-shirt ?

– Ça devrait être possible… Mais les six garçons qui vont arriver dans moins de trente secondes risquent de ne pas se montrer aussi coopératifs. Je serais alors obligé de leur donner une bonne leçon.

– Je croyais qu'ils ne venaient pas par ici ?

– Ils ont fait demi-tour.

Il lui enfila son tee-shirt ; elle leva les bras pour l'aider. Une fois le vêtement passé, il lui adressa un demi-sourire. Son regard se posa sur sa poitrine.

– Bien mieux comme ça. Tu n'as aucune conscience de ta beauté, pas vrai ?

Les voix provenaient désormais de la rive du petit ruisseau. Mais Kylie s'en moquait. Son instinct se concentrait sur l'homme qui se tenait devant elle et sur le compliment qu'il venait de lui faire.

Grâce à lui, elle se sentait belle. Grâce à lui, elle se sentait sexy.

– Tu es prête à rentrer ? lui demanda Lucas.

Elle opina, mais, juste avant de faire demi-tour, elle entendit son nom.

– Kylie ?

Elle connaissait cette voix.

Elle se retourna vers le rivage et dévisagea un Trey très perplexe.

chapitre 32

– Tu le connais ? s'enquit Lucas.

Protecteur, il l'effleura de son bras nu. Trop abasourdie pour parler, Kylie parvint à hocher la tête. Puis Trey avança vers eux en barbotant dans l'eau.

– Tout va bien ?

Il ne la regardait pas. Au contraire, il gardait les yeux rivés sur Lucas. Ou, plutôt, sur son torse nu.

– Oui, répondit-elle, retrouvant enfin sa voix. Nous observions juste les fossiles de dinosaure.

– Est-ce Derek ? demanda Trey d'un ton accusateur.

Non pas qu'il ait le droit de l'accuser de quoi que ce soit, vu tout ce qui s'était passé entre eux. Mais la douleur dans ses yeux était sincère, et cela la remua.

– Trey, voici mon ami Lucas. Lucas, voici Trey.

Les deux garçons se dévisagèrent. Au lieu d'une poignée de main, ils échangèrent des regards froids et inamicaux.

– On devrait y aller, lança Kylie à Lucas avant de dire au revoir à Trey d'un signe de tête.

Elle entreprit de traverser le ruisseau. Lucas s'aligna sur son pas. Elle faillit glisser de nouveau, mais il la rattrapa, la colla contre son torse, sous les yeux de Trey, sur l'autre rive.

– Petit copain ? demanda-t-il en relâchant son étreinte autour de sa taille.

– Ex.

Arrivée en face, elle s'assit pour remettre ses chaussures, mais elle sentait encore le regard de Trey sur elle. Elle ne savait que trop bien ce qu'il ressentait : la même chose qu'elle quand elle l'avait vu en compagnie de cette fille à la soirée. « Justice immanente », « bien fait pour lui », « la monnaie de sa pièce » – une tonne d'expressions virevoltèrent dans sa tête, mais la vérité, c'était qu'elle n'en trouvait aucune légitime.

– Pourquoi a-t-il demandé si j'étais Derek ? s'enquit Lucas.

– C'est une longue histoire.

Qu'elle n'avait pas envie de raconter pour l'instant. Quand elle laça ses chaussures, la culpabilité fit en même temps des nœuds dans sa poitrine. Elle n'aurait pas dû culpabiliser. Mais si.

Rechaussée, elle se leva et se mit en route, sans se retourner. Ses sentiments s'emballaient dans sa tête.

Lucas lui ouvrit de nouveau le portail et elle se faufila… sans le toucher cette fois.

Dès qu'elle sut que Trey ne pouvait plus la voir, elle cessa de penser à lui et songea au baiser. Comme elle éprouvait le besoin d'avoir les pieds sur terre, elle le replaça dans son contexte. Oui, ç'avait été un beau baiser, mais pas plus que ça.

Ils parlèrent très peu en rentrant. Et elle le regarda à peine, car le voir sans son tee-shirt rendait toute réflexion difficile. Lorsqu'ils furent presque arrivés au sentier, Kylie s'aperçut qu'elle n'avait pas eu la seule réponse qu'elle désirait de Lucas : se souvenait-il d'elle ?

Elle essaya de trouver le moyen de le lui demander sans passer pour celle qui souhaitait qu'il ne l'ait pas oubliée. Comme si elle pensait que ce qu'ils avaient partagé enfants les avait connectés. Ce n'était pas le cas.

Comment était-il possible alors qu'il lui ait même suggéré d'oublier le baiser ? Sa poitrine se tendit un tout petit peu. Pourquoi ses propos la blessaient-ils à ce point ?

Elle respira un bon coup. Surtout, penser à ajouter cette question à la liste de plus en plus longue qu'elle avait commencée depuis son arrivée à Shadow Falls.

Si les autres pouvaient sûrement attendre, pas celle-ci. Elle voulait savoir – devait savoir – s'il se souvenait d'elle.

Vas-y, crache le morceau. Crache le morceau. Elle vit la clairière dans les bois devant elle et comprit qu'il ne leur restait plus beaucoup de temps en tête à tête. Peut-être même ne pourrait-elle plus lui parler avant son départ.

– Tu sais, tu me rappelles quelqu'un, lança-t-elle.

– Vraiment ?

Il ne la regarda pas.

– Ouais.

Elle attendit qu'il lui demande qui.

Il n'en fit rien. À la place, il dit :

– On me le dit souvent.

Ils arrivèrent dans la clairière et empruntèrent le chemin. Son regard croisa le sien.

– Il faut que j'y aille. Je m'occupe d'une rando.

Il tourna les talons.

– Lucas ?

Il se retourna brusquement. Elle ôta son tee-shirt et le lui donna. Il le prit.

Elle décolla le top humide de son soutien-gorge. Il n'était pas complètement sec, mais plus aussi transparent.

Elle vit les yeux du garçon se poser brièvement sur sa poitrine, puis il croisa son regard.

Tu te souviens de moi ?

– Merci de m'avoir montré les traces de dinosaure.

Il hocha la tête.

– De rien.

Il hésita, puis ajouta :

– Je suis désolé, Kylie.

Elle savait qu'il s'excusait pour le baiser. D'abord, il lui demandait d'oublier ce qui s'était passé, et maintenant il s'en excusait. Sa poitrine se serra.

Puis il s'en alla pour de bon, et Kylie resta plantée sur place, une pensée tourbillonnant dans sa tête. Elle n'était pas désolée. Elle n'était pas ravie ravie d'être tombée sur Trey. Mais elle n'était pas désolée non plus.

Kylie venait d'enfiler des vêtements secs quand elle entendit quelqu'un entrer dans son bungalow. Sortant de sa chambre, elle vit Della près du frigo ouvert, en train de boire quelque chose.

Du sang. Kylie se força à l'accepter. Sa copine était un vampire et ceux-ci buvaient du sang, ils devaient en avaler pour vivre. Il était temps qu'elle affronte la vérité.

– Salut.

– Je ne te parle pas, rétorqua Della.

Elle reboucha la bouteille et la rangea dans le compartiment à légumes, comme pour la cacher.

– Je ne t'en veux pas. Je n'ai pas été une très bonne amie.

Della se retourna.

– C'est ta façon de m'annoncer que tu vas rester ?

Kylie essaya de trouver une réponse.

– Je ne sais pas encore. J'ai demandé à Holiday de me laisser quinze jours. J'imagine que je ne devrai pas me prononcer jusque-là.

Puis, avant de perdre courage, Kylie s'approcha et tendit le bras, passa un doigt sur la veine dans le creux de son coude.

– As-tu le matériel pour le faire ?

Le front de Della se plissa.

– Pour faire quoi ?

– Prélever du sang. Derek m'a dit que vous saviez le faire.

– Je n'ai jamais demandé…

– Je sais, mais c'est parce que tu pensais que je refuserais, pas vrai ?

– En partie, oui, acquiesça Della en continuant à la scruter.

– Et l'autre partie ?

– Parce que tu viens seulement d'arrêter d'avoir peur de moi. Je ne voulais pas que tu me considères comme une espèce de monstre.

– Tu n'en es pas un, déclara Kylie. Tu es juste un vampire.

– Et pour toi un vampire n'est pas un monstre ?

– Pas quand c'est toi.

Della hésita.

– Mes parents me prendraient pour un monstre. Lee aussi.

– Tu t'en fiches, de ce qu'ils pensent. Tu n'es pas un monstre. Tu as besoin de sang pour vivre.

– Je peux survivre rien qu'en buvant du sang d'animal pour l'été.

– Pourquoi tu ferais ça alors que je peux t'en donner ?

– Tu le ferais vraiment ?

– Eh bien, il paraît qu'une fois qu'on accepte, on ne peut pas revenir en arrière, la taquina-t-elle.

– Je ne te prendrai pas au mot !

– Je plaisantais. J'ai envie de le faire.

– Quoi ? demanda Miranda en entrant dans le bungalow.

Kylie regarda derrière elle.

– Je vais lui donner du sang.

Les yeux de leur amie s'ouvrirent tout grands.

– Sérieusement ?

Kylie opina.

– Elle a proposé de se battre contre Fredericka pour moi. Je lui dois au moins cela.

Miranda grimaça.

– Oh, zut ! Si tu le fais, alors moi aussi.

– Non, dit Della.

– Si, car nous formons une équipe. Toutes les trois.

Les yeux de Della se mouillèrent.

– Je n'admets pas de sorcières dans mon équipe.

– Dommage pour toi, parce que en voilà une ! Allons-y. Mais ça n'a pas intérêt à faire mal, je déteste les aiguilles !

– Je ne peux pas accepter tant que nous n'avons pas mis les choses au point avec Holiday ou Sky.

– Alors, c'est parti ! proposèrent Miranda et Kylie en même temps.

À cet instant, un crapaud, alias le prof de piano, se posa aux pieds de la sorcière.

– Oh non, fit-elle, bouillant de rage, en regardant l'animal. Tu ne comprendras jamais ? Continue comme ça et je te jure que je vais te dénoncer à la police !

– Tu devrais peut-être le faire, suggéra Kylie.

Miranda la regarda.

– Ouais, mais il n'a jamais… il pourrait dire que c'est arrivé par accident – en essayant de me montrer les bonnes touches sur le piano, ce genre de truc. Je sais que c'est un vrai pervers uniquement grâce au sort.

– Crois-moi, dit Della, nous devrions faire cuire ses fesses d'obsédé sexuel. Ou les donner aux loups-garous. Il paraît qu'ils adorent les crapauds.

La bête traversa la pièce d'un bond puis se volatilisa comme par enchantement. Cela éveilla la curiosité de Kylie.

– Lorsqu'il passe te voir, est-ce qu'il disparaît de l'endroit où il se trouve en réalité ?

– Ouais, répondit Miranda. Mais, à l'exception de la première fois, cela s'est produit quand il était seul. Du moins, c'est ce que je pense lorsque je regarde où il se retrouve quand il repart. Je crois qu'il a laissé tomber les cours de piano.

– Au moins, c'est une bonne chose, observa Kylie.

Les yeux de Miranda s'arrondirent comme si elle venait de se souvenir de quelque chose.

– C'est vrai que Lucas a tiré ton nom ce matin ?

– Ouais, avoua Kylie.

– Oh, merde ! Vas-y, raconte. Qu'est-ce qu'il s'est passé ?

Miranda se laissa tomber sur une chaise.

– Oui, crache le morceau !

Et Kylie s'exécuta. Tout sortit si vite de sa bouche qu'elle ne put l'arrêter. Et pas seulement le baiser. Elle leur raconta que Lucas habitait près de chez elle, leur parla de son chat. Et du fabuleux baiser, et de toute cette histoire avec Derek et Trey – y compris qu'elle ne savait plus où elle en était avec Derek quand elle avait continué sa route sans même le regarder. Lorsque Kylie se tut enfin, Della et Miranda restèrent assises, yeux écarquillés et bouche bée, incrédules.

– Mince alors ! lança Della.

Miranda se cala sur sa chaise et soupira.

– J'aimerais bien qu'on m'embrasse comme ça ! Je suis tellement prête à tomber folle amoureuse !

– C'est simple, déclara Della. Si tu allais voir Perry et que tu lui en roulais une ?

Miranda secoua la tête.

– Arrête, si ce type n'a même pas les couilles de m'avouer que je lui plais, je l'imagine mal les avoir pour m'embrasser !

– Alors, jette-lui un sort pour lui en faire pousser une paire, suggéra Della.

Toutes trois rirent. Puis le téléphone de Kylie sonna. Elle jeta un coup d'œil au nom de l'appelant et vit s'afficher celui de son père. Elle se renfrogna. Et comme elle souhaitait que rien ne vienne gâcher l'ambiance, elle coupa la sonnerie et glissa le portable dans sa poche.

La journée suivante se passa sans encombre. En partie car il n'y eut pas d'histoires – pas de visite surprise de Trey, pas de confrontation avec Fredericka, pas même de dispute entre Miranda et Della. Elles avaient donné leur sang et tout allait bien.

Puis la nuit tomba.

Kylie se réveilla, en proie à des sueurs froides. Elle s'assit sur son lit, sentant la présence du fantôme. Elle s'aperçut qu'elle ne se trouvait pas dans son lit.

Son cœur battait la chamade alors qu'elle essayait de reconnaître son environnement. Elle savait qu'elle n'était plus au Texas. Ni aux États-Unis, d'ailleurs. Cela lui semblait étranger et pourtant, quelque part, familier, comme des images qu'elle avait vues dans les films sur la guerre du Golfe que sa mère adorait.

Kylie se trouvait devant une petite maison sur une parcelle de terrain sans arbre ni herbe. Il faisait chaud. Comme au Texas, une chaleur de désert sèche. Le soleil s'était couché et le temps paraissait s'étirer, entre chien et loup. L'odeur de bois et de caoutchouc qui brûlait, de dévastation, emplit ses narines. En plus, il y avait du bruit. Beaucoup, comme si l'on avait brusquement monté le volume : il y avait des hurlements et des bruits secs, des bombes qui résonnaient au loin. Des coups de feu. Quelqu'un lui hurlait de le suivre.

– Ce n'est pas notre problème ! criait la voix d'homme.

Qu'est-ce qui n'est pas… elle entendit le gémissement – une femme, comprit Kylie. Qui appelait à l'aide, qui hurlait de douleur.

La peur s'insinua le long de sa colonne vertébrale, et elle réalisa que ce qui arrivait à la femme était horrible. Et injuste. Elle ne souhaitait pas être mêlée à cela. Ne voulait pas le voir, ne voulait rien savoir. Trop laid.

Pas mon problème.

Qu'est-ce qui n'était pas son problème ? La confusion envahit son esprit.

C'est un rêve, juste un rêve. Réveille-toi. Réveille-toi !

Elle tâcha de se rappeler comment le Dr Day lui avait appris à y mettre un terme, en vain. Elle ferma les yeux bien fort et les rouvrit, espérant être de retour au bungalow.

Mais non. Elle s'était même rapprochée de la maison et des hurlements. La femme se trouvait à l'intérieur. Quelqu'un lui faisait mal. Qui ? Pourquoi ? Qu'est-ce que tout cela signifiait ? Pourquoi Kylie était-elle là ? Pourquoi se retrouvait-elle coincée dans un film de guerre ? Était-ce un film ? Non, un rêve.

Son esprit tâcha d'évaluer les questions. *Pas le temps*, fit une voix tout au fond d'elle. *Juste celui de sentir, de comprendre.*

Pourquoi devait-elle comprendre ?

Ses interrogations s'évanouirent, et elle se sentit de nouveau complètement présente dans le rêve, dans le chaos, dans la laideur de la guerre. Elle ressentit une énorme culpabilité de ne pas vouloir s'impliquer auprès de la femme. Si elle courait, si elle partait tout de suite, elle s'imaginait qu'elle pourrait rattraper les autres et s'enfuir.

Des choix traversèrent son esprit. Elle pourrait vivre si elle disparaissait maintenant. Mais le pourrait-elle en sachant qu'elle avait laissé cela arriver à la femme ?

Non. Impossible. Elle jeta un coup d'œil à un fusil d'assaut dans sa main. Exactement comme ceux des films de guerre. Elle devait arrêter celui qui faisait du mal à cette pauvre dame, qui que ce fût.

Kylie donna un coup de pied dans la porte et braqua son arme sur le type penché au-dessus de la femme.

– Arrêtez ! hurla-t-elle, mais ce n'était pas sa voix ; c'était celle d'un homme.

Elle s'immobilisa une seconde puis constata que le type portait un couteau. Elle avisa la femme, ses vêtements déchirés, du sang sur son visage et ses mains quand elle échappa à son agresseur avec difficulté.

L'homme virevolta brutalement pour faire face à Kylie. Il se précipita sur elle, son arme ensanglantée brandie bien haut. Le doigt de Kylie appuya sur la détente. Elle le vit tomber et ne ressentit aucun remords de l'avoir tué. Il était mauvais, elle le savait.

Un jeune garçon arriva par la porte d'entrée en courant. Ses cheveux et ses yeux noirs semblaient habités et il paraissait plus vieux que son âge.

– Non ! hurla-t-il quand il remarqua la femme en sang, blottie contre le mur.

Il fixa Kylie du regard.

Il se mit à beugler quelque chose dans une langue qui lui était incompréhensible. Il sortit un revolver de la poche de son pantalon et le braqua. Pile sur Kylie.

Pan, pan, pan ! Elle entendit les coups de feu. Elle ne les sentit pas, mais elle comprit qu'il lui avait tiré dessus. Elle sut aussi, quand elle tomba, qu'elle mourait.

D'un seul coup, elle se retrouva dans le coin de la pièce, à regarder le jeune homme et la femme. Son regard se posa sur le cadavre qui gisait comme une masse – le corps qu'elle venait de quitter. La personne qu'elle avait été. Treillis. Du sang ruisselait sur son visage. Il passa la main dans son uniforme et en sortit une lettre. Il la porta à ses lèvres et, dans un dernier soupir, il embrassa l'enveloppe.

Sa mort brisa le cœur de Kylie. Elle ne le connaissait pas, mais elle s'en préoccupait. Se préoccupait qu'il soit mort. En essayant de sauver une vie.

La femme s'assit, regarda le soldat mort et se remit à hurler, et Kylie aussi.

Lorsqu'elle se réveilla, elle braillait encore, debout, adossée au mur de la cuisine dans le bungalow. Miranda et Della, plantées devant elle en pyjama, la fixaient.

Kylie libéra sa tension et se laissa glisser le long du mur. Sa gorge était irritée, son cœur battait comme un fou.

– Elle a une terreur nocturne, disait Miranda, au loin.

Kylie voulait le croire, mais non. Elle ne s'était jamais souvenue des autres. Cette fois, elle se rappelait. Quelque part, elle savait que ç'avait été plus qu'un simple rêve. C'était comme ça que Treillis était mort.

Kylie resta assise pendant dix bonnes minutes, promettant à Della et à Miranda qu'elle allait bien. Quand celles-ci retournèrent se coucher, elle fit de même. Lorsqu'elle comprit qu'elle n'arriverait pas à trouver le sommeil, elle s'habilla pour aller rendre visite à Holiday. La directrice lui avait assuré que si jamais elle avait besoin d'elle, de jour comme de nuit, elle pouvait venir dans son bungalow. Kylie allait découvrir si elle le pensait sincèrement.

En descendant le chemin menant chez Holiday, elle ne put s'empêcher de remarquer que la nuit semblait dépourvue de bruits. Pas un oiseau, pas même le pas traînant d'un raton laveur. Dans sa tête, elle entendit à nouveau les hurlements de la femme et vit le soldat pousser son dernier soupir. Des larmes mouillèrent son visage. Elle les essuya : elle ne souhaitait pas pleurer quand elle arriverait au bungalow de Holiday.

Soudain, le silence enténébré se brisa. Kylie entendit des disputes dans le bois. Puis les voix disparurent aussi vite qu'elles étaient apparues. Les cheveux sur sa nuque se hérissèrent. Elle ignora la peur de l'inconnu et se concentra sur ce qu'elle savait. Le soldat était mort. Il était mort en essayant de sauver quelqu'un. Elle continua à marcher. Le bungalow de Holiday était à cinq minutes.

Elle fit un autre pas et sentit alors quelqu'un arriver à sa hauteur.

Sentit la main lui prendre le bras et la tirer d'un coup sec.

– Tu ne devrais pas être dehors à une heure pareille ! gronda la voix sinistrement familière.

chapitre 33

Kylie se retourna d'un coup. C'était comme si son cœur avait fait un bond et se cognait contre ses amygdales. Dès qu'elle vit qu'il s'agissait de Sky, elle poussa un soupir de soulagement.

– Tu m'as fait peur ! lança-t-elle.

Comme l'emprise de Sky se resserrait, le soulagement de Kylie s'évanouit.

– Je dois parler à Holiday. Elle a dit que si j'avais besoin d'elle je pourrais lui rendre visite. À n'importe quelle heure.

Sky continuait à la fixer mais desserra son étreinte.

– Pouquoi dois-tu la voir ?

– J'ai fait un autre mauvais rêve. Et cette fois je m'en souviens. Le fantôme était là.

Sky la relâcha complètement puis recula d'un pas, comme si elle ne souhaitait pas avoir affaire au fantôme de Kylie.

– Tu sais où est son bungalow ?

La jeune fille opina. Sky lui fit signe d'avancer, et Kylie

s'exécuta. Mais elle sentait qu'elle ne la quittait pas des yeux. Elle se demanda pourquoi puis comprit que Sky pensait probablement qu'elle allait retrouver un garçon – ou venait de le quitter.

Kylie s'arrêta devant la porte du bungalow de Holiday et frappa. Quelques secondes plus tard, la directrice, en grand tee-shirt de nuit, vint ouvrir.

– Kylie ? Ça va ?

L'angoisse dans le ton de Holiday rouvrit les vannes. Des larmes se formèrent dans ses yeux et sa gorge se noua.

– Non. Ça ne va pas du tout.

Holiday la tira à l'intérieur et la serra fort dans ses bras. Kylie se laissa étreindre par quelqu'un qui semblait la comprendre. Lorsque l'étreinte s'acheva, elle lui annonça :

– Je crois savoir ce que le fantôme veut de moi.

Quand le soleil se leva, Kylie était encore assise sur le canapé de Holiday, à se passer et se repasser son rêve. La directrice lui confirma ses soupçons : ça n'avait pas été une terreur nocturne banale, mais une expérience hors du corps. Le fantôme avait amené Kylie dans ses derniers souvenirs. Holiday reconnut qu'elle pouvait avoir raison, que le fantôme avait pu être accusé du crime qu'il avait essayé d'empêcher et à cause duquel il était mort, et à présent il souhaitait que quelqu'un fasse savoir au monde entier qu'il n'était pas le méchant. Quoi qu'il en soit, elle prétendait également que c'était rarement aussi simple.

– Tu crois qu'il va réessayer ? demanda Kylie en serrant les genoux.

Bien qu'elle ne puisse nier qu'elle éprouvait un tout nouveau respect pour cet homme, découvrait même qu'elle avait de la peine pour lui, elle ne voulait pas recommencer. Chaque fois qu'elle se rappelait les hurlements de la femme, se revoyait appuyer sur la détente pour tuer son agresseur, ça la rendait malade.

Holiday lui serra affectueusement la main.

– Je ne crois pas que les fantômes se rendent compte que ça puisse être aussi dur pour nous. Ils peuvent se montrer impitoyables, parfois.

Kylie secoua la tête.

– Je ne peux pas le faire, Holiday. Je ne suis pas assez courageuse.

Elle sentit de nouveau l'angoisse la prendre au ventre.

Holiday soupira.

– Tu t'en sors bien. Et je suis là si tu as besoin de moi, Kylie. Pourquoi ne rentrerais-tu pas à ton bungalow dormir un peu ? Te reposer une journée ?

– Et si ça se reproduisait ?

Holiday attrapa un bloc-notes.

– Voici mon numéro de portable ; si tu as besoin de moi, tu n'auras qu'à me passer un coup de fil et je serai là.

N'était-ce pas ce que son père lui avait dit ? Mais une autre étreinte de Holiday, et Kylie faillit la croire.

Vers midi, Miranda et Della lui apportèrent à déjeuner.

– Vous n'êtes pas obligées, insista Kylie en prenant un morceau de pizza.

– Tu as donné ton sang. Je te suis redevable à vie, la taquina Della.

– Et moi ? fit Miranda. Je t'en ai donné aussi !

Elle leva le bras pour montrer son pansement.

– Le tien n'était pas aussi bon, ironisa Della, puis elle regarda Kylie. Derek m'a demandé de tes nouvelles au petit déjeuner. Il paraît qu'il avait quelque chose à te dire.

Kylie soupira. Avec tout le reste, fallait-il qu'en plus elle se mette à penser à Derek ?

– Oh, lança Miranda, et tu as loupé le clou du spectacle ! Tu sais, Chris, le vampire ? Lui et le loup-garou blond – je crois qu'il s'appelle Nathan –, ils se sont battus. Sky a dû intervenir.

– Il y avait du sang partout, ajouta Della. Et ça sentait si bon !

– Pourquoi se sont-ils bagarrés ? demanda Kylie en fourrant un morceau de pepperoni dans sa bouche.

– Une raison ? fit Miranda. Tout le monde sait que les vamp's et les loups ne peuvent pas se voir. Surtout les mâles.

Elle jeta un coup d'œil à Della, qui fronçait les sourcils.

– Faux, dit Kylie. Lucas a même donné du sang à Chris. Ils sont colocs.

– Et certains vampires refusaient qu'il accepte, rétorqua Miranda.

– Pourquoi ? s'enquit Kylie.

Miranda haussa les épaules.

– Des préjugés idiots. L'un d'eux a déclaré qu'il ne voulait pas être redevable à un chien sale.

– Ce n'est qu'une rumeur débile, lança Della. Je ne sais pas si quelqu'un a vraiment dit ça.

– En tout cas, c'est ce que tout le monde raconte. Oh, et devine ce que tu as aussi loupé ? Et qui s'est assis à notre table ?

Kylie vit l'étincelle dans les yeux de son amie.

– Un oiseau avec une aile cassée.

Miranda se fendit d'un grand sourire.

– Comment tu as compris ?

– Parce que tu avais ce sourire débile et que tu t'es mise à danser, andouille ! dit Della en riant.

– N'importe quoi ! la rembarra Miranda.

– On ne se dispute pas. J'essaie de digérer. Rien d'autre à signaler ?

– L'URF est revenu, annonça Della, d'un ton plus sérieux cette fois, puis elle se leva et se dirigea vers l'ordinateur. Je n'ai rien entendu, mais ce grand brun ne lâchait pas Holiday, il lui a remonté les bretelles à propos de je ne sais quoi.

Kylie but une gorgée de Coca light et raconta ce qu'elle savait aux filles.

– Il se trame donc quelque chose. Et quoi que ce soit, c'est grave. Le deuxième jour, Burnett a annoncé à Holiday que si « quelque chose ne cessait pas », ils devraient fermer la colo.

– La fermer ?

Della se détourna brusquement de l'ordinateur.

– Ils ne peuvent pas faire ça. C'est ce qui nous permet de ne pas devenir fous et nous évite de nous entre-tuer.

Le PC émit une alerte e-mail. Della jeta un coup d'œil à l'écran puis sur Kylie.

– Tu as un message de ton père.

Kylie, qui perdit brusquement l'appétit, laissa tomber sa pizza. Elle ne lui avait toujours pas parlé. Elle savait qu'elle avait tort de l'éviter, mais c'est ce que lui faisait. Il lui avait promis de venir le jour des parents. Ajoutez le fait qu'elle croyait qu'il avait cessé de l'aimer, et tout le sujet « papa » n'était qu'un nouveau démon qu'elle devait apprivoiser. Et elle avait l'intention de le faire. Une autre fois. Lorsque y penser ne lui ferait plus aussi mal.

– Holiday n'avait pas l'air heureuse, observa Della. Surtout quand ils ont fait entrer Lucas dans son bureau.

La gorge de Kylie se serra.

– Ils ont parlé à Lucas ? Qu'est-ce qu'ils ont dit ?

– Je ne sais pas, répondit Della. Mais il paraissait suffisamment en colère pour tuer.

Quand ses amies furent parties, Kylie se rallongea. Mais sans trouver le sommeil. Et pas seulement parce qu'elle avait peur qu'un certain fantôme vienne la chercher pour un nouveau voyage au pays du souvenir. Elle songeait à Holiday et se demanda ce qui pouvait bien se passer avec l'URF. Elle s'interrogeait sur Lucas. Avaient-ils deviné que ses parents étaient des escrocs ? Lucas croyait-il que c'était elle qui l'avait dénoncé ?

Son esprit tournait à cent à l'heure et elle ne savait pas à quel problème se consacrer, ni comment arrêter d'y penser.

Elle chattait depuis près d'une heure avec Sara, l'écoutant délirer sur Philip, le nouveau garçon qu'elle fréquentait, quand elle entendit frapper à la porte. Elle se trouva nez à nez avec Lucas. D'accord, elle se réjouit qu'il soit là, mais pourquoi fallait-il qu'elle ne soit pas plus présentable ? Elle avait l'air de sortir du lit, ce qui était le cas, alors que lui était canon. Il se tenait sur le pas de la porte, une main dans le dos.

Elle ouvrit la bouche pour dire quelque chose mais n'arriva même pas à le saluer correctement. Ce n'était pas non plus lié au manque de sommeil. Non, c'était le souvenir de leur baiser.

Et le fait qu'il lui ait dit que c'était une erreur.

– Salut. Ta coloc, celle aux cheveux tricolores, m'a raconté que tu ne te sentais pas bien.

– Oui, mais ça va mieux maintenant. Il paraît que l'URF t'a parlé ?

Il opina.

– Ce n'était rien. J'ai quelque chose pour toi. Je suis allé en ville chercher des trucs pour Holiday et je l'ai trouvé.

Il eut l'air brusquement coupable.

Il tendit le bras, et Kylie s'attendait à voir un bouquet de fleurs bon marché. Pas un chaton noir et blanc qui miaulait et s'agitait.

Elle retint son souffle.

– Je pense que tu devrais le prendre. Il ne m'aime pas trop.

Kylie serra l'animal contre sa poitrine. Il était si petit qu'il tenait presque dans sa paume. Elle caressa le front du félin et l'entendit ronronner. Rêvait-elle ? Sûrement, parce que le chaton avait exactement les mêmes taches que Socks, son chat. Celui que Lucas avait…

Elle leva les yeux sur lui.

– Tu te souviens ?

Il hocha la tête.

– Bien sûr… Je devrais y aller.

Il commença à tourner les talons, puis se ravisa. Il posa le bras contre le cadre de la porte et croisa son regard. Quelque chose dans sa posture indiqua à Kylie que ce qu'il était sur le point de lui dire était sérieux.

– Kylie, je te jure, j'ai tâché de l'arrêter. C'était la première et dernière fois que nous nous sommes battus.

– Arrêter qui ? demanda-t-elle.

– Mon père. Il était plus gros et bien plus rapide que moi à l'époque. Mais j'ai essayé.

Il recula d'un autre pas et lui montra le porche.

– La litière et les boîtes pour chat sont là.

Kylie se contenta de hocher la tête. Le fait qu'il ait avoué que son père avait tué Socks avait envoyé une décharge électrique à travers son corps. Toutes ces années, elle s'était imaginé que…

– Tu veux entrer ? M'aider à l'installer ?

L'espace d'une seconde, elle crut qu'il allait accepter. Puis il la fixa encore plus intensément et elle reconnut la sauvagerie du désir, de leur baiser.

– Il vaudrait mieux pas.

– Pourquoi ? demanda-t-elle, sachant que son refus ne se bornait pas uniquement à son invitation à entrer.

Il disait non. Non aux possibilités qui traversaient son esprit chaque fois qu'elle pensait à lui. Non à l'éventualité d'autres baisers. Non à ce qu'ils apprennent à se connaître pour de bon.

– Ça ne marcherait pas, déclara-t-il. Certaines choses se passent dans ma vie ces jours-ci… Ce n'est pas le bon moment, crois-moi.

Elle ne pouvait pas accepter sa fin de non-recevoir, pas sans avoir essayé.

– Tu sais ce qu'on dit à propos d'attendre le bon moment, n'est-ce pas ?

Il ferma les yeux.

– Je ne peux pas t'entraîner là-dedans, Kylie.

– Dans quoi ?

Ouvrant les yeux, il passa un doigt sur les lèvres de la jeune fille.

– Tu es tellement innocente. Et je suis tellement tenté. Mais je ne peux pas. Prends soin de toi, Kylie Galen.

Ses dernières paroles firent leur effet : elles ressemblaient beaucoup à un adieu. Elle lui attrapa le bras.

– Tu pars ?

Son regard croisa le sien. Il ne répondit pas, il n'avait pas à le faire. Elle le lut dans ses yeux.

– C'est à cause de l'URF ? demanda-t-elle.

Il laissa échapper un profond soupir.

– Je ne peux pas…

Elle lâcha son bras.

– Je n'ai rien dit à ton sujet à Holiday ni à l'URF. Je te le jure.

Il sourit, mais c'était le sourire le plus triste qu'elle ait jamais vu.

– Je sais. Je ne pensais pas que tu puisses devenir encore plus mignonne que quand tu avais six ans. Mais j'avais tort.

Il se baissa et ses lèvres effleurèrent les siennes. Cela se passa si vite qu'elle le sentit à peine.

Elle désirait tellement plus.

– Tu pars ? lui redemanda-t-elle.

Il ne répondit pas. Il sortit du bungalow. Kylie resta sur le seuil et le regarda s'en aller. Et, bien qu'il ne le lui eût pas confirmé, elle le savait : Lucas Parker disparaîtrait une fois de plus de sa vie.

Moins d'une heure plus tard, Kylie entendit de nouveau quelqu'un frapper ou, plutôt, marteler la porte. Elle venait d'entrer dans le séjour quand, brusquement, la porte s'ouvrit avec une telle force qu'elle heurta le mur du bungalow.

Kylie vit d'abord Burnett, suivi d'une Holiday très mécontente.

– Faites comme chez vous, surtout ! lança la directrice, bouillant de rage.

– Il était là. Je peux le sentir, répliqua Burnett en lui jetant un regard noir.

– Je m'en fiche. Vous respectez mes souhaits ou j'en parle avec votre chef.

– C'est déjà fait.

Les yeux du vampire se plissèrent de colère.

– Eh bien, je recommencerai, dit-elle.

– Il faut que je trouve ce gosse, grommela Burnett. Je n'ai pas le temps de jouer les gentils.

Le vampire fixa Kylie.

– Désolée d'avoir fait irruption comme ça, lança Holiday.

– Qu'est-ce qui se passe ? s'enquit la jeune fille.

Elle n'avait pas besoin de leur demander qui ils cherchaient.

Burnett fit un pas vers elle. Holiday l'attrapa par le bras, mais il ne réagit pas.

– Où est-il ? demanda-t-il.

– Kylie, as-tu vu Lucas Parker ? fit Holiday d'un ton plus calme.

L'adolescente déglutit.

– Il est passé il y a une heure. Mais il est parti.

Burnett pencha la tête à gauche comme s'il écoutait les battements de son cœur.

– Vous a-t-il précisé où il allait ?

– Non. Pourquoi ? Pourquoi le cherchez-vous ?

Burnett resta planté sur place à la dévisager.

– C'est un bon garçon, ajouta-t-elle.

Burnett sortit. Holiday lui emboîta le pas et se retourna pour regarder Kylie.

Holiday fila, tâchant de rattraper Burnett. Kylie resta dans le séjour à se souvenir du jour où Lucas avait passé la tête par-dessus le portail pour lui conseiller de ne pas laisser son nouveau chaton dehors. Tout ce temps, elle avait pris ses paroles pour un aveu. Elle l'avait accusé à tort, l'avait considéré comme un individu malveillant.

Et elle ne reproduirait pas cette erreur. Dans son cœur, elle savait que, quelle que soit la chose dont ils accablaient Lucas Parker, il n'était pas coupable. Ou, s'il l'avait faite, il y avait une sacrée bonne raison.

chapitre 34

– Retransforme-toi ou je te châtre immédiatement !

L'avertissement de Miranda réveilla Kylie peu avant 15 heures.

Mais elle ne voulait pas se lever tout de suite. Miranda et Della pouvaient se bagarrer, ça lui était complètement égal cette fois. Elle mit un oreiller sur son visage lorsque la menace de son amie se répéta.

Châtrer ? Della n'avait pas de testicules à couper. Alors qui menaçait-elle ?

Oh non, Socks Jr ?

– Bien, fit de nouveau la voix de Miranda. Tu l'auras voulu.

– Arrête ! hurla Kylie en se levant d'un coup, juste à temps pour la voir soulever le chat et le menacer avec son petit doigt.

– Tu t'es complètement plantée ! Ce n'est pas moi qui le fais craquer. Il était dans ton lit.

– Non, non ! Ce n'est pas Perry.

Kylie dégagea ses cheveux de son visage et tâcha de ne pas rire.

– Alors qui c'est ?

– Personne. C'est un vrai chaton.

– Il t'a encore bien eue.

– Non. C'est Lucas qui me l'a offert.

– Lucas ? C'est ce que je suis passée te dire. Il a disparu. L'URF le cherche partout.

– Je sais.

– Comment ça ? demanda Della, qui surgit dans la chambre.

Le chaton laissa échapper un miaulement pathétique. Kylie prit le félin effrayé des mains de Miranda.

– Holiday et Burnett sont venus le chercher tout à l'heure.

– Il était là ? s'enquit Miranda.

– Non, il était déjà parti. De quoi l'accusent-ils ?

– Aucune idée ! répondit Miranda.

Kylie serra le chaton plus fort.

– Ça doit être vraiment grave, observa Della. Ils ont même appelé des flics humains pour qu'ils parlent à Holiday. Il est dans les embrouilles jusqu'au cou.

Miranda et Della parties, Kylie jouait par terre dans le salon avec Socks quand Helen frappa à la porte.

– Salut, lui lança Kylie, et elle lui proposa d'entrer.

– Il paraît que tu ne te sens pas bien.

– Ce n'est rien, répondit Kylie, qui se demanda si Helen était venue lui offrir ses pouvoirs de guérisseuse.

Puis elle constata que quelque chose clochait dans son attitude, comme si elle voulait lui dire quelque chose, mais sans y parvenir. Au début, elle craignit qu'elle ait des doutes, après réflexion, sur la tumeur cérébrale de Kylie.

– Qu'est-ce qui ne va pas ? s'enquit-elle.

– C'est idiot, vraiment. Mais j'avais besoin d'un conseil.

– De ma part ?

Helen opina.

– Tu vois, j'aime bien Jonathon, mais je ne pense pas qu'il soit au courant. Et je n'ai jamais été douée, côté garçons. J'espérais que tu pourrais peut-être, tu sais, me dire comment faire.

– Moi ? fit Kylie, et elle faillit éclater de rire. Sérieusement, je ne suis pas la mieux placée pour te conseiller !

Helen eut l'air déçue.

– Mais je n'ai jamais eu de mec ! Et je ne vois personne d'autre à qui m'adresser.

Kylie la fixa et se souvint que celle-ci lui avait été d'une grande aide.

– Je n'ai eu qu'un seul véritable petit copain. Et comme je ne suis pas une allumeuse, j'ai tout simplement joué la carte de l'honnêteté.

– Du style ? fit Helen. Parce que je ne me considère pas non plus comme une dragueuse.

Kylie haussa les épaules.

– Ça a l'air débile, mais je lui ai juste demandé s'il avait une nana. Comme il a répondu non et a voulu savoir pourquoi, je lui ai répliqué qu'il me plaisait. Je connais des tas de filles qui en font des tonnes, secouent leurs cheveux, rient bêtement, et peut-être que ça marche mieux. Mais, bon, la sincérité a porté ses fruits une fois pour moi. Peut-être que ça fonctionnera avec Jonathon.

Et peut-être, se dit Kylie, que si elle parvenait simplement à comprendre ce qu'elle ressentait elle jouerait de nouveau la carte de l'honnêteté.

*
* *

Les jours qui suivirent ne furent qu'un vague souvenir. Et pas un bon. Kylie et Holiday n'arrivaient à rien avec la méditation. Della et Miranda ne s'étaient jamais autant chamaillées. Trey laissait de longs messages sur le portable de Kylie. Celle-ci pensait sans cesse à Lucas. Oh, et son père avait appelé sa mère pour lui avouer qu'il n'avait pas rendu visite à leur fille le week-end dernier et que celle-ci ne répondait à aucun de ses e-mails ou coups de fil.

Sa mère lui passa un beau savon à ce sujet, d'ailleurs.

– Tu m'as menti, l'accusa-t-elle.

– Non, je t'ai juste laissée croire qu'il était passé.

– Même chose. Et tu ne peux pas être en colère contre ton père, insista-t-elle.

– Pourquoi ? Tu l'es toujours, toi.

Puis sa mère s'affola parce que son ex tenait absolument à venir ce week-end. Au début, elle avait déclaré qu'elle ne viendrait pas. Maintenant, elle était redevenue furieuse et affirmait qu'elle passerait et qu'ils lui rendraient visite chacun à son tour.

Devinez qui devrait se charger du planning ?

Gagné. Sa mère comptait sur Kylie pour le faire.

L'unique point positif, c'était que Treillis n'était pas revenu. Kylie voulait croire qu'il était parti pour de bon. Holiday n'en était pas convaincue, en revanche. Mais, bon, celle-ci n'était pas de très bonne humeur, ces temps-ci. Lorsque Kylie lui demandait ce qui se passait, elle se contentait de secouer la tête et de décréter que ça s'arrangerait tout seul.

Kylie l'interrogea également sur Lucas. La directrice laissa échapper un gros soupir de frustration et répondit qu'elle ne pouvait pas en parler. Kylie dut se mordre la langue pour ne pas lui rétorquer que la confiance allait dans les deux sens. Ce serait bien si Holiday ne faisait pas autant de cachotteries.

La tension qu'elle perçut chez elle paraissait encore plus marquée chez Sky, ce qu'elle trouva étrange. Parce que, jusque-là, la directrice loup-garou avait l'air immunisée contre l'irritation que les visites constantes de l'URF généraient. Kylie avait l'impression que Holiday et Sky avaient des problèmes.

Comme si cela ne suffisait pas, le stress des deux directrices semblait avoir une mauvaise influence sur tout le monde : il y avait eu une autre dispute, cette fois entre une sorcière et une fée.

– Je t'avais dit que les sorcières et les fées ne pouvaient pas se saquer, avait déclaré Miranda le jour où Kylie, Della et elle avaient assisté à la bagarre que Holiday avait interrompue.

– Qu'est-ce que tu feras si tu découvres que je suis en partie une fée ? lui demanda Kylie.

– Attends, lança Della, est-ce que j'ai bien entendu ?

– Quoi ? fit Kylie, perplexe.

– Tu reconnais enfin que tu n'es pas humaine ?

Avec tout ce qui se passait dans son existence, Kylie n'avait pas beaucoup réfléchi à toute cette histoire d'être humaine ou non. Et étrangement, ça ne semblait plus avoir aucune importance à ses yeux. D'accord, ce n'était pas vrai. Elle voulait toujours le savoir, mais si elle découvrait qu'elle était surnaturelle ce n'était pas la fin du monde. En réalité, c'était même l'idée de ne pas être « spéciale » qui l'embêtait davantage.

– Alors ? insista Miranda.

– Je suis ce que je suis, répondit Kylie.

Miranda commença à dire quelque chose et Della leva la main.

– Chuuut !

Kylie et Miranda marquèrent une pause et écoutèrent. Tout ce que la première perçut, c'était le bruit de fond du parc animalier.

– Qu'entends-tu ? demanda Kyle, presque inquiète que Chan soit revenu.

– Les animaux, expliqua Della. Ils sont hyper énervés.

– À cause de quoi ? voulut savoir Miranda.

– Aucune idée ! fit Della. Mais je ne les ai jamais entendus aussi en colère.

Juste à ce moment, Helen surgit au côté de Kylie et murmura à son oreille :

– Ça a marché. Je lui ai demandé s'il avait une copine et il s'est passé exactement la même chose que pour toi. Il m'a demandé pourquoi et je lui ai répondu qu'il me plaisait. Et demain on va pique-niquer ensemble pour apprendre à mieux se connaître. Merci.

Kylie lui serra affectueusement le bras.

– C'est super. Passe nous voir avant le rendez-vous, Miranda pourra arranger ton maquillage. N'est-ce pas, Miranda ?

Kylie regarda son amie.

– Avec grand plaisir, répondit celle-ci.

– Merci, répéta Helen, et elle détala.

Le samedi matin, Kylie se tint en retrait des autres qui attendaient de savoir avec qui ils se retrouveraient pendant une heure, et termina sa conversation avec son père. Elle avait fini par capituler et l'avait appelé la veille. Il avait fait comme si tout allait bien, n'avait même rien dit à propos de son absence de la semaine précédente, ni de ses non-réponses à ses appels ou de ses e-mails. Il lui confia qu'il était impatient de la revoir dimanche, puis parla d'un voyage qu'il effectuerait au Canada dans quelque temps.

Kylie lui expliqua que sa mère passerait aussi le lendemain et qu'ils devraient se relayer. Elle était sûre et certaine que son père lui affirmerait que cette histoire de relais était ridicule, qu'ils pourraient parfaitement lui rendre visite tous les deux.

Peut-être qu'au fond d'elle une infime partie espérait qu'ils viendraient tous les deux en même temps, puis que, miracle ô miracle, il suffirait d'un regard pour qu'ils décident qu'ils se manquaient trop. Voilà le problème des miracles : ils ne se produisaient pas si souvent.

– Et si je passais après le déjeuner ? suggéra-t-il. Et j'appellerai d'abord pour m'assurer qu'elle est partie.

Kylie se mordit la lèvre pour ne pas lui demander ce qu'il était advenu de son vrai père. Depuis qu'ils avaient parlé divorce, il avait changé. Complètement, sans réserve. Les parents n'étaient pas censés faire cela à leurs enfants. Elle était sûre que c'était écrit dans le règlement des parents.

– Bien, dit Kylie. (*Et si tu ne viens pas, ne t'inquiète pas. Je ne pense pas que cela fasse aussi mal la deuxième fois.*) À plus, alors, conclut-elle, et elle referma son téléphone.

– Tu es prête ? fit une voix masculine derrière elle, qui se pencha près de son oreille. J'ai tiré ton nom.

Elle reconnut la voix de Derek. Elle avait réussi à le fuir toute la semaine. Pas par méchanceté, mais par besoin vital de garder sa santé mentale.

Sa vie était déjà un sacré bazar. Inutile d'y ajouter autre chose. De plus, il avait une copine sûrement folle de joie à l'idée de passer du temps avec lui.

Elle se retourna.

– Tu as déjà tiré mon nom, observa-t-elle.

– J'ai eu de la chance une deuxième fois.

Il y avait quelque chose dans sa voix, comme s'il craignait qu'elle ne le croie pas.

Elle ne le croyait pas.

– Tu as recommencé, pas vrai ?

– Quoi ? fit-il, mais elle savait qu'il l'avait très bien comprise.

– Tu as encore échangé du sang contre mon nom, avoue !

Il haussa les épaules.

– Je ne l'aurais pas fait si tu arrêtais de m'éviter.

Elle ne tenait pas à lui mentir, alors elle se tut.

Quelques personnes passèrent devant eux, et il se pencha vers elle.

– Si tu ne souhaites vraiment pas y aller, tu sais que je ne te forcerai pas.

Elle leva les yeux et perçut une franchise totale dans son regard. Il ne l'avait pas touchée, donc elle ne pensait pas qu'il avait modifié ses sentiments, et pourtant tout en elle changea. Comment pouvait-elle éprouver quelque chose de si fort pour Lucas et continuer à ressentir de la colère contre Derek parce qu'il sortait avec une autre ? Ça n'avait pas de sens.

Mais, bon, où était la logique dans tout cela ? Rien dans sa vie ne se tenait ces jours-ci.

– Je me fais du souci pour toi, déclara-t-il.

Et sa voix était si inquiète et si affectueuse.

– Tu veux dire, quand tu n'es pas avec Mandy ? fit-elle.

Elle eut envie de se frapper pour avoir feint d'avoir une raison d'être jalouse.

Il eut l'air légèrement mal à l'aise.

– C'est un peu de ça que je désirais te parler aujourd'hui.

– Je ne suis pas conseillère conjugale, railla-t-elle.

– Il paraît que si. Helen m'a dit qu'elle t'avait confié ce qu'elle éprouvait pour Jonathon. Miranda, qu'elle t'avait parlé de Perry. Et comment s'appelle cet autre vampire, déjà ?

Kylie laissa échapper un soupir.

– Très bien. Je ne sais pas pourquoi, mais tout le monde me prend pour Cupidon.

Mais elle ne tenait pas à jouer Cupidon pour Mandy et lui.

– Peut-être êtes-vous de la même famille, lança-t-il, sérieux un instant.

Le cœur de Kylie se serra un peu.

– Ça se pourrait ?

– Certains surnaturels descendent des dieux, expliqua-t-il.

– Faudrait-il pour cela que mes parents soient nés à minuit ? Ou est-ce l'un des exemples dans lesquels cela pourrait sauter une génération ?

Il haussa les épaules.

– Aucune idée. Mais je parie que Holiday doit le savoir. Et si on allait lui demander ? proposa-t-il, visiblement prêt à perdre une partie de son heure pour qu'elle obtienne une réponse.

– C'est bon. Je dois la voir après le déjeuner.

– Alors, mon éventuelle déesse, dit-il en faisant une révérence, pourriez-vous me faire le plaisir de votre compagnie pendant une heure ?

Son numéro la fit rire.

– Si vous me promettez d'être sage !

Ou préférait-elle qu'il ne le soit pas ?

– Ce ne sera plus drôle du tout, mais je vous le jure.

Il la regarda d'un air narquois, et elle constata que ses yeux brillaient.

Ils se mirent en route et il hésita.

– Même endroit ? Ou l'idée de revoir le serpent te fait-elle peur ?

– Le même endroit, c'est bien.

Un picotement nerveux dansa un slow le long de sa colonne vertébrale. Pas à cause du reptile mais du souvenir qu'elle avait été tout près d'embrasser Derek ce jour-là.

Ils descendirent le chemin en silence. Le soleil refit son tour de magie et projeta des traits de lumière à travers les arbres. Kylie ne put s'empêcher de se demander en quoi le fait d'être avec Derek rendait tout enchanté.

– Est-ce grâce à toi que tout a l'air… si magique et si vivant ? Les couleurs, les odeurs, le soleil qui entre à flots ?

– Oh, c'est juste mon charme, fit-il d'un ton taquin.

– Sérieusement ? C'est toi qui fais ça ?

Il rit.

– Arrête de te moquer, insista-t-elle.

Il s'exécuta mais continua à sourire.

– D'accord, blague à part, je ne sais pas ce que tu veux dire. Je ne fais rien du tout. C'est juste très joli par ici.

Il sauta sur le rocher et lui tendit la main.

Elle hésita en la regardant.

– Je promets d'être sage, déclara-t-il.

Elle lui prit la main et il la fit monter. Elle s'assit à côté de lui, mais pas trop près.

Il remonta un genou contre sa poitrine. Son jean était usé et son tee-shirt, vert cendré. Il n'était pas moulant, mais suffisamment ajusté pour mettre la largeur de ses épaules en valeur. Ça devait être celui qu'il portait quand elle l'avait rencontré. Il était très séduisant. Kylie se demanda comment elle avait même pu le comparer à Trey. Derek était bien plus beau que son ex.

– Alors, ta copine et toi, vous avez des problèmes ? lâcha-t-elle étourdiment, tâchant de changer le cours de ses pensées.

– On peut dire ça comme ça, répondit-il d'un ton espiègle.

Et elle le regarda passer un doigt sur son menton. Elle observa ses lèvres : elle avait envie d'y goûter.

– Qu'est-ce qui ne va pas ?

Elle cilla, ignora l'espièglerie dans sa voix. Elle espérait que l'entendre parler de Mandy chasserait toutes ses idées de baiser.

– Eh bien, elle pense que je craque pour une autre.

Kylie eut mal au ventre.

– C'est le cas ?

– Non.

D'accord, ça faisait mal, mais elle s'efforça de le nier. Étrangement, le conseil qu'elle donnait à tout le monde, être honnête, lui semblait presque impossible à appliquer. Peut-être en partie parce qu'elle ne savait même pas ce qu'elle ressentait.

– Mais, poursuivit-il, j'imagine que je l'ai plus ou moins amenée à croire ça.

– Pourquoi ?

– J'espérais rendre une fille jalouse. Probablement la pousser à m'apprécier un peu plus.

– Et alors ? demanda Kylie, qui pensait que ce genre de jeu ne se terminait jamais bien.

– Je ne sais pas. Est-ce que je t'ai rendue jalouse ?

Kylie leva les yeux sur lui.

– Tu veux dire, moi ? Mais Mandy et toi…

– Sommes amis.

Quelque chose ne collait toujours pas.

– Mais elle t'a embrassé !

– Tu ne l'as manifestement jamais vue avec du monde. C'est une embrasseuse en série.

Kylie tâcha de digérer ce qu'il racontait. Mais plus dure encore était la digestion de ce qu'elle ressentait. Elle aimait Derek. Sincèrement. Et il l'attirait. Peut-être n'était-ce pas la même intensité que ce qu'elle avait éprouvé pour Lucas au ruisseau, mais c'était réel. Et, à bien des égards, bien plus que l'attirance explosive qu'elle éprouvait pour Lucas.

Et Derek n'est pas parti, fit la petite voix dans son esprit.

– Ça va ? demanda-t-il.

– Oui… non. Je suis juste tout embrouillée.

Ça y est, elle avait joué la carte de l'honnêteté.

– Je sais, dit-il.

Elle se rappela qu'il savait lire ses sentiments et le regrettait sincèrement. Le fait qu'il puisse deviner les choses avant elle le contrariait. Un vent léger souffla dans ses cheveux et une mèche se colla à ses lèvres.

Il la décolla délicatement.

– Je suis simplement soulagé que tu ne sois pas fâchée contre moi.

– Donne-moi un peu de temps. Mes sentiments sont en vrac, ces jours-ci.

Il se fendit d'un grand sourire.

Elle se sentit de nouveau piégée. Elle secoua la tête.

– Derek… je…

– Kylie, je ne t'ai pas avoué ça pour te mettre la pression. Mais parce que je me suis rendu compte que c'était stupide de ma part d'essayer de te rendre jalouse. Que ça pourrait carrément avoir l'effet inverse. Qu'est-ce que je raconte ? Ça a bien eu l'effet contraire, étant donné que tu refusais même de te retrouver à dix mètres de moi.

Elle se mordit la lèvre.

– Je suis désolée. La semaine a été démente.

– Tu endures un tas de choses. C'est une autre raison pour laquelle je tenais à te voir. Je t'ai sentie stressée.

Que pouvait-il encore percevoir ? se demanda-t-elle. Devinait-il que son stress était lié à Lucas ? Avait-il détecté sa jalousie ? Elle se souvint du jour où elle avait surpris Mandy qui l'embrassait.

– Tu as raison, j'ai été jalouse de Mandy et toi. Mais je ne sais toujours pas… je ne crois pas…

Il leva la main.

– Ça me convient d'être ton ami. Mais, cette fois, je ne te mentirai pas : j'espère que ça deviendra plus. En attendant, je respecterai tes désirs.

Elle le regarda et se surprit à tomber encore plus amoureuse de lui.

– Tu peux faire ça ?

– Chiche !

Il s'adossa au rocher et passa une main derrière sa tête. La position faisait merveille sur son torse et sa poitrine.

– D'autant plus maintenant que Lucas est parti, ajouta-t-il et, à son ton, Kylie comprit que Derek se doutait de bien plus de choses qu'elle ne l'aurait voulu.

chapitre 35

Oh non ! Derek avait-il deviné qu'elle avait embrassé Lucas ? Ses sentiments se voyaient-ils tant que ça ? Kylie l'ignorait. Mais elle ne tenait pas non plus à le lui demander.

Elle s'allongea donc sur le rocher et regarda les arbres. Le bruit des cascades alentour semblait les faire bouger. Son esprit vagabonda une seconde jusqu'à la légende, mais la proximité du garçon constituait un sujet de préoccupation bien plus fascinant.

Ils ne parlèrent pas. Derek avança son bras plus près du sien jusqu'à ce que le dos de sa main effleure la sienne. Ce léger contact envoya des picotements dans tout son corps.

– Ta mère passera demain ? demanda-t-elle.

– Bien sûr. Elle ne manque jamais une occasion de me ficher la honte.

Kylie gloussa, se souvint que le jeune homme avait rougi quand sa mère l'avait recoiffé.

– Elle t'aime.

– Elle me traite comme si j'avais trois ans. Ta mère ou ton père vient ?

– Les deux. En tout cas, c'est ce qu'ils prétendent. Tu savais que la Terre pouvait s'arrêter de tourner s'ils devaient se retrouver par hasard dans la même pièce ?

– C'est ça qui t'angoisse autant ?

– En partie, oui.

Il glissa sa main dans la sienne et la serra affectueusement.

– Tu comptes beaucoup pour moi. Je n'aime pas te voir bouleversée.

Son étreinte chaleureuse se resserra encore sur sa paume. Il lui avait promis de bien se tenir, mais elle supposa que se prendre la main, c'était être sage.

Elle n'était pas non plus sûre de pouvoir appeler cela comme ça. Elle savait bien que c'était agréable – un peu comme un câlin. Sa main était chaude, mais pas d'une chaleur anormale, juste une personne qui en touche une autre.

– Toi aussi, tu comptes pour moi.

– Super, dit-il.

Et elle entendit presque le sourire dans sa voix. Ils gardèrent le silence pendant un moment, puis il demanda :

– Est-ce que le fantôme fait partie des choses qui te stressent ?

– Oui…

Comme elle se sentait en sécurité avec lui, elle lui parla du rêve qu'elle avait fait et lui confia qu'elle pensait que celui-ci voulait qu'elle l'aide à le disculper d'un crime de guerre qu'il n'avait pas commis.

Derek l'écouta. Comme elle se rendait compte qu'elle avait occupé la majeure partie de la conversation, elle demanda :

– Tu souhaites encore refuser ton don de communication avec les animaux ?

– Oui. J'arrive de plus en plus à les ignorer. Holiday prétend que si je continue comme ça, bientôt, je ne les remarquerai même plus. Bien sûr, elle trouve ça dommage. Et toi ? Tu veux toujours te débarrasser du tien ?

Kylie fut quelque peu surprise de devoir réfléchir à sa réponse.

– Il me fait peur, avoua-t-elle. Je ne crois pas être suffisamment courageuse pour le gérer. Mais depuis le rêve je continue à penser au soldat. À son courage. Il savait, quand il est retourné sauver la femme, qu'il y laisserait sa peau. J'aimerais bien connaître son nom pour découvrir si on l'a réellement accusé à tort. Et si c'est le cas, alors je veux trouver le moyen de réparer cette erreur. Mais tu sais ce qui est bizarre ?

– Quoi ?

Les doigts du jeune homme remuèrent entre les siens.

– Chaque fois que je le vois, il m'est familier. Comme si je le connaissais déjà.

– C'est probablement le cas.

– Peut-être. J'ai même demandé à ma mère si nous avions un militaire dans la famille et elle m'a affirmé que non.

Derek s'agita à côté d'elle.

– Holiday t'a-t-elle expliqué comment un fantôme choisissait la personne à laquelle il s'attache ?

– Elle m'a dit que ce pourrait être de toutes les façons possibles. J'ai pu passer dans un endroit où son esprit se trouvait, ou ça pourrait être personnel.

Derek leva le bras pour consulter sa montre.

– Je déteste être porteur de mauvaises nouvelles, mais notre heure est terminée depuis trente minutes.

– En voilà, une mauvaise nouvelle ! Derek ?

– Oui ?

– Merci.

– Pour quoi ?

– Pour tout.

Elle roula sur le côté et le regarda. Et Dieu sait qu'elle avait envie de l'embrasser – si fort qu'elle aurait pu hurler. Et, à en croire l'expression dans le regard du garçon, elle n'était pas la seule à le désirer.

Il avança d'un petit centimètre. Elle sentit son souffle sur la commissure de ses lèvres. Il était si près qu'elle pouvait compter ses cils, mais c'étaient ses lèvres qui la tentaient.

– Kylie…

Sa façon de prononcer son nom la fit fondre un peu plus.

– Oui ? parvint-elle à dire.

– Tu ne me facilites pas les choses pour tenir ma promesse.

– Je suis désolée.

Alors, elle faillit l'embrasser. Mais, comme elle savait que ce ne serait pas honnête envers lui ni envers elle-même, elle n'en fit rien. Pas encore.

Le lendemain matin, Kylie regardait sa mère consulter sa montre pour la dixième fois. Elle ne put s'empêcher de se demander si elle détestait sa compagnie à ce point, ou si c'était l'idée que son père puisse débarquer à tout moment qui la rendait si impatiente de partir. Les deux, probablement.

– Comme je suis contente que ça se passe bien ici ! déclara sa mère en défroissant sa veste de tailleur fauve.

La couleur ne mettait ni son teint ni ses cheveux bruns en valeur, et ne faisait qu'accentuer ce qui ressemblait à des cernes noirs sous ses yeux.

– Tes amies ont l'air gentilles, aussi.

Sa mère jeta un coup d'œil à Della et à ses parents à la table devant elles.

Kylie lui avait présenté Miranda et Della à son arrivée. Sa mère se pencha vers elle.

– Ces cheveux, c'est un peu trop pour une seule fille. Mais si tu me dis qu'elle n'est pas folle et ne se drogue pas ni rien, alors je suppose que je dois te croire.

– Elle n'est pas folle, maman, marmonna Kylie.

Un gros blanc s'ensuivit, et la jeune fille comprit ce que ce serait de vivre avec elle, de supporter ses préjugés et ses silences gênants. Elle pouvait sentir le froid de l'autre côté de la table. Et pas celui d'un fantôme.

Ou si ?

Kylie laissa aller son regard au bout de la pièce et le vit debout, dans le coin, en train de la fixer et de pleurer de nouvelles larmes de sang. Son cœur se serra, et elle regretta sincèrement de ne pas connaître son nom pour pouvoir l'aider.

– Tu es sûre que nous n'avons pas de militaire dans la famille ? demanda-t-elle de nouveau à sa mère.

– Sûre et certaine, chérie. Ta directrice – comment s'appelle-t-elle, déjà ? Holiday ? Elle a l'air gentille, elle aussi.

– Elle est sympa, oui, acquiesça la jeune fille.

Elle se souvint d'avoir échangé des regards avec Holiday après lui avoir présenté sa mère et l'avoir vue dire non de la tête, comme pour lui confirmer que celle-ci n'était pas une surnaturelle.

– Bon, je crois que je vais devoir y aller, annonça sa mère. Veux-tu m'accompagner à la voiture ?

L'adolescente jeta un œil à l'horloge au mur : elle partait avec une demi-heure d'avance.

– Bien sûr.

Kylie se leva. Quand elles croisèrent Della et Miranda avec leurs parents, elle vit que ni l'une ni l'autre ne semblait particulièrement heureuse. Le papotage à la table de la cuisine de ce soir, leur rituel, tiendrait plus de la séance de jérémiades.

Kylie et sa mère se rendirent sur le parking sans rien dire. Heureusement, le fantôme ne les rejoignit pas. Lorsque la mère se retourna pour un dernier au revoir, elle serra affectueusement le bras de sa fille.

La poitrine de la jeune fille se noua au souvenir du câlin dont elle aurait eu besoin aux funérailles de Nana.

– Tu sais, il y a des mères qui serrent leurs enfants dans leurs bras.

Le choc se lut sur le visage de la femme.

– C'est ce que tu veux ?

– Non.

Qui désirait un câlin qu'il fallait quémander ? C'était comme devoir demander une excuse.

– Au revoir, maman.

Kylie repartit attendre son père au réfectoire. Elle ne se retourna pas une seule fois pour regarder sa mère s'en aller, même si elle savait que celle-ci agiterait la main en espérant qu'elle fasse de même. À partir de maintenant, pas de câlin signifiait pas d'au revoir de la main.

Kylie faillit ne pas le reconnaître. Premièrement, où était la touche de gris qui bordait ses tempes ? Deuxièmement, ses cheveux n'étaient pas naturellement bicolores. Et, assurément, il ne se coiffait pas en piques. Et les types d'un certain âge ne devraient jamais, jamais porter de jean moulant.

– Est-ce lui ? s'enquit Holiday.

Kylie aurait aimé mentir et s'enfuir par la porte du fond, mais son père l'avait repérée à l'autre bout de la pièce et se dirigeait vers elle.

– Est-ce un surnaturel ? demanda-t-elle en luttant contre la honte et en regardant Holiday agiter les sourcils.

– Non. Mais cela ne veut pas dire…

– Je sais, l'interrompit Kylie.

– Comment va ma citrouille ?

Son père l'étreignit très fort.

Elle ferma les yeux, tâcha d'oublier son look, et s'abandonna au bien-être que lui procuraient ses bras aimants autour d'elle. Des larmes emplirent ses yeux et elle déglutit, priant pour pouvoir les réprimer.

– Bien, marmonna-t-elle, et elle se dégagea de son étreinte.

Ses sinus la brûlaient, mais les larmes ne coulèrent pas.

– Est-ce une amie à toi ? voulut-il savoir en désignant Holiday.

Kylie regarda le badge professionnel de la jeune femme et se demanda si, en se colorant les cheveux, son père s'était aussi brûlé la vue.

– Si seulement ! Holiday Brandon, je suis l'une des directrices.

– Vous vous moquez de moi ! dit son père. Vous devez avoir vingt ans à peine ! Et vous ne ressemblez à aucune directrice que j'aie jamais vue.

Son sourire s'élargit et son regard se posa sur sa silhouette bien galbée.

– Je suis sérieuse, affirma Holiday en ôtant sa main de celle du père de Kylie.

Celle-ci regarda, bouche bée, celui qui avait été son roc, qui avait été là pour les genoux écorchés, pour les disputes avec sa mère et même pour les problèmes de garçons. La réalité la renversa : son père flirtait. Avec Holiday. Qui avait au moins quinze ans de moins que lui.

– Qu'est-il arrivé au gris dans tes cheveux, papa ? lâcha-t-elle étourdiment.

Il posa les yeux sur elle.

– Je ne sais pas.

– Veuillez m'excuser, dit Holiday, et Kylie aurait pu jurer voir un sourire apparaître dans ses yeux. Je vais vous laisser faire la visite tous les deux.

Ou non, se dit Kylie. Elle ne connaissait pas cet homme, et elle n'était pas sûre du tout de souhaiter faire sa connaissance.

*
* *

– Il n'était pas comme ça, avant, déclara-t-elle un peu plus d'une heure plus tard, combattant toujours l'envie de pleurer.

Son père était resté un peu moins d'une heure. Holiday, comme si elle sentait que la jeune fille était bouleversée, lui avait proposé de l'accompagner faire des courses en ville.

– Divorcer n'est pas anodin pour certains. Crois-moi, lorsque mes parents se sont séparés, ils sont devenus complètement cinglés eux aussi. Ma mère s'est même fait poser des implants mammaires et s'est mise à m'emprunter mes vêtements.

– Comment as-tu survécu ? demanda Kylie.

– Tu n'as pas le choix. Bien sûr, une grosse consommation de glaces, ça aide. (Holiday sourit en se garant sur le parking d'un magasin de crèmes glacées.) Qu'en dis-tu ? Tu veux qu'on noie nos soucis dans ces trucs froids, sucrés et pleins de crème ?

Kylie opina.

Holiday ouvrit la porte.

– Fais comme moi. D'abord, on doit goûter au moins cinq parfums chacune, puis nous commanderons trois boules.

Kylie rit.

– Et toi, tu noies quels soucis ?

– Tu plaisantes ou quoi ? Sais-tu combien d'heures je me suis retrouvée coincée avec M. Le Grand Méchant Vampire ?

– Burnett ! lança l'adolescente, compatissante. Et si tu lui disais oui, tout simplement ?

– Oh, ça, non, jamais de la vie. Il est aussi irritant, grossier et odieux qu'il est canon.

– Tu es amoureuse, hein ? la taquina Kylie.

Holiday la menaça du doigt.

– Continue comme ça et tu seras privée de dessert !

Pendant qu'elles se régalaient avec tous les parfums qu'elles avaient pu trouver, allant du chocolat à la menthe en passant par la banane, Kylie, tout excitée par le sucre, posa une question qu'elle n'aurait pas osé poser en temps normal.

– Comment tu sais quand tu es amoureuse ?

Holiday lécha sa cuillère de glace à la barbe à papa.

– Tu ne poses pas des questions faciles, n'est-ce pas ?

Kylie goûta un peu de glace aux noix de pécan et beurre salé.

– Non.

Holiday contempla sa crème glacée.

– J'ai cru l'être plusieurs fois. Quelquefois avec mon cœur, et beaucoup plus avec mes hormones.

Sa réponse décrivait parfaitement la situation que vivait la jeune fille avec Lucas et Derek. Kylie avala une nouvelle cuillerée.

– Et rien n'a fonctionné ?

– Non. C'est bien ça, le problème de l'amour. C'est comme une belle pâtisserie : ça sent bon, c'est beau, mais quand tu t'es fait plaquer devant l'autel, il te reste juste tes kilos en trop.

Kylie se pencha pour lui demander :

– Est-ce ta façon « à la cool » de me conseiller de ne pas coucher avec n'importe qui ?

Holiday braqua sa cuillère sur Kylie.

– Non, juste de te dire d'être prudente. Ce n'est pas parce qu'un mec te botte que tu dois nécessairement les lui lécher.

Elles éclatèrent de rire.

Holiday reprit une cuillerée.

– Si je pouvais revenir en arrière, je n'aurais pas couché avec trois des types que j'ai connus. Mais on ne peut pas faire machine arrière. Et les souvenirs ! De très, très mauvais sont tatoués dans mon cerveau. Tu ne peux même pas les effacer au laser.

Elle se donna un coup de cuillère sur le front.

Kylie opina. Elle-même en avait de très mauvais qu'elle ne parvenait pas à gommer, alors elle comprenait parfaitement.

Quand elles eurent terminé leur glace, elles entrèrent dans la vieille librairie juste à côté. Kylie remarqua le titre d'un bouquin abandonné sur une étagère. *Surmonter la dyslexie.* Elle le feuilleta et se demanda si Miranda l'avait lu.

Elle se rendit à la caisse pour savoir s'ils vendaient d'autres livres sur ce sujet. La femme la conduisit vers un rayon entier d'ouvrages dédiés aux différents handicaps. Kylie en choisit trois autres sur le même thème et les paya.

Comme Holiday continuait à flâner dans la librairie, elle sortit et prit la rue principale de la petite ville. Elle était pittoresque. Boutiques d'antiquités, de spécialités, et même de bonbons – le genre d'endroit où ses parents la traînaient quand elle était enfant.

Elle croisa un couple, main dans la main, et tenta de se rappeler si sa mère et son père s'étaient jamais comportés en amoureux. Elle ne se souvenait pas de les avoir jamais vus se tenir la main. Ils pratiquaient leurs loisirs en solo : son père jouait au golf, sa mère faisait les magasins.

Kylie venait de regagner la camionnette de Holiday lorsqu'elle remarqua un autre couple qui sortait d'un Bed & Breakfast. Ils s'embrassaient. Pas le genre de baiser du bout des lèvres, mais celui où les langues entrent et sortent de la bouche, comme s'ils étaient en chaleur. Le baiser passa rapidement au tripotage de fesses. *Prenez une chambre,* pensa Kylie, en se demandant s'ils savaient qu'ils avaient un public, voire s'ils s'en souciaient même. Aaaah ! mais, à tort ou à raison, elle n'arrivait pas à les quitter des yeux.

Surtout parce que des sonnettes d'alarme se déclenchaient dans sa tête.

Elle les connaissait.

Elle regarda les mains de la femme glisser sur le jean du type. Sa bouche s'ouvrit. Dégoûtant. C'était tellement obscène, et pourtant Kylie, cachée derrière le van, ne parvenait toujours pas à détourner le regard. Lorsque les lèvres du couple finirent par se séparer et que l'homme se retourna, elle le reconnut.

Elle se raccrocha au bord de la camionnette, ses genoux devenus de la gelée.

– Oh non !

chapitre 36

P*apa ?*

Kylie s'agrippa à la poignée de la portière pour ne pas tomber dans la rue la tête la première. Que faisait donc son père avec… Elle posa les yeux sur la femme, ou plutôt la « fille ». Elle reconnut sa nouvelle assistante, qu'elle avait rencontrée le mois précédent à l'occasion d'un pique-nique de la société. La fille était en troisième année de fac.

Toujours adossée à la camionnette, Kylie fit le calcul. Si les maths n'étaient pas sa matière préférée, elle parvint tout de même à estimer qu'elle devait avoir quatre ans de plus qu'elle.

Et du coup, elle comprit un tas de choses. Pourquoi les caleçons de son père avaient fini sur le barbecue. Les innombrables moments où sa mère lui avait fait la tête n'étaient, somme toute, que justice.

Quand elle s'aperçut que le couple avait marché jusqu'à un point d'où ils pourraient la voir, Kylie contourna la camionnette. Et le froid qui la suivit de l'autre côté lui indiqua qu'elle n'était pas seule. Pourtant, trop perturbée émotionnellement pour penser au fantôme, elle se concentra pour ne pas vomir la triple ration de glace qu'elle venait d'avaler.

Holiday arriva peu après.

– Tu vas bien ?

– Super, mentit Kylie, trop embarrassée, trop horrifiée pour lui donner des détails.

C'était déjà dur de voir son père flirter avec Holiday, mais le surprendre avec une fille qui devait encore soigner ses problèmes d'acné, c'était trop.

Sur le chemin du retour, Kylie regarda Holiday.

– Tu sais ce que l'on considère comme un « homicide justifiable » ?

– Non. Mais si je dois supporter Burnett plus longtemps, je pourrais bien devenir une experte. Qui envisages-tu de supprimer ?

– Mes parents. Ou peut-être juste mon père.

Kylie attendit quelques minutes avant de lâcher la bombe.

– Tu crois que tu pourrais patienter encore plusieurs semaines avant de parler à ma mère de mon retour à la maison ?

Holiday ne la regarda pas, mais Kylie vit un sourire de victoire se dessiner sur son profil alors qu'elle ne quittait pas la route des yeux.

– Oh, que oui !

Le lundi soir, presque tout le monde traînait au réfectoire pour visionner des films. Kylie, Miranda et Della veillèrent bien trop tard le dimanche, à soigner les blessures infligées par leurs parents respectifs. Puis Kylie et Miranda se penchèrent sur les livres sur la dyslexie.

– Ça ne marchera pas, observa Miranda, frustrée après avoir seulement essayé de déchiffrer le premier chapitre.

– Et si je te le lisais ? proposa son amie.

Miranda leva les yeux sur elle et ceux-ci s'embuèrent.

– Tu ferais ça ?

– Tu le ferais pour moi, n'est-ce pas ?

– Je n'hésiterais pas.

Voilà pourquoi toutes les deux avaient veillé beaucoup trop tard. Et, au lieu de rester à regarder un film, Kylie retourna dans son bungalow.

Quand elle ouvrit la porte, l'odeur la frappa et elle fronça le nez. Apparemment, il fallait qu'elle change la litière du chat. Puis Socks, la petite boule de poils que Lucas lui avait offerte en cadeau d'adieu, passa la tête sous le canapé et cracha.

– Viens par ici, trésor, roucoula-t-elle, mais le chaton décida de se cacher encore plus loin sous le divan.

Son téléphone vibra. Kylie l'extirpa de sa poche, constata que c'était sa mère, le posa sur la table basse et tâcha de faire sortir l'animal à force de cajoleries.

Après plusieurs tentatives manquées, elle abandonna.

– Bien, tu n'as qu'à dormir sous le canapé.

Frustrée et fatiguée, elle se déshabilla et alla chercher son pyjama.

Devant sa commode, elle ôta ses tennis d'un coup de pied et enfila sa chemise de nuit préférée. Elle dégrafa son soutien-gorge et le mit sur une chaise. Puis, et seulement à ce moment-là, elle posa les yeux sur le miroir.

Elle fut estomaquée. Il lui fallut une seconde pour comprendre ce qu'elle regardait dans le reflet. Et une autre pour devenir folle furieuse.

– Va-t'en de là, espèce de pervers !

Elle se hâta d'enfiler sa chemise de nuit avant de diriger toute sa colère sur Perry, transformé en lion et étendu sur son lit où il prenait toute la place.

– Dehors ! cria Kylie, bouillant de rage.

Le félin rugit.

Elle saisit sa poitrine et fulmina :

– Ça y est ? Tu as enfin pu mater ta première paire de nichons, hein ? Ce que tu peux être pathétique ! Et ne va pas croire un instant que je n'en parlerai pas à Miranda !

Elle balança sa chaussure sur la bête.

– Dehors ! Je te jure, Perry, si tu ne fais pas disparaître ton cul de ce lit, je te brise le cou.

La température de la pièce perdit brusquement une bonne cinquantaine de degrés.

– Ne crie pas, fit une voix d'homme. Et pas de mouvement brusque.

Le cœur de Kylie martela ses côtes quand elle vit le soldat debout à côté de sa table de nuit. Ce n'était pas tant sa présence qui l'avait fait bafouiller mentalement, mais le fait qu'il lui ait parlé.

Elle respira un bon coup. Une volute de buée s'échappa de ses lèvres lorsqu'elle expira. La chair de poule se forma sur sa peau. Elle croisa les bras pour se protéger du froid glacial.

– Le lion n'est pas un vrai lion, parvint-elle à formuler. C'est Perry. Un métamorphe.

Le soldat ne saignait pas cette fois. Mais le souvenir du rêve, le voir mourir sur ce sol sale, revint à la charge à toute allure. Elle souffrait pour lui. Maintenant qu'il lui parlait enfin, lui dirait-il son nom ? Étrangement, même le fait de le surnommer mentalement « Treillis » ne lui paraissait pas correct. Il méritait plus de respect.

– Il est réel, Kylie, déclara-t-il, alors que l'animal rugissait de nouveau.

Elle attrapa une autre chaussure et la jeta sur Perry.

– Kylie, écoute-moi. Ce n'est pas Perry. C'est un vrai lion. Il est dangereux. Ne le provoque pas. Va à la porte et pars immédiatement.

Ses mots firent leur effet, et elle regarda le fauve plus durement. Le lion se leva et sauta du lit. Il se rendit devant la porte de la chambre pour l'empêcher de sortir. Il allait et venait tout en la jaugeant, comme s'il se demandait à quelle sauce il allait la manger.

Kylie ne pouvait pas détourner le regard de l'animal, mais elle parla au fantôme.

– D'accord, la porte, ça ne marche pas. D'autres idées ?

– Reste calme.

Ces mots retentirent au moment même où la bête rugissait, l'air furieuse. Affamée.

– C'est difficile à faire.

Elle frissonna, tant à cause du froid qu'en imaginant le fauve déchiqueter sa cage thoracique.

– Il attend que tu partes en courant. Si tu ne paniques pas, cela nous laissera du temps.

– De faire quoi ? demanda-t-elle.

Le lion s'affala sur le sol et se mit à se lécher les pattes. Se lavait-il avant de dîner ?

– De penser à autre chose, répondit-il.

En entendant ses propres dents claquer, elle jeta un coup d'œil au fantôme.

– Tu ne peux pas le faire partir ?

– Si je le pouvais, ce serait déjà fait.

La sincérité ajoutait de la profondeur à sa voix. En dépit de sa panique, quelque chose en lui lui parut de nouveau familier. Comme si elle le connaissait ou, peut-être, comme si elle devait le connaître.

– Comment tu t'appelles ?

Elle tâcha de ne plus trembler, en vain.

– Daniel Brighten, répondit-il.

Elle laissa son nom résonner dans sa tête, essaya de trouver un lien. Ça ne collait pas. Cillant, elle croisa de nouveau ses yeux bleus, regarda une mèche blonde tomber sur son front.

– Pourquoi ? demanda-t-elle. Pourquoi tu me suis partout ? C'est à propos de ta mort ?

– Non. Il fallait que tu saches que je n'ai pas eu le choix.

Pourquoi veut-il que je sois au courant ? Kylie laissait sans arrêt son regard aller du fantôme au lion.

– Je dois le dire à quelqu'un ? T'a-t-on accusé d'avoir fait du mal à cette femme ?

– Non.

La bête s'écarta de la porte, et Kylie retint son souffle. Elle chercha autour d'elle quelque chose pour se défendre.

– Ne fais pas ça, lui intima le fantôme.

– Quoi ?

– Ne touche pas à cette chaise.

Elle se tourna vers lui.

– Tu peux lire dans ma tête ?

– Non, tu la regardais.

– Je suis morte de trouille, avoua-t-elle.

– Je sais, mais si tu l'attrapes, le fauve pourrait se sentir menacé.

– Ouais, eh bien, moi aussi. Cette bête est censée se trouver dans le refuge à côté, pas dans ma chambre.

Kylie se souvint brusquement que Della l'avait informée que les animaux avaient l'air en colère. Le fauve était-il furieux contre elle ?

– Comment a-t-il fait pour entrer ici ?

– Je l'ignore, mais on s'en préoccupera plus tard.

Un grondement grave sortit de la poitrine du lion. Kylie ne savait pas si c'était sa façon d'exprimer sa fureur, mais, de sa place, le bruit était clairement angoissant.

– Ne panique pas, Kylie. Il peut le sentir.

Daniel avait raison, décréta-t-elle. Les animaux, comme les surnaturels, pouvaient percevoir des sentiments comme la peur. Elle inspira lentement. *Pense à autre chose. Pense à autre chose.* Son esprit trouva un sujet, et elle regarda de nouveau Daniel.

– Est-ce que Nana, ma grand-mère, est au paradis ?

– Bien sûr.

– Si tu peux me rendre visite, pourquoi pas elle ?

La vapeur s'éleva de ses lèvres et serpenta jusqu'au plafond.

– J'étais là le premier.

– Où étais-tu le premier ?

Elle claquait toujours des dents.

– À attendre que tu sois assez vieille pour comprendre. On n'autorise qu'un seul esprit à la fois à venir te rendre visite, jusqu'à ce que tu puisses te débrouiller.

– Eh bien, ils avaient tort.

Elle reposa les yeux sur le lion.

– À quel sujet ?

– Je ne suis pas encore prête à me débrouiller.

Il sourit.

Kylie n'avait pas eu l'intention de faire de l'humour.

– Donc, tu as bel et bien vu Nana ?

– Ce n'est pas une femme qui passe inaperçue. Pas même sous sa forme d'esprit.

La curiosité l'emporta.

– Tu l'as rencontrée avant sa mort ?

– Il y a longtemps.

Ses yeux bleu clair, avec ses cheveux blonds, l'attirèrent une seconde. Elle le scruta. Puis cela se produisit.

Elle vit l'intérieur de sa tête. Elle faisait ce que tous les surnaturels savaient faire : elle voyait sa configuration. Un frisson infime la traversa.

Cillant, elle continua à l'étudier. Il avait des lignes verticales et une espèce d'écriture ancienne, comme du chinois ou des symboles préhistoriques.

– Tu étais surnaturel, pas vrai ?

Le lion laissa échapper un autre rugissement. Kylie tressaillit lorsque la bête se leva.

– Je crois qu'il a faim, dit-elle. Je devrais peut-être attraper la chaise maintenant, non ?

Le fantôme ne répondit pas. Kylie constata que la température remontait. Oh, mince. Même le fantôme avait peur d'être dévoré vivant. Seulement, ça ne se pouvait pas, vu qu'il était déjà mort. Comme ce serait bientôt le cas pour elle si elle ne trouvait pas rapidement quelque chose.

Des larmes emplirent ses yeux. Elle était seule. Toute seule. Puis le lion agita la tête en avant et en arrière et fit un mouvement brusque vers elle.

chapitre 37

Kylie fila derrière la chaise, dans le but de s'en servir comme arme, mais quand elle leva les yeux le lion avait reculé. Il passa la tête par la porte de la chambre, comme si, de l'autre côté, quelque chose avait capté son attention.

Puis elle l'entendit. Le chaton. Le fauve fit un pas hors de la pièce. Elle pouvait aller claquer la porte et pousser le lit tout contre.

Et écouter l'animal dévorer son chat vivant.

– Non ! Viens ici, espèce d'affreux monstre puant !

Elle agita la chaise d'avant en arrière pour attirer le fauve. La bête recula, grogna, montra les dents et secoua sa crinière sans la quitter des yeux.

Sans savoir pourquoi, elle pensa au soldat et à son choix de mourir quand il était revenu sauver la femme.

Je ne vais pas mourir. Je ne vais pas mourir.

– Daniel, je t'en prie, reviens ! cria-t-elle, ne voulant pas être seule.

Le froid effleura de nouveau sa peau.

– Holiday va chercher de l'aide.

Le lion se rapprocha de la chaise. De nouvelles larmes emplirent ses yeux.

– Ne me laisse plus seule, d'accord ? l'implora-t-elle.

– Je ne te laisserai pas, fit-il. Je ne l'ai jamais voulu.

– Kylie ? aboya Holiday depuis le séjour.

– N'entre pas ! hurla Kylie, et elle agita la chaise pour attirer l'attention de la bête au cas où Holiday ne l'aurait pas entendue.

Elle perçut des pas qui s'éloignaient.

– Burnett est parti chercher un pistolet anesthésiant, cria Holiday. Il sera là dans quelques minutes. Ça va, tu es en sécurité ?

En sécurité ? Il y avait un lion dans sa chambre. Mais si Burnett était en route, alors… elle allait répondre lorsqu'elle entendit des voix.

– Non, dit la directrice.

– Non quoi ? fit Kylie.

– C'est trop dangereux, reprit Holiday comme si elle parlait à quelqu'un d'autre.

Des pas résonnèrent depuis le séjour. Le lion rugit. Derek apparut sur le seuil. Ses yeux vert doux croisèrent ceux de Kylie avant de se poser sur l'animal. De la peur étincela dans les siens, et elle ressentit la même anxiété que lui.

L'idée de devoir regarder le lion attaquer Derek fit bondir son cœur dans sa cage thoracique.

– Pars, Derek ! lui intima Kylie, qui essayait d'avoir l'air calme alors qu'elle était à deux doigts de hurler. Écoute Holiday.

– Je peux le faire, répondit-il d'une voix assurée. J'ai le don, tu te souviens ?

Il avança d'un pas dans la chambre. Le lion secoua sa crinière en rugissant.

Le garçon ne bougea pas. Il regarda fixement la bête. Puis déboutonna sa chemise.

– Qu'est-ce que tu fais ? demanda-t-elle.

Si l'idée de le voir torse nu la tentait, ce n'était pas le moment.

– Il n'aime pas mon odeur.

– Alors garde-la pour qu'il ne te mange pas.

– C'est bon.

Le jeune homme jeta sa chemise dans le séjour. Il était encore plus beau qu'elle l'avait imaginé. Puis, paumes tendues, il avança d'un autre pas. La bête rugit, mais sans charger.

Derek s'approcha encore. Cette fois, le lion fit un mouvement brusque dans sa direction et faillit prendre le bras du garçon dans sa gueule.

– Non !

Kylie agita la chaise pour attirer l'attention du grand félin.

– Arrête !

– Comme ça, il ne t'attaquera pas.

– Kylie, tu l'énerves. Fais-moi confiance, d'accord ? Arrête !

La fermeté dans sa voix la convainquit. Comme Treillis ne bougeait pas, silencieux, dans un coin, elle ne pouvait s'arrêter de trembler.

– Je vais venir te rejoindre, dit Derek. Je veux que tu restes derrière moi. Puis nous passerons la porte. Tu sortiras en premier et je la fermerai. Pigé ?

Comme si le lion avait compris le plan du garçon, il grogna et se posta face à lui, puis recula vers Kylie. À chaque pas de Derek, le lion avançait d'un autre vers la jeune fille.

Une odeur d'urine emplit ses narines. Le derrière du gros félin heurta la chaise et la fit tomber contre le mur.

Quand Kylie refit la mise au point, elle vit Derek à quelques mètres du lion. Si près que la crinière de l'animal effleurait son ventre nu. Les muscles du garçon se tendirent.

– Maintenant, sors tranquillement de derrière la chaise, Kylie, ordonna-t-il.

– Obéis-lui ! lança Daniel.

Le fauve donna à Derek un coup de tête qui faillit le faire tomber.

Le garçon rebondit.

– Doucement, Kylie, dit-il, comme s'il ne se rendait pas compte que le lion pouvait ouvrir la gueule et se servir de lui comme d'un bonbon. Doucement, et calmement.

Elle sortit petit à petit, craignant même de respirer, et Derek lui prit le bras et la plaça derrière lui. Elle mit les mains sur ses côtes nues. Ses paumes se collèrent à sa peau chaude.

– C'est parfait. Maintenant nous allons faire des petits pas jusqu'à ce que nous soyons sortis. Tu te débrouilles bien. Continue à reculer.

Kylie sentit le seuil de la porte contre son talon. Derek tendit le bras vers la gauche pour saisir la poignée et la bête se précipita vers lui et lui donna un coup de griffe.

Le sifflement du jeune homme envahit les oreilles de Kylie, qui comprit que les griffes de l'animal avaient déchiré sa peau.

– Tu vas bien ? demanda-t-elle.

Il ne répondit pas, essaya encore d'attraper la poignée. Le lion rugit, mais n'attaqua pas, cette fois. Kylie continua à reculer dans le séjour, Derek la suivit lentement. Quand il ferma la porte de la chambre derrière eux, elle vit le sourire de Daniel.

– Vous avez réussi !

Holiday se précipita vers eux. Kylie tremblait, les bras croisés sur la poitrine, frissonnant intérieurement et se sentant très, très mal.

– Aide-moi à déplacer le canapé contre la porte au cas où il déciderait de charger, lui dit Derek.

Tandis que Holiday et lui bougeaient le meuble, Kylie remarqua le sang qui coulait sur son ventre musclé.

– Tu es blessé.

Elle claquait tellement des dents qu'elle avait du mal à parler. Des gouttes de sueur froide ruisselèrent de son front.

– Juste une égratignure, lui assura-t-il.

Elle parcourut la distance qui les séparait et se jeta contre lui. Elle se moquait bien que sa chemise de nuit préférée soit maculée de sang. Elle laissa tomber son visage sur le mur chaud de peau et de muscles, continuant à trembler.

Il la prit dans ses bras. Holiday vint passer une main dans le dos de la jeune fille.

Kylie ignora quelle fée intervenait, ou si c'étaient les deux – honnêtement, ça lui était égal –, mais les milliers de petits points de panique disparurent peu à peu. Elle était en sécurité, et c'était tout ce qui comptait.

Elle enfouit davantage son visage dans l'épaule nue de Derek, adorant son odeur, cette sensation d'être tout contre lui.

– Emmène Kylie dans une autre chambre, ordonna Holiday.

– Non, ça va, répondit celle-ci.

Elle leva la tête, mais ne voulait pas quitter le confort des bras de Derek. Elle en avait besoin encore un petit moment. Il était si chaud, et elle avait si froid.

Kylie vit Daniel debout derrière Holiday. Il lui sourit, puis disparut.

– Merci, dit-elle, espérant qu'il l'avait entendue.

– Avec plaisir, répondit Derek.

Elle se retourna pour lui exprimer sa gratitude, mais un grand coup sec l'en empêcha. La porte du bungalow s'ouvrit brusquement, si fort que l'on aurait cru qu'elle s'était cassée. Burnett fit irruption, les yeux étincelants et un gros fusil dans les mains.

– Vous m'aviez promis de ne pas venir ici, dit-il à Holiday, bouillant de rage.

– J'ai changé d'avis, répondit-elle.

De l'autre côté de la porte de la chambre de Kylie, le lion rugit, et Burnett avec lui.

– D'abord, je vais m'occuper de ça, et ensuite de vous.

– Eh bien, je vous souhaite bonne chance, le railla Holiday.

Burnett se dirigea vers la porte.

– Attendez. Laissez-moi le calmer, sinon il croira que vous voulez le tuer.

– Très bien, acquiesça-t-il.

Kylie ne pouvait pas dire qu'elle aurait fait preuve d'une telle courtoisie envers la bête, mais, en son for intérieur, elle admirait Derek.

Les deux hommes éloignèrent le canapé de la porte. Burnett y colla son oreille, puis :

– Il est à l'autre bout de la pièce.

Il posa la main sur la poignée.

– Faites attention, lança Kylie.

Derek se tourna vers elle.

– Du gâteau !

– Tu n'es pas obligée de rester, proposa Kylie à Holiday, qui tira une chaise à côté de son lit environ une heure plus tard.

La directrice avait elle-même nettoyé la chambre de la jeune fille pour en chasser l'odeur fétide de l'animal.

Holiday se pencha et murmura :

– Soit c'est ça, soit je passe un sale quart d'heure avec Le Grand Méchant Beau Gosse. Alors, fais semblant d'avoir besoin de moi jusqu'à ce qu'il s'en aille. Maintenant que nous avons capturé le lion, je ne crois pas qu'il traînera longtemps dans le coin. Qu'est-ce que j'étais contente que Derek soit là !

Kylie pensa à quelque chose.

– Une sorcière n'aurait pas pu empêcher ça ?

– Si encore j'en avais trouvé une ! Elles étaient toutes en promenade avec Sky. Je savais que Burnett venait juste de partir pour retourner au parc animalier, donc je l'ai appelé.

– Que faisait-il là-bas ? s'enquit Kylie. Que se passe-t-il, Holiday ? Comment le lion est-il arrivé ici ? Qui l'a mis dans ma chambre ? Et ne me dis pas non plus que c'est ton boulot de te faire du souci !

Apparemment, Holiday n'avait pas envie de répondre. Elle prit un air sévère et laissa tomber ses mains sur ses genoux.

– Tu le sauras demain, de toute façon.

– Je saurai quoi ?

– Quelqu'un fait une descente au parc animalier. Tue les animaux que le refuge essaie de sauver. La majorité des bêtes abattues figurait sur la liste des espèces en voie de disparition. Bien sûr, le gouvernement nous a aussitôt accusés. N'importe quel crime étrange est commis n'importe où et, forcément, on montre les surnaturels du doigt.

– Burnett pense que c'est l'un de nous qui fait ça ?

Holiday se mordit la lèvre.

– Non seulement c'est ce qu'il croit, mais pour ce qui s'est passé cet après-midi, ils ont des preuves. En tout cas, c'est ce qu'ils imaginent.

– Alors, quelqu'un ici est responsable ?

– Ils ont trouvé des traces de sang qui menaient à nous.

– Mais le lion n'a pas été tué, dit Kylie.

– Non, mais sa présence ici ne fait qu'empirer les choses. Quelqu'un a dû aider cet animal à s'échapper.

– Et on l'a enfermé dans ma chambre.

– Ou alors ce n'est qu'une coïncidence. Il aurait pu entrer dans n'importe quel bungalow au hasard.

– Mais la porte était fermée ! protesta la jeune fille.

– Peut-être que l'une de vous l'a laissée ouverte. Ensuite, il a dû s'enfermer de l'intérieur.

– Ou quelqu'un l'y a mis, insista Kylie.

Holiday la toucha pour la calmer, mais Kylie leva la main.

– Je vais bien.

S'enfonçant encore plus dans son oreiller, la jeune fille fixa le plafond.

– Est-ce qu'ils accusent Lucas ?

Holiday resta silencieuse un moment.

– On le recherche comme éventuel suspect.

– Je ne le crois pas, il n'est pas comme ça.

– Je sais, mais je ne peux pas les en convaincre. D'autant plus que Fredericka est partie cet après-midi.

– Elle est partie ? D'après toi, elle est avec Lucas ?

Kylie la regarda opiner, puis ressentit un brin de jalousie.

– Telle que je la connais, oui.

Kylie joignit les mains, accepta de devoir oublier Lucas, mais refusa toujours de croire à sa culpabilité.

– Ils vont essayer de fermer la colo ?

Holiday se renfrogna davantage.

– S'ils ne parviennent pas à aller au fond de cette affaire, oui. Je me battrai avec toute la poussière magique que j'ai en moi, mais cela ne dépend pas que de moi.

Le silence emplit la pièce, puis Holiday dit :

– Burnett organisera une réunion demain, où il interrogera probablement tout le monde. J'aimerais bien l'en empêcher, mais avec toutes les preuves, je ne peux même pas lui soutenir que ce n'est pas l'un de nous. Pourtant, accuser au hasard un groupe de surnaturels adolescents produira l'effet inverse de ce qu'il souhaite, à coup sûr.

– Tu penses vraiment que le responsable se trouve parmi nous ?

– Oui. Sinon, quelqu'un s'évertue à faire croire que nous sommes coupables.

La porte de la chambre de Kylie s'ouvrit et Burnett passa le nez.

– Retournez-vous au bureau ?

L'expression de Holiday se changea en fausse inquiétude. Elle posa une main sur l'épaule de Kylie.

– Je crains qu'elle n'ait besoin de moi. Nous parlerons demain ?

Burnett n'était pas dupe, il ne le cacha pas, mais il ne discuta pas non plus. En tout cas, tant que l'on ne considérait pas que claquer la porte signifiait « discuter ».

– Enfoiré, marmonna Holiday.

– Je vous entends, rétorqua-t-il derrière le mur.

La directrice fronça les sourcils.

– Je le jure, il me pousse à lui mettre un ange de la mort aux fesses.

Et elle n'essaya pas non plus de le dire discrètement.

– Je pensais que tu ne savais pas s'ils existaient vraiment, murmura Kylie.

Si elle avait cru en leur existence, elle aurait demandé à Daniel Brighten, le soldat, d'aller en chercher un. Puis elle se souvint des propos de Holiday : « Les fantômes sont tous des anges. » Bien sûr, Daniel avait joué un rôle capital dans la survie de Kylie.

Elle se pencha vers elle.

– Tout ce que j'ai à faire, c'est le menacer, même les grands méchants vampires font pipi dans leur culotte.

Elles rirent toutes les deux, puis Kylie lança :

– Il m'a sauvé la vie, pas vrai ?

– Derek ? Oui, je dirais ça comme ça.

– Non. Derek m'a sauvée, oui, mais c'est le fantôme qui t'a prévenue, n'est-ce pas ?

– En quelque sorte. Parce qu'il est relié à toi, il ne peut pas vraiment communiquer avec moi. Mais il a trouvé quelqu'un qui savait le faire. Nana m'a demandé de te dire qu'elle t'aime. Mais elle regrette que tu les aies laissés l'enterrer avec ce rouge à lèvres pourpre.

Kylie eut les larmes aux yeux et rit en même temps. Puis elle annonça :

– Enfin, je l'ai fait !

– Fait quoi ?

– J'ai lu dans l'esprit de quelqu'un.

Kylie faillit lui avouer que c'était dans celui du fantôme, mais pour une raison quelconque elle n'était pas prête à en parler. Comme si elle avait d'abord besoin de digérer tout ça. Il y avait des tas de choses qu'elle devait digérer.

Holiday se fendit d'un large sourire.

– Bienvenue dans notre monde, ma grande !

Le sourire de Kylie était vague, mais sincère.

– Cela veut-il définitivement dire que je suis comme vous ?

– Eh oui !

Holiday dégagea un cheveu de sa joue.

– Quand tu as vu Nana, as-tu vérifié si c'était une surnaturelle ?

– Oui. Elle était humaine.

Elle lui serra la main pour la rassurer.

– Que t'inspire tout cela ?

Kylie laissa échapper un profond soupir.

– Ça me stresse un peu. Ça me soulage un peu. Maintenant, j'aimerais juste savoir ce que je suis.

– Ça viendra, Kylie. La réponse est là. Elle est toujours là.

chapitre 38

Holiday avait raison. Pas sur le fait que Kylie allait découvrir ce qu'elle était. Voilà cinq jours que celle-ci avait failli servir de dîner à un lion, et sa crise d'identité était toujours bien présente.

Là où Holiday avait vu juste, c'était que la méthode de Burnett pour résoudre les crimes du parc animalier produisait l'effet inverse. Dès qu'il annonça que le coupable résidait à Shadow Falls, tout le monde se montra du doigt. Les vampires accusèrent les loups-garous : la plupart des bêtes tuées étaient de la famille des félins, et chacun savait que les loups-garous détestaient les chats.

Les loups-garous incriminèrent les vampires, à cause de leurs piètres provisions de sang. Les fées dénoncèrent les sorcières parce que, parfois, elles utilisaient du sang de tigre dans certaines incantations. Les sorcières dénigrèrent les fées, vu que ces dernières étaient de petites sournoises. Quelqu'un fit remarquer que les métamorphes étaient bien connus pour s'amuser à chasser les animaux sauvages.

Puis on cessa de pointer les espèces du doigt, et certains malchanceux se virent accuser. Lucas et Fredericka remportèrent tous les suffrages des parfaits coupables. Ensuite, le nom de Derek se retrouva dans le chapeau, parce qu'il communiquait avec les animaux et que tout le monde savait qu'il ne voulait pas de ce don. Enfin, comme Kylie était toujours considérée comme la « bizarre », à la configuration étrange et à l'esprit fermé, son nom fut à son tour jeté dans le chapeau des coupables.

Kylie perdit même toute retenue et alla voir Della pour accuser son cousin Chan d'être le responsable. Peut-être faisait-il vraiment partie du gang des Frères de sang. Della fit ce qu'elle faisait toujours : elle se mit en colère.

La tension était à son maximum. Les jeunes avaient cessé de participer à « Une heure pour faire connaissance », et Holiday et Sky avaient bien du mal à empêcher tout le monde de s'entretuer.

Puis les rapports entre les deux directrices se tendirent. Kylie était entrée dans le bureau et les avait entendues s'assassiner verbalement. Sky insistait pour que l'on jette l'éponge et que l'on ferme la colonie. Holiday lui rétorquait qu'il faudrait passer sur son corps de fée avant qu'elle accepte. Sky l'accusa de jouer les martyres et de manquer de clairvoyance, et Holiday, que Sky avait perdu la foi dans l'école et qu'elle s'y prenait comme un manche cette année.

Kylie ne connaissait pas très bien Sky, mais elle en savait suffisamment pour être d'accord avec Holiday. Elle ignorait pourquoi, mais elle n'avait jamais accroché avec la directrice loup-garou. En un sens, cette femme lui rappelait même un peu sa mère : glaciale, insensible et fermée.

C'était drôle comme, d'un seul coup, Kylie voyait les rapports entre ses parents d'un œil différent. D'accord, sa mère était froide, mais son père était un traître. La question qui se posait désormais était du style : « Qui de l'œuf ou de la poule est venu en premier ? ». Une question à laquelle l'adolescente n'avait pas de réponse.

Si penser au divorce continuait à toucher un point très sensible en elle, elle avait décidé de ne pas en faire son problème. C'est vrai, elle avait assez de feux à éteindre dans sa propre vie. Mince alors, elle avait failli devenir de la nourriture pour chat ! Et elle se demandait encore qui tenait à lui faire mal au point d'enfermer un lion dans sa chambre. Le seul nom qui lui venait à l'esprit, c'était celui de Fredericka. Mais si elle la croyait coupable, cela ne renforçait-il pas les soupçons sur Lucas ?

Lucas s'immisçait plus souvent dans sa tête qu'elle ne l'aurait voulu. Maintenant, au moins, quand ses pensées surgissaient, elles devaient rivaliser avec d'autres : Derek. Kylie et lui ne s'étaient pas retrouvés en tête à tête depuis l'histoire du lion ; mais il venait parfois se joindre à Miranda, Della et elle pour les repas. De temps en temps, elle le surprenait qui la regardait avec plus que de l'amitié ; mais, fidèle à sa promesse, il ne lui mettait jamais la pression.

Non, celle qu'elle ressentait venait d'elle-même. Un instant, elle avait pris la décision de l'embrasser, et juste après, la voilà qui pensait à son père, à Trey, et elle se demandait si se consacrer à une histoire d'amour justifiait le chagrin qui s'ensuivrait sûrement.

Puis il y avait tout le problème d'essayer de découvrir ce qu'elle était. Elle ignorait pourquoi, mais elle pensait qu'une fois ce problème résolu, elle serait libre d'entreprendre d'autres choix de vie.

Kylie retourna dans son bungalow, s'arrêta pour renifler et repérer des odeurs animales. Le nez en l'air, elle sentit que Socks lui attaquait les pieds. Soulevant son petit compagnon dans ses mains en coupe, elle l'amena devant son visage.

Dès que le chaton était agité, elle s'imaginait que le bungalow était rempli de bêtes et de fantômes. Daniel n'était passé la voir qu'à quelques reprises, et chaque fois le chat était parti se cacher sous son canapé. Mais il n'y restait pas trop longtemps : Daniel lui rendait de brèves visites et il avait cessé de parler.

– Alors, la voie est libre, Socks ? s'enquit Kylie.

– Hormis une sorcière très, très heureuse, dit Miranda en sortant de sa chambre en trombe pour serrer son amie et le chaton dans ses bras.

– Laisse-moi deviner, fit Kylie. Perry t'a enfin embrassée ?

– Non. Je commence à me demander s'il le fera même un jour. Mais oublions-le pour l'instant, car ça y est, j'ai réussi. Avec ton aide, bien sûr.

– Réussi à faire quoi ?

– À me débarrasser de M. Pepper.

– De qui ?

– Mon prof de piano.

– Oh non, ne me dis pas que tu as laissé Della le cuisiner !

– Non. J'ai compris en quoi je m'étais plantée dans le sort et je l'ai inversé. Je me suis servie de ces livres pour découvrir ce que j'aurais pu faire à l'envers, les lettres, les mots. C'était comme un puzzle, mais j'ai enfin trouvé. Je suis débarrassée du cracra-paud !

Elle leva les bras en signe de victoire, ce qui fit rire Kylie.

– Et, poursuivit Miranda, le comble, c'est que M. Pepper est entré dans un hôpital psychiatrique.

– Parce que les gamines l'attirent ?

– Non, parce qu'il rêve qu'il est un crapaud, mais il a avoué au médecin que son attirance pour les jeunes filles l'inquiétait. Je suis passée assister à sa première séance. Mais ce qui compte, c'est qu'il va peut-être se faire aider.

– C'est super, ce que tu as fait !

– Non, ce que nous avons fait. Je n'y serais pas arrivée sans toi. Et si je ne sais toujours pas si je pourrai devenir grande prêtresse un jour, si je pourrai rester dans la course. Vous êtes mon héroïne, Kylie Galen !

– Et pas moi ? fit Della en sortant de sa chambre.

– Désolée, répliqua Miranda. La semaine prochaine, tu devras faire encore mieux.

Kylie reposa Socks pour qu'il aille embêter Della : le chaton adorait ses chaussons Donald Duck.

Elle regarda son chat essayer d'attaquer le bec de Donald, puis la réalité vint ternir sa belle humeur.

– Si ça se trouve, il n'y aura pas de semaine prochaine. Ils pourraient bien fermer la colo s'ils ne découvrent pas qui sème la terreur dans le parc animalier. Nous devons arrêter de nous accuser mutuellement et agir. Je ne sais pas pour vous, les filles, mais je ne veux pas rentrer chez moi.

– Il s'est passé autre chose ? demanda Della.

Kylie leur raconta ce qu'elle avait appris quand elle avait rendu visite à Holiday.

– Ils ont failli piquer le tigre blanc.

– Comment ? s'enquit Della. Je croyais que le vamp' de l'URF gardait le parc ?

– Oui, mais quelqu'un a encore réussi à pénétrer dans l'enclos du lion. Et pendant que Burnett continuait à mener l'enquête, on a coupé le grillage qui conduisait à celui du tigre.

– Pauvres bêtes ! observa Miranda.

– Ouais, répondit Kylie, qui se rappelait que Derek avait affirmé que le fauve qui avait débarqué dans son bungalow était confus et terrorisé. Attendez, reprit-elle, pourquoi n'y ai-je pas pensé plus tôt ?

– Quoi ? firent Miranda et Della en chœur.

– Je crois savoir comment découvrir le fin mot de l'histoire.

chapitre 39

– Ça ne marche pas comme ça, déclara Derek, dix minutes plus tard, la chemise complètement déboutonnée.

Pas de doute, Kylie avait frappé à sa porte juste après qu'il s'était déshabillé.

Kylie jeta un coup d'œil à son torse et constata que ses griffures cicatrisaient.

– Que veux-tu dire ? Je croyais que tu savais communiquer avec les animaux.

Derek ferma la porte de son bungalow et l'éloigna du porche, de peur que l'un de ses colocs les écoute.

– Ce n'est pas comme si je pouvais leur poser des questions. J'entends, ou plutôt je ressens leurs émotions. Et encore, même pas toutes.

– Tu as affirmé que le lion t'avait confié qu'il n'aimait pas ton odeur.

– Il ne me l'a pas dit. Il l'a pensé. Ça ne marchera pas, Kylie.

– Mais il le faut. Ils vont fermer la colo, Derek. Je viens juste de m'habituer à toute cette histoire de non-humains, je ne peux pas partir maintenant !

Il scruta son visage un moment.

– Je sais, mais…

– Ça ne concerne pas que moi. Tu as vu ce qui se passe ici ? Tout le monde se tourne le dos. Prétend que la colo, c'est ce qui permet de maintenir la paix entre nous. S'ils pensent maintenant que les différentes bandes de surnaturels sont mauvaises, imagine…

Il mit un doigt sur ses lèvres et elle réprima le besoin urgent de glisser les mains sous sa chemise ouverte et de le serrer dans ses bras.

– Je ne dis pas le contraire. Mais je ne crois pas que ça marchera.

Puis, juste alors, elle se souvint. Pour que Derek puisse mettre son don en sommeil, il devait continuer à le chasser de son esprit. Pourtant, il l'avait sauvée des griffes du lion. Elle n'avait même pas pensé à ce sacrifice. Comment avait-elle pu oublier ?

– Je suis désolée. C'est à cause de ton don. Parce que tu veux cesser de t'en servir. J'ai oublié…

– Non, répliqua-t-il. Bon d'accord, alors peut-être un peu.

– C'est bon, Derek, fit-elle, en décelant de la culpabilité dans ses yeux.

Elle se souvint que quelques semaines auparavant elle aurait mangé des vers pour envoyer valser son don.

– Ce n'est pas juste de ma part de te demander de faire ça.

Elle fit mine de s'en aller.

Il l'attrapa par le bras. Son regard plongea dans le sien.

– Attends. J'étais sérieux quand j'ai affirmé que ce n'était qu'une petite partie de la raison pour laquelle j'hésitais. Pour être honnête, je suis à deux doigts de dire : « Et puis zut ! » et de jouer le rôle de Tarzan.

Elle comprit à son expression qu'il ne mentait pas.

– Hé, fit-elle, ce rôle de Tarzan m'a sauvé la vie ! Ne te dénigre pas !

– Je sais, et voilà pourquoi j'envisage de l'accepter. Mais c'est trop. Ce n'est pas comme si je pouvais m'asseoir et discuter avec les animaux. Ça ne marche pas comme ça.

– Comment tu le sais ? demanda Kylie. Tu as essayé ?

– Non, mais d'autres ont ce don. Et si je pouvais véritablement le faire, Holiday me l'aurait dit.

– Holiday a répété mille fois que nous possédons tous un don différent. Je sais que tu prétends que, jusque-là, tout ce que tu entends, ce sont leurs pensées, mais tu as réussi à communiquer avec ce lion pour qu'il ne nous transforme pas en viande à hamburger.

– D'accord… Si, par miracle, je pouvais vraiment communiquer avec eux, ça ne se ferait tout de même pas. James, le type de l'URF, ne me laisserait jamais approcher les animaux. Il m'a encore convoqué dans son bureau tout à l'heure. Il croit que je suis mêlé à tout ça. Il m'a même accusé de le faire pour t'impressionner.

Kylie envisagea d'aller voir Holiday immédiatement, mais elle savait que celle-ci refuserait, de peur que quelqu'un soit blessé. Elle rejeta la tête en arrière d'un air de défi.

– Alors, nous ne lui demanderons pas de nous laisser passer. Nous entrerons en douce.

– Devant un vampire ? Ce serait comme duper Superman !

– Oui, mais il se trouve que je connais sa kryptonite.

– Il a une kryptonite ? demanda Derek.

– Ouais, et elle s'appelle Holiday.

Kylie reconnaissait que ce pourrait être risqué, mais quand on n'a droit qu'à une tentative, autant l'utiliser au mieux. Et c'était ce que Derek et elle avaient fait. Ils durent dénicher un peu d'aide pour réussir leur coup, mais Kylie était hyper fière de son plan.

Kylie et Derek, cachés derrière des arbres, attendirent à une centaine de mètres des portes du parc animalier. Selon Della, ils seraient suffisamment loin pour que Burnett ne puisse pas les sentir. Kylie serrait bien fort les cartes du refuge qu'elle avait trouvées sur Internet et imprimées dans le bureau de Holiday.

Le danger Burnett ainsi écarté, entrer dans la colo serait du gâteau. À condition qu'un certain métamorphe aux yeux qui changeaient de couleur vous donne un coup de main. Et pour s'assurer qu'ils n'aient pas d'autres mauvaises surprises, Della ratisserait le parc puis leur servirait de vigie.

Leur plus grande inquiétude consistait à savoir si l'aptitude de Derek lui permettrait d'apprendre quelque chose des animaux. Il était sceptique.

Kylie voulait croire aux miracles.

Son portable sonna.

– Fait, annonça Miranda à l'autre bout de la ligne.

Cela signifiait qu'elle avait réussi à subtiliser le téléphone de Holiday et à envoyer un message d'urgence à Burnett, ruse à laquelle Kylie se doutait bien qu'il serait incapable de résister. Helen, qui eut la grâce de les aider, vivait en ce moment même près du ruisseau une fusion qui nécessitait l'aide de Holiday. Plus Burnett chercherait celle-ci, plus Derek disposerait de temps avec les animaux.

Mais, d'abord, il fallait que Burnett s'en aille. Et c'est ce qu'il fit quelques instants plus tard, quand il claqua la porte du bureau et disparut dans la nuit.

– Il a l'air bien pressé, murmura Della.

– Je crois que Holiday lui plaît vraiment.

Le cœur de Kylie se serra de culpabilité à l'idée d'inquiéter Burnett. Pour se racheter, si les choses se calmaient, elle pourrait les aider à sortir ensemble, ces deux-là.

– Prête ? demanda Derek.

Elle opina. Ils coururent en direction du parc, conscients que l'heure tournait.

Perry leur avait déjà ouvert les portes quand ils arrivèrent.

– À plus !

Comme sa présence risquait d'énerver les animaux, il détala ; des étincelles tombèrent tout autour de lui quand il se transforma en aigle et disparut dans le ciel enténébré.

– Ça me fait toujours flipper de voir ça, observa Della, en s'arrêtant à côté de Kylie.

– Qu'est-ce que tu as trouvé ? demanda celle-ci, qui savait que leur temps était compté.

– Un garde, humain… un tire-au-flanc, il roupille. Dans le bureau du fond. Tu es sûre que tu ne veux pas que je vienne moi aussi ?

Kylie fit non de la tête.

– Je pense que moins il y a de monde impliqué, plus les animaux pourront communiquer avec Derek. Retourne là-bas et tiens-nous au courant quand Burnett reviendra. Espérons qu'on aura le temps de sortir.

Ayant déjà étudié les plans, Kylie et Derek filèrent d'abord dans la partie intitulée : « Le repaire des lions ». *Le repaire des lions ?* Voilà qui ne présageait rien de bon.

Si quelques étoiles brillaient dans le ciel, la lune, comme si elle lésinait sur la lumière, ne surgissait derrière un nuage que de temps à autre. Même les bruits venant des animaux semblaient plus inquiétants que d'habitude, ou peut-être la perception de Kylie était-elle déformée car elle savait qu'ils pénétraient sans autorisation dans une propriété privée. En gros, qu'ils violaient la loi. Quoi qu'il en soit, elle se surprit à se rapprocher de Derek.

– Les lions se trouvent juste après le virage, là-bas, déclara-t-il.

Elle ignorait s'il s'agissait de pipi de chat ou d'autre chose, mais la puanteur la frappa.

– Je les sens.

L'odeur la ramena en arrière, quand elle était prise au piège avec le fauve dans sa chambre.

– Détends-toi, lui intima Derek.

Qu'il puisse lire ses émotions continuait à l'énerver.

– J'essaie.

– Il y a quelque chose que j'ai besoin de savoir, reprit-il au moment même où un lion rugissait.

– Quoi ?

– Qu'est-ce que tu feras si nous découvrons que Lucas se cache derrière tout ça ?

– La même chose que si j'apprenais que quelqu'un d'autre est derrière tout cela : je le dirai à Holiday. Mais ce n'est pas ce que nous allons trouver.

– Tu as l'air sûre de son innocence.

Elle sentait que Derek la sondait.

– Et toi, de sa culpabilité.

– C'est ce que toutes les preuves indiquent.

– Elles ne sont qu'indirectes.

– Pour quelqu'un qui avait une trouille bleue de ce type, tu as changé ton fusil d'épaule.

Kylie se rendait compte de l'issue probable de cette conversation, et elle souhaita y mettre un terme.

– Je veux juste découvrir qui fait ça.

– Moi aussi.

Comme elle sentait un courant d'air glacial l'effleurer, elle s'enveloppa de ses bras.

Derek la regarda.

– Le fantôme est là ?

– Peut-être. Il n'est revenu que quelques fois depuis

l'incident avec le lion, et il ne reste jamais plus de quelques secondes.

– Alors, il nous donnera probablement un coup de main comme la dernière fois.

– Peut-être, mais j'espère que nous n'aurons pas besoin d'aide, dit-elle, et la froideur disparut aussi vite qu'elle était apparue.

Ils s'arrêtèrent devant un grillage.

– C'est ici, annonça Derek en regardant à travers.

– Ils sont là ?

Elle ne pouvait pas les voir.

– Oui, derrière l'arbre et à côté de l'étang, là-bas.

– Ils savent que nous sommes là ? demanda Kylie.

– Oh, que oui !

Elle s'éloigna d'un pas de la clôture.

– Comment envisages-tu de t'y prendre ?

Il gloussa.

– Je comptais sur toi pour me le dire.

– Tu plaisantes ?

– En partie, répondit-il, un peu inquiet.

– D'accord. Tu peux lire en eux ?

– Pour l'instant, tout ce que je lis, c'est qu'ils nous considèrent comme une menace.

– Pourquoi ? demanda Kylie au moment où un cri d'animal sauvage – peut-être un éléphant ? – emplissait la nuit. Ils ne doivent sûrement pas ressentir que ça.

– Ce sont des mâles. On ne s'encombre pas avec les sentiments.

– Trop mignon, marmonna-t-elle.

– C'est bien ce que je pensais, répliqua-t-il, rayonnant.

– Je suis sérieuse.

Elle lui donna un coup de coude.

– Je sais. Je t'ai dit que j'ignorais si ça allait fonctionner.

– Concentre-toi, fit Kylie, demande-leur ce qui leur fait peur chez nous.

Il colla la tête au grillage et ferma les yeux. Elle l'observa. Le temps passa, une minute, puis deux. Elle dut se mordre la lèvre pour ne pas lui demander si cela marchait.

Puis elle estima que si elle se concentrait elle aussi, peut-être que ce serait mieux ; elle se cala donc contre son dos et posa les mains sur ses côtes. *Pourquoi vous fait-on peur ? Pourquoi vous fait-on peur ?* Elle répéta la question dans sa tête.

– Kylie ? murmura Derek.

– Tu trouves quelque chose ? s'enquit-elle, pleine d'espoir.

– Oui, jusqu'à…

– Jusqu'à quoi ?

– Jusqu'à ce que tu colles tes seins contre moi. Et penser à eux supplante haut la main les bavardages de fauves.

Il ricana.

– Tu vas devoir reculer.

Elle s'exécuta et lui asséna une tape dans le dos. Un frémissement se fit entendre derrière la barrière.

– Je crois qu'il y en a un qui approche.

– Chuuuut, dit-il.

Elle se tut, mais quand le lion sauta sur les barbelés, elle laissa échapper un hurlement aussi fort que son rugissement. Reculant d'un bond, le cœur battant la chamade, elle tomba sur les fesses.

– C'est le même, n'est-ce pas ? demanda-t-elle en scrutant la créature qui la dévisageait.

Elle n'oublierait jamais ses yeux, dorés et affamés.

Derek ne répondit pas. Il ne se retourna même pas pour l'aider. Puis elle constata qu'il ne bougeait plus : les yeux grands ouverts, il fixait la bête comme s'ils avaient une conversation mentale.

Restant là où elle était pour ne pas les déranger, elle se frotta les mains afin d'en ôter le gravier. Elle hurla, et une autre main vint se plaquer sur sa bouche.

Derek se retourna, mais, avant qu'il puisse même faire un pas, un blond l'avait attrapé par la gorge et collé contre le grillage. Le fauve rugissait derrière lui.

– Pas si fort.

La voix ne lui disait rien du tout. D'après la froideur de son contact, Kylie devinait que le type qui la tenait était un vampire, ou une créature au sang tout aussi glacé.

Derek se débattit. Le rugissement du lion devint encore plus menaçant.

Kylie parvint à regarder son agresseur. Cheveux teints en auburn. Yeux rouges brillants assortis à sa chevelure. Clairement un vampire, décida-t-elle, en remarquant ses crocs qui pendillaient légèrement au-dessus de sa lèvre inférieure.

– J'en connais un qui a faim, déclara-t-il. Je parie que le chaton adorerait manger une chose jeune et tendre comme toi. Le problème, c'est que moi aussi.

– Qu'est-ce qui se passe ?

Le blond qui tenait Derek par le cou hurla, puis s'écroula, inconscient.

Kylie remarqua l'expression d'une grande intensité sur le visage de Derek, et elle comprit qu'il avait fait quelque chose au blond. Puis le regard de Derek se posa brusquement sur Rouge et elle.

– Lâche-la, lui ordonna-t-il d'une voix rauque.

Kylie le vit se jeter en avant, mais deux autres types tombèrent du ciel, et chacun prit Derek par un bras. Il se débattit.

– Excusez-moi, dit l'agresseur de Kylie. Je pense que je vais manger un petit quelque chose.

Il recula d'un bond de sept mètres et l'emmena. Ils atterrirent dans un bruit lourd et sourd. Kylie, toute secouée, se mordit le bord de la langue.

Fort.

Elle sentit le sang s'accumuler dans sa bouche.

Elle essaya de se détacher, mais la force du vampire la rendait aussi mobile qu'un insecte pris dans un essuie-glace qui fonctionne à toute allure.

– Hum, comme tu sens bon ! Jolie, en plus.

Il l'observa une seconde, comme s'il lisait sa configuration, puis sa bouche se posa sur la sienne.

Elle savait qu'il buvait son sang, non, qu'il l'embrassait, mais elle ne tenait pas à être mêlée à cela.

Bats-toi. Bats-toi ! Elle se souvint de la leçon numéro un que son père lui avait apprise au sujet des garçons. Reculant la jambe, elle concentra toutes ses forces et donna un coup de genou dans son entrejambe.

Elle ne s'était même pas demandé si les vampires avaient le même point faible. Mais le hurlement du vampire lui prouva que si. Toutefois, elle aurait pu se passer de valdinguer en l'air comme une poupée de chiffon. Son dos s'écrasa sur le grillage et elle glissa pour atterrir dans un bruit sourd.

Tout en elle lui intimait de se lever, de se préparer à se battre. Mais, incapable de respirer, elle dut faire appel à toutes ses forces rien que pour ouvrir les yeux.

Elle vit que les deux vampires qui tenaient Derek étaient tombés par terre, comme l'autre.

– Kylie, ça va ?

Derek apparut brusquement. Il se pencha au-dessus d'elle.

– Elle m'appartient, fit une voix rauque.

Impuissante, elle vit le vampire qui l'avait embrassée attraper Derek par le cou et le balancer de l'autre côté du grillage, avec les lions.

Elle les entendit rugir et les imagina en train de déchiqueter son ami.

– Non ! hurla-t-elle.

Le vampire la regarda comme si elle était le petit cadeau dans une boîte de céréales.

– Qu'es-tu ? demanda-t-il en se baissant pour la soulever.

Un froid immense l'envahit. Plus froid que tout ce qu'elle avait jamais ressenti. Des aiguilles glacées touchèrent sa peau, transpercèrent son tissu humain et se frayèrent un chemin jusqu'à ses os. L'espace d'une seconde, ses bras et ses jambes furent paralysés.

Puis, d'un seul coup, elle fut debout. Le vampire tenait quelqu'un dans ses bras. Et Kylie se rendit compte que c'était elle. Ses yeux brillaient désormais d'un rouge encore plus vif.

Étrangement, elle n'avait pas peur. Elle attendit qu'il se rapproche, sentit qu'elle pourrait faire avec. Sans savoir comment.

Du coin de l'œil, elle vit Derek se hisser par-dessus la clôture.

– J'ai dit : ne la touche pas !

Le jeune homme franchit le grillage d'un bond et sauta sur Rouge. Celui-ci la relâcha et coinça Derek, dos contre la clôture.

– Tu ne sais pas quand mourir, n'est-ce pas ? grogna-t-il.

Une silhouette obscure tomba du ciel et frappa le vampire si fort qu'il s'effondra. Kylie reconnut immédiatement Della.

Derek virevolta pour jeter un œil sur Kylie, mais une autre silhouette obscure l'écrasa de nouveau contre la clôture.

Sans réfléchir, Kylie avança. Elle attrapa le vampire qui tenait son ami et le balança. Elle vit, hébétée, le corps du vampire voler à mille mètres dans l'air, pour atterrir dans les bois.

Quand elle se retourna, Derek regardait à travers elle.

– Waouh, tu as vu ? lui demanda-t-elle, mais il ne répondit pas.

Il se joignit à Della pour boxer le vampire. Le goût de la bouche du type s'attardait sur sa langue, et Kylie voulait cracher ; mais d'abord elle marcha, trouva un endroit à découvert, serra le poing et fit volte-face. Le vampire fit demi-tour en volant et retomba de tout son poids.

Derek et Della virevoltèrent brusquement, et se dévisagèrent, confus.

– Kylie ? cria le garçon.

– Ouais, répondit-elle, et elle le regarda se précipiter sur son corps par terre.

Il la retourna et, pour la première fois, elle sentit un choc la traverser. Si elle n'était pas dans son corps, alors où était-elle ?

Derek hurla son nom, puis :

– Respire, je t'en prie ! Pour l'amour de Dieu, respire, Kylie !

Il la secoua.

Oh non ! Était-elle morte ?

chapitre 40

Quand elle regarda ses vêtements, Kylie s'aperçut qu'elle portait des nippes de l'armée. Elle se trouvait de nouveau dans le corps-esprit de Daniel Brighten – comme dans son rêve. Cela signifiait-il qu'elle n'était pas morte ?

Elle contempla son propre corps et constata que Derek chassait deux autres vampires pour les empêcher de l'approcher. Della descendit en piqué lui donner un coup de main.

Comme elle se rappelait qu'elle pourrait les aider en tant que fantôme de Daniel, Kylie avança d'un pas vers eux. Mais juste alors, elle s'aperçut qu'elle était retournée dans son corps. Elle se releva, déterminée à ne pas rester allongée. Mais bouger lui fit très mal.

Quelqu'un apparut brusquement et vint se battre aux côtés de Derek et Della. Kylie regarda leur nouvelle alliée en plissant les yeux.

Sky ?

Des projecteurs s'allumèrent. L'obscurité disparut à toute vitesse – comme plusieurs de leurs agresseurs.

Burnett était accompagné d'autres membres de l'URF qui semblaient surgir de tous côtés. Ils attrapèrent deux vampires auxquels ils passèrent les menottes aux poignets et aux chevilles.

Derek se précipita vers Kylie.

– Tu vas bien ?

Elle opina, bien qu'elle eût mal à des endroits qu'elle n'aurait jamais imaginés.

– Que s'est-il donc passé ? demanda Burnett à Derek.

Il tendit la main vers lui, comme s'il était prêt à le menotter à son tour.

– C'est à cause de moi, insista Kylie. Je l'ai poussé à le faire.

– C'est faux, rétorqua Derek.

– Non, c'était mon idée, lança Della, qui surgit d'un coup.

– Non, ils mentent tous. Ce n'est pas leur faute, déclara Sky.

Tout sembla silencieux pendant un long moment, puis Derek prit la parole.

– Sky a aidé ces escrocs à piquer les animaux. Mais elle est venue nous défendre, en fin de compte.

Kylie savait que Derek avait appris cela quand son esprit s'était connecté à celui des lions. Ceux-ci lui avaient parlé, comme elle l'avait espéré. Une infime joie d'avoir raison papillonna à travers le chaos du moment, et elle s'autorisa à la savourer.

– Il dit la vérité.

Sky tendit les mains pour se faire menotter.

Burnett lui passa les menottes.

– Pourquoi ? demanda-t-il, en la fixant du regard, comme dégoûté.

– Ils détiennent ma sœur. Ils ont menacé de la tuer si jamais je ne les aidais pas à faire fermer la colo. Ils ont promis que personne ne serait blessé. J'ignore comment le lion est entré dans ton bungalow, Kylie. Je le jure. On m'a demandé d'emmener les sorcières en balade. Je savais qu'ils prévoyaient quelque chose, mais jamais je n'aurais cru… J'essayais simplement de sauver ma sœur.

Elle secoua la tête et regarda Burnett.

– Ils ? Qui sont-ils ? grommela Burnett, et il regarda les deux vampires menottés au sol.

L'un d'eux grogna contre lui et s'efforça d'enlever ses menottes.

Deux autres types de l'URF le retinrent.

Kylie se rendit brusquement compte que le roux, le premier à l'avoir attrapée, s'était enfui. Et elle ignorait pourquoi, mais cette pensée envoya des frissons dans son dos.

– Les Frères de sang, expliqua Sky. Le gang des vampires.

– Et pourquoi voulaient-ils que la colo ferme ? s'enquit Burnett.

– Ils estiment qu'elle ne sert qu'à corrompre des membres éventuels. Et, à ce qu'ils disent, ils ne sont pas les seuls à le penser. La plupart des gangs d'escrocs commencent à se rebeller contre nous.

– Savez-vous où ils retiennent votre sœur ?

Kylie perçut une note de compassion dans la voix de l'homme de l'URF face au dilemme de Sky.

– Non, mais mon père a engagé quelqu'un pour la retrouver.

Holiday arriva en courant. Son regard se porta sur sa collègue menottée.

– Que faites-vous ? demanda-t-elle à Burnett.

– Mon boulot, répondit-il, et il commença à emmener Sky.

Holiday s'interposa.

– Vous la relâchez ou…

– Il ne peut pas, Holiday, déclara Sky. J'ai déconné. Je suis désolée.

– Désolée de quoi ?

Sky se tourna vers Derek.

– Explique-lui.

Burnett regarda Holiday, sur le point de dire quelque chose. Puis il donna un coup de coude à Sky pour la faire avancer.

Holiday s'adressa à Kylie, Della et Derek.

– Quelqu'un a intérêt à parler. Et vite.

Holiday convoqua un médecin à la colo sans tarder pour examiner tout le monde en détail. À part quelques égratignures et de belles contusions, il déclara que tous se portaient bien. Il était 2 heures du matin passées. Les muscles de Kylie étaient endoloris et elle ne souhaitait qu'une chose : se coucher. Mais, apparemment, Burnett avait d'autres projets.

On demanda à Kylie et à ses complices dans le crime – pour une raison quelconque, Helen, Perry et Miranda avaient tous avoué faire partie de son plan – d'attendre au réfectoire. Holiday et Burnett entrèrent. Kylie vit les ombres de la souffrance danser dans les yeux de Holiday. Sans aucun doute, la trahison de Sky l'avait profondément ébranlée.

Burnett commença le dialogue, ou plutôt les remontrances. Il leur asséna que ce qu'ils avaient entrepris était stupide et imprudent. Qu'ils avaient bien de la chance que personne n'ait été tué, etc.

Et il avait raison.

Mais Kylie n'aurait pas hésité à recommencer.

Elle écouta le sermon comme les autres. Oui, elle savait que pénétrer dans le parc en douce n'avait pas été sans risque, mais elle n'avait pas eu l'intention d'entrer en guerre contre un gang de vampires. Tout ce qu'elle voulait, c'était conduire Derek vers les animaux pour qu'il parvienne à trouver des réponses.

Et, en l'occurrence, ça avait marché. Mais Burnett n'en avait pas parlé.

– Vous ne vous êtes même pas rendu compte qu'ils étaient cinq fois plus nombreux que vous ? Je n'arrive pas à croire…

Il continua à déblatérer, à leur rappeler qu'ils étaient des surnaturels et qu'ils étaient censés se montrer plus intelligents que ça.

Une question surgit dans la tête de Kylie, et, avant qu'elle puisse s'en empêcher, elle lui échappa :

– Allez-vous toujours fermer la colo ?

Burnett, qui n'appréciait pas qu'on l'interrompe, fronça les sourcils.

– Si c'est le genre de comportement que nous pouvons attendre de votre part, nous n'avons pas le choix.

Ça suffit ! Ça suffit ! Ça suffit !

Lorsque le mot traversa l'esprit de Kylie pour la troisième fois, elle se leva.

– Nous avons fait la seule chose que nous savions faire pour vous aider.

Elle ignorait d'où lui venait son assurance, peut-être de l'épuisement, mais visiblement c'était plus fort qu'elle.

– Vous semblez avoir oublié que nous n'avions pas l'intention de nous lancer dans une bagarre ouverte avec une bande de vampires. Tout ce que nous voulions, c'était rapprocher suffisamment Derek pour qu'il puisse communiquer avec les animaux et découvrir ce qui pouvait bien se tramer.

– Vous auriez dû venir nous voir, dit Holiday.

Si elle était de tout cœur avec elle, Kylie avait une remarque à faire. Vu qu'elle avait déjà énervé Burnett, autant continuer.

– Pourquoi donc ? demanda-t-elle. Tu ne nous faisais pas assez confiance pour nous raconter ce qui se passait. Oui, nous savons que tu es la directrice, mais nous ne sommes pas au jardin d'enfants. Tu affirmes que nous sommes ici pour apprendre à affronter le monde extérieur, mais tu essaies de nous protéger de tout ce qui pourrait être un minimum désagréable. Et si nous étions venus te voir pour t'en parler, je ne crois pas que tu nous aurais laissés faire parce que tu aurais eu peur que ce soit dangereux. Et puis, il y a vous.

Elle désigna Burnett du doigt.

– Ça suffira, la rembarra-t-il sèchement.

Oh, que non.

– Même si Holiday avait accepté de nous laisser faire, en aucune façon vous n'auriez approuvé que Derek entre dans le parc, car vous nous considériez tous comme des suspects.

– Exact, acquiesça Derek.

– Amen ! fit Della.

– Bien dit, Kylie ! lança Miranda d'un ton brusque.

Tous les autres dans la pièce hochèrent la tête en signe d'assentiment.

– Ça n'a aucune importance, rétorqua Burnett.

– Si, répliqua Holiday en levant une main pour faire taire le grand vampire sombre et menaçant. Kylie a raison. Ça ne me plaît pas, mais elle a raison. J'ai tendance à me montrer un tantinet surprotectrice. Et vous, à être… eh bien… un enfoiré.

L'expression de Burnett était un croisement entre choc et colère.

– Je suis honnête, voilà tout. Et pour répondre à ta question, Kylie, Burnett m'a déjà informée que la colo ne fermera pas, heureusement.

Dans la salle, tout le monde laissa échapper un cri de victoire. Holiday jeta un coup d'œil à Burnett, comme si elle lui demandait presque la permission de poursuivre. Il fronça les sourcils mais hocha la tête.

– À vrai dire, Burnett vient également de m'apprendre que ma demande pour transformer Shadow Falls en Shadow Falls Academy a été acceptée.

– Comme une école à plein temps ? s'enquit Kylie.

Holiday opina, et Kylie la vit chercher Della des yeux.

– Nous espérons que cela allégera la tension des tout nouveaux surnaturels pour lesquels vivre avec des parents normaux est impossible. Cela leur permettra de garder le contact et, pourquoi pas, d'empêcher ces familles de couper définitivement les ponts.

Kylie se fendit d'un grand sourire et jeta un coup d'œil à Della, qui semblait sur le point de pleurer.

– Et, poursuivit Holiday, si je viens de traiter M. James ici présent d'enfoiré, et c'est vrai qu'il en est un, j'aimerais également souligner que, ce soir, son chef m'a informée que, contrairement à ce que je pensais, il a toujours soutenu notre projet d'école. Son boss m'a appris qu'il nous avait défendus tout du long. Et que ça vous plaise ou non, et pour info ça me déplaît, il mérite tout notre respect.

Burnett, les bras croisés sur la poitrine, foudroyait Holiday du regard. Kylie soupçonnait la directrice de ne pas avoir regardé une seule fois dans sa direction rien que pour l'embêter.

– Cela dit, reprit Holiday en montrant la porte, il est très tard, et comme demain c'est le jour des parents, nous devons être debout et en pleine forme dès l'aube, même s'il faut jouer la comédie.

Miranda, Della et Kylie sortirent ensemble.

– Chan n'était pas là, observa Della. Je l'aurais senti.

– Je sais, répondit Kylie.

– Qui est Chan ? s'enquit Miranda.

– Je t'expliquerai plus tard, lui promit Della, puis elle posa les yeux sur Kylie. Quand Sky a affirmé ne pas avoir fait entrer le lion dans ta chambre, elle disait la vérité.

– Je m'en doutais.

Pourtant, dans cet incident, quelque chose sonnait faux. Mais Kylie ne voyait pas quoi.

Elles se dirigeaient vers leur bungalow lorsqu'elle remarqua Derek.

– Allez-y, vous deux. Je veux lui dire bonsoir. Derek, attends ! lui cria-t-elle.

Il se retourna et vint vers elle. Quand ils se retrouvèrent à mi-chemin, il souriait.

– J'ai bien aimé que tu tiennes tête à Holiday et à Burnett.

Elle haussa les épaules. Elle ne savait pas trop où elle en avait trouvé le courage, mais ces derniers temps elle s'était surprise à exprimer son avis.

– Et moi, j'ai bien aimé quand tu as tenu tête aux vampires. Qu'est-ce que tu as fait ? Ils n'arrêtaient pas de tomber du ciel !

Il se fendit d'un grand sourire.

– Apparemment, j'ai la possibilité de choquer leur système avec une surcharge émotionnelle. C'était cool, hein ?

– Oui, acquiesça-t-elle.

Il la scruta.

– Ton fantôme était là lui aussi, non ?

– En effet, répondit Kylie, pas tout à fait prête à partager cette histoire d'expérience hors du corps.

Ils ne se quittèrent pas des yeux.

– Ça a marché, pas vrai ? Tu as communiqué avec les animaux. C'est comme ça que tu as su pour Sky ?

Il acquiesça.

– Tu avais raison.

Elle crut reconnaître quelque chose dans sa voix… du regret.

– Ça t'embête que ça se soit passé ? Si tu… enfin, je suis désolée que…

Il posa un doigt sur les lèvres de son amie.

– Tu n'as pas besoin de t'excuser. Je suis content de l'avoir fait. Pour être honnête, c'était la chose à faire. Nous avons fait ce qu'il fallait. Nous formons une belle équipe.

– Tu m'as sauvé la vie deux fois. Trois, si on compte le serpent.

Elle leva les yeux sur lui. Sa paume sur son cou était si agréable. À sa place. Sans réfléchir, elle se mit sur la pointe des pieds et colla ses lèvres aux siennes.

Ce n'est pas lui qui initia le baiser. Mais elle.

Ce n'est pas lui seul qui intensifia le baiser. Elle aussi.

Ce n'est pas lui qui se rapprocha. Non, c'était encore elle.

Mais ça ne le dérangeait pas du tout.

En revanche, c'est lui qui introduisit sa langue dans sa bouche. Tout au fond d'elle, elle entendit une petite voix dire : « Oups ! »

Elle se détacha de leur étreinte. Tous deux soufflaient. Elle n'était pas sûre qu'ils aient haleté si fort quand ils se battaient contre les vampires escrocs.

Il ouvrit les yeux et la regarda.

– Waouh !

Kylie inspira, tâchant toujours de reprendre son souffle et de s'éclaircir les idées. Elle fixa ses chaussures, parce que le dévisager semblait désormais un peu trop. Elle n'avait pas voulu que cela se produise. Ou si ?

Il passa un doigt sous le menton de Kylie et lui redressa la tête. Zut. Il allait la forcer à le regarder. Puis il lui poserait sans doute la question à laquelle elle n'avait pas la réponse.

– Qu'est-ce que c'était, Kylie ? Simplement un baiser pour me remercier de t'avoir sauvé la vie… ou plus ?

La question qu'elle redoutait tant.

– Je ne sais pas, répondit-elle honnêtement. Peut-être juste un moment de faiblesse.

– Fais-moi plaisir.

Il se pencha vers elle.

– Quoi ?

– Chaque fois que tu te sens faible, viens me voir.

Elle allait lui donner un coup de poing dans la poitrine, mais il l'arrêta. Il porta sa main à sa bouche et embrassa délicatement sa paume. L'humidité de ses lèvres envoya un frisson, un merveilleux frisson le long de sa colonne vertébrale.

Pour la même raison inconnue, ce second baiser provoqua encore plus de ravages affectifs que le premier. Il avait l'air… enchanté. Les étoiles étincelaient, comme tout droit sorties d'un film de Disney. Derek en était-il à l'origine ? Se servait-il de ses dons pour lui faire voir les choses différemment ? Et cela importait-il, d'ailleurs ? Elle n'avait pas la réponse.

– Je devrais… y aller. Demain, c'est le jour des parents.

– Je te raccompagne à ton bungalow.

Il arqua un sourcil.

– Je ne t'embrasserai plus, lâcha-t-elle, avant de réfléchir.

Il rit.

– Je parie que si.

Elle savait qu'il avait raison, mais…

– Pas ce soir.

– J'ai bien compris. Heureusement que je suis patient.

Le baiser de Derek et peut-être tout ce qui s'était produit avant aidèrent Kylie à ne pas trop penser à sa rencontre du lendemain avec sa mère… Lui avouerait-elle, ou non, qu'elle avait vu son père se faire tripoter en plein centre-ville. Puis il y avait l'autre question qu'elle devait poser. Celle qui la faisait se tordre intérieurement.

Celle à laquelle elle n'avait pas voulu réfléchir.

Mais là, debout dans le réfectoire, en attendant sa mère, elle se demanda si elle n'aurait pas dû y réfléchir sérieusement. C'est vrai, on ne pouvait pas lâcher certaines choses comme ça, à la va-vite.

Sa mère arriva, et Kylie la vit balayer la salle du regard. Elle en profita pour s'attarder sur elle. Sur ses cheveux châtains, ses yeux noisette. Sur le fait qu'elle ne lui ressemblait pas du tout. Excepté le nez. Elle avait assurément hérité de son nez en trompette.

– J'ai failli ne pas te trouver, déclara-t-elle quand elles s'assirent à une table moins bondée. Tu ne dors pas assez, n'est-ce pas, Kylie ?

S'agissait-il d'une espèce de radar maternel ?

– Une nuit agitée, c'est tout, mentit-elle.

Sa mère se pencha au-dessus de la table et chuchota :

– Tu ne refais pas ces rêves, tout de même ?

– Non.

Sa mère la gratifia d'un regard qui signifiait : « Ne me mens pas, pas à moi. »

– Je te le jure.

– D'accord.

– Bonjour, tout le monde ! lança Holiday, à l'entrée de la salle. Je sais qu'habituellement je ne m'adresse pas à vous lors de ces visites, mais j'ai le plaisir de partager certaines informations avec vous. Premièrement, j'ai le regret de vous annoncer qu'en raison de problèmes familiaux Sky Peacemaker, ma codirectrice, a dû prendre un congé exceptionnel imprévu.

Kylie dut le reconnaître, Holiday réussit à l'expliquer sans vraiment mentir.

– Toutefois, poursuivit-elle, nous lui cherchons une suppléante. En attendant, nous avons un remplaçant temporaire… juste temporaire. Et j'aimerais vous présenter M. James Burnett, qui nous a été fortement recommandé.

Kylie se demanda si la directrice savait combien le « juste temporaire » était éloquent. Devoir travailler avec Burnett la gonflait royalement, sans aucun doute.

– La deuxième nouvelle…

Holiday enchaîna avec son discours sur la colo qui allait devenir un pensionnat.

Kylie observa sa mère pendant que Holiday faisait son show. Elle s'attendait à moitié à ce que celle-ci se lève, applaudisse et hurle : « Enfin la liberté ! Enfin la liberté ! ».

Mais, curieusement, elle parvint à dissimuler son enthousiasme. Kylie ressentit une poussée de culpabilité égratigner sa conscience. Elle-même souhaitait s'inscrire au pensionnat à plein temps ; et pourtant, si sa mère désirait la même chose, elle le lui reprocherait à coup sûr.

Quand Holiday eut fini, Kylie regarda sa mère et proposa :

– Tu veux aller te promener ? Il y a des chemins agréables à travers les bois.

Sa mère regarda ses chaussures.

– Bien sûr. Quelle chance, j'ai mis des tennis !

Kylie décida de l'emmener sur un sentier moins boisé qui menait au ruisseau. Il n'était pas aussi sympa que leur petit coin à Derek et à elle, mais tout de même joli. Elle devait aller chercher une couverture dans son bungalow.

Sa mère flâna autour.

– C'est spartiate, mais sympa.

Socks sortit de sa chambre en courant et attaqua les lacets de sa mère.

– Oh, comme il est miiiiiignon !

Elle attrapa Socks Jr et le tint devant son visage.

– À qui appartient ce chaton ?

– Euh, à moi.

Sa mère eut l'air surprise.

– D'accord, mais tu ne crois pas que tu aurais dû m'en parler d'abord ?

– Euh… oui, j'imagine.

Sa mère continua à fixer le félin.

– Sais-tu à qui ce chat me fait penser ?

– À Socks ?

– Oui. Tu te souviens d'elle ? Nous l'avions quand tu es née. Ton père me l'a offerte le jour où j'ai passé la première échographie. Il était tellement content qu'il…

Elle se tut et cilla, comme pour chasser ce souvenir de sa mémoire.

– Oui, un chaton mignon.

Elle reposa le félin, comme si elle le tenait à moitié pour responsable d'avoir fait ressurgir un souvenir douloureux.

Kylie vit l'émotion dans ses yeux, et elle aurait volontiers frappé son père. Elle ravala le nœud qui se formait dans sa gorge et alla prendre la couverture.

Elles entrèrent en silence, puis sa mère demanda :

– Tu appelles bien ton père, n'est-ce pas ?

Kylie faillit mentir, mais dit :

– Le téléphone marche dans les deux sens, maman. S'il souhaite m'appeler, il a mon numéro.

– Chérie, les hommes ne savent pas toujours…

– Nous ne parlons pas des hommes, mais de papa.

– Je suis sûre qu'il n'a pas fait exprès d'oublier de venir te voir. Son travail peut parfois être très prenant.

– Vraiment ? C'est pour ça que tu as brûlé ses caleçons sur le barbecue ?

chapitre 41

Mère et fille continuèrent à avancer côte à côte sur le chemin à travers les bois.

– Je ne suis pas très fière de moi, sur ce coup-là.

– Tu devrais, répliqua Kylie. Je trouve que ce n'était que justice.

Sa mère la regarda avant de parler.

– Il traverse une épreuve difficile en ce moment, Kylie.

Le fait qu'elle le défende poussa la jeune fille à bout.

– Oui, il traverse sa gamine d'assistante, je sais.

Sa mère s'arrêta et lui saisit le bras. Des larmes emplirent ses yeux.

– Oh, ma puce, je suis désolée.

Kylie secoua la tête.

– Pourquoi tu t'excuses ? Tu as une aventure, toi aussi ? Je le jure, si jamais tu fréquentes quelqu'un de mon âge, je divorce de vous deux !

– Non. Jamais… Je ne voulais pas que tu sois au courant. Vous avez toujours été si proches. Comment l'as-tu su ?

L'adolescente sentit que cela blesserait sa mère si celle-ci apprenait que son père avait amené la bimbo avec lui le week-end dernier. Elle décida de pipeauter.

– J'ai compris qu'il me baratinait.

Elle secoua la tête.

– Il n'a jamais su mentir.

À ce moment, Kylie se demanda si sa mère, elle, savait le faire. Son père connaissait-il même la vérité ? Elle s'arrêta, ferma les yeux et réfléchit à la question qu'elle devait poser.

– Comme c'est joli par ici ! observa sa mère.

Kylie ouvrit les yeux et la surprit contemplant le ruisseau.

– Oui.

Elle se rapprocha du cours d'eau et déplia la couverture. Sa mère s'installa dessus et regarda la rivière.

– Y a-t-il vraiment une cascade dans le coin ?

– Il paraît, répondit Kylie.

Elle espérait cacher la frustration dans sa voix de ne l'avoir jamais vue. Et elle décida sur-le-champ que, même si elle devait s'y rendre seule, elle irait. Pour une raison idiote, cela lui semblait important.

– Mais je ne l'ai jamais vue.

– Pourquoi ?

Elle haussa les épaules.

– Il existe une légende selon laquelle il y aurait des fantômes là-bas. Presque tout le monde en a peur.

Moi y compris, pensa Kylie, mais elle ne le dit pas... Pourtant, cela ne l'arrêterait pas la prochaine fois.

– Vraiment ? J'adore les histoires de revenants, pas toi ?

– Parfois, répondit Kylie honnêtement, et elle détourna les yeux pour que sa mère ne puisse rien y lire.

– En tout cas, c'est paisible par ici. Ça me plaît. Merci de m'y avoir amenée.

Traitez-la de lâche, mais Kylie mit en veilleuse la question qu'elle ne voulait pas poser, et aborda un sujet moins explosif. Qui devrait combler sa mère.

– Que penses-tu de la nouvelle que la colo se transformera en pensionnat ?

– Ça avait l'air de faire plaisir à ta directrice, rétorqua sa mère en continuant à fixer l'eau.

– Et que t'inspire le fait que je compte m'y inscrire ?

Elle tourna brusquement la tête.

– Quoi ? Chérie, c'est un pensionnat, ça signifie que tu y vis !

– Je sais, répondit Kylie, sincèrement surprise par sa réaction. Dis-toi juste que tu ne devras plus me supporter.

Elle tenta la taquinerie, mais, à en juger par l'expression de sa mère, elle avait raté son coup.

– Non, répliqua celle-ci. Que les choses soient claires : tu as un seul foyer, et c'est chez moi.

Deux énormes découvertes frappèrent Kylie en même temps. Un, elle souhaitait sincèrement – non, elle en avait besoin – rester à Shadow Falls. D'une façon ou d'une autre, elle devrait convaincre sa mère. Et, deuxièmement, celle-ci ne voulait pas se débarrasser d'elle. Elle avait été si sûre, si certaine que, si on lui donnait le choix, elle aurait fourré sa fille dans un petit sac à dos et l'aurait fichue à la porte sans hésiter !

– Je me plais vraiment bien ici, maman.

– À la maison aussi, rétorqua celle-ci.

« Plus maintenant » était sa véritable réponse, mais cela lui parut brusquement cruel.

– Mais…

– Si ce sont des représailles pour le divorce…

– Non. Je te le promets. C'est juste… que je suis à ma place ici. J'apprends à faire connaissance avec moi-même. Tu te souviens que tu n'arrêtais pas de me dire que j'avais des « problèmes d'identité » parce que je ne voulais m'inscrire dans aucun club ni aucune équipe à l'école ? Eh bien, ici, je suis à ma place, maman.

– Tu as Sara. Vous êtes proches comme des sœurs, toutes les deux.

– J'adore Sara. Et je l'aimerai toujours, mais ce n'est plus comme avant. Nous ne nous parlons même plus tous les jours. Elle a trouvé d'autres filles avec qui traîner et, honnêtement, je ne m'entends pas bien avec elles.

Le regard de sa mère se voila d'inquiétude.

– Maman, s'il te plaît !

Kylie comprit qu'elle avait marqué un point, car elle ne lui répondait pas aussi catégoriquement que d'habitude. Puis elle se rappela un autre atout.

– Tu as dit qu'à cause de ton nouveau job tu devrais beaucoup voyager. Que feras-tu de moi en ton absence ?

– Ton père prendra le relais.

Kylie inclina la tête.

– Tu crois que j'ai envie d'aller chez lui pendant que sa copine, qui a pratiquement mon âge, sera dans les parages ?

– Alors, je refuserai la promotion. Tu comptes plus pour moi que… que… n'importe quel boulot.

Des larmes emplirent les yeux de sa mère.

Puis ceux de Kylie. Elle ne put les contrôler. Puis, parce que cela lui semblait la chose à faire, elle prit sa mère dans ses bras.

– Je t'aime, déclara la jeune fille, et elle maintint son étreinte.

Elle l'étreignit plus fort qu'elle ne l'avait jamais fait.

Sa mère ne se dégagea pas. Elle lui tapota l'épaule. Ce n'était pas le câlin le plus affectueux au monde, mais il avait du potentiel. Puis, comme elle ne souhaitait pas abuser, Kylie recula.

– Je suis désolée, dit-elle.

– De quoi ? fit sa mère.

Et Kylie constata que son visage était tout barbouillé. Un autre point commun dont elle ne s'était pas rendu compte.

– Je suis désolée, répéta la jeune fille. Je ne veux pas te faire de mal. Et tu n'es pas obligée de prendre ta décision aujourd'hui. Je suis là tout l'été, mais je me plais vraiment ici. Et Holiday a dit que les pensionnaires pourraient rentrer tous les week-ends. Il y aurait toutes sortes de jours de congé. Et je ne suis qu'à trois heures de route.

Sa mère soupira.

– Mais tu es ma fille, ma puce. Je ne souhaite pas que d'autres personnes t'élèvent.

– Maman, tu veux bien atterrir ? J'aurai dix-sept ans dans quelques mois. Tu m'as déjà éduquée ! Et puis tu devrais sortir, voir du monde.

La femme écarquilla les yeux.

– Je ne pense pas avoir ce courage.

– Pourquoi ? Tu es belle et, avec une nouvelle garde-robe, tu pourrais être… sexy.

Elle était bien plus jolie que la bimbo que son père fréquentait.

Sa mère soupira.

– Quand ma petite fille est-elle devenue adulte ?

– Je ne sais pas.

Kylie se fendit d'un grand sourire et s'allongea sur la couverture. Sa mère l'imita. Elles écoutèrent couler l'eau du ruisseau, et contemplèrent le ciel bleu qui pointait son nez à travers les nuages blancs comme des boules de coton. Peut-être était-ce l'imagination de Kylie, mais elle entendait presque les cascades.

Enfin, elle s'assit. Sa mère aussi.

– Maman, je peux te demander quelque chose ?

– Bien sûr, chérie.

Elle la regarda, puis se lança.

– Qui est mon vrai père ?

chapitre 42

Kylie vit sa mère tressaillir. Elle baissa les yeux, presque comme si elle essayait de trouver un mensonge.

– La vérité, maman. Je dois connaître la vérité.

Sa mère finit par la regarder. Les larmes et la panique emplirent ses grands yeux noisette.

– Qui ? Ton père te l'a dit ?

Lequel ? se demanda Kylie, mais elle garda la question pour elle. Elle voyait bien celui dont sa mère parlait.

Le soulagement l'envahit. Son père savait. Kylie n'avait pas voulu croire que sa mère avait pu lui mentir toutes ces années. Puis son apaisement s'évanouit et elle se demanda si c'était la raison de leur divorce. Son père venait-il juste de découvrir qu'il n'était pas son père biologique ? Son cœur se serra à l'idée qu'ils aient divorcé par sa faute.

– Non, maman, je te le promets. Il ne m'a rien dit. C'est juste… un pressentiment.

Ça, au moins, c'était vrai. Elle n'avait pas de preuves, elle n'avait même pas demandé à Daniel. Mais le sentiment étrange que celui-ci lui rappelait quelqu'un qu'elle connaissait s'expliquait enfin.

Il ressemblait à la fille qu'elle voyait dans le miroir tous les matins : mêmes yeux bleus, mêmes cheveux blonds, même structure osseuse. Ils avaient jusqu'à une démarche identique.

– En plus, je ne ressemble pas du tout à papa, déclara-t-elle à la place.

Des larmes mouillèrent les joues de sa mère.

– Oh, ma puce, je suis vraiment désolée.

– Que s'est-il passé ? S'il te plaît, dis-moi que vous ne divorcez pas à cause de ça !

– Non, ma puce. J'ai rencontré Daniel Brighten à la gym. Il travaillait là-bas. Il était… je ne sais même pas comment l'expliquer, mais voilà : il était charmant. Presque magique. Je suis tombée amoureuse de lui à la minute où je l'ai vu.

Sa mère, comme perdue dans ses souvenirs, fixa quelque chose dans le vide.

– Il m'a demandé de sortir avec lui. Au premier rendez-vous, il m'a appris que trois semaines plus tard il devait partir faire la guerre dans le Golfe. Trois semaines, voilà tout ce que nous avions. Je sais que ça a l'air très mal, et je t'enfermerais à double tour dans ta chambre si jamais tu faisais cela… Mais, après ce premier rendez-vous, j'ai compris que c'était lui. Au troisième, j'aurais fait n'importe quoi pour lui. Nous étions inséparables.

« Quand il est parti, il m'a promis qu'à son retour il m'épouserait. Qu'il me présenterait à sa famille. Elle vivait à Dallas, et je ne l'ai jamais rencontrée.

Sa respiration se fit haletante.

– Deux semaines après le déploiement, je me suis rendu compte que j'étais enceinte. Je le lui ai annoncé par lettre. Il a cessé d'écrire.

Des larmes ruisselaient sur ses joues.

– Au début, j'ai cru que c'était parce qu'il ne voulait pas du bébé. Environ deux semaines plus tard, j'ai lu sa nécrologie dans le journal. Je ne sais même pas s'il a reçu mon courrier.

Le cœur de Kylie se serra, elle se souvint d'avoir vu Daniel porter la lettre à ses lèvres. Ses yeux s'embuèrent et elle réprima l'urgence de parler à sa mère de ses rêves, de lui avouer que Daniel lui rendait visite.

Sa mère s'entoura les genoux de ses bras, comme si elle avait froid. Kylie savait qu'il était là. Il se tenait à côté de sa mère, la regardait avec tant d'amour que les larmes de la jeune fille ruisselèrent de plus belle.

– Je n'avais que dix-huit ans, poursuivit-elle. Ma mère aurait pu comprendre, mais mon père… cela l'aurait tué. Avec ton père, enfin ton beau-père, nous sommes sortis ensemble pendant tout le lycée. Il a toujours prétendu m'aimer.

Elle leva la tête.

– Il m'a appelée juste après que tout cela s'est passé. Je lui ai dit que ce n'était pas le bon moment. Il n'a pas accepté le « non » très facilement. Il a débarqué au travail et j'ai pris un café avec lui. Je lui ai tout raconté. Je ne sais pas pourquoi je l'ai fait. Mais j'avais besoin d'un ami.

Elle se retourna et la regarda droit dans les yeux.

– Il a fait ce que la plupart des hommes ne feraient pas. Il s'est agenouillé et m'a demandé de l'épouser, sans hésiter.

Kylie songea à son père, à l'amour qu'il avait dû éprouver pour faire cela. Mais où était passé cet homme aujourd'hui ? Comment pouvait-il être le même qui… ?

Sa mère poursuivit :

– Il a exigé une chose, une promesse. De ne jamais dire à personne que tu n'étais pas de lui. Ton vrai père était parti. J'étais désespérée. Je n'ai jamais réalisé combien il serait dur de tenir cette promesse.

Kylie lui prit la main.

– Le jour de ta naissance, j'ai eu l'impression de revoir ton père. Tu lui ressembles tellement.

Je sais, pensa la jeune fille, et elle lui serra affectueusement la main. Puis elle leva les yeux sur Daniel Brighten.

– Je sais. S'il avait vécu, il t'aurait aimée si fort.

Kylie ferma les yeux, et les mots sortirent d'un coup.

– Je crois qu'il m'aime. Et qu'il t'aime aussi.

Elles restèrent assises quelques heures encore près du ruisseau. À parler de tout. Sa mère lui confia que son histoire d'amour avec Daniel avait été une tornade. Elles parlèrent même de Nana.

– Tu sais, dit sa mère, le jour des funérailles ? J'ai vraiment dû lutter pour ne pas prendre un mouchoir et ne pas lui enlever cet affreux pourpre qu'ils lui avaient mis sur les lèvres.

Kylie rit.

– Je parie que Nana aurait apprécié.

Et, à ce moment, elle sentit une autre brise passer à toute allure. Elle était froide, mais pas du même froid que celui de Daniel. Elle sourit et comprit que l'esprit de sa grand-mère approchait.

– Mamie était à part, déclara la jeune fille.

Un peu plus tard, elles rebroussèrent chemin à travers bois. Leurs épaules s'effleuraient quand elles marchaient. Sa mère serra affectueusement celle de Kylie.

– Ton père, dit-elle, l'homme qui t'a élevée. Il t'aime. Je sais que tu es en colère contre lui.

– J'en ai bien le droit.

– Je comprends. Moi aussi, je lui en veux. Mais je ne crois pas qu'il aurait pu être plus attaché à toi si tu avais été de lui. C'est juste la crise de la cinquantaine. Ou peut-être que la vérité est quelque chose que je ne suis pas prête à admettre.

– Quoi ? s'enquit Kylie.

– Au début, il m'aimait tant, Kylie. Et je ne l'ai jamais aimé comme Daniel, je ne le lui ai jamais dit, mais il le savait. Et avec le temps, je lui en ai voulu pour la promesse qu'il m'a demandé de tenir. Chaque fois que je te regardais, je voyais ton vrai père et j'avais l'impression de te mentir. De me mentir. Notre mariage en a souffert. Notre relation en a pâti. C'est facile de tout lui mettre sur le dos, mais honnêtement je suis aussi fautive. Je n'avais pas à faire cette promesse.

Elle dégagea les cheveux du visage de sa fille.

– Ce fut un bon père pendant des années et il a été un bon mari. Il méritait une femme qui l'aimait autant que lui. Il n'a jamais eu ça. N'était-ce pas injuste envers lui ? Peut-être qu'après tout ce temps il ne pouvait plus le supporter.

Kylie savait que sa mère avait fait des remarques justes auxquelles elle devrait réfléchir lorsqu'elle réévaluerait sa relation avec son père.

– Il aurait pu se contenter de demander le divorce. Rien ne le forçait à te tromper avec une fille qui a pratiquement mon âge.

– Je ne dis pas qu'il a raison. Ni qu'il est parfait. Mais il t'aime, ma puce. Il t'adorait même quand il n'y était pas obligé.

Avant de partir, sa mère lui fit jurer de l'appeler très bientôt. C'était une promesse que Kylie avait l'intention de tenir, mais pas aujourd'hui. Ni même demain.

– Pourquoi les histoires d'amour doivent-elles être si compliquées ? lança Kylie en faisant irruption dans le bureau de Holiday plus tard ce soir-là.

Elle était restée dans sa chambre depuis le départ de sa mère, en pensant à elle, à son père, à Daniel, et en comparant tout cela à ce qu'elle ressentait pour Lucas et Derek.

Ce n'était pas pareil, mais, en un sens, elle avait presque l'impression que si, un peu.

Holiday leva les yeux du journal sur son bureau. À en juger par l'expression de la jeune femme, elle était à peu près de la même humeur qu'elle. Paumée, elle souffrait. Pas de doute, Burnett et elle s'étaient de nouveau frités.

– Bonne question, répondit Holiday. Personnellement, je pense que les dieux ont fait ça rien que pour nous embêter.

Kylie se laissa tomber sur une chaise en face du bureau.

Se calant dans son siège, la directrice la scruta.

– On ne t'a pas entendue de toute la journée. La visite de ta mère s'est-elle bien passée ?

Kylie décida de cracher le morceau.

– Daniel Brighten, le fantôme, est mon vrai père.

Holiday opina. Pas la réaction que Kylie attendait. Elle eut mal au ventre.

– Si tu me dis que tu le savais depuis le début, je vais vraiment péter un plomb.

– Non. Je m'en doutais. Il y a une différence.

– Tu aurais dû m'en parler.

Elles se turent. La musique leur parvenait depuis le réfectoire, où une fête se déroulait pour célébrer la décision de ne pas fermer la colo et de la transformer en pensionnat. Cela sauverait la vie à de nombreux campeurs.

– À part ça, tout roule ? s'enquit Holiday.

– Oui.

Puis Kylie se dit que si elle ne lui racontait pas tout maintenant, elle allait exploser.

– Non, ça ne va pas. Je suis amoureuse de deux garçons. L'un est parti, donc ça devrait faciliter les choses. D'autant plus qu'il fait probablement des trucs très spéciaux avec un loup-garou en ce moment. Mais non, j'ai l'histoire de ma mère, mon père et Daniel dans la tête, qui dit que ce n'est pas juste d'aimer quelqu'un si tu en aimes un autre.

Elle se tut pour reprendre son souffle.

– Je suis sûre que ce n'est pas simple, observa Holiday.

– Oh, je n'ai pas encore fini ! Ça s'améliore parce que ce mec, celui qui me plaît bien, a le pouvoir de jouer avec mes sentiments. Et quand je suis avec lui, je pense que c'est trop beau pour être vrai. Alors ça me pousse à me demander si ce que je ressens est réel. Et s'il se servait simplement de ce pouvoir pour me faire croire que je l'aime vraiment ?

Holiday fronça les sourcils.

– À mon avis, Derek ne s'abaisserait pas à ce genre de chose.

D'accord, Kylie savait parfaitement que Holiday découvrirait qui étaient les garçons, mais, en entendant son nom, sa poitrine se serra.

– Mais bon, reprit celle-ci, Derek est un homme. Leur logique n'est pas la même que la nôtre.

– Donc tu es d'accord, il pourrait bien faire ça, pas vrai ? lança Kylie.

Apparemment, elle avait mis Holiday en mauvaise posture avec ses questions.

– Il le pourrait, mais je ne crois pas que ce soit son genre.

– Moi non plus, mais… Je suis tellement perdue.

Holiday soupira de nouveau.

– Si seulement je pouvais te dire que les choses s'arrangeront avec l'âge ! Mais quand il s'agit des hommes, il y a toujours de la confusion dans l'air.

– Et il y a Daniel, reprit Kylie, bouillant de rage. Maintenant que j'ai besoin qu'il revienne me voir pour que je puisse lui demander ce que je suis, voilà qu'il ne coopère pas. Il est parti jouer au golf ou au poker avec saint Pierre ou fabriquer je ne sais quoi au paradis. Ou peut-être qu'il s'est trouvé une petite copine sexy trop jeune pour lui, comme mon père, et qu'il a décidé de m'abandonner lui aussi.

Holiday rit.

– As-tu songé que Daniel voulait sûrement que tu découvres tout cela toute seule ?

– Oh, c'est vraiment injuste ! Tes parents ne sont pas morts et ne t'ont pas laissée tâtonner pour découvrir ton identité. Tu la connaissais à ta naissance.

Holiday secoua la tête.

– Chaque voyage est différent. Pourquoi ne te dis-tu pas que ce sera ta prochaine quête ?

– Je n'en veux pas d'autre. Pourquoi rien ne peut être simple ?

Holiday se fendit d'un grand sourire.

– Quand ça l'est, ce n'est pas marrant. Je déteste l'avouer, mais si les hommes étaient faciles à déchiffrer ils ne seraient sûrement pas aussi drôles.

– Ouais, mais avoir le sentiment que ta vie est un chaos ambulant, ce n'est pas rigolo non plus. Et c'est ce que je ressens depuis deux mois.

Holiday cessa de sourire et lui tapota la main.

– Et je suis sur le point de te compliquer encore plus les choses.

– Quoi ?

Kylie dégagea sa main de celle de Holiday.

La directrice fronça les sourcils et sortit une lettre du tiroir de son bureau.

– Je ne comptais pas te la donner, mais… je me suis souvenue de ce que tu avais dit sur moi, que je vous surprotégeais.

L'inquiétude envahit la jeune fille.

– Tu sais, être protectrice, ça a du bon, parfois.

– Non, tu avais raison.

– Elle est de Daniel ?

Kylie regarda fixement l'enveloppe.

– Non, de Lucas.

– Autant me tirer une balle tout de suite !

Kylie se cogna la tête contre le bureau.

Holiday gloussa.

– C'est bon, y a pire ! Tu es vraiment une fille à part, Kylie. Si je devais ouvrir les paris, je dirais que ces deux-là ne seront pas les seuls à se jeter au feu pour attirer ton attention. Je crois que je vais faire un tour à la fête. Reste ici aussi longtemps que tu le voudras.

– Holiday ?

– Quoi ?

Kylie se retourna.

– Lucas t'a aussi écrit ?

Elle opina.

– Tu sais si… Fredericka est avec lui ?

– Oui.

– Merci.

Kylie se tourna. Les pas de Holiday se fondirent dans la musique venant du réfectoire. Kylie rapprocha la lettre d'elle. Elle se souvint du baiser qu'elle avait échangé avec Derek : torride, sans danger, excepté le petit doute qu'il puisse manipuler ses sentiments.

Son baiser avec Lucas avait été… plus intense, mais absolument pas sans risque. Peut-être était-ce justement pour cette raison qu'il avait été plus chaud. Le danger et la passion allaient de pair, visiblement.

Elle regarda fixement la lettre. Lucas pouvait-il écrire quelque chose qui changerait le fait qu'il était parti, qu'il se trouvait avec Fredericka – une fille qui, il l'avait avoué, comptait pour lui.

Non, pensa Kylie. Rien que Lucas puisse dire ne modifierait tout ça. Pas plus que son père ne pourrait amender ce qu'il avait infligé à sa mère. Ou ce que Trey lui avait fait.

La musique semblait l'appeler. Il y avait une fête et elle devait y participer. Elle plia la lettre et la rangea dans sa poche. Elle méritait simplement de s'amuser ce soir. Plus tard, elle découvrirait ce que Lucas voulait lui dire.

Elle se leva, tourna les talons. Le froid la frappa si vite qu'elle en eut le souffle coupé, puis la pièce s'emplit d'un brouillard épais.

OK, c'est différent.

Ce n'était pas Daniel.

Elle essaya de se détendre. Mais elle devait bien s'accoutumer à cette histoire de fantôme.

– Daniel ?

Elle prononça son nom en espérant presque se tromper.

Une partie du brouillard se souleva tout doucement. Une dame – pas plus de trente ans, de longs cheveux noirs – se tenait là. Elle portait une magnifique robe blanche, ou du moins avait-elle été très belle à un moment.

Le cœur de Kylie martela sa poitrine quand elle remarqua les taches de sang. La femme la regarda avec des yeux morts, emplis d'un tel désespoir que la jeune fille eut envie de pleurer.

– Arrête-le, dit la femme. Sinon, il recommencera.

– Qui ? Qui a fait cela ? Cherchez-vous Holiday ?

La dame ne répondit pas. Mais elle s'évanouit dans le brouillard. Kylie resta plantée là, luttant contre le froid, alors que la brume s'élevait et disparaissait dans le plafond. Lentement, la température revint à la normale.

– C'est trop injuste, murmura-t-elle.

– Qu'est-ce qui est injuste ?

Elle se retourna d'un coup. Derek se tenait sur le pas de la porte. En jean délavé et chemise bleu clair, il était beau. Elle croisa son regard et y lut toute l'affection qu'il éprouvait pour elle.

Alors, elle décida que, pour ce soir, elle allait oublier. Oublier la lettre dans sa poche. Oublier de ne pas savoir ce qu'elle était. Oublier une femme qui portait une robe maculée de sang. Oublier qu'elle ne s'était toujours pas rendue aux cascades. Oublier même que sa mère n'avait pas encore accepté qu'elle s'inscrive au pensionnat.

Ce soir, elle aspirait simplement à écouter de la musique et à s'asseoir à côté de Derek, épaule contre épaule.

– Tu vas à la fête ? demanda-t-elle.

– J'en viens. Je t'attendais.

– Allons-y, alors.

Kylie se dirigea vers le réfectoire et Derek lui emboîta le pas. Elle s'arrêta sur le seuil et il lui rentra dedans. En proie à cette impression de déjà-vu, elle se souvint que presque la même chose s'était produite la première fois qu'elle avait passé ces portes.

Elle avait eu si peur, elle était tellement sûre qu'elle détesterait cet endroit. Mais, bon, elle avait aussi senti que sa vie allait changer. Et là-dessus elle avait eu raison.

– On entre ? demanda Derek en l'effleurant.

Son souffle était chaud dans son cou.

Elle approuva, mais resta sur place, souhaitant tout absorber. Elle vit Miranda qui bavardait avec Perry. Le métamorphe ne lui avait pas encore avoué qu'il l'aimait, mais Miranda était patiente.

Helen était assise à côté de Jonathon, qui jouait aux échecs avec un autre vampire.

Della sirotait un verre de sang et regardait la partie. Depuis qu'elle avait appris que Shadow Falls se transformerait en pensionnat, elle avait manifestement perdu un peu de sa colère rentrée.

– Tu vas bien ? demanda Derek, qui s'approchait encore plus de son oreille.

Il lui inspirait vraiment confiance, debout derrière elle, et pour l'heure c'était exactement ce qu'il lui fallait.

– Oui.

Kylie remarqua Holiday assise avec Chris, l'écoutant jouer de la guitare.

En jetant un coup d'œil de l'autre côté de la pièce, elle vit Burnett, adossé à un mur, son attention tellement rivée sur Holiday que le monde pourrait s'écrouler qu'il ne s'en rendrait pas compte. Holiday était sa kryptonite, c'était clair.

La sensation d'être à sa place emplit la poitrine de Kylie. Elle regarda Derek et sourit.

– Oui, répéta-t-elle, je vais bien.

L'HISTOIRE DE KYLIE CONTINUE…

Découvrez un extrait du tome 2

Tu dois arrêter, Kylie. Il le faut. Sinon, cela arrivera à quelqu'un que tu aimes.

Les paroles inquiétantes de l'esprit flottèrent derrière Kylie Galen pour venir se mêler aux crépitements et aux bruits secs de l'immense feu de joie, à un peu plus d'un mètre à sa droite. La poche d'air glaciale annonçait distinctement sa présence, même si ces paroles n'étaient destinées qu'aux oreilles de la jeune fille et non à celles des trente campeurs de Shadow Falls qui se trouvaient dans le cercle de la cérémonie.

Miranda, à côté de Kylie, inconsciente de l'existence du fantôme, serra plus fort la main de son amie.

– C'est trop cool, marmonna-t-elle, et elle regarda Della, de l'autre côté.

Miranda et Della étaient non seulement ses copines les plus proches, mais en plus elles partageaient son bungalow.

– Nous vous remercions pour cette offrande.

Chris, ou Christopher, comme il se faisait appeler ce soir-là, se tenait au centre du cercle et brandissait le gobelet sacré vers le ciel obscur, tout en bénissant son contenu.

– *Il faut que tu arrêtes*, murmura de nouveau l'esprit derrière l'épaule de Kylie, l'empêchant de se concentrer sur le rituel.

Fermant les yeux, Kylie le visualisa tel qu'il lui était apparu à plusieurs reprises : trente-cinq ans, de longs cheveux bruns et en robe blanche – maculée de sang.

La frustration résonna dans le ventre déjà noué de Kylie. Combien de fois avait-elle supplié cet esprit de lui expliquer : qui, quoi, quand, où et pourquoi ? Seulement pour que la morte lui répète le même avertissement.

La vérité, c'était que les fantômes qui venaient de sortir du placard étaient nuls, côté communication. Probablement autant que ceux qui savaient parler aux esprits débutants et essayaient de les faire communiquer. La seule option de Kylie était d'attendre que le revenant lui explique sa mise en garde. Mais, là, ce n'était pas le moment idéal.

Je suis un peu occupée en ce moment. À moins que tu ne puisses développer, pourrions-nous discuter plus tard ? Kylie garda ses paroles dans sa tête, en espérant que l'esprit puisse lire ses pensées. Heureusement, le froid glacial qui parcourut sa colonne vertébrale s'évapora, et la chaleur de la nuit revint – celle du Texas, lourde, humide et moite, même sans le feu de camp.

Merci. Kylie s'efforça de se détendre. Mais ses épaules restèrent nouées de tension. Et pour une bonne raison : la cérémonie de ce soir-là était une autre première dans sa vie.

Une vie bien plus simple avant qu'elle apprenne qu'elle n'était pas totalement humaine. Bien sûr, cela l'aiderait si elle parvenait à identifier son côté non humain. Malheureusement, la seule personne qui connaissait la réponse était Daniel Brighten, son vrai père. Elle ne savait rien de son existence jusqu'à ce qu'il vienne lui rendre visite voilà plus d'un mois. Et il avait manifestement opté pour qu'elle gère sa crise d'identité toute seule.

Il venait rarement la voir, désormais, ce qui donnait une toute nouvelle dimension aux « papas démissionnaires ». Eh oui, Daniel était mort, avant sa naissance. Kylie ignorait s'ils proposaient des cours sur l'art d'être parents dans l'au-delà, mais elle lui aurait bien suggéré de les suivre. Parce que, à présent, lorsqu'il passait, elle le surprenait en train de l'observer et, juste au moment où elle l'interrogeait, il disparaissait, ne laissant qu'un froid glacial et ses questions sans réponse.

– OK, dit Chris, lâchez-vous les mains, éclaircissez-vous les idées, mais ne brisez pas le cercle.

Kylie, comme tous les autres, suivit ses instructions. Pourtant, quand elle s'exécuta, son esprit refusa de s'éclaircir.

Son père démissionnaire craignait-il qu'elle ne lui intime de la conseiller en matière de sexe ou autre ? Cela avait toujours eu le don de faire disparaître sa mère. Elle partait en courant chercher une autre brochure destinée aux ados. Mais Kylie ne lui avait pas vraiment demandé de conseils dans ce domaine. Honnêtement, elle était la dernière personne vers laquelle elle se tournerait pour ce genre d'avis. Le simple fait qu'un garçon intéresse Kylie paniquait sa mère.

Elle n'attendait pas de retourner chez elle avec impatience. Bien sûr, elles s'étaient plus ou moins rabibochées, depuis que sa mère lui avait avoué que Daniel était son vrai père. Mais le nouveau lien mère-fille paraissait bien fragile…

Kylie ne pouvait s'empêcher de se demander si leur relation n'était pas trop précaire pour qu'elles réussissent à passer plus de quelques heures ensemble. Et si elle rentrait chez elle pour se rendre compte que rien n'avait vraiment changé ? Et si l'indifférence maternelle persistait ? Et la situation avec Tom Galen, l'homme que Kylie avait toute sa vie considéré comme son vrai père, l'homme qui les avait quittées pour une fille qui n'avait que quelques années de plus qu'elle ? Kylie avait été morte de honte de le voir embrasser à pleine bouche son assistante bien trop jeune. Au point qu'elle ne lui en avait même pas parlé.

Une brise de fin de soirée envoya la fumée du beau feu de joie dans son visage. Elle cilla pour faire disparaître la douleur dans ses yeux, mais n'osa pas s'aventurer hors du cercle. Comme Della le lui avait expliqué, ce serait perçu comme un manque de respect envers la culture vampirique.

– Videz-vous la tête, répéta Chris, et il tendit le gobelet à un campeur de l'autre côté.

Les yeux fermés, Kylie tâcha de suivre ses instructions, mais elle reconnut le bruit de l'eau qui tombait. Ouvrant soudain les yeux, elle regarda en direction des bois. Les cascades étaient-elles si proches ? Depuis qu'elle avait entendu parler de la légende des anges de la mort aux chutes d'eau, elle s'était sentie comme poussée à y aller. Mais elle n'avait pas pour autant hâte de se retrouver nez à nez avec ceux-ci. Elle était déjà bien assez occupée avec les fantômes. Pourtant, elle ne pouvait chasser cette impression que les cascades l'appelaient.

– Tu es prête ? murmura Miranda en se penchant vers elle. Il se rapproche.

Prête pour quoi ? fut la première pensée de Kylie. Puis elle se souvint.

Miranda plaisantait-elle ?

Kylie fixa le gobelet que l'on se passait dans le cercle. Elle eut le souffle coupé quand elle vit qu'il n'y avait plus que dix personnes avant qu'on le lui mette dans la main. Prenant un grand bol d'air qui sentait la fumée, elle tâcha de cacher son dégoût.

En vain. L'idée de boire une gorgée d'un récipient sur le rebord duquel tout le monde avait collé ses lèvres atterrit quelque part dans sa tête entre « dégoût » et « nausée ».

Mais, assurément, l'élément le plus « dégueu » restait le sang.

Regarder Della consommer sa ration quotidienne était devenu plus facile ces jours-ci. Et Kylie avait même donné une pinte pour la cause – les surnaturels faisaient ce genre de chose pour leurs copains vampires. Mais devoir goûter à cette substance qui les faisait vivre était une tout autre histoire.

– Je sais que c'est écœurant. Fais comme si c'était du jus de tomate, murmura Miranda à leur amie Helen, assise à côté d'elles.

Mais chuchoter ne servait pas à grand-chose, vu la foule.

Kylie regarda, de l'autre côté du cercle des campeurs, les visages éclairés par les lueurs que projetait le feu de joie. Elle remarqua Della, qui les fixait d'un air renfrogné de ses yeux couleur or. Son ouïe ultrasonique n'était qu'un de ses dons. Pas de doute, Della ne manquerait pas de reprendre Miranda plus tard pour sa remarque – « écœurant ». En gros, cela signifiait que Kylie devrait convaincre ces deux-là de ne pas s'entretuer. Comment deux personnes pouvaient-elles être amies et se disputer en permanence, cela la dépassait. Jouer les conciliatrices était un travail à plein temps.

Elle observa un autre campeur porter la coupe à ses lèvres. Sachant que cela comptait pour Della, Kylie se prépara mentalement à accepter le verre et à avaler une gorgée de sang sans haut-le-cœur. Mais cela n'empêchait pas pour autant son estomac de vouloir se rebeller.

Tu dois le faire. Tu dois le faire. Pour Della.

« Peut-être même que tu aimeras le goût du sang, lui avait confié celle-ci un peu plus tôt. Ce serait cool, hein, si finalement tu étais un vampire ? »

Non, pensa Kylie, mais elle se garderait bien de le dire. Elle supposait qu'être un vampire ne serait pas pire qu'être un loup-garou ou un métamorphe. Mais elle se souvenait que Della avait pratiquement pleuré lorsqu'elle avait parlé du dégoût de son ex-petit copain pour son corps glacial. Kylie préférait conserver sa température, merci bien. Et l'idée de survivre grâce à un régime à base de sang… ? Elle, qui mangeait rarement de la viande rouge.

Si Holiday, la directrice du camp, son mentor, lui avait confié qu'il était peu probable qu'elle subisse d'immenses changements physiques, elle avait aussi affirmé que tout était possible. La vérité, c'était que Holiday – une fée à part entière – ne pouvait pas lui dire ce que l'avenir lui réservait, car Kylie était une anomalie.

Remerciements

On dit qu'il faut tout un village pour élever un enfant… Eh bien, il en faut aussi un pour avoir la petite étincelle et la transformer en livre. Premièrement, je tiens à remercier Rose Hilliard, mon éditrice. Ta foi en moi signifie bien plus que tu ne peux l'imaginer. Et mes autres *village people* : mon mari, pour m'avoir soutenue jusqu'à la perfection. Je t'aimerai pour l'éternité, mon chéri ! Mon agent, Kim Lionetti, qui prend mes rêves et les aide à devenir réalité. « Vite, la suite, Kim ! » Les anges de mon village, mes plus chers critiques et ma famille d'écriture : Faye Hughes, Jody Payne, Suzan Harden et Teri Thackston ; les filles, merci pour votre soutien, mais, surtout, merci pour l'amitié.

Composition PCA
44400 – Rezé

Impression réalisée par
Corlet Imprimeur
14110 Condé-sur-Noireau
pour le compte des Éditions Michel Lafon

IMPRIM'VERT®

Imprimé en France

Dépôt légal : septembre 2011
N° d'imprimeur : 139659
ISBN : 978-2-7499-1448-0
LAF 1416A